Die elternlosen ERLEBNISSE der UNZERTRENNLICHEN FÜNF

Hana Tooke

Aus dem Englischen
von Birgit Niehaus

dtv

Ausführliche Informationen über
unsere Autorinnen und Autoren und ihre Bücher
finden Sie unter www.dtv.de

Für meine wundervoll wundersame Familie

MIX
Papier aus verantwortungsvollen Quellen
FSC® C014496
FSC www.fsc.org

Deutsche Erstausgabe
2021 dtv Verlagsgesellschaft mbH & Co. KG, München

Titel der englischen Originalausgabe:
›The Unadoptables‹, 2020 erschienen bei Puffin Books,
an imprint of Penguin Random House Children's, London

Gesetzt aus der Sabon
Satz: Fotosatz Amann, Memmingen
Druck und Bindung: GGP Media GmbH, Pößneck
Printed in Germany · ISBN 978-3-423-76321-9

WAISENHAUS »KLEINE TULPE«, AMSTERDAM 1880

REGELN ZUM AUSSETZEN VON BABYS

REGEL 1:

Das Baby muss in ein Baumwolltuch gewickelt sein.

REGEL 2:

Das Baby muss in einem Weidenkorb liegen.

REGEL 3:

Der Korb mit dem Baby muss auf der obersten Stufe der Eingangstreppe stehen.

All die Jahre, in denen Elinora Gassbeek das Waisenhaus »Kleine Tulpe« nun schon leitete, waren diese Baby-Aussetz-Regeln befolgt worden. Nicht einen einzigen Verstoß hatte es gegeben. Bis zum Herbst 1880. Fünf Babys wurden in jenem Herbst ausgesetzt, und obwohl die Regeln nun wirklich überdeutlich und für jeden sichtbar auf einem Schild an der Tür standen, war keines dieser fünf Babys ordnungsgemäß abgestellt worden.

Das erste Baby kam an einem strahlenden Morgen Ende August, als das Kopfsteinpflaster noch vom Tau glitzerte.

Es hatte kakaobohnenbraune Augen und blonden Flaum auf dem Kopf, war in ein rosafarbenes Baumwolltuch gewickelt und auch ganz korrekt auf der obersten Stufe deponiert worden. Doch die Art und Weise, in der die aussetzenden Eltern gegen Regel Nummer Zwei verstoßen hatten, war unentschuldbar. Sie hatten das Kind in eine Werkzeugkiste aus Metall gestopft und eine smaragdgrüne Schleife darumgewickelt, als handelte es sich um ein Geschenk.

»Argh!«, kreischte Elinora Gassbeek und musterte die Werkzeugkiste angewidert. Dann befahl sie einem in der Nähe stehenden Waisenkind, die Kiste wegzunehmen. »Stell sie nach oben.«

Das Waisenkind nickte. »Welchen Namen soll ich an das Bett schreiben, Hausmutter?«

Die Leiterin kräuselte nachdenklich die Lippe. Babys einen Namen zu verpassen war lästig und mühsam, aber leider notwendig.

»Es hat ganz schön viele Finger, Hausmutter!«, stellte das Waisenkind fest.

Das Baby nuckelte an seinem Daumen und machte dabei laute Schmatzgeräusche, die der Hausmutter einen Schauder über den Rücken jagten. Sie zählte die Finger nach. Tatsächlich, es hatte an jeder Hand einen Extradaumen.

»Hm, lauter Finger … lauter Finger … lauter … Lotta … Ach, nenn es Lotta.«

Das zweite Baby kam an einem ungemütlichen Septemberabend, als ein fieser Wind an den Holzfensterläden des Waisenhauses rüttelte.

Ein Waisenkind trat in den Essraum, einen Kohleneimer

unter dem Arm wie einen riesigen Blumenstrauß. Aus dem Inneren des Eimers war ein Wimmern zu hören. Als die Leiterin hineinspähte, sah sie zu ihrem Entsetzen ein Baby mit pechschwarzen Haaren darin. Es war in ein Halstuch voller Rußflecke geschlungen und blinzelte zu ihr hoch.

»Das arme Ding ist neben dem Kohlenbehälter abgestellt worden«, sagte das Waisenkind.

»Skandalös!«, schrie Gassbeek, womit sie allerdings nicht das Aussetzen an sich meinte, sondern den Verstoß gegen Regel Nr. 2 *und* 3.

»Wie soll er heißen, Hausmutter?«, fragte das Waisenkind nervös.

Widerwillig warf Elinora Gassbeek einen zweiten Blick auf das Kohleneimer-Baby, seine rußgeschwärzte Nase und das schäbige Halstuch. Das Tuch sah aus, als könnte es irgendwann einmal knallbunt gewesen sein. Jetzt war es schmuddelig grau mit einem Muster aus dunkelgraueren gewundenen Linien. *Wie Maden*, dachte die Hausmutter.

»Nenne es … Mads.«

Das dritte Baby kam an einem ungewöhnlich warmen Oktobernachmittag, an dem feine Damen mit Sonnenschirmen durch die sonnendurchfluteten Straßen spazierten.

Elinora Gassbeek saß in ihrem feinsten Puffärmelkleid auf der Bank vor dem Waisenhaus und fuhr vor Entsetzen zusammen, als sie in ihrem Picknickkorb, eingequetscht zwischen Käsebroten und Mandelfingern, ein Baby entdeckte. Es hatte einen Haufen wirrer roter Locken auf dem Kopf und brabbelte vor sich hin.

Kein Baumwolltuch. Kein Weidenkorb. Nicht auf der obersten Treppenstufe!

Die Waisenhausleiterin stieß einen gellenden Schrei aus. Sie klang wie ein Teekessel. Das Picknickkorb-Baby verstummte augenblicklich, seine Augenbrauen zogen sich ängstlich zusammen. Überall in der Straße tauchten neugierige Gesichter an den Fenstern der hohen, schmalen Ziegelhäuser auf. Die herumspazierenden Damen blieben stehen. Elinora Gassbeek riss sich zusammen und bedachte ihre Nachbarn mit einem Lächeln. Ein Waisenkind drängte sich durch die Menschenmenge zu ihr hindurch.

»Vor einer Minute war es da noch nicht drin«, versicherte das Mädchen und hob das Baby vorsichtig aus dem Picknickkorb.

»Schaff es hier weg«, zischte Elinora Gassbeek durch ihre zusammengebissenen Zähne.

»Ja, Hausmutter. Aber … wie soll es heißen?«

Das Waisenmädchen wiegte das Baby, das jetzt ruhig war, in den Armen und strich ihm vorsichtig ein paar Mohnstreusel aus dem Haar. Die Hausmutter erschauderte.

»Nenn es … Mona.«

Das vierte Baby kam an einem düsteren Novembermorgen, als eine dichte Nebeldecke über der Gracht hinter dem Waisenhaus waberte.

Die Lieferantenglocke im zweiten Stock läutete. Ein Boot in der Gracht hatte unten am Haus angelegt und die Klingelschnur betätigt. Als eines der Waisenkinder den Eimer an der

Seilwinde hinaufzog, quollen Elinora Gassbeeks Augen hervor. In dem Eimer hockte ein traurig guckendes Baby, das als einziges Kleidungsstück einen Weizensack trug. Unten in den Sack waren zwei Löcher geschnitten, aus dem ungewöhnlich lange Beinchen herausschauten.

Während die Hausmutter das Weizensack-Baby durch die Luke nach drinnen beförderte, fluchte sie ununterbrochen über den Irrsinn, der ihr Waisenhaus heimgesucht hatte.

»Zieh ihm etwas Vernünftiges über«, blaffte sie das Kind an, das neben ihr von einem Bein aufs andere trat.

Sie betrachtete die schiefen Ohren des Babys, seine schlaksig langen Glieder und die weizenblonden Haare, die in alle möglichen Richtungen vom Kopf abstanden. Dann streifte ihr Blick den Aufdruck auf dem Weizensack. *Grießmehl*, stand da.

»Grieß … Gri … Gi … Nenn es Gisbert«, brummte sie.

Das fünfte und letzte Baby kam in einer Vollmondnacht im Dezember, als Blitze über den Amsterdamer Himmel zuckten.

Elinora Gassbeck hatte ein Waisenkind aufs Dach des Hauses geschickt, damit es einem merkwürdigen Geräusch auf den Grund ging. Dort oben fand es einen sargartig aussehenden Korb, der hinter dem Schornstein klemmte, und in diesem Korb lag ein Baby, das quietschvergnügt vor sich hin gurrte. Seine Haare waren schwarz wie der Mitternachtshimmel und die Augen fast ebenso dunkel.

Behutsam bugsierte das Waisenkind den sargähnlichen Korb ins Haus, wo das Baby sofort zu weinen begann. Vorsichtig, um es bloß nicht zu berühren, wand die Hausmutter dem Säugling das Spielzeug aus der kleinen Faust: eine Katzenmarionette, gefertigt aus allerfeinster Amsterdamer Baumwolle und edelster Antwerpener Seide. Ein leises Ticken drang aus dem Katzenkörper, aber die Hausmutter schimpfte so laut, dass sie es nicht hörte.

»Einfach lächerlich!«

Sie warf die Marionette zurück auf das schwarze Samtkleid, in das das Baby statt einer Decke gehüllt war. In einen Zipfel des Kleides war mit weißem Garn ein Name eingestickt:

Milou.

1

Waisenhaus »Kleine Tulpe«, Amsterdam, Januar 1892

Die »Kleine Tulpe« war ein ungewöhnlich hohes Haus, eingequetscht in eine lange Reihe ebenso ungewöhnlich hoher Häuser. Aus dem kleinen Fenster des obersten Stockwerks blickte ein Mädchen mit ungewöhnlich dunklen Augen auf die zugefrorene Gracht. Milou beobachtete die Schneeflocken, die langsam nach unten schwebten und sich wie eine Zuckergussschicht auf die kunstvoll verzierten Dächer legten. Auf dem Eis unten in der Gracht versammelten sich immer mehr Menschen mit strahlenden Gesichtern und rotgefrorenen Nasen. Die Fahrräder hatten sie gegen Schlitten eingetauscht, die Holzschuhe gegen Schlittschuhe. Ihr Jauchzen mischte sich mit dem Wiehern der Kutschpferde.

Je mehr die kalte Fensterscheibe von Milous Atem beschlug, desto verschwommener wurde die Sicht. Seufzend wandte sie sich ab. Ein Stück gefrorener Wandfarbe blätterte ab und fiel mit einem leisen *Kling* neben ihr auf den Boden. Selbst die Dielen des Schlafsaals waren von einer hauchdünnen Frostschicht überzogen, und Milous Augäpfel waren so kalt, dass das Blinzeln wehtat. Der winzige Kamin an der gegenüberliegenden Wand war dunkel und leer, wie immer.

»Halbgefrorenes Waisenkind – das klingt wie ein edles Dessert, Mona, oder?«, sagte sie zu dem rothaarigen Mädchen, das auf dem Bett gegenüber hockte. »Ob das Gassbeeks neuer Plan ist? Wenn sie uns schon nicht als Adoptivkinder verscherbeln kann, dann vielleicht als leckere Eiscreme?«

Mona zog eine Grimasse, dann widmete sie sich wieder der kleinen grauen Ratte auf ihrem Schoß und fütterte sie mit harten Brotkrümeln.

Milou rümpfte die Nase und zog einen Schmollmund. »Halbgefrorene Waisenkinder!«, ahmte sie die heisere Stimme der Hausmutter nach. »Sichern Sie sich ein halbgefrorenes Waisenkind! Die besten halbgefrorenen Waisenkinder in ganz Holland! Nur fünf Cent pro Kugel!«

Monas gerunzelte Stirn glättete sich und ihre Mundwinkel begannen zu zucken, was Milou gleich ein bisschen von innen wärmte.

»Wir müssen uns beeilen«, sagte sie, plötzlich wieder ernst. Sie wischte eine kreisrunde Fläche in die beschlagene Scheibe und spähte zur Turmuhr am anderen Ende der Straße. »Noch vier Minuten bis zur Wäschekontrolle. Gassbeek zieht uns die Armhaare lang, wenn wir zu spät kommen.«

Ein Prickeln, das am Rand ihrer Ohrmuscheln begann, lief Milou den Rücken hinunter. Es war kein Kälte-, sondern ein Warnschauder.

Schrittgeräusche im Flur! Die Mädchen tauschten einen

panischen Blick. Milou sprang vom Fensterbrett, Mona rollte sich rückwärts über ihr Bett, die Ratte fest an die Brust gedrückt. Während Milou sich einen Armvoll Wäsche vom Fußende schnappte, stopfte Mona die Ratte in ihren Picknickkorb – nur eine Sekunde, bevor die Tür des Schlafsaals aufflog.

Der Kopf eines Jungen mit merkwürdig unproportionierten Ohren und blondem Haarwust tauchte im Flur auf, gefolgt von einem schlaksigen Körper mit ellenlangen Gliedmaßen, die aussahen, als würden sie zu mindestens vier verschiedenen Spinnenarten gehören.

»Da seid ihr ja!«, keuchte er atemlos und seine langen Finger nestelten am Saum seines fettfleckigen Hemdes.

»Oh, Gisbert, du bist's!«, rief Milou erleichtert. »Was ist los?«

Gisbert grinste schief. »Wir haben Besuch!«

In seinen Worten lag so viel atemlose Hoffnung, dass es in Milous Magen zu kribbeln begann, als würde ein Gespenst darin herumflattern. Es gab nur eine Art von Besuch, bei der Gisbert so aufdrehte: adoptionswillige Eltern.

»Besuch«, wiederholte Milou, während Mona leise japste.

Es war Monate her, seit zum letzten Mal jemand in der »Kleinen Tulpe« aufgetaucht war, um sich nach einem Waisenkind umzusehen. Was, wenn heute endlich der große Tag war? Was, wenn Milous Eltern endlich gekommen waren, um sie abzuholen? Sie konnte sich nicht an sie erinnern, natürlich nicht, aber sie hatte so ihre Theorien über sie. Ja, sie hatte sogar ein ganzes Buch voller Theorien! Das steckte im linken Ärmel ihres Kittels. In allen der darin notierten Theorien waren ihre Eltern klug und mutig. Und in allen bis auf einer versuchten sie verzweifelt, zu ihr zurückzukommen. Vielleicht hatten sie es nach zwölf langen Jahren ja jetzt endlich geschafft!

»Beeilung, Milou«, drängte Gisbert.

»Warte kurz.«

Milou kletterte über drei Matratzen, um zu dem Bett zu gelangen, das sie mit Mona und Lotta teilte. Mit zitternden Fingern hangelte sie unter dem Bettgestell nach ihrem sargförmigen Korb, der immer fertig gepackt dastand, für alle Fälle. Obenauf lag ihre Katzenmarionette. Milou strich mit dem Finger über deren Fuß, da, wo in geschwungenen Buchstaben die Worte »Bram Poppenmaker« eingewebt waren. Die Marionette umklammerte eine rote, lockige Haarsträhne, die von einer smaragdgrünen Schleife zusammengehalten wurde. Milou legte sie zur Seite und tastete nach zwei Kohlezeichnungen, Porträts von ihr selbst, und einem Werbeplakat der berühmten Pariser Zirkustruppe *Cirque de Lumière*. Unter diesen Schätzen lag ein säuberlich zusammengefaltetes schwarzes Kleid aus feinstem Amsterdamer Samt.

Gisbert setzte sich neben sie aufs Bett, die langen Beine unter dem Kinn zusammengefaltet. »Milou …«

»Sekunde.«

In seinem Blick las sie, was er von ihrer Hoffnung hielt, eines Tages von ihren Eltern abgeholt zu werden: nichts. Aber er hatte auch nie so empfunden wie sie. Er hatte seine leiblichen Eltern immer gehasst. Milou verstand das. Wenn sie mit nichts anderem als einem schäbigen Weizensack ausgesetzt worden wäre, hätte sie ihre Eltern auch gehasst. Von daher war klar, dass Gisbert ihre Hoffnung nicht nachvollziehen konnte. Aber sie ließ sich davon nicht beirren: Die Frage für sie war nicht, *ob* ihre Eltern sie holen kämen, sondern *wann*.

Milou streifte das schwarze Samtkleid über ihren fleckigen Baumwollkittel und strich mit dem Finger über den flauschigen Stoff. Falls die Besucher tatsächlich ihre Eltern waren, würden sie ihre alte Babydecke sicher wiedererkennen. Das Kleid war inzwischen ziemlich eng. Gisbert hatte die Säume und Nähte über die Jahre immer weiter rausgelassen, aber trotzdem würde es bald nicht mehr passen.

Stirnrunzelnd sah er sie an, dann glättete er vorsichtig den Kragen des Kleids. Milou packte die Zeichnungen in den Korb zurück, schnappte sich ihre Katzenmarionette und drückte sie auf ihr trommelndes Herz. Als kleines Kind hatte sie fest geglaubt, dass die Marionette ebenfalls einen Herzschlag hatte. Jahrelang hatte diese Vorstellung sie durch die kalten, schlaflosen Nächte getröstet, doch irgendwann hatte es nicht mehr funktioniert. Da war Milou schlagartig klar geworden, dass sie sich den Marionettenherzschlag nur einbildete.

Aber vielleicht war ja jetzt Schluss mit den kalten, schlaflosen Nächten? Vielleicht würde sie diesen trostlosen Ort heute endlich verlassen?

»Los, wir müssen runter«, drängte Gisbert und lief bereits mit Mona zur Tür.

Milou folgte ihnen. Der Schlafsaal befand sich im vierten Stock des alten, schmalen Grachtenhauses – das hauptsächlich aus dunklen Schatten und losen Bodendielen bestand und von abblätternder Farbe zusammengehalten wurde. Milou stapfte die heimtückisch steile Treppe hinunter, vorbei an der Flickwerkstatt im dritten Stock, der Wäscherei im zweiten und dem Klassenzimmer im ersten. Gisbert überwand das Treppenhaus quasi im Sturzflug, immer drei Stufen auf einmal nehmend, während Mona zu schweben schien, geschmeidig und vollkommen lautlos.

Das Erdgeschoss war der einzige Bereich, der nicht aussah, als würde er zusammenklappen, sobald mal jemand kräftig nieste. Der Marmorfußboden war spiegelglatt gebohnert, die Wände waren in einem charmanten violett gestrichen und in der Ecke *tickte* und *tockte* eine große Standuhr. Eine zusammengewürfelte Kinderschar versuchte gerade, sich in einer Reihe vor der Wand aufzustellen: die Jüngsten am einen Ende, die Ältesten am anderen. Und alle waren sie hektisch dabei, sich präsentabel zu machen: Fettflecken wurden weggerubbelt, Hemden in Hosen gestopft, Unterröcke zurechtgezupft, Strümpfe hochgezogen. Doch trotz aller Bemühungen konnten sie nicht verbergen, was sie waren: schmuddelige, hungrige, *verzweifelte* Waisenkinder.

Gisbert und Mona glitten in die Reihe, während drei kleine braune Ratten in unterschiedliche Richtungen über den Marmorboden davonschossen. Ein Mädchen mit einer Weste über dem blauen Baumwollkleid rubbelte die Finger eines Jungen mit kohlenschwarzen Haaren. Sie warf Milou einen besorgten Blick zu.

»Wieso hast du so lange gebraucht?«, fragte Lotta und bemerkte erst jetzt Milous Kleid und die Katzenmarionette. »Egal, hilf mir lieber, den Kohlenstaub von Mads' Händen abzubekommen.«

Milou schnappte sich die andere Hand des Jungen und rieb mit der Innenseite ihres Ärmels darauf herum. Aber die Kohle verschmierte nur zu einem undefinierbaren Grauton.

»Gassbeek wollte noch ein Porträt«, sagte Mads entschuldigend, als er ihnen schließlich die Hände entzog und vorsichtig sein rußgeschwärztes Halstuch zurechtrückte. »Ich hatte keine Zeit mehr, mich zu waschen.«

»Kein Problem«, sagte Milou. »Es ist nur …«

Das Ohrkribbeln fing wieder an – und diesmal war es ein Tausend-Stecknadeln-Kribbeln. Milou zog Lotta neben Gisbert in die Reihe und stellte sich neben sie. Sie hatte kaum Position bezogen, als ein vertrautes Geräusch aus dem Flur drang, der zum »Verbotenen Bereich« führte.

Klick-klack-klick-klack.

Achtundzwanzig Kinder richteten sich kerzengerade auf, die Glieder wie von unsichtbaren Fäden gehalten.

Klick-klack-klick-klack.

Achtundzwanzig Kinder verfielen in hektische Schnappatmung.

Klick-klack-klick-klack.

Siebenundzwanzig weit aufgerissene Augenpaare starrten auf die gegenüberliegende Wand. Milou linste zwischen den Lidern hindurch zu dem abgedunkelten Flur auf der linken Seite.

Klick-klack-klick-klack.

Die Stiefel der Hausmutter tauchten Sekunden vor ihrem restlichen Körper auf: blank poliertes blutrotes Leder auf Pfennigabsätzen, die genauso spitz zuliefen wie ihr Mund, als er schließlich in Sicht kam.

Alle Monster, die sich Milou jemals für ihre Gutenachtgeschichten ausgedacht hatte, beruhten in irgendeiner Form auf der Gassbeek. Bei der Hausmutter paarten sich das höhnische Grinsen einer Wasserspeierfigur mit den seelenlosen Augen eines Werwolfs und der juckreizproduzierenden Kreischstimme einer Todesfee. Wäre die Hausmutter nicht *die* menschliche Verkörperung von Hass gewesen, hätte man sie für eine x-beliebige mittelalte Frau halten können. Doch ihre Fiesheit drang aus jedem Knopfloch und ließ sie geradezu monströs erscheinen.

Aufreizend langsam begann Gassbeek, die Reihe auf und ab zu stolzieren. Mit jedem *Klick* ihres Absatzes grinste sie, mit jedem *Klack* verschossen ihre Augen Blitze. Milou hielt den Blick zu Boden gerichtet, den Rücken gerade und die Schultern gesenkt. Auf jeden Fall achtete sie darauf, sie nicht bis zu ihren immer noch kribbelnden Ohren hochzuziehen. Nach einer Weile schnalzte die Hausmutter missbilligend und stampfte mit dem Fuß auf.

KLACK!

Alle achtundzwanzig Kinder zuckten zusammen.

In dem Moment machte die Türklingel erst *Ding* und dann *Dong*.

»Unser Besuch ist da. Enttäuscht mich nicht!«, kreischte die Hausmutter und bedachte jedes Kind vorsichtshalber schon mal mit einem abgrundtief enttäuschten Blick.

Dann klickerte und klackerte sie zur Eingangstür, wo sie kurz stehen blieb, um ihre straffe Hochfrisur zu betätscheln und ihren Mund zu einer Grinsefratze zu verziehen.

Die Tür schwang auf und Schneeflocken wirbelten herein.

Als die potenziellen Adoptierer über die Schwelle traten, konnte Milou nicht anders: Sie reckte den Hals. Aber von ihrem Platz am Ende der Reihe sah sie nicht mehr als zwei dunkle Umrisse in einer Schneewolke. Sie drückte ihre Katzenmarionette an die Brust, direkt an ihr zappeliges Herz. Ihre Ohren kribbelten erneut, sie atmete ganz flach.

Die Tür schlug zu und Schnee fiel auf den Boden. Zum Vorschein kamen zwei Gestalten in dunklen Mänteln, die Kapuzen tief ins Gesicht gezogen. Selbst auf die Entfernung konnte Milou erkennen, dass die Mäntel aus Amsterdamer Samt gefertigt waren, das leichte Schimmern des Stoffs ließ keinen Zweifel daran.

Ihre Finger tasteten nach dem kleinen Schildchen am Fuß der Marionette. Konnte das Bram Poppenmaker sein? Hatte er ihre Mutter auch gleich mitgebracht? Sie würde sie wiedererkennen, davon war sie felsenfest überzeugt. Ihre Eltern würden aussehen wie sie selbst. Also *anders*.

Während die beiden Gestalten an ihren Kapuzen herumnestelten, fühlte sich Milou, als würde die Geisterbesatzung eines ganzen Friedhofs in ihrem Bauch herumflattern. Doch als unter den Kapuzen weder mitternachtsschwarze Haare noch fast schwarze Augen zum Vorschein kamen, verwandelten sich die Geister in Milous Magen in schwere Grabsteine.

Zwei Köpfe mit weißblondem Haar.

Zwei Paar eisblauer Augen.

Zwei ekelhaft lächelnde Münder.

2

Die weißblonden Adoptierer schüttelten sich den Schnee von den Mänteln, dann wandten sie sich den aufgereihten Kindern zu. Milou versuchte, ihre bodenlose Enttäuschung beiseitezuschieben. Sie umklammerte ihre Marionette und starrte auf ihre Stiefel.

Das waren nicht ihre Eltern.

»Herzlich willkommen«, zwitscherte Gassbeek und grinste wie eine Marionette mit riesigen Kulleraugen. »Kinder, das hier sind Herr und Frau Fortuyn. Ihr sagt jetzt bitte alle ›Guten Morgen‹!«

»Guten Morgen«, kam es leise und mechanisch aus siebenundzwanzig Mündern.

Milous Zunge fühlte sich an wie von Spinnweben ummantelt. Sie zupfte am Kragen ihres Babydeckenkleides, das so eng saß, dass es ihr die Luft abschnürte. Eine Hand tastete nach ihrer und drückte sie. Milou schenkte Lotta ein schmales Lächeln.

»Kommen Sie ins Warme!«, gurrte Gassbeek, während sie um die Adoptierer herumtänzelte und sie über den Marmorboden nach drinnen führte. »Die Kinder sind ja *so* aufgeregt, Sie zu treffen.«

»Und *wir* sind erst aufgeregt«, sagte Herr Fortuyn.

Er war groß, und seine Frau war sogar noch größer. Sie standen mitten im Foyer und ließen ihre Augen über die Kinderreihe schweifen, als stünden sie vor einer Schaufensterscheibe.

»Wie entzückend!«, rief Herr Fortuyn.

»Entzückend ... in der Tat!«, quetschte Gassbeek hervor. Ihre Munterkeit schwächelte für einen Moment. »Wie Sie sicherlich in der Anzeige gelesen haben, habe ich die allerfeinsten Waisenkinder Amsterdams im Angebot. Gehorsam, hart arbeitend und wohlerzogen. Die Älteren können sogar schon lesen und schreiben.«

»Herrlich, das ist ja noch schöner als sich eine neue Handtasche zu kaufen!«, schwärmte Frau Fortuyn. »Schau mal, Bart, was für eine Riesenauswahl.«

Gassbeeks Lächeln kletterte steil ihre gepuderten Wangen hinauf. Milou vergrub ihre Finger im weichen Baumwollstoff ihrer Katzenmarionette.

»Sie können Sie gerne genauer inspizieren«, gurrte Gassbeek. »Wir beginnen mit der Kleinsten.«

Das erste Waisenkind, ein kleines Mädchen mit blonden Löckchen und einer beeindruckenden Konstellation von Sommersprossen, trat hastig vor. Die Hausmutter schob ihre Lesebrille auf die Nasenspitze und blinzelte auf ihr Klemmbrett.

»Das ist Janneke«, quäkte sie. »Sie ist etwa drei, kann bis zehn zählen und mit einer Nähnadel umgehen, ohne dass Blut fließt. Janneke ist ausgestattet mit einem Weidenkorb und einem gelben Baumwolltuch.«

Die Fortuyns strahlten zu dem Kleinkind hinunter. »Hallo, Liebes.«

Milou spürte ein Zupfen an ihrem Ärmel. Sie warf einen verstohlenen Blick auf Lotta, die die Adoptierer nachdenklich musterte.

»Ich wette um einen lochlosen Strumpf, dass sie sich für Janneke entscheiden«, wisperte Lotta. »In sieben von acht Fällen wählen Adoptierer das jüngste Kind aus. Wenn es obendrein Sommersprossen hat, erhöhen sich die Chancen noch mal. Mathematisch gesehen sind wir raus.«

»Ist wahrscheinlich auch besser so«, flüsterte Milou zurück und musterte die Fortuyns, die langsam die Reihe abschritten. »Die sehen aus wie Grabräuber.«

Lotta hob fragend die Augenbrauen und Milou beugte sich weiter zu ihr. »Schwarze Stiefel, dunkle Mäntel. Perfekt, um nachts draußen herumzuschleichen, Leichen auszugraben und sie an Medizinlabore zu verscherbeln. Vielleicht nehmen sie ja Gisbert mit seinen schaufelschwingenden Armen.«

Gisbert hustete und warf ihnen einen scharfen Blick zu. Milou sah wieder auf ihre Fußspitzen.

Das Theorienbuch in ihrem Ärmel fühlte sich plötzlich wie Blei an. Vielleicht kamen ihre Eltern ja erst, wenn der schlimmste Teil des Winters vorbei war. Das ergab Sinn. Schließlich war Reisen in dieser Jahreszeit schwierig. Sie musste sich einfach noch etwas gedulden.

»Und wie heißt du, Liebes?«, fragte Herr Fortuyn, der jetzt nur noch ein paar Kinder entfernt von Milou stand.

In Milous Magen begann es wieder zu flattern, als sie sah, wie Mona an ihrem Schürzensaum herumnestelte und zu Boden blickte.

»Das ist Mona«, krächzte Gassbeek, als sie endlich den Namen auf ihrem Klemmbrett entdeckt hatte. »Sie ist ungefähr zwölf. Lese- und schreibkundig. Hat sogar eine ganz passable Handschrift. Und ihre Kochkünste sind unübertroffen. Mona gibt's im Paket mit einem Picknickkorb, aber leider ohne Decke.«

»Was für wunderschöne rote Haare«, schwärmte Frau Fortuyn und packte Mona am Kinn. »Die erinnern mich an meine Lieblingslippenstiftfarbe. Sag mal, Mona, singst du denn gern?«

Plötzlich war es – bis auf das Ticken und Tocken der Standuhr – totenstill im Foyer. Frau Fortuyn räusperte sich. Mona krümmte die Schultern und kniff die Augen zusammen.

»Oh, es bringt nichts, ihr Fragen zu stellen«, seufzte Gassbeek. »Sie ist stumm. *Und trotzdem* …«, ihre Stimme kletterte wieder nach oben, »wird sie eine hervorragende Tochter abgeben. Vor allem eine sehr *leise*.«

»Sie ist stumm?«, wiederholte Herr Fortuyn nachdenklich. »Hm, könnte vielleicht ganz vorteilhaft sein, ein leises Kind zu haben …«

»Oh nein, auf keinen Fall, Bart!«, schrie seine Frau. »Was würden unsere Freunde denken? Ich höre sie schon tratschen. Nein, nein, das könnte ich nicht ertragen. Das nächste Kind bitte!«

Mona schob sich zurück in die Reihe und Mads trat eilfertig vor, wobei er seine kohlenverstaubte Hand noch einmal schnell am Hosenbein abwischte. Dann streckte er sie den Fortuyns entgegen.

»Das ist Mads«, erklärte die Hausmutter. »Er ist ebenfalls um die zwölf und von unbekannter ostasiatischer Herkunft. Er kann alle Hauptstädte der Welt benennen und zeigt ein vielversprechendes Talent in Kalligrafie und Kartografie. Mads gibt's zusammen mit einem Kohleneimer und …« Sie blickt angewidert auf ihn herab. »… und diesem Halstuch.«

»Ein Künstler?« Herr Fortuyn deutete mit einer Grimasse auf den Kohlestift, der hinter Mads' linkem Ohr klemmte.

»Mads hat … nun ja … er hat gewisse künstlerische Neigungen.« Gassbeek klang, als hätte Mads andauernd Heißhunger auf tote Frösche. »Auf jeden Fall könnte der Junge nützlich sein, falls mal eine Porträtzeichnung gebraucht wird …«

Herr Fortuyn hob abwehrend eine Hand. »Oh, nicht nötig, wir haben unser Haus gerade neu dekoriert. Weiße Seidentapeten aus Peking und cremefarbene Polstermöbel aus Rom.«

»Kohlenflecke. Unverkennbar«, fügte Frau Fortuyn mit angeekeltem Blick auf Mads' Halstuch hinzu.

Die beiden Adoptierer schritten weiter die Reihe entlang.

Gisbert stolperte vorwärts, als wäre der Fußboden plötzlich abschüssig, und die Fortuyns wichen ein paar hastige Schritte zurück. Zum Glück gelang es Gisbert, seine Beine zu stabilisieren und seine Arme fest an den Körper zu pressen. Seine Nase färbte sich leuchtend rot.

»Das ist Gisbert«, sagte Gassbeek. »Er ist ungefähr dreizehn. Ein Experte im Schneidern. Handschrift ist … nun ja … Lassen Sie es mich so ausdrücken: Seine Handschrift hat Charakter. Gisbert gibt's zusammen mit einem Weizensack, dafür aber leider ohne Korb und ohne Tuch.«

»Ich dachte, es wären eher *Mädchen*, die nähen lernen?«, fragte Herr Fortuyn.

Seine Frau wandte sich an Gassbeek. »Warum ist er noch nicht in der Lehre, wenn er schon dreizehn ist?«

»Weil er tollpatschiger ist als ein dreibeiniger Esel«, seufzte Gassbeek. »Aus jedem Job, den ich ihm beschafft habe, wurde er vorzeitig entlassen. Allerdings macht ihn seine Größe zu meinem besten Spinnwebenbeseitiger. Das ist schon sehr praktisch. Ich könnte Ihnen einen Preisnachlass auf ihn geben.«

Gisbert wurde rot vor Scham und sein Lächeln schwächelte.

Frau Fortuyn schüttelte den Kopf. »Ich denke, das ist nicht nötig. Sieh ihn dir doch an, Bart. Wie sollte ich für eine solche Bohnenstange passende Kleidung finden? Von der katastrophalen Frisur gar nicht erst zu reden. Nein. Ein klares Nein.«

Mit schief hängenden Schultern schlich Gisbert zurück in die Reihe. Milou stieß ein leises Knurren aus. Das Ohrenkribbeln, das sie mahnte, sich zusammenzureißen, ignorierte sie. Sie schüttelte sich die Haare vors Gesicht und spähte durch einen winzigen Spalt in dem schwarzen Vorhang. Die Adoptierer wandten sich gerade voller Begeisterung an Lotta. Die Augen von Frau Fortuyn zuckten leicht beim Anblick von Lottas Weste, aber ihre wunderschönen goldenen Zöpfe, die von smaragdfarbenen Bändern zusammengehalten wurden, schienen das Interesse der Frau wieder anzufachen.

»Lotta, ebenfalls um die zwölf Jahre alt«, schnarrte Gassbeek ihren Klemmbretttext herunter. »Hat mit vier Jahren Rechenlieder beherrscht. Außerdem sind ihr Dinge wie Pythagoras' Theorem oder die Zahl Pi vertraut. Lotta gibt's zusammen mit einer leeren Werkzeugkiste, einem rosafarbenen Baumwolltuch und drei smaragdfarbenen Ersatzzopfbändern.«

»Was für einen Nutzen hat es, wenn ein *Mädchen* Pythagoras kennt?«, spottete Herr Fortuyn.

Lotta ballte die Fäuste zu beiden Seiten ihres Körpers.

»Oh, keine Sorge«, sagte Gassbeek schnell. »Ich versichere Ihnen, dass sie obendrein folgsam ist und sich sehr gut in Haushaltsdingen auskennt. So, wie es sich für ein Mädchen gehört.«

Milou spürte, wie Lotta neben ihr kochte, und sie tauschten einen verstohlenen Blick voller Verachtung.

»Die grässliche Weste muss allerdings verschwinden und das Kleid braucht mehr Rüschen.« Frau Fortuyn beugte sich herunter, sodass ihre Nase auf gleicher Höhe war wie Lottas. »Aber ansonsten bist du ja ein ganz entzückendes Püppchen.«

Lottas Augen verengten sich zu schmalen Schlitzen.

»Sag ›Hallo‹, Lotta«, befahl Gassbeek.

»*Hallo.*« Lottas Stimme klang klebrig süß wie Sirup. Sie hob eine Hand und winkte den Fortuyns mit ihren sechs Fingern zu. Dann entkrampfte sie die andere Faust und winkte ebenfalls, jetzt mit zwölf Fingern.

Eine ganze Weile herrschte Schweigen, während irgendjemand ganz leise die Sekunden zählte. Dann wichen die Fortuyns hastig zur Seite weg. Obwohl Milou wegen ihres pechschwarzen Haarvorhangs nichts sehen konnte, wusste sie, dass sie jetzt an der Reihe war. Zeit für ihre Darbietung.

»Das ist Milou«, sagte Gassbeek und räusperte sich. Doch Milou behielt die Haare vor dem Gesicht. »Sie ist auch so um die zwölf, kann die Märchen der Gebrüder Grimm erzählen und hat eine recht angenehme Singstimme. Milou wird einen kleinen Sarg mitbringen, das merkwürdige Kleidchen, das sie trägt, und eine Marionette.«

»Und wird sie auch ihr Gesicht mitbringen?«, fragte Herr Fortuyn.

»Milou?« Die Hausmutter klackte drohend mit ihrem Absatz. »Nimm sofort deine Haare aus dem Gesicht.«

»Mill-uu?« Frau Fortuyn machte ein nachdenkliches Gesicht. »Was ist das denn für ein Name? Mill-uu?«

»Keiner, den ich ausgesucht hätte«, seufzte Gassbeek. »Es steht Ihnen natürlich völlig frei, ihr einen neuen Namen zu geben.« KLACK. »Nimm deine Haare weg, Mädchen!«

Milous linkes Ohr kribbelte, als würde ein eisiger Luftzug dagegenblasen, doch sie ignorierte es. Sie brauchte ihren »siebten Sinn« nicht, um zu wissen, dass sie einen Riesenärger mit der Hausmutter riskierte.

»Ist sie taub?«, fragte Frau Fortuyn.

»Nein«, fauchte Gassbeek. »Ist sie nicht.«

»Milou?«, flüsterte Lotta. Sie klang verängstigt. »Was machst du da?«

Erneutes Ohrprickeln. Im nächsten Moment packte die Hausmutter eine Faustvoll von Milous Haaren und zog ihren Kopf hoch. Milou schaffte es gerade noch, ihre Fratze wieder aufzusetzen: gerümpfte Nase, gebleckte Zähne. Außerdem, das wusste sie, sahen ihre fast schwarzen Augen wie zwei finstere, leere Löcher aus, denn ihr Kopf war vom Licht abgewandt.

Die Fortuyns schnappten nach Luft.

Milou lächelte. Aber es war kein süßes Lächeln. Keines mit

Lachgrübchen. Es war ein Lächeln, das sie sich von der Hausmutter abgeguckt hatte: viele Zähne und keine Seele.

»Guten Morgen«, knurrte Milou mit ihrer besten Werwolfstimme.

Die schreckgeweiteten Augen der Adoptierer huschten über ihr Gesicht, dann über ihr schlecht sitzendes schwarzes Kleid und schließlich wieder nach oben.

Milou erwiderte den Blick durch ihre spinnenbeinlangen Wimpern. Die Fortuyns sahen sich vielsagend an, kräuselten die Nasen und schüttelten wenig verstohlen die Köpfe.

»Wir nehmen den da«, verkündete Frau Fortuyn und deutete auf einen dunkelhaarigen Jungen in der Mitte der Reihe. »Der scheint wirklich niedlich zu sein.«

Milous Herz führte einen kleinen Triumphtanz auf.

Gassbeek drehte noch einmal ihre Faust mit Milous Haaren, dann ließ sie sie los und bedachte sie mit einem öligen Lächeln.

»Eine hervorragende Wahl!«, rief sie entzückt und klickerte und klackerte zu einem Beistelltisch, auf dem ein großes, ledergebundenes Buch lag. »Lassen Sie mich kurz die Adoptionsurkunde ausstellen.« Sie knipste ihr Lächeln aus und wandte sich den Waisenkindern zu. »Der Rest von euch, zurück an die … Schularbeiten.«

Die Standuhr *tickte* und *tackte*, Ratten kratzten in den dunklen Ecken herum und die Waisenkinder kehrten auf leisen Sohlen zu ihrer Knochenarbeit zurück.

Auf dem Weg nach oben musste Milou über ihren gelungenen Auftritt lächeln. Sie warf ihren Freunden einen prüfenden Blick zu. Lotta schaute finster drein, Gisbert wirkte fassungslos, Mads versuchte immer noch, die Kohle von seinen Händen zu entfernen, und Mona sah aus, als würde sie am liebsten in einen der vielen Schatten hineinklettern und verschwinden. Milous Lächeln rutschte auf den Boden.

»Das wird sie dir *nie* verzeihen«, murmelte Gisbert. »Und bestimmt wird sie's nicht bei Haarescheren und Fingerprügel belassen.«

Milou schluckte. »Was hätte ich denn anderes tun sollen? Ich *darf* nicht adoptiert werden, das wisst ihr. Deshalb werde ich auch aushalten, was immer die Hausmutter mit mir anstellt.«

Gisbert sah nicht überzeugt aus, aber er lächelte sie zaghaft an. »Ich hoffe, das ist es wert und der Preis ist nicht zu hoch.«

Milou umklammerte ihre Marionette fester und strich erneut über das Schildchen am Fuß. Den leisen Zweifel, der sich wie ein Wurm in ihr Herz zu schlängeln versuchte, schob sie energisch beiseite.

Ja, sie hoffte ebenfalls, dass es das wert war.

Denn Hoffnung war das Einzige, was sie noch besaß.

Milous Theorienbuch

Lotta sagt, dass sich Theorien auf Beweise gründen müssen und dass man mit logischen Schlussfolgerungen jedes Problem auf der Welt lösen kann. Gassbeek behauptet steif und fest, meine Eltern hätten mich ausgesetzt, weil ich für sie eine »ungewollte kleine Missgeburt« war. Aber ich glaube, dass die Beweise eine völlig andere Geschichte erzählen. Ich wurde mit mehr Hinweisen auf meine Herkunft ausgesetzt als jedes andere Waisenkind, das ich kenne. Außerdem hätte meine Familie mich niemals ohne guten Grund verlassen, das weiß ich.

Beweise:

-Katzenmarionette, gebaut von Bram Poppenmaker,
~~hat ein pochendes Herz~~

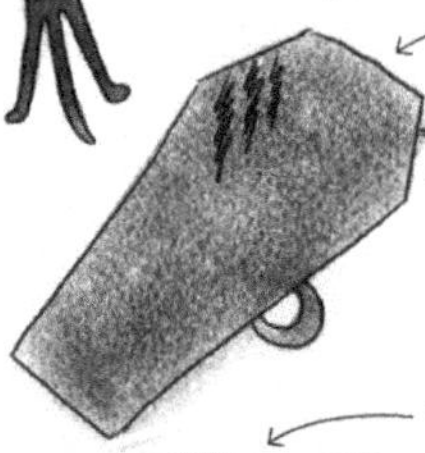

-sargförmiger Korb mit Kratzspuren auf der linken Unterseite (von irgendwelchen Krallen?)
-Innen im Korbgeflecht steckt ein langer weißer Seidenfaden.

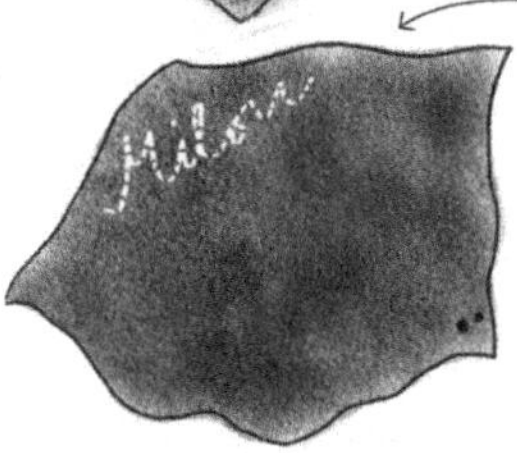

-Babydeckenkleid aus teurem Amsterdamer Samt
-Mein Name ist mit weißem Seidenfaden eingestickt.
-Zwei Blutstropfen auf der Stickerei

-ausgesetzt auf dem Dach des Waisenhauses, bei Vollmond

-mein „siebter Sinn", der mich vor Gefahren warnt

Die Werwolfjäger-Theorie:

Meine Eltern sind Werwolfjäger (»siebter Sinn«, Krallenspuren, Vollmond). Sie wurden von Werwölfen gejagt, deshalb haben sie sich in Sicherheit gebracht (auf dem Dach des Waisenhauses). Weil sie Sorge hatten, dass ich verletzt werden könnte (Babys sind ja keine sonderlich praktische Begleitung für Werwolfjäger), beschlossen sie, mich irgendwo abzustellen (Waisenhaus), bis es sicher genug sein würde, um mich abzuholen. Als Zeichen ihrer Liebe hinterließen sie mir Hinweise sowohl auf meine Identität als auch auf ihre: Sie stickten in aller Eile meinen Namen auf die Samtdecke, wobei sie sich in den Finger piksten (weißer Faden, Blutstropfen) und sie gaben mir die Katzenmarionette mit (als Hinweis darauf, dass mein Vater Bram Poppenmaker ist). Wenn ich alt genug bin, um selber als Werwolfjägerin zu arbeiten, werden sie kommen und mich holen. Ganz sicher.

3

Nach einem kargen Mittagessen – Mona hatte Kohlsuppe gekocht – half Milou Lotta eine Stunde lang, die saubere Wäsche über die Seilwinde nach unten zu hieven, einen Eimer nach dem anderen. Auf dem gefrorenen Kanal wartete bereits ein Schlitten zum Abtransport. Die darauffolgende Stunde luden die zwei Eimer für Eimer schmutziger Wäsche von einem anderen Schlitten. Als die Standuhr begann, sieben Uhr zu schlagen, fühlten sich Milous Arme an wie Nudeln und ihre Hände waren übersät mit Brandwunden von dem Seil.

Lotta wackelte mit ihren zwölf Fingern. »Heiliger Gouda, die sind wie tot. Falls Gassbeek dich heute mit Fingerprügel bestraft, spürst du wenigstens nichts.«

Kurz nachdem die Fortuyns aufgebrochen waren, war Gassbeek in die Stadt gegangen. Sie musste jeden Augenblick zurückkommen. Aber selbst wenn die Hausmutter weg war, füllte ihr bösartiger Geist die schattigen Winkel und zugigen Ritzen der »Kleinen Tulpe«. Keines der Kinder hätte sich gewundert, wenn Gassbeek Augen in den Wänden installiert oder Spione vor den Fenstern postiert hätte. Sobald sie beim Arbeiten auch nur ein winziges bisschen schwächelten oder trödelten, würde

Gassbeek davon erfahren, da waren sie sich sicher. Und deshalb rackerten sie mit voller Kraft, so als würde die Hausmutter über ihnen schweben und ihnen endlose Befehle zubrüllen.

Milou fragte sich mit zunehmender Nervosität, welche Strafe Gassbeek wohl für sie vorgesehen hatte. Es musste etwas Furchtbares sein, das sagte ihr ihr siebter Sinn: Ihre Ohren kribbelten schon bei der bloßen Erwähnung der Hausmutter.

»Vielleicht ist sie ja in den Nordseekanal gefallen«, sagte sie hoffnungsfroh, als sie durch das Wäschereifenster zum Hafen blickte, der durch den vielen Rauch in der Luft ganz verschwommen wirkte. »Dann treibt sie vielleicht schon Richtung Ozean.«

»Das bezweifle ich«, sagte Lotta und flocht sich einen losen Zopf neu. »Durch die vielen Unterröcke, die sie trägt, hätte sie gar nicht genug Auftrieb. Die würde ziemlich schnell sinken.«

Die Standuhr gongte noch immer mit dröhnenden Schlägen und Milou hörte, wie die Waisenkinder mit schnellen Schritten aus den verschiedenen Räumen kamen und nach oben eilten. Sie schloss das Fenster und rieb sich die Ohren.

»Los, komm«, drängte Lotta, schon leicht verzweifelt. »Wir stecken dich ins Bett, bevor deine Ohren dir weismachen wollen, dass die Hausmutter deinen Tod plant.«

Milou folgte ihr aus dem Raum. Die Angst verknotete ihr den Magen. Als sie in den Schlafsaal kamen, scharten sich bereits zehn Kinder mit ausgefahrenen Ellbogen um den einzigen Eimer Wasser. Sie tauchten ihre Zahnbürsten hinein und schrubbten sich hastig die Zähne. Als alle fertig waren, beäugte

Milou das Wasser. Es war jetzt leicht gelblich und Spuckeblasen trieben auf der Oberfläche.

Sie ging zum offenen Fenster und fuhr mit ihrer Zahnbürste durch den Schnee auf dem Sims. Mads hockte auf dem Dach, sein Kohlestift schrappte über einen alten Kopfkissenbezug. Er klemmte sich ein Fernglas, zusammengebastelt aus einem Metallrohr und einer alten Lesebrille, vors Auge und richtete es auf den Horizont. Er hatte gar nicht mitbekommen, dass Milou am Fenster stand. Sie steckte sich die Zahnbürste in den Mund, schauderte, als die Kälte an ihr Zahnfleisch drang, schrubbte kurz und spuckte in den Schnee.

»Genug gelüftet, Mads, du willst uns wohl tiefkühlen.«

»Bin fast fertig. Ich hab das östliche Hafenviertel eingezeichnet, hier, siehst du?«

Milou spähte über seine Schulter auf den Kopfkissen-Stadtplan. »Die kleinen Schiffe auf dem Fluss sind süß. Wenn dein Bein zittert, sieht es aus, als würden sie auf dem Wasser schaukeln.«

Mads strahlte sie an und zitterte weiter. »Es ist kalt, oder? Ich male es morgen fertig.«

Vorsichtig reichte er ihr seine Kartenzeichnerausrüstung und kletterte durchs Fenster nach drinnen. Milou verstaute die Sachen in seinem Kohleneimer und schlängelte sich dann durch die Lücken zwischen den Betten in den hinteren Teil des Schlafsaals. Die Matratzenfedern quietschten, als sich die Kinder hinlegten. Milou schlüpfte zwischen Lotta und Mona ins Bett und zog ihr Theorien-Buch aus dem Ärmel.

»Könnten wir heute mal eine lustige Gutenachtgeschichte

haben?«, fragte Lotta. »Ich bin nicht so in der Stimmung für Werwölfe und leichenfressende Dämonen.«

Ringsum tauchten blasse Gesichter unter den Bettdecken auf und nickten zustimmend. Mona fröstelte neben Milou und kuschelte sich näher an sie. Als sie die Ratte an ihre Brust drückte, spürte Milou, wie das Fell sie am Arm kitzelte.

»Ich habe mir eine neue Theorie zurechtgelegt.« Lächelnd öffnete sie ihr selbst gebasteltes Notizbuch. Sofort verschwanden alle düsteren Gedanken an die Hausmutter. Sie blätterte durch die abgegriffenen, vollgekritzelten Seiten. »Die Theorie besagt, dass mein Vater, Bram Poppenmaker, tagsüber Puppenbauer und nachts Heißluftballonpilot ist.«

Als sie ringsum interessiertes Gemurmel hörte, befeuchtete Milou ihre trockenen Lippen und begann mit ihrer Geschichte.

»In einer Mondnacht vor zwölf Jahren segelte eine dreiköpfige Familie über den Himmel von Amsterdam. Sie flogen höher als die Habichte, eleganter als die Stare und schneller als die Falken.«

Lotta hustete dazwischen. »Ähm, also, ich glaube, das trifft nicht ganz zu auf Heißluftballons …«

»Auf diesen speziellen schon.« Milou blätterte um und fuhr in ihrer Geschichtenerzählstimme fort: »Der Ballon war schwarz wie die Nacht und gesprenkelt mit silbernen Punkten. Wie Sterne. Unten dran hing die größte Gondel, die man sich vorstellen kann. An ihrem Bug baumelte ein knurrender Werwolf, geschnitzt aus Ebenholz, mit riesigen smaragdgrünen Augen. Und an einem Querbalken des Hecks hing mein Körbchen. Es war so befestigt, dass ich die Sterne über mir funkeln sehen konnte.

Die Poppenmakers waren gerade am Hauptbahnhof vorbei- und über den Königspalast hinweggeflogen, als plötzlich, völlig unerwartet, ein Gewitter aufkam.« Milou senkte die Stimme. »Blitze zackten über den Himmel, Donnerschläge hallten. Von Osten wirbelten orkanartige Böen heran. Meine Mutter zog den Ballon tiefer und hoffte, dem Kern des Unwetters auf diese Weise auszuweichen. Doch der Wind trieb den Ballon gefährlich nahe an die Hausdächer. Mein Korb verkeilte sich hinter einem Schornstein, und als der Ballon weitergetrieben wurde, blieb der Korb hängen.«

Milou machte eine Pause, um die Spannung zu steigern. Als sie hörte, wie die anderen Kinder tief einatmeten und die Luft anhielten, grinste sie hinter ihrem Notizbuch. Die Ratte gab einen empörten kleinen Quietscher von sich, wahrscheinlich hatte Mona sie vor Aufregung zu stark gedrückt. Milou ließ ihre Zuhörer noch ein paar Herzschläge lang zappeln, dann nahm sie den Faden wieder auf.

»Meine Eltern konnten nichts tun. Während der Sturm sie immer weiter von mir fortblies, versuchte meine Mutter verzweifelt, den Ballon zu wenden, und mein Vater überlegte, rauszuspringen und zu mir zurückzulaufen. Aber der Sturm hatte andere Pläne.

Der Heißluftballon wurde immer höher in die Lüfte und über den Ozean getragen, wo er herumwirbelte und kreiselte. Nach ein paar Tagen machten meine Eltern eine Bruchlandung am Nordpol, mitten in einer Familie sehr verwirrter Eisbären. Der Ballon hatte einen großen Riss abbekommen und lag luftleer und schlapp neben der umgekippten Gondel. Zum

Glück haben meine Eltern einen messerscharfen Verstand und einen sehr guten Überlebensinstinkt, sodass sie sich in Windeseile ein Iglu bauten. Mein Vater fing Fische mit alten Marionettenfäden und meine Mutter freundete sich mit den Bären an, indem sie ihnen Wiegenlieder vorsang.

Allerdings ist es schwer, in der Arktis Ballonersatzteile aufzutreiben. Obwohl sie schon jahrelang verzweifelt herumflicken, haben sie den Ballon immer noch nicht flottbekommen. Tja, und deshalb konnten sie noch nicht zu mir zurückfliegen.«

»Aber das erklärt doch nicht, warum du in einem Sarg lagst«, bemerkte Gisbert aus dem Bett gegenüber. Seine Stimme klang gedämpft und ein bisschen geisterhaft durch die Bettdecke.

»Hm, ja, an dem Teil der Theorie feile ich gerade noch …«

»Und die Krallenspuren erklärt es auch nicht«, fügte Mads hinzu.

»Ich gebe zu, dass es nicht die überzeugendste meiner Theorien ist, aber …«

Milou verstummte. Ihr linkes Ohr begann wie wild zu kribbeln. Sie blickte zur geschlossenen Schlafsaaltür. Einen Herzschlag später vernahm sie ein vertrautes Geräusch aus dem Flur dahinter.

Klick-klack-klick-klack.

Fast gleichzeitig begannen die Bettdecken zu rascheln und die Kinderköpfe tauchten wieder ab. Winzige Nagetierfüßchen sausten über Milous Arm und Kopf. Monas Ratte suchte das Weite. Milou hörte einen zarten Lufthauch, ausgestoßen aus einem kleinen Mund, dann erlosch zischend die einzige Kerze im Raum.

Klick-klack-klick-klack.

Bettgestelle quietschten unter zitternden Körpern.

Klick-klack-klick-klack.

Die Hausmutter betrat den Raum und bahnte sich ihren Weg zwischen den Betten hindurch. Hier und da blieb sie stehen.

Klick-klack-klick –

Durch ein Loch in der Filzdecke sah Milou die Stiefelspitzen der Hausmutter neben ihrem Bett. Als sich die Spitzen zu ihr drehten, erst die eine, dann die andere, kribbelten ihre Ohren so sehr, dass es fast nicht mehr auszuhalten war.

»Aufstehen!«, keifte Gassbeek und riss Milou die Decke weg. »Lotta und Mona, ihr auch.« Dann klopfte sie unsanft auf die zwei zitternden Klumpen im Bett gegenüber. »Und Gisbert und Mads ebenfalls.«

»Warum sie?«, fragte Milou. Ihr Herz überschlug sich fast, als sie aus dem Bett stolperte.

Doch die Hausmutter grinste nur ihr typisches Grinsen – viele Zähne, keine Seele – und klickerte und klackerte aus dem Raum.

Im fahlen Mondlicht, das durch die schäbige Gardine drang, kletterten ihre Freunde aus den Betten. Ihnen allen stand die Angst ins Gesicht geschrieben.

Was hatte die Hausmutter mit ihnen vor?

Gassbeek wartete im Foyer auf sie. Dreckige Schuhabdrücke liefen quer über den Marmorboden – den Boden, den Gisbert und Mads am Nachmittag blitzblank geschrubbt hatten. Solche auffälligen Spuren hätten sie doch nicht übersehen, oder? Ob die Hausmutter sie deshalb herunterzitiert hatte?

Die fünf stellten sich in einer Reihe auf, zitternd in ihren dünnen Nachthemden und unter Gassbeeks stechendem Blick. Ein merkwürdig öliger Geruch hing in der Luft. Er kitzelte Milou unangenehm in der Nase.

»Euer Verhalten heute war unentschuldbar«, begann Gassbeek und ihr Blick bohrte sich nacheinander in alle fünf Kinder.

Milou runzelte die Stirn. »Aber ich war doch die Einzige, die sich schlecht benommen hat, Hausmutter.«

Gassbeeks Blick wurde noch härter. »Ihr fünf seid jetzt *zwölf* Jahre hier. Ich hatte noch nie Waisenkinder, die länger als zehn Jahre geblieben sind. Und egal, wie sehr ich versucht habe, euch möglichen Adoptiveltern anzupreisen, ihr habt immer alles darangesetzt, als die unadoptierbaren Gören zu erscheinen, die ihr nun mal seid. Und *du*, Milou, bist das hoffnungsloseste kleine Monster, das mir jemals untergekommen ist. Kein Wunder, dass deine Eltern dich nicht haben wollten!«

»Das stimmt nicht …«, begann Milou und tastete nach der beruhigenden Ausbeulung in ihrem Ärmel: dem Theorien-Buch, in dem massenhaft Beweise für die Liebe ihrer Eltern standen. Aber da war keine Ausbeulung. Mist, sie musste das Buch unter ihrem Kopfkissen vergessen haben!

Zitternd holte sie Luft. Ein Streit mit Gassbeek würde es nur noch schlimmer machen. Ihre Freunde sahen auch so schon verzweifelt aus – und alles wegen ihr. Die Hausmutter würde sie alle fünf bestrafen, nur um sie, Milou, zu ärgern.

Milou streckte die Hände aus. »Bitte, schlagen Sie mich. Nur mich. Ich bin diejenige, die sich schlecht betragen hat. Die anderen haben nichts falsch gemacht.«

Gassbeeks Gesicht verzog sich zu einem höhnischen Grinsen. »Oh, heute wird es keine Prügel geben. Ich habe nämlich festgestellt, dass Prügel das Problem nicht löst. Nein, ich habe etwas anderes mit euch vor. Ich habe beschlossen, dass ihr meine Gastfreundschaft lange genug ausgenutzt habt.«

Milous Herz trommelte. »Wie meinen Sie das?«

»Das Gesetz schreibt vor, dass Waisenkinder bis zum Erwachsenenalter bleiben können«, sagte Lotta. »Sie können uns nicht einfach rauswerfen. Das Kinderbüro würde das gar nicht zulassen.«

»Ach, das Kinderbüro sorgt sich nur um den Papierkram«, schnaubte Gassbeek. »Für die seid ihr bloß Namen und Nummern in einem Buch. Solange die Zahlen am Ende stimmen, schauen die nicht so genau hin. Ich werde das schon entsprechend regeln.«

»Aber das ist illegal!«, rief Lotta.

»Ich gebe euch eine letzte Chance zur Wiedergutmachung«, übertönte die Hausmutter Lottas Einwand. »Ich erlaube euch, an einer allerletzten Vorstellungsrunde teilzunehmen. Wer da nicht vermittelt wird, fliegt raus.«

»Das können Sie nicht tun!«, bettelte Mads. »Wir verhungern doch da draußen. Oder erfrieren.«

»Das hättet ihr euch früher überlegen müssen.«

»Bis zur nächsten Vorstellungsrunde können Wochen vergehen«, sagte Lotta und wandte sich an die anderen. »Vielleicht könnte Mads uns ein paar Sommersprossen auf die Gesichter malen? Jedenfalls müssen wir uns richtig ins Zeug legen.«

Milou ließ die Hausmutter nicht aus dem Blick. Sie wusste, noch bevor diese weitersprach, dass das noch nicht alles gewesen war. Sie sah es an der fiesen Art, wie Gassbeek die Mundwinkel verzog. Milou betrachtete noch einmal die Schuhabdrücke. Jetzt fiel ihr auf, dass sie viel zu groß für Kinderschuhe waren. Und nicht spitz genug für die Stiefel der Hausmutter. Außerdem waren es zwei unterschiedliche Sohlen, wie sie bei genauerem Hinsehen feststellte.

»Tatsächlich musst du gar nicht so lange auf die nächste Vorstellungsrunde warten, Lotta, Schätzchen«, sagte Gassbeek. »Denn sie findet *jetzt* statt. Genau jetzt.«

4

Der seltsame Ölgeruch mischte sich mit dem Gestank nach Asche und Rauch, als Gassbeek sie den dunklen Flur entlang zum Essraum führte. Egal ob adoptiert oder verstoßen – sie alle fünf würden das Waisenhaus noch heute Nacht verlassen. Milous Eltern würden eines Tages hier aufkreuzen und feststellen müssen, dass ihre Tochter nicht mehr da war.

Milou drückte sich die Katzenmarionette wie eine Rüstung vor die Brust und redete sich ein, dass das Pochen, das sie spürte, von der Puppe kam und nicht etwa ihr eigenes Herz war, das so heftig wummerte, dass es für zwei gereicht hätte. Ob es besser war, bei dieser neuen Familie zu leben, wo auch immer das war? Oder sollte sie darauf setzen, rausgeschmissen zu werden, und ihre Eltern auf eigene Faust suchen?

Kleinlaut folgte sie Gassbeek und den anderen in den Essraum, an dessen Wänden sich lange, schmale Tische aneinanderreihten.

»Hier sind sie«, verkündete Gassbeek den Besuchern, die hinter ihrem Rücken standen, sodass Milou sie nicht sehen konnte. »Kinder, stellt euch in einer Reihe auf.«

Am anderen Ende des Raums knisterte ein Feuer im Kamin

und Milou fragte sich, was das wohl für Adoptierer waren, dass Gassbeek so einen Aufwand betrieb. Das unerwartete Kaminfeuer erklärte allerdings nicht den Ölgeruch, der noch immer in der Luft hing und unangenehm in Milous Nase kitzelte.

»Jetzt aber schnell.« Gassbeek packte Milou am Arm und schob sie in die Reihe, bevor sie sich mit raschelndem Seidenkleid wieder zu den Besuchern umdrehte. »Wie gewünscht sind es die ältesten Kinder, die ich habe.«

Jetzt, wo die Hausmutter ihr nicht mehr die Sicht versperrte, sah Milou, dass zwei Männer neben dem Kamin standen. Der Größere von beiden trug einen gut geschnittenen Anzug aus feinem grauem Wollstoff, dazu einen Frack mit Pelzkragen und einen Zylinder. Ein gewaltiger Schnauzbart, der in zwei schwungvollen Locken direkt unter der Nase entsprang und sich bis zu den buschigen Koteletten ausbreitete, verdeckte sein Gesicht beinahe vollständig. Der Mann trug fast an jedem Finger einen Ring und in seinem Mundwinkel hing eine Pfeife. Der Jüngere, fast noch ein Jugendlicher, steckte in einer einfachen schwarzen Hose und einem Wollmantel. Sein Filzhut war weit heruntergezogen, sodass die obere Gesichtshälfte im Schatten lag. Nur das spitze Kinn lugte darunter hervor.

»Zumindest hat sie die Kleinen oben gelassen«, flüsterte Lotta. »Jeder von uns hat jetzt eine Chance von zwanzig Prozent.«

»Kinderchen«, säuselte die Hausmutter, »das hier ist Herr Rotman.«

Sie rollte das »R« in »Rotman« deutlich länger als nötig. Milous Ohren begannen zu prickeln und sie drückte ihre Marionette noch fester an sich.

»Guten Abend«, sagte der Schnauzbärtige mit Bassstimme. »Schön, euch zu treffen. Mein Name ist Bas Rotman und das hier ist mein Lehrling Pieter.«

Pieter nickte kurz, das Gesicht immer noch verdeckt und die Arme hinter dem Rücken verschränkt.

»Sagt Hallo«, quäkte Gassbeek und vier Münder krächzten ein Hallo.

Milou hatte ihre Freunde noch nie so verängstigt gesehen. Ihre bedrückten Mienen zerrissen ihr das Herz. Hätte sie die Hausmutter doch bloß nicht so verärgert, dann hätten sie vielleicht genug Zeit gehabt, um Adoptiveltern zu finden, die sie so liebten, wie sie waren. Dann hätten sie wenigstens den Hauch einer Chance gehabt.

Jetzt standen sie alle fünf stocksteif und zitternd da und warteten darauf, dass die Hausmutter ihr Klemmbrett hervorholte und halbherzig ihre jeweiligen Qualitäten herunterspulte. Aber Gassbeek tat nichts dergleichen, sie verschränkte nur die Arme. Von ihr war keine Hilfe mehr zu erwarten, das begriff Milou in diesem Moment. Wenn sie adoptiert werden wollten, dann musste sie selbst dafür sorgen.

»Herr Rotman ist ein sehr wohlhabender Zuckerhändler, der auf den Weltmeeren zu Hause ist«, sagte Gassbeek. »Er sucht nach einem Erben oder einer Erbin, die ihn auf seinen Schiffsreisen begleitet.«

Im flackernden Feuerschein sah Milou, wie ihre Freunde zwischen Hoffnung und Resignation schwankten. Sie fassten sich bei den Händen und bildeten eine Reihe des Zusammenhalts – und in dem Augenblick wurde ihr etwas klar: Es wäre nicht recht, wenn sie diese allerletzte Vorstellungsrunde für sich selbst nutzen würde. Sie verdienten alle gleichermaßen eine faire Chance, adoptiert zu werden. Und glücklich zu sein. Jetzt konnte Milou ihren Patzer vom Nachmittag wiedergutmachen.

Sie musste etwas tun. Etwas Mutiges.

»Guten Abend, Herr Rotman«, sagte sie und deutete einen kleinen Knicks an.

Die anderen blickten sie überrascht an.

Die Augen der Hausmutter verengten sich zu schmalen Schlitzen, aber das störte Milou nicht. So, wie die Dinge standen, war es völlig egal, ob sie die Hausmutter noch weiter verärgerte. Der Schaden war bereits angerichtet.

»Es ist uns eine Ehre, dass sie zu uns gekommen sind«, fuhr sie fort. »Dürfte ich uns kurz vorstellen?«

Der Schnauzbart des Kaufmanns zuckte. »Das wäre ganz … *entzückend.*«

Er zog ausgiebig an seiner Pfeife und stieß eine Qualmwolke aus. Als sich der Rauch um sie herum kringelte, prickelten Milous Ohren erneut. Ohrenreibend blickte sie zu Boden – und stellte erstaunt fest, dass ihr Schatten zitterte! Stirnrunzelnd wedelte sie den Qualm weg und räusperte sich.

»Das hier ist Lotta«, sagte sie und schob ihre Freundin ein paar Schritte nach vorne. »Das klügste Mädchen in ganz Amsterdam. Sie ist Mathematikerin *und* Ingenieurin. Aus einem Stahlrohr und einer alten Lesebrille hat sie ein Teleskop für Mads konstruiert.«

»Es ist erstaunlich, was für Schätze man alles in den Grachten findet«, sprudelte es aus Lotta heraus. »Einmal hab ich einen völlig funktionstüchtigen Kompass herausgefischt.«

»Ihre Eltern müssen sehr angesehene Wissenschaftler aus Bayern gewesen sein«, fuhr Milou fort. »Das ist die einzige Erklärung für ihre Schlauheit. Und dank ihrer zwei Extrafinger gibt es keinen Knoten auf der Welt, den sie nicht aufbekommt oder festzurren kann. Sie würde eine absolut hervorragende Zuckerhändlertochter abgeben, mein Herr.«

Rotmans einzige Reaktionen waren ein erneutes Schnauzbartzucken und ein kurzes Nicken. Hinter ihm trat Pieter, immer noch mit gesenktem Blick, von einem Bein aufs andere.

Jetzt schob Milou Gisbert nach vorne. »Das hier ist Gisbert. Der freundlichste Junge in ganz Amsterdam. Er kümmert sich immer erst um andere und dann um sich selbst und seine besonderen Ohren sind ein Beleg dafür, wie gut er zuhören kann. Was ihm an Anmut fehlt, macht er durch seine Nähkünste mehr als wett. Ich bin mir ziemlich sicher, dass seine Eltern Pariser Schneiderkünstler waren, die sogar die schäbigsten Materialien in Haute Couture verwandeln konnten. Gisbert flickt unsere gesamte Kleidung, und einmal hat er mir sogar eine blutende Wunde am Kinn genäht. Wenn Sie mich fragen, mein Herr: Er würde einen ganz fantastischen Sohn abgeben.«

»Sie übertreibt ein wenig«, sagte Gisbert leise und mit knallroten Wangen. »Obwohl, ja, ich kann Kleidung ziemlich schnell ausbessern. Und Segel ebenfalls.«

Die Hausmutter schnalzte mit der Zunge, während Rotman die Augen zusammenkniff. Und wieder nickte er. Milou huschte schnell zu Mads und knuffte ihn an, damit er vortrat.

»Mads ist der talentierteste Junge in ganz Amsterdam«, erklärte sie. »Er hat einen vollständigen und präzisen Stadtplan auf einen alten Kopfkissenbezug gezeichnet, nachdem er sich einfach nur eine Weile aufs Dach gesetzt und die Gegend angeschaut hat. Absolut großartig! Der Plan umfasst den Süden der Stadt bis hoch zum Hauptbahnhof und Hafen. Selbst das eingedeichte Land dahinter ist mit drauf. Dieses Zeichentalent muss er von seinen Eltern haben, die vermutlich reisende Maler aus dem fernen Asien waren. Ich bin mir sicher, dass sich ein Kaufmann wie Sie über einen Sohn mit so vielversprechenden Kartografiekenntnissen freuen wird. Er könnte ihnen helfen, die Welt zu erkunden.«

Mads gab ein leises Geräusch von sich, halb Kichern, halb Keuchen, und Milou sah, dass er einen Zipfel seines Halstuchs so fest umklammerte, dass seine Fingerknöchel ganz weiß waren. Er warf ihr ein schnelles, dankbares Lächeln zu.

Wieder zog Rotman kräftig an seiner Pfeife, dann stieß er den Rauch aus, und zwar direkt in Milous Augen. Als sie den Schwall wegwedelte, stellte sie fest, dass sich ihr Schatten in die Länge zog. Er erstreckte sich über den kompletten Fußboden, bis zu den Robbenfellstiefeln des Kaufmanns.

Milou runzelte die Stirn. Zeigte ihr Schatten auf den Mann? Sie blickte hinter sich, aber da war nichts anderes, das so einen langen Schatten hätte werfen können. Als sie wieder nach unten guckte, war der Schatten immer noch da. Er zitterte unter den letzten Rauchkringeln wie ein langer grauer Finger, der direkt auf Rotmans Zehenspitzen deutete. Jetzt prickelten auch Milous Ohren wieder, so heftig, dass ihr ein Keuchen entfuhr.

Plötzlich drang ein Luftzug durch einen Riss in der Wand und verwehte den Qualm – und mit ihm den Schatten. Mads stieß sie mit dem Ellbogen an und Milou löste endlichen ihren Blick vom Boden. Mona sah sie erwartungsvoll an.

»Und das hier ist Mona«, krächzte Milou.

»Ich nehme an, dass Mona ein genauso ideales Kind mit ebenso beeindruckenden Eltern ist?«, fragte Rotman.

Er klang belustigt, fand Milou, aber auf eine kalte Art und Weise, so als würde er über sie lachen. Als fände er sie … *lächerlich*.

Milou starrte ihn einen Augenblick durchdringend an, versuchte, aus ihm schlau zu werden. Ohne Zweifel war er extravagant gekleidet, so wie es sich für einen reichen Kaufmann gehörte. Dazu passten auch die goldenen Zähne, die blitzten, sobald er den Mund aufmachte. Seine Gesichtszüge waren weder besonders anziehend noch abstoßend, aber auf seiner Stirn waren tiefe Falten, so als ob er viel Zeit mit Stirnrunzeln verbrachte. Und seine Hände waren sauber und wirkten sehr weich, was Milou für einen Seefahrer seltsam fand.

Rotman erwiderte ihren Blick ohne zu lächeln, und Milous Ohren prickelten unangenehm.

»Mona ist das süßeste Mädchen in ganz Amsterdam«, sagte sie schließlich, nachdem sie sich geräuspert hatte. Sie hielt dem Blick des Händlers immer noch stand. »Sie redet nicht viel, aber das liegt vermutlich nur daran, dass ihre Eltern Pantomime-Künstler in London waren. Sie lächelt auch nicht oft, aber wenn sie es tut, dann funkelt eine ganze Sternengalaxie in ihren Augen. Und: Sie macht den besten Frühstückskuchen, den man sich vorstellen kann! Ich schätze, eine Köchin ist sehr nützlich auf einem Schiff, mein Herr.«

»Das klingt fantastisch«, sagte Rotman höflich. Sein Schnauzbart zuckte erneut.

Zu Milous Überraschung blickte Mona auf und lächelte den Kaufmann schüchtern an.

Er stieß eine weitere Rauchwolke aus. »Was haben sie doch für entzückende *Wesen* großgezogen, Frau Gassbeek!«

Milou blickte von ihm zur Hausmutter und von dort zu dem Schatten, der schon wieder zitterte und sich dabei um den Knöchel des Händlers wickelte. Gassbeek wirkte voll und ganz zufrieden mit sich und auch Rotman behielt sein Lächeln im Gesicht.

Obwohl, es war eher die Parodie eines Lächelns, stellte Milou fest, ein bisschen so wie das der Hausmutter: viele Zähne und keine Seele. Irgendetwas war faul, aber sie wusste nicht, was.

»Und was ist mit *dir*?«, fragte Rotman. »Was für entzückende Fähigkeiten besitzt du, junge Dame?«

»Ich?« Milous Stimme klang rau. Sie senkte den Kopf und legte ihn etwas schief. Dann blinzelte sie durch ihre Spinnenbeinwimpern. »Ich bin das hoffnungsloseste kleine Monster, dem Sie jemals begegnet sind, mein Herr. Ein Kind wie mich würden Sie nicht haben wollen. Außerdem finde ich, dass Sie komisch riechen, deshalb möchte ich Sie, glaube ich, lieber nicht zum Vater haben.«

Ihre Freunde schnappten nach Luft. Die Augen der Hausmutter weiteten sich vor Wut auf Untertassengröße.

Rotman warf den Kopf in den Nacken und lachte. Es war

ein merkwürdiges Lachen, als würde eine Möwe krächzen. Und es hörte gar nicht auf. Eine hartnäckige Angst legte sich wie eine kratzige Decke um Milou.

Rotman verhielt sich völlig anders als alle anderen Adoptierer, die jemals bei ihnen aufgekreuzt waren. Er gab keine Koselaute von sich, säuselte und gurrte nicht. Sein Lächeln und sein Lachen wirkten … falsch. Er sah sie auf die gleiche Art an, wie Gassbeek es tat: so als wären sie *Gegenstände. Wesen* hatte er sie genannt. Warum wollte ein Mann, der Kinder so offensichtlich nicht mochte, eines adoptieren?

»Pieter!«, sagte Rotman und streckte dem jungen Mann seine Hand entgegen. »Reich mir doch bitte ein Taschentuch, ja?«

Pieter griff in die Innentasche seines Mantels und zog ein weißes Taschentuch heraus, das er Rotman hinhielt. Dabei fielen Milou die vielen Kratzer auf dem Arm des Jungen auf. Einige waren bereits verschorft, andere wirkten frischer. Als würde er Milous Blick spüren, versteckte Pieter seinen Arm schnell wieder hinter seinem Rücken und starrte erneut auf seine Füße.

Als Rotmans Kichern allmählich verebbte, bemerkte Milou, dass ihr überlanger Schatten sich immer noch zitternd um Rotmans Füße kringelte. Ihre Ohren prickelten. Das konnte kein Zufall sein. Ihr siebter Sinn hatte sie noch nie getäuscht, hatte sie immer zuverlässig vor Gefahren gewarnt. Und diesmal schien die Warnung besonders eindringlich zu sein.

»Nun, Frau Gassbeek«, sagte Rotman und wischte sich mit dem Taschentuch die Lachtränen weg. »Ich bin zutiefst beeindruckt. Es ist genau, wie Sie gesagt haben: Es sind die bemerkenswertesten Waisenkinder, denen ich je begegnet bin.«

Die Hausmutter spreizte sich nur so bei seinen Worten. Milou wurde schlecht.

»Also.« Er klatschte in die Hände. »Ich schätze, ich muss mich entscheiden, wen von euch ich mit nach Hause nehmen will. Mein Schiff, *De Zeehond*, ist spektakulär. Es ist das schnellste Wasserfahrzeug Europas und ich habe damit alle Weltmeere besegelt. Es mag ein ungewöhnliches Zuhause sein, aber ich garantiere, dass es dort nie langweilig wird. Das Leben an Bord steckt voller Überraschungen.«

»Würde ich wirklich reisen?«, fragte Mads.

»Aber ja«, antwortete Rotman mit breitem Grinsen. »Wir werden Orte besuchen, von denen du noch nie gehört hast.«

»Und gibt's auch eine Mutter?«, fragte Gisbert. Die Hoffnung, die in seiner Stimme lag, zerriss Milou das Herz.

Wieder zuckte Rotmans Schnauzbart. »Es gibt eine weibliche … Betreuerin. Sie heißt Dolly.«

Bei diesen Worten versteifte sich Pieter, wie Milou auffiel. Die anderen sahen Rotman ehrfürchtig und hoffnungsvoll an. Sie schienen nicht zu bemerken, dass irgendetwas an ihm seltsam war.

»Die Entscheidung ist unglaublich schwer, fast unmöglich, Frau Gassbeek«, sagte Rotman und zog ausgiebig an seiner Pfeife. Dann blies er ihnen eine dicke, ekelhafte Rauchwolke mitten ins Gesicht.

Als sich der bittere, ölige Dunst verzog, bemerkte Milou, dass der Händler sie anstarrte. Mit seinem unheilverkündenden Grinsen. Dann zwinkerte er ihr zu.

»Ich denke, ich adoptiere einfach alle fünf.«

5

Fassungslos starrte Milou ihre Freunde an. Im flackernden Feuerschein sah sie, dass ihre Münder so breit lächelten, dass sie das gesamte Mondlicht zu verschlucken schienen. Sie umklammerte ihre Marionette.

Er wollte sie wirklich alle fünf? Auch sie, Milou?

Sie blinzelte zu ihm hinauf, wollte etwas sagen, irgendetwas, wollte dass er seine Meinung änderte und verschwand, aber ihre Zunge war plötzlich so schwer, dass sie sie nicht bewegen konnte.

»Sind Sie … sicher?«, krähte Gassbeek. Sie wirkte ehrlich geschockt. »Sie wollen wirklich … *alle fünf*?«

»Oh, ja, ich meine es ernst«, sagte Rotman, der plötzlich aufgehört hatte zu lächeln. »Dieses kleine Mädchen hat mich davon überzeugt, dass sie alle perfekt sind. Ich finde sie tatsächlich *bezaubernd*.«

Das Wort »bezaubernd« klang bei ihm, als würde er einen üblen Geruch beschreiben. Er war ein furchtbarer Schaumschläger, fand Milou, ein arroganter, windiger Typ.

Eine Hand mit sechs Fingern zupfte Milou am Arm. Lotta lächelte selig. »Oh, Milou, danke!«, flüsterte sie und legte ihren Arm um sie.

Milou öffnete den Mund, um zu antworten, aber mehr als ein Krächzen brachte sie nicht heraus.

»Nun«, japste Gassbeek, nachdem ihr Mund ein paarmal auf und zu geklappt war. »Das ist ja ganz wunderbar!«

Rotman nahm einen tiefen Pfeifenzug und Milou beobachtete, wie ihr Schatten in der ausgestoßenen Qualmwolke zu zittern begann. Doch diesmal prickelten ihre Ohren nicht. Sie brannten *eisig*. Milou spürte, wie eine Woge der Angst über sie hinwegschwappte. Hier lief irgendetwas falsch. Falscher als falsch. Was zum Teufel hatte sie nur getan?

»Pieter!«, bellte Rotman und schnippste mit seinen juwelenberingten Fingern nach dem Lehrling. »Geh und bereite die Kutsche vor. Ich bespreche noch schnell die Einzelheiten des Geschäfts mit Frau Gassbeek.«

Milou trat beiseite, um Pieter vorbeizulassen, und dieser huschte eilig und lautlos aus dem Raum, seine Armwunden sorgsam verbergend.

»Kinder«, sagte Gassbeek, »geht und packte eure Habseligkeiten zusammen. Und dann wartet im Unterrichtsraum, bis ich euch rufe. Herr Rotman, wir haben viel zu besprechen. Bitte folgen Sie mir in mein Büro.«

Ohne sich noch einmal umzudrehen, eilten Gassbeek und Rotman aus dem Essraum und zum »Verbotenen Bereich«. Sie ließen den Geruch nach öligem Rauch und fünf vollkommen perplexe Waisenkinder hinter sich zurück.

Am Ende des Flurs dongte die Standuhr ihren Halbstundenschlag.

»Ich glaub's nicht!«, jubelte Gisbert.

»Ich auch nicht!« Mads grinste. »Wir werden um die Welt reisen.«

Lotta strahlte Milou an. »Wir sind frei. Dank dir!«

Mona kicherte leise und es hörte sich ein bisschen wie Schluckauf an.

Aber Milou schüttelte den Kopf. »Nein. Wir dürfen auf keinen Fall mit ihm gehen. Er mag keine Kinder!«

Lotta runzelte die Stirn. »Wie meinst du das? Er hat doch gerade gesagt, dass er uns alle fünf adoptieren will. Das zeigt doch, dass er Kinder offensichtlich *sehr* mag. Fünfmal mehr als der Durchschnittsadoptierer, um genau zu sein.«

»Er wirkt anders, als er tatsächlich ist«, beharrte Milou. »Irgendwas stimmt nicht. Ich spüre einfach, dass er nicht die Wahrheit sagt. Vielleicht ist er ein Pirat. Oder ein Schmuggler. Vielleicht ist er noch schlimmer als die Hausmutter.«

»Schluss jetzt mit deinen Theorien, Milou«, seufzte Mads. »Ich weiß, dass du hier nicht wegwillst, weil du auf deine Eltern wartest. Aber du hast keine andere Wahl mehr. Das ist unsere einzige und letzte Chance, heil hier rauszukommen. Du musst deswegen ja nicht gleich aufgeben. Vielleicht kann Herr Rotman dir sogar helfen, deine Eltern zu finden. So wie er mir bestimmt helfen wird, meine zu finden. Er wirkt nett.«

»Nein, tut er nicht«, widersprach Milou. »Ich glaube zum Beispiel, dass sein Lehrling Angst vor ihm hat. Pieter hat nicht ein einziges Mal vom Boden aufgeguckt. Und sind euch die Wunden an seinen Armen aufgefallen? Die sahen aus, als hätte er an einem Schwertkampf teilgenommen. Oder als sei er ausgepeitscht worden.«

»Milou, jetzt wirst du aber ein bisschen dramatisch. Und überhaupt: Warum hast du dir die ganze Zeit die Ohren gerieben?«

»Du weißt genau, warum. Meine Ohren sind mein siebter Sinn und haben mich wachgerüttelt. Am Anfang dachte ich noch, sie würden mich zurückhalten wollen, den Mund aufzumachen, um die Hausmutter nicht zu verärgern. Aber dann wurde mir klar, was das Kribbeln bedeutete: Es war eine Warnung! Vor Rotman. Der Mann ist hochgradig gruselig. Und gefährlich.«

»Heiliger Gouda.« Lotta verdrehte die Augen. »Nicht das schon wieder. Deine Ohren sind keine Gefahrenantennen, Milou! Das ist wissenschaftlich gesehen völliger Quatsch.«

»Warum kreuzt der Typ dann mitten in der Nacht hier auf, wenn er nichts im Schilde führt?«, fragte Milou. »Und warum wollte Gassbeek die anderen Kinder nicht dabeihaben? Ich sag euch: Die sah so ekelhaft selbstzufrieden aus, die verheimlicht etwas. Nein, mit dieser ganzen Vorstellungsrunde stimmte etwas nicht. Der Kerl will uns *alle fünf* adoptieren? Die unadoptierbarsten Kinder von ganz Amsterdam?«

»Er hat ausdrücklich nach den Ältesten verlangt«, erklärte Mads.

»Kein einziger Adoptierer hat jemals nach den Ältesten verlangt. Nicht einer«, stellte Milou klar, woraufhin ein winziger Zweifel in Lottas Augen trat.

»Und kein einziger Adoptierer hat uns jemals als ›Geschäft‹ bezeichnet«, fügte Milou hinzu. »Das ist ein Wort, das Kaufleute benutzen, kein Elternwort.«

Gisbert runzelte die Stirn.

»Ach, das ist Quatsch«, meinte Mads. »Kommt, lasst uns unsere Sachen holen und im Unterrichtsraum warten, wie Gassbeek es gesagt hat.«

Er wandte sich in Richtung Foyer und zog Mona und Gisbert mit sich.

»Und kein einziger Adoptierer hat je gesagt, wir wären ›bezaubernd‹. Kommt schon, bitte, ihr *müsst* mir glauben!«

»Milou, du hast keinen Beweis dafür, dass er lügt.« Mads dreht sich um und funkelte sie an. »Alles, was du hast, ist eine blühende Fantasie, die uns ständig in Schwierigkeiten bringt. Aber jetzt gerade befinden wir uns nicht in einer deiner Gruselgeschichten. Das hier ist das *echte* Leben. Und es ist das erste Mal, dass wir die Chance auf ein Zuhause haben. Die werde ich jetzt bestimmt nicht aufgeben, nur weil deine Ohren dir das raten.«

Mit diesen Worten drehte er sich um und ging weiter. Und die anderen schlossen sich ihm an. Zögernd folgte Milou ihnen in die unheimliche Dunkelheit des Foyers. Sie warf einen Blick zurück zum Verbotenen Bereich. Es würde nicht mehr lange dauern, dann hätte Rotman die Papiere zusammen, die er bräuchte, um sie alle fünf mitzunehmen – und mit ihnen anzustellen, was immer ihm vorschwebte. Sie musste dringend etwas tun. Nur was?

Milo konnte noch die flüchtigen Kringel des öligen Rauchs sehen, die über die rote Linie auf dem Boden hinauswaberten, vorbei an der eisernen Tafel an der Wand, auf der stand: *Keine Waisenkinder hinter dieser Linie*! Und unterhalb des Kringels, der am weitesten in den Verbotenen Bereich hineinschwebte, meinte Milou einen dünnen, fingerförmigen Schatten zu sehen, der zitternd über die rote Linie zeigte.

»Wenn ihr Beweise wollt«, rief Milou ihren Freunden hinterher, die bereits die Treppe hochstiegen, »dann werde ich euch Beweise liefern.«

Gisbert drehte sich zu ihr um und seine Augen weiteten sich vor Schreck, als er kapierte, was sie vorhatte. In drei langen Sätzen sprang er die Treppe wieder runter, doch als er sie packen wollte, hatte Milou den Flur bereits durchschritten und die rote Linie überquert. Gisbert schien auf der Schwelle zu schweben, die Arme immer noch ausgestreckt. Jetzt tauchten auch die anderen hinter ihm auf.

»Milou«, flüsterte Lotta. »Das kannst du nicht machen! Wenn Gassbeek dich erwischt –«

»Es wäre mir jede Strafe wert, solange ich euch beweisen kann, dass Rotmans Versprechen leerer sind als ein hungriger Magen«, sagte Milou. »Euch mag er mit seinen Phrasen überzeugt haben – doch ich traue ihm nicht.«

Erneut versuchte Gisbert, sie zu fassen zu bekommen. »Bitte, Milou …«

Doch sie wich drei Schritte in den Flur zurück. Die anderen standen wie vom Donner gerührt auf der anderen Seite der Linie. Mona schüttelte den Kopf und sah Milou flehend an.

»Ich versichere euch, dass ich weder übertreibe noch lüge«, sagte Milou. »Aber wenn ihr mir nicht glaubt, dann muss ich euch eben anderweitig überzeugen.«

Milous Theorien-Buch

Die Heimliche Spione-Theorie

Meine Eltern sind Spione. Sie haben sich in der fraglichen Nacht als Bestatter ausgegeben (der Sargkorb) und wurden von einem Typen mit einer Metallhand angegriffen (die Krallenspuren). Einer der beiden wurde verletzt (die Blutstropfen), und dem anderen wurde fast der Arm abgerissen (weißer Faden). Aber zum Glück konnten sie sich in Sicherheit bringen (auf dem Dach des Waisenhauses). Da sie Sorge hatten, dass ich bei der Aktion verletzt werden könnte (Babys taugen nicht als Spione), beschlossen sie, mich irgendwo abzustellen (Waisenhaus), bis es sicher genug wäre, um mich abzuholen.

Und da sie nun schon so lange weg sind, wird man sie auf eine extrem gefährliche Mission geschickt haben. Vielleicht müssen sie die junge Königin Wilhelmina vor einem bösen Schurken beschützen. In den Zeitungen habe ich zwar nichts darüber gefunden, aber so ist das eben mit der Spionage: alles streng geheim. Spione arbeiten im Verborgenen. Und sie sind mutig. Damit andere Menschen in Sicherheit leben können, erledigen sie Aufgaben, an die sich sonst niemand herantraut.

6

Die Waisenkinder der »Kleinen Tulpe« hatten oft darüber gerätselt, was wohl hinter dem dunklen Flur lag, der zum Verbotenen Bereich führte. Das Einzige, was sie sicher wussten, war, dass die Zimmer der Hausmutter dort lagen – dort, tief in den Eingeweiden des Waisenhauses, wo noch nie ein Kind einen Fuß hineingesetzt hatte. Milous Theorien reichten von einem dunklen Kerker, in dem konservierte Rattenkadaver in durchsichtigen Glasbehältern schwammen, bis zu einer Fabrik, in der Rattenhäute mit Mäuseblut karminrot gefärbt und zu spitzen Lederstiefeln verarbeitet wurden. Aber genau wusste sie es natürlich nicht, denn niemand war jemals dumm oder mutig genug gewesen, die rote Linie zu überschreiten, um die Wahrheit herauszufinden.

Milous Herz hätte vor Angst wahrscheinlich ihren Brustkorb zerhämmert, wenn sie nicht gewusst hätte, dass ihr siebter Sinn sie rechtzeitig vor Gefahren warnen würde. In dem Pfeifenrauch, der sich den langen, dunklen Flur entlangkräuselte, war immer noch der dünne Schattenfinger zu erkennen – und er schien ihr den Weg zu weisen. Auf Zehenspitzen schlich sie auf eine dünne, flackernde Lichtquelle am anderen Ende des

Flurs zu – eine Hand an der Wand, um sich abzustützen, die andere um die Marionette geklammert.

Als sie die kleine, flackernde Öllampe schließlich erreichte, sah sie, dass vor ihr eine hölzerne Wendeltreppe in die Düsternis hinabführte. Sie zuckte zusammen, als die erste Stufe unter ihr knarrte. Ihr stockte der Atem, als die zweite ächzte, aber sie konnte jetzt nicht mehr umkehren, das wusste sie. Die Treppe wand sich nach unten und zog Milou immer weiter ins Ungewisse. Und dann tat sich plötzlich ein weiterer Flur vor ihr auf. Wie vom Donner gerührt blieb sie stehen.

Der Flur war so lang wie alle anderen Flure des Waisenhauses – aber doppelt so breit. Und die Wände waren mit einer blau-weißen Blumentapete dekoriert. Keine abblätternde Farbe weit und breit. An der einen Wand standen zwei große Bücherregale mit aufwändigen Holzschnitzereien und eine Schubladenkommode mit einer eleganten Öllampe und einer Vase obendrauf. In der einen Wand befanden sich drei Türöffnungen, die hintere war umrahmt von einem Lichtkranz. Neben der Treppe befand sich ein Garderobenständer, an dem verschiedene Pelzmäntel hingen. Es war angenehm warm, in der Luft hing der heimelige Geruch eines Kohlenofens.

Keine Glasbehälter. Keine eingelegten Ratten. Keine Kälte.

Als ihre durchgefrorenen Glieder langsam auftauten, erwachte die Wut in ihr. Wie konnte die Hausmutter sie andauernd frieren und leiden lassen und selbst so ein Luxusleben führen – direkt unter ihren Füßen?

In den Wänden und unter den Bodendielen konnte Milou das verräterische Trippeln unzähliger Rattenfüße hören. Offenbar war sie nicht die Einzige, die das wohlig warme Büro der Hausmutter ansteuerte. Milou verspürte einen leisen Hauch Genugtuung darüber, dass Gassbeek mit ihrem gierigen Lebensstil genau die Tiere in Scharen anzog, die sie am meisten fürchtete.

Allerdings schmälerte das ihre Wut nur geringfügig. Sie musste einen dicken Klumpen Zorn hinunterschlucken, bevor sie weitergehen konnte. Die Wärme des Flurs wickelte sich um ihre Schultern und ihre Knöchel. Vorsichtig presste sie ihr Ohr gegen die hintere Tür, die mit dem Lichtkranz.

»Beim Verhandeln sind Sie wirklich eine harte Nuss, Frau Gassbeek«, sagte Rotman. Milou hörte, wie er einen Schwall Pfeifenrauch ausstieß. »Sie wollen Geld und obendrein meine Hilfe bei der Bekämpfung der Rattenplage? Das stand so aber nicht in Ihrer Anzeige …«

»Die Ratten sind inzwischen überall. Im ganzen Haus.« Die Panik in Gassbeeks Stimme war unüberhörbar. »Ich ertrage diese Drecksviecher nicht mehr. Und da es auf Schiffen, wie man hört, auch oft von Ratten wimmelt, vermute ich, dass Sie eine bessere Lösung haben als untaugliche Fallen. Außerdem ist es immer noch ein Schnäppchen für Sie, wenn ich bedenke, dass Sie fünf sehr nützliche Arbeitskräfte bekommen. Hätte ich gewusst, dass Sie sie alle nehmen, hätte ich von vornherein einen anderen Preis verlangt. Es ist lediglich ein Gefallen, um den ich Sie im Rahmen unserer neuen Partnerschaft bitte.«

Partnerschaft? Milou umklammerte ihre Marionette.

»Mal ganz abgesehen davon, dass Sie Verdacht erregen werden, wenn Sie weiterhin jedes Jahr so viele neue Lehrlinge einstellen«, fuhr Gassbeek fort. »Und sollte das Kinderbüro irgendwann mal Untersuchungen anstellen und herausfinden, dass diese sogenannten ›Lehrlinge‹ alle … verschwunden sind … Nein, Herr Rotman, Sie wissen genau, dass ich die einzige Waisenhausleiterin in Amsterdam bin, die bereit und in der Lage ist, den Verdacht, der auf Ihnen lastet, zu zerstreuen.«

»Ach ja? Und wie wollen Sie das tun?«

»Wie ich das mache, geht Sie nichts an. Sie müssen mich nur *angemessen* dafür bezahlen.«

»Na schön, ich werde jetzt gleich zum Hafen zurückkehren und meine Rattenfängerin zu Ihnen schicken. Obwohl, es ist wahrscheinlich besser, wenn Ihre restlichen Waisenkinder Dolly nicht begegnen. Warum sollen sie sich unnötig erschrecken?«

Milou runzelte die Stirn. Die Frau, von der er gesagt hatte, dass sie ihre Mutter werden würde, war eine Rattenfängerin?

»Ausgezeichnet«, krächzte Gassbeek. »Dann haben wir also eine Abmachung?«

»Nun ja, Ihre Kinder sind alle ziemlich blass und dünn, Frau Gassbeek. Die Arbeit auf meinem Schiff ist nichts für Schwächlinge. Mir wäre mit unserem Geschäft nicht geholfen, wenn ich sie während der Reise alle über Bord werfen müsste. Ich brauche sie mindestens so lange, bis sie meine Ausgaben wieder eingespielt haben. Erst dann kann ich es mir leisten, Nachschub bei Ihnen zu holen.«

Milou zerquetsche ihre Marionette fast. Sie hatte sich also nicht getäuscht. Er wollte keine Erben, sondern billige Arbeitskräfte, die er, wenn sie ihn nicht zufriedenstellten, nach Belieben entsorgen konnte!

Eine Ratte sauste vor ihren Zehen entlang und verschwand unter einem Bücherregal.

»Wann planen Sie zurückzukommen?«, fragte Gassbeek. »Dann würde ich sicherstellen, dass der nächste Schwung Kinder etwas dicker ist.«

»Ich habe diesen Frühling einen engen Zeitplan«, antwortete Rotman. »Ich werde erst im August wieder hier sein. Aber ich habe noch eine Frage. Muss ich damit rechnen, dass mir die kleine Schwarzhaarige Schwierigkeiten macht? Die, die aussieht, als würde sie auf dem Friedhof leben? Nach ihrem kleinen Auftritt vorhin habe ich den Eindruck, als würde sie sich nicht so gerne unterordnen.«

»Milou?«, spottete die Hausmutter. »Machen Sie sich um die mal keine Sorgen. Solange Sie die anderen unter der Fuchtel haben, wird sie auch spuren. Emotionales kleines Ding, die Göre.«

»Okay, dann sind wir nun offiziell Partner, Frau Gassbeek. Sie sorgen für einen stetigen Nachschub an Waisenkindern und ich befreie Ihr Haus im Gegenzug von Schädlingen: von Nagetieren ebenso wie von schwer vermittelbaren Gören. Aber natürlich sollen Sie darüber hinaus auch eine Bezahlung erhalten.«

»Ich brauche eine Stunde, um die nötigen Papiere auszufüllen.« Gassbeek klang höchst zufrieden. »Schaffen Sie es, Dolly in der Zwischenzeit herzuschaffen?«

Milou explodierte fast vor Wut. Sie hatte genug gehört. Ihr

blieb eine Stunde, um die anderen zu informieren und mit ihnen zusammen einen Plan zu schmieden. Als sie sich zur Treppe umwandte, fuhr sie vor Schreck zusammen: Keinen Meter von ihr entfernt standen ihre Freunde – sie hatten sich ebenfalls ins Untergeschoss getraut.

»Milou?«, flüsterte Gisbert.

»Gisbert!«, zischte Milou. »Was macht ihr hier?«

»Wir wollten dich hol–«

Das Schrappen von Stuhlbeinen auf dem Holzboden und das Knarzen von Dielen unterbrachen ihn. Dann öffnete sich die Tür und Licht und Rauch drangen in den Flur. Der schattenhafte Umriss von Rotman zeichnete sich an der gegenüberliegenden Wand ab.

»Es ist wirklich eine Freude, mit Ihnen Geschäfte zu machen«, dröhnte Rotmans Stimme durch den Flur.

Milou war klar, dass sie es niemals ungesehen und ungehört die Treppe hinaufschaffen würden, die anderen schienen derselben Meinung zu sein. Sie standen einfach nur da und starrten einander mit schreckgeweiteten Augen an.

Milous Theorien-Buch

Die Baby-Phobie-Theorie

Vielleicht haben meine Eltern irgendein körperliches Leiden, das sie bis heute davon abgehalten hat, mich abzuholen. Eine Phobie zum Beispiel. Eine körperliche Abneigung gegen Babys und Kleinkinder. So wie die Rattenphobie, die Gassbeek beim kleinsten Trippelgeräusch von einer fiesen Hexe in ein zitterndes Nervenbündel verwandelt. Oder Mads' Ohrenschmalzphobie. Wenn er nur das Wort hört, dreht er durch. Und Babys sind ein bisschen wie Ohrenschmalz: klebrig und müffelnd.

Wahrscheinlich warten meine Eltern nur ab, bis es ihnen so gut geht, dass sie sich wieder um mich kümmern können. Oder bis ich so alt bin, dass ich ihnen keine Albträume mehr verursache.

7

Bevor Rotman aus Gassbeeks Büro trat, drang ein dichter Schwall Pfeifenrauch heraus. Milou gab ihren Freunden einen Schubs und sie verkrochen sich ebenso schnell wie lautlos: Mona rollte unter die Schubladenkommode mit der schicken Vase. Mads quetschte sich zwischen die zwei Bücherregale, Gisbert und Lotta verschwanden in den ersten Flur und Milou wickelte sich in die dicken Mäntel, die am Garderobenständer hingen. Etwas Kleines, Haariges wuselte über ihre Füße.

Dann hörte sie das *Klick-Klack* der Hausmutter und das *Wumpf-Wumpf-Wumpf* der Robbenfellstiefel. Sie war noch nie so dankbar gewesen für die vielen dunklen Ecken und allesverschlingenden Schatten des Grachtenhauses. Trotzdem hämmerte ihr Herz wie verrückt.

»Ich werde dafür sorgen, dass die Kinder mit fertig gepackten Sachen warten.« Die quäkende Stimme der Hausmutter hallte in dem langen Flur wider.

»Ich finde selbst hinaus, Frau Gassbeek. Sie sollten lieber zusehen, dass Sie den Papierkram erledigt bekommen. Es muss alles absolut glaubwürdig aussehen, sonst kriege ich die Gören nicht an den Zollbeamten vorbeigeschmuggelt.«

»Keine Sorge, meine Buchführung ist stets tipptopp.«

Klick-Knarr-Klack-Knarr. Die Treppenstufen ächzten unter dem Gewicht von Gassbeeks Schritten.

Vorsichtig bohrte Milou ein Guckloch durch die Mantelschichten. Sie erspähte einen dünnen Arm, der unter der Schubladenkommode hervorkam und sich nach einer kleinen grauen Ratte ausstreckte.

Mona.

Klick-Knarr-Klack-Knarr.

Mona packte die Ratte um den Bauch, aber das Vieh wand sich und biss ihr in die Hand. Monas Arm verschwand wieder unter der Kommode, während die Ratte an dem Möbelbein inaufwuselte, fast die Öllampe umschmiss und schließlich gegen die Vase knallte, die gefährlich ins Schwanken geriet. Die Hausmutter kam ein paar Stufen herunter und blickte sich argwöhnisch um.

Hastig schloss Milou das Guckloch. Gassbeek stand auf der Treppe, außerhalb des flackernden Lichtkegels der Öllampe, das Gesicht in Schatten getaucht.

Klick.

Klack.

Klick.

Klack.

Vorsichtig blinzelte Milou zwischen den Mänteln hindurch. Gassbeek näherte sich der Kommode und rückte die Vase zurecht. Dann bückte sie sich, als wollte sie unter die Kommode spähen. Schnell trommelte Milou mit ihren Fingernägeln gegen die Wand. Wie von der Tarantel gestochen richtete sich

Gassbeek auf und stand stocksteif da. Milou gab ein leises, rattenartiges Quieken von sich.

Mit zitternden Fingern hob die Hausmutter die Vase an und hielt sie sich über den Kopf wie eine Waffe. Milou hörte auf zu trommeln. Sie hatte gehofft, die Hausmutter würde Hals über Kopf in ihr Büro fliehen. Sie schloss das Guckloch, presste sich an die Wand und hielt den Atem an, die Marionette gegen die Brust gedrückt, als könnte diese ihr hämmerndes Herz beruhigen. *Donk.* Sie war mit dem Kopf gegen die Mauer geknallt.

Klick.

Klack.

Klick.

Die Pelzmäntel wurden beiseitegeschoben und Milou blickte geradewegs in das Gesicht der Hausmutter. Deren Miene wechselte von angsterfüllt zu wutverzerrt.

»Du!«

Gassbeeks Arm schoss hervor und packte die Marionette, die Milou immer noch an sich drückte. Ein Tauziehen begann, bei dem Gassbeeks Gesicht immer röter wurde. Und dann – nach einem furchtbaren reißenden Geräusch – hielt die Hausmutter plötzlich den Katzenmarionettenkopf in der Hand.

»Nein!« Entsetzt beobachtete Milou, wie Gassbeek den Kopf achtlos beiseitewarf und die Vase wieder hob.

Milou kniff die Augen zusammen, als Gassbeek plötzlich einen markerschütternden Schrei ausstieß. Aber sie brüllte nicht vor Wut, sondern vor Entsetzen. Blankem Horror. Milou riss die Augen wieder auf.

Die Hausmutter starrte auf die Wand, die Augen groß wie

Untertassen. Sie schrie immer noch. Eine Bewegung neben der Schubladenkommode erregte Milous Aufmerksamkeit. Monas kleine graue Ratte turnte darauf herum, direkt vor der Öllampe. Milous Blick wanderte weiter zu der Wand, über die sich der Schatten der Ratte als riesige Silhouette zog: eine gigantische schnuppernde Nase mit Barthaaren so lang wie Schwerter, eine geöffnete Schnauze, Zähne wie Messer und hoch erhobene Pfoten mit sensenartigen Krallen.

Gassbeeks Schrei brach jäh ab. Die Vase fiel ihr aus der Hand und rollte über den Boden. Die Hausmutter kippte nach vorne und krachte gegen die Wand. Sie umklammerte ihren Hals, röchelte, krächzte. Dann rutschten ihre Finger an ihrem Hals hinab und krampften sich um die Brust.

Milou näherte sich ihr mit pochendem Herzen.

Wie in Zeitlupe rutschte Gassbeek an der Wand hinunter und landete mit einem Plumps auf dem Boden. Das einzige Geräusch, das jetzt noch zu hören war, kam aus ihrer Kehle. Es klang wie Wasser, das sich durch einen verstopften Abfluss quält. *Ein Todesröcheln*, dachte Milou. Dann stoppte das Gurgeln plötzlich und Gassbeeks Hand sackte schlaff herunter. Ihr leerer Blick verlor sich an der Decke.

Sie regte sich nicht mehr.

Milous Theorien-Buch

Die Undenkbar!-Theorie

Was, wenn ich wirklich ein Waisenkind bin? Ich meine, ein richtiges Waisenkind? Wenn die Erklärung dafür, warum ich ohne meine Eltern aufwachsen musste, ihr Tod ist?

Doch solange die anderen Theorien nicht eindeutig widerlegt sind, ist die Todestheorie es nicht wert, dass man auch nur einen Gedanken an sie verschwendet.

Denn tote Eltern klettern nicht auf Dächer.

Tote Eltern hinterlassen auch keine Hinweise.

Und tote Eltern kehren nicht zurück.

Undenkbar!

Die Hausmutter lag wie eine weggeworfene Marionette auf dem gebohnerten Holzboden des Verbotenen Bereichs, Arme und Beine in alle möglichen Richtungen abgespreizt. Ihre Augen blickten starr und ohne zu blinzeln an die Decke, ihr Hals war merkwürdig verdreht und ihr Mund zu einem stummen Schrei geöffnet.

Milou drückte den kopflosen Körper ihrer Katzenmarionette an sich. Neben ihr öffnete sich knarrend eine Tür und knallte mit einem dumpfen Geräusch gegen den Leichnam der Hausmutter. Lotta linste dahinter hervor und schrie auf, als ihr Blick auf den Boden fiel. Gisberts Kopf tauchte über ihr auf. Mads schälte seinen Körper aus dem Spalt zwischen den Bücherregalen und Mona kroch unter der Schubladenkommode hervor. Sie hielt sich die Hand, in die ihre Ratte sie gezwickt hatte.

Ratlos starrten die fünf auf ihre am Boden liegende Hausmutter.

»Ist sie tot?«, fragte Gisbert nach einer Weile und blickte Lotta an. »Guck doch mal bitte, ob sie noch lebt.«

»Ich? Nein …!« Lotta bekam vor Aufregung einen Schluckauf. »Ich fass sie nicht an. Mach du das.«

Gisbert wurde blass. »Ich rühr sie auch nicht an!«

Mona schüttelte den Kopf und musterte die Hausmutter.

»Ich mach's auch nicht«, sagte Mads entschieden. »Aber sie sieht eindeutig tot aus. Milou, du überprüfst das. Du magst doch tote Sachen.«

»Aber *echte* toten Sachen mag ich nicht. Ich mag nur ... na gut.«

Sie kniete sich neben Gassbeek, streckte eine Hand aus ... und zögerte. Nein, sie hatte auch keine Lust, die Hausmutter zu berühren. Also beschränkte sie sich auf ein kurzes Handwedeln vor ihrem Gesicht. Nichts. Kein Blinzeln, kein Zucken. Schnell richtete sie sich wieder auf und entfernte sich. Die anderen folgten ihr.

»Kann man sich wirklich *zu Tode* fürchten?«, fragte Mads.

Alle Blicke wanderten zu Lotta, doch die zuckte nur die Achseln. »Ich bin Wissenschaftlerin, keine Ärztin.«

Die kleine graue Ratte tauchte auf und flitzte über das Kleid der Hausmutter zur offenen Bürotür. Milou meinte, Gassbeeks Stiefelspitze zucken zu sehen, aber als sie genauer hinsah, lag der Fuß völlig reglos da. Mona setzte der Ratte hinterher, doch auf Höhe der Hausmutter machte sie kehrt und verbarg sich schutzsuchend zwischen Lotta und Gisbert, die beruhigend einen Arm um sie legten.

Lotta hickste wieder, dann drehte sie sich zu Milou um. »Was meinte Rotman damit, dass der Papierkram ›glaubwürdig‹ aussehen müsse, damit er uns an den Zollbeamten ›vorbeigeschmuggelt‹ bekommt?«

»Er und Gassbeek haben eine Vereinbarung getroffen«, erklärte Milou. »Er bezahlt sie dafür, dass sie alle Unterlagen über uns verschwinden lässt, und dann müssen wir für ihn schuften, bis wir tot umfallen. Und im August kommt er wieder und holt sich eine neue Fuhre Waisenkinder.«

Die anderen starrten Milou fassungslos an.

Lotta schüttelte ungläubig den Kopf. »Aber das verstößt doch gegen das Gesetz!«

»Seit wann hat sich Gassbeek je um andere Gesetze als ihre eigenen gekümmert?« Gisbert ließ seinen Blick durch den luxuriösen Flur und dann zu der leblosen Gestalt auf dem Boden schweifen.

»Ich hätte es wissen müssen! Mädchen werden niemals als Maschinistinnen auf einem Schiff angeheuert«, schnaubte Lotta. »Der Typ hätte mich wahrscheinlich sofort dazu verdonnert, seine Wäsche zu waschen. Wir hätten auf dich hören sollen, Milou.«

Wortlos drückte Milou die Hand ihrer Freundin.

»Aber hier können wir nicht bleiben«, stellte Mads fest. »Am Ende denken die Behörden noch, *wir* hätten Gassbeek umgebracht.«

»Aber wir können doch nicht einfach abhauen«, wandte Lotta ein. »Das Kinderbüro wird sicher eine neue Hausmutter schicken. Vielleicht könnten wir denen erklären –«

Doch Gisbert schüttelte den Kopf. »Und du meinst wirklich, die würden uns auch nur *ein* Wort glauben? Nein, das können wir nicht riskieren. Mads hat recht, wir müssen von hier verschwinden.«

»Aber wo sollen wir denn hin?«

Darauf wusste niemand etwas zu sagen. Das Schweigen hing schwer in der immer noch ölig-rauchig stinkenden Luft.

Milou presste den verstümmelten Körper ihrer Katzenmarionette an sich. Als sie sich bückte, um den Kopf aufzuheben, fiel etwas Kleines, Schweres aus dem Halsloch der Puppe und plumpste zwischen ihre Füße. Ihre Ohren wurden eiskalt und sie schnappte keuchend nach Luft.

Etwas Rundes, Silbernes funkelte im Schein der Lampe. Milou ging ehrfürchtig in die Hocke.

»Milou?« Mads kniete sich rechts neben sie, Mona links.

Milous Hals war plötzlich so eng, dass sie kein Wort herausbrachte. Mit zitternden Händen legte sie den Puppenkörper beiseite und hob das schimmernde Ding auf.

»Was ist das?«, fragte Gisbert, der sich mit Lotta ebenfalls um sie geschart hatte.

Milou schluckte und ihre Freunde beugten sich vor, um besser zu sehen.

Das Ding hatte ungefähr denselben Durchmesser wie eine Gulden-Münze und war so dick wie Milous kleiner Finger. In die Oberfläche aus mattiertem Silber waren hauchzarte Kristalle eingelassen, die wie Sternenstaub funkelten und um die sich eine goldene Mondsichel schmiegte. An einem kleinen Ring war eine Kette befestigt, mit dem kleinsten Verschluss, den Milou je gesehen hatte. Sie hob den Deckel der Scheibe an und erblickte ein feines Ziffernblatt mit zwölf römischen Zahlen neben jeweils einem goldenen Stern. In der Mitte prangte eine bemalte blaue Scheibe, die nur teilweise hinter einem Ausschnitt im Zifferblatt zu sehen war und den Sonnen- und Mondzyklus anzeigte.

Die Zahnrädchen der Taschenuhr drehten sich längst nicht mehr, die Zeiger standen still.

»Okay, das erklärt also den Herzschlag der Puppe, den du früher immer gehört hast«, sagte Lotta. »Hab ich's dir nicht gesagt? Es gibt für *alles* eine logische Erklärung.«

Milou drehte die Uhr um und entdeckte eine Inschrift auf der Rückseite. Sie war so klein, dass sie ganz nah mit den Augen herangehen musste, um sie lesen zu können:

Unter den Sternen habe ich dich gefunden.
52.284040, 4.784040
Unter dem Mond habe ich dich verloren.

Als sie die Inschrift ein zweites Mal las, breitete sich die Kälte ihrer Ohren auf den Hals und die Schultern aus.

… habe ich dich gefunden.

Es wurde noch eisiger. Noch prickelnder.

… habe ich dich verloren.

Während die ersten beiden Zeilen in zierlicher, eleganter Schrift eingraviert waren, wirkte die letzte Zeile wie grob ins Metall gekratzt.

»Das sind geografische Koordinaten.« Ehrfürchtig tippte Mads auf die Zahlenfolge.

Koordinaten. Milou stockte vor Aufregung der Atem.

Ich habe dich verloren.

Mit zitternden Fingern strich sie über die Zahlenreihe. Dinge, die verloren gegangen waren, konnten wiedergefunden werden – wenn man wusste, *wo* man suchen musste.

»Ich mach mich auf den Weg!«, platzte es plötzlich aus ihr heraus.

Vier geschockte Gesichter blickten sie an.

»Das ist eine Nachricht von meinen Eltern. Und bevor ihr jetzt irgendetwas sagt: Das ist keine meiner wilden Theorien. Das ist ein Beweis. Ich werde sie finden. Und ich möchte, dass ihr mich begleitet. Lasst uns zusammen von hier verschwinden und nie wieder zurückkehren.«

»Milou.« Lotta klang sanft, aber verzweifelt. »Wir brauchen Papiere. Der einzig realistische Weg hier raus ist die Adoption. Nur dass uns außer diesem grauenvollen Zuckerhändler leider niemand haben will.«

Milou entwirrte die Uhrenkette und streifte sie sich über den Kopf. In ihren Gedanken reifte bereits ein Plan. Ihr siebter Sinn ließ ihre Ohren diesmal ermutigend kitzeln.

»Dann müssen wir uns eben selber adoptieren.«

9

Im Schein der flackernden Öllampe drehte sich Milou mit leuchtenden Augen und kribbelnden Ohren zu ihren Freunden um und erklärte ihren Plan, während die Ratten im Gebälk kratzten und Gassbeek leblos zu ihren Füßen lag.

»Es ist ganz einfach. Und so offensichtlich!«, sagte sie und in ihrem Kopf wirbelte es, als hätte sie gerade tausend Pirouetten gedreht. »Wir wissen, dass Bram Poppenmaker, mein Vater, diese Marionette gebaut hat. Entsprechend werden er oder meine Mutter auch diese Uhr gefertigt haben. Das ist zumindest sehr wahrscheinlich. Sie müssen sie versteckt haben, weil sie fürchteten, die Leiterin des Waisenhauses würde sie stehlen – womit sie ja absolut richtig lagen. Worauf ich hinauswill: Die Uhr ist zweifelsfrei ein Wegweiser. Die Puppe allein hat nichts genützt, sie war mir keine Hilfe bei der Suche nach meinen Eltern. Aber zusammen mit der –«

»Milou!« Lotta wirkte leicht genervt.

»Ja?«

»Du hast immer noch nicht erklärt, wie wir hier wegkommen sollen.«

Milou schüttelte sich, so als würden sich dic wirbelnden

Gedanken dadurch an ihren Platz setzen. »Ganz einfach: Wir stellen uns selbst eine Adoptionsurkunde auf den Namen meines Vaters aus und dann gehen wir.«

Mads runzelte die Stirn. »Und wohin genau gehen wir?«

Milou hielt die Taschenuhr hoch und tippte auf die eingravierten Zahlen. »Hierhin natürlich!«

»Aber wohin führen uns die Koordinaten?«, fragte Gisbert.

»Gouda weiß, wohin«, antwortete Lotta. »Das kann irgendwo auf der Welt sein. Milou, wir brauchen einen *richtigen* Plan. Rotman ist sicher bald zurück. Ich schlage vor, wir legen uns wieder ins Bett und stellen uns schlafend. Und morgen früh tun wir so, als ob –«

»Genau genommen befinden sich die Koordinaten in einem Umkreis von hundert Kilometern rund um die Stadt«, sagte Mads, plötzlich wie elektrisiert, und hielt Milous Taschenuhr hoch, damit sie besser sehen konnten. »Amsterdam liegt auf dem zweiundfünfzigsten Breitengrad und dem vierten Längengrad. Als ich mit meiner Karte begonnen habe, hat es mich sieben Anläufe gekostet und mir mindestens doppelt so viele Stockschläge eingebracht, Gassbeek diese Information aus der Nase zu ziehen. Ich hatte schon befürchtet, dass sie's mir nie verraten wird – aber am Ende hatte sie wohl keine Lust mehr auf mein ewiges Nachhaken und hat's mir erzählt, damit ich endlich Ruhe gebe. Es war die Stockschläge jedenfalls wert. Allerdings brauchen wir eine sehr viel präzisere Karte als meine, um den genauen Ort zu finden.« Ein Strahlen ging über Mads' Gesicht. »Zum Glück weiß ich, wo wir eine herbekommen.«

Milou umarmte ihn.

»Moment«, sagte Lotta. »Selbst wenn wir diesen Ort finden, heißt das doch noch lange nicht, dass uns das irgendwie weiterbringt.«

Milou wollte einwenden, dass ihre Eltern ihr ja wohl kaum einen Hinweis hinterlassen hätten, der ins Nichts führte, aber sie biss sich auf die Zunge. Lotta konnte mit bloßem Optimismus nichts anfangen, sie brauchte logische, überzeugende Argumente.

»Wenn wir hierbleiben, bekommen wir Ärger, egal, was wir tun«, sagte sie deshalb sanft. »Wenn wir gehen, haben wir zumindest den Hauch einer Chance, diesem Haus und der elenden Schufterei für immer zu entkommen und uns nie mehr von irgendwelchen gruseligen Adoptiveltern begutachten lassen zu müssen.«

Ihre Blicke wanderten zu der am Boden liegenden Gassbeek. Die Standuhr schlug die Viertelstunde.

Gisbert richtete sich auf. »Wir müssen uns entscheiden, und zwar schnell. Milou hat recht. So eine Gelegenheit bekommen wir nie wieder.«

Milou strahlte ihn an, aber als er leicht den Kopf schüttelte, verblasste ihr Lächeln.

»Nur damit das klar ist, Milou: Ich komme nicht mit, um deine Eltern zu suchen«, sagte er. »Du weißt, was ich von Leuten halte, die ihre Kinder hier abladen. Nein, ich komme nur mit, weil es vermutlich wirklich unsere einzige Chance ist, jemals hier rauszukommen.«

Milou musste schlucken. »Hm, verstehe.«

Mads stand ebenfalls auf. »Ich habe hier nie hergehört.« Er

blitzte die Hausmutter böse an. »Niemand von uns gehört hierher. Hier gibt's nichts als Kummer.«

Er und Gisbert sahen die Mädchen erwartungsvoll an.

»Entweder ziehen wir das zusammen durch oder gar nicht«, fügte Gisbert hinzu. »Wenn irgendjemand von euch hierbleiben will, mache ich auch nicht mit.«

Jetzt erhob sich Mona und nickte zustimmend.

Lotta streckte Milou eine Hand entgegen, um sie hochzuziehen. Dann nickte sie ebenfalls. »Na schön, ich bin auch dabei.«

Lotta, Gisbert und Mona liefen nach oben, um ihre Habseligkeiten zu packen und ein paar Vorräte zusammenzuklauben, während Milou und Mads vorsichtig über die ausgestreckte Hausmutter hinwegstiegen und zu deren Büro gingen. Mit einem Knarzen, das Milou einen Schauder über den Rücken jagte, schwang die Tür auf.

»Psst!«, zischte Mads. »Du weckst sämtliche schlafenden Hunde im Viertel.«

Milou drückte die Tür weiter auf und sie betraten den Raum, in dem Gassbeek und Rotman bis vor wenigen Minuten ihre finsteren Pläne geschmiedet hatten.

Es war, als würden sie in eine Wärmekugel eintauchen: Ein helles Feuer knisterte in einem riesigen Kamin aus Marmor und Eisen. Darüber hing ein goldgerahmtes Porträt der Hausmutter, eine Kohlezeichnung. Ein ausladender Eichenschreibtisch mit zwei eleganten Öllampen stand in der Mitte des Raumes. Ein dickes, ledergebundenes Buch lag dort bereit, auf dem in fetten goldenen Buchstaben »Waisenhaus Kleine Tulpe – Unterlagen zu den Kindern« zu lesen war.

»Das ist es!«, rief Milou.

»Wahnsinn, das sieht hier ja aus wie in einer Luxusvilla!«, staunte Mads und lockerte sein Halstuch. »Für das Geld, das allein die Lampen gekostet haben, hätte man uns alle komplett neu einkleiden können.«

»Gassbeek war durch und durch verschlagen«, sagte Milou und verzog angeekelt den Mund. Ihr Blick schweifte zu dem prasselnden Feuer. »Für sich selbst schön einheizen und uns vor Kälte schlottern lassen …«

»Egal jetzt, wir müssen uns beeilen.« Mads war bereits auf den Schreibtischstuhl geklettert. Seine Füße baumelten hoch über dem luxuriösen grauen Teppich.

Milou trat an den Tisch und schlug das Buch an der letzten beschriebenen Seite auf. Dort stand der Name eines Mädchens, das sechs Monate zuvor adoptiert worden war. Ganz unten auf der Adoptionsurkunde hatte Gassbeek mit krakeliger Schrift unterzeichnet.

»Wieso taucht die Fortuyn-Adoption von heute Morgen hier nicht auf?«, fragte Mads.

»Wahrscheinlich, weil Gassbeek zu beschäftigt war, jemanden aufzutreiben, an den sie uns verhökern kann. Da hatte sie keine Zeit für Formalitäten. Kannst du ihre Unterschrift fälschen?«

Mads zog ein weißes Blatt Papier aus der Schreibtischschublade, tauchte eine Schreibfeder ins Tintenfass und machte ein paar Übungsschnörkel.

Milous Blick wanderte prüfend zwischen Zettel und Buch hin und her. »Unglaublich! Täuschend echt!«

Mads strahlte, drehte den Zettel um und hielt die Feder schreibbereit in der Luft.

»Bist du sicher, dass deine Eltern dem zustimmen würden?«

»Natürlich«, antwortete Milou wie aus der Pistole geschossen. Sie legte ihre Katzenpuppe auf den Schreibtisch und deutete auf das kleine Etikett am Fuß. »Hier. So schreibt man Bram Poppenmaker.«

Mads lächelte und begann mit dem Ausfüllen der Adoptionsurkunde. Er besiegelte sie mit seiner Unterschrift, pustete die Tinte trocken, dann riss er die oberste Seite aus dem Buch. Was er geschrieben hatte, war auf das darunterliegende rosafarbene Blatt durchgedrückt.

»Jetzt sind wir ganz offiziell keine Waisenkinder mehr«, stellte Milou grinsend fest.

»Nun, Milou *Poppenmaker*«, sagte Mads und erwiderte ihr Grinsen. »Sollen wir endlich abhauen?«

»Warte kurz.« Milou hievte das zugeklappte Buch vom Tisch, schleppte es hinaus auf den Flur und öffnete die Nachbartür zum Schlafzimmer der Hausmutter.

Es war genauso luxuriös wie der Rest des Verbotenen Bereichs. Sie umrundete das riesige Himmelbett und steuerte auf den etwas weniger luxuriös wirkenden Wäschekorb in der Ecke zu. Nachdem sie die schmutzigen Kleider und Unterröcke herausgezogen hatte, vergrub sie das Buch ganz unten.

»Für alle Fälle«, sagte sie und grinste Mads an. »So wird die nächste Hausmutter eine Weile brauchen, bis sie es findet.«

Von oben hörten sie die Standuhr schlagen. Es war neun. Der erste Schlag ließ die Zimmerdecke beben. Beim zweiten Schlag rannten Milou und Mads bereits die Wendeltreppe hoch, und als der dritte Schlag dröhnte, hatten sie die rote Linie überquert und hasteten frierend durch das düstere Foyer. Die anderen warteten schon.

Gisbert hatte sich seinen Weizensack über die Schulter geworfen. Milous sargähnlicher Korb klemmte unter seinem linken Arm, ihr Theorien-Buch unter seinem Kinn und Mads' Kohleneimer baumelte an seiner langen dünnen Hand. Lotta umklammerte ihre Werkzeugkiste und hatte sich einen Schwung Pelzmäntel der Hausmutter über den Arm geworfen. Mona trug ihren Picknickkorb.

»Das fühlt sich nicht richtig an«, flüsterte Lotta, als der vierte Uhrenschlag durchs Foyer hallte. »Ich meine, dass wir die anderen Kinder hier zurücklassen.«

Mads nahm Gisbert seinen Kohleneimer ab und Milou befreite ihn von ihrem Sarg-Korb und schob sich das Theorien-Buch in den Ärmel.

»Aber wir haben keine andere Wahl«, sagte Gisbert.

Der fünfte Schlag dröhnte über den Marmorboden.

Mona öffnete den Deckel ihres Picknickkorbs und zeigte den anderen den Inhalt: ein wenig angeschimmeltes Gemüse und ein Laib altbackenes Brot.

Lotta verteilte die Pelzmäntel. Es waren insgesamt drei. Mona und Mads kuschelten sich gemeinsam in einen, Gisbert bekam einen für sich allein und Lotta und Milou teilten sich den letzten.

»Das war's dann also«, sagte Milou und legte ihre Hand schützend über die Adoptionsurkunde in ihrer Brusttasche. »Auf geht's.« Als der sechste Uhrenschlag dröhnte, ließ sie ihren Blick ein letztes Mal durch das Foyer schweifen. »Fertig?«

Die anderen nickten, und als die Uhr zum siebten Mal schlug, eilten sie zur Tür.

Unglaublich, aber sie machten sich tatsächlich auf den Weg! Verließen das Waisenhaus! Endlich konnte sich Milou auf die Suche nach ihren Eltern machen.

Beim achten Schlag streckte Gisbert seine Hand nach dem Türgriff aus.

In dem Moment hörte Milou ein lautes Wiehern von draußen und spürte ein so heftiges Zwicken in den Ohren, dass sie laut aufschrie. »Gisbert, nicht –!«

Aber da hatte Gisbert die Tür bereits weit aufgerissen. Ein Schwall ölig-rauchiger Luft drang herein. Eine große beringte Hand wedelte den Qualm beiseite und ein schnauzbärtiges Gesicht grinste zu ihnen herunter.

»Ah, Kinder«, sagte Rotman. »Ich sehe, ihr steht mit Sack und Pack bereit.«

Während die Uhr zum neunten und letzten Mal schlug, standen sie in der offenen Tür und starrten den Zuckerhändler entsetzt an. Milou umklammerte die silberne Taschenuhr. Ihr siebter Sinn jagte ihr ein Prickeln nach dem anderen über die Kopfhaut.

Rotmans schmieriges Goldzahngrinsen wurde schmaler. »Wollt ihr mich denn gar nicht reinlassen?«

Ein kalter Schauder, kälter als die hereinschwallende Winterluft, lief Milou über den Rücken und ließ sie einen Schritt vortreten. Sie schob Gisbert beiseite und funkelte Rotman böse an.

»Nein«, sagte sie ruhig.

Rotmans Bart zuckte.

»Nein«, knurrte sie. Und dann schickte sie noch ein richtig scharfes »NEIN!« hinterher.

Sie griff nach der Tür, um sie zuzuknallen, doch irgendetwas auf dem Boden knirschte und verhinderte, dass sie schloss. Draußen jaulte Rotman vor Schmerz auf. Milou blickte nach unten und sah, dass sein Robbenfellstiefel am Knöchel eingeklemmt war. Rasend vor Wut versuchte der Zuckerhändler, die Tür weiter aufzudrücken, wodurch Milou rückwärts in Gisbert hineinstolperte.

»Du elendes Mist–!«

Viele kleine Hände tauchten hinter Milou auf, und zu fünft stemmten sie sich gegen die Tür, während Milou mehrmals kräftig auf den Stiefel trampelte. Als sich der Fuß endlich zurückzog, fiel die schwere Eingangstür mit einem so ohrenbetäubenden Krachen ins Schloss, dass sämtliche Fenster und Fensterläden in der Fassade wackelten.

Hastig schob Gisbert den Riegel vor, und dann traten sie alle ein paar Schritte zurück.

Wie ein Besessener trommelte Rotman mit den Fäusten gegen die Tür. »Macht auf!«

Vorsichtig spähte Milou durch ein Seitenfenster. Der Typ sah richtig blutrünstig und mordlüstern aus, wie er sich mit seinem ganzen Gewicht immer wieder gegen die Tür warf. Im Haus gegenüber wurden Fensterläden aufgestoßen. Dann auch in den Nachbarhäusern. Als Rotman merkte, dass er beobachtet wurde, hörte er mit dem Getrommel auf und zog seinen Frack glatt. Durchs Fenster schoss er Milou einen giftigen Blick zu. Sie verlagerte das Gewicht ihres Sarg-Korbs kurz auf die Hüfte und schloss die Fensterläden. Dann blickte sie ihre Freunde ratlos an.

»Wir sitzen in der Falle«, stellte Gisbert fest. »Es gibt keinen anderen Ausgang.«

Die Türklingel dingte und dongte.

»Die Seilwinde!«, rief Lotta und zog Milou bereits hinter sich her zur Treppe.

Ding-dong-ding-dong.

Sie hasteten die steilen Stufen hinauf, mit knarzendem Picknick- und Sarg-Korb, klappernder Werkzeugkiste und hin und her baumelndem Weizensack. Am Ende der ersten Treppe packte Milou das Geländer und schleuderte sich und Lotta herum zur nächsten Stiege, die sie ebenso schnell hinaufpolterten. Durch einen Schlitz im Fensterladen fiel ein Streifen Mondlicht in die Wäscherei. Sie quetschten sich zwischen den Bottichen und Tischen hindurch zu dem kleinen Fenster.

»Vielleicht trägt die Winde ja sogar zwei von uns auf einmal?« Lotta stieß bereits das Fenster auf. Es knarzte ohrenbetäubend. Der große Wäscheeimer hing am Haken der Winde. Mondbeschienen baumelte er im eisigen Wind hin und her. »Mads und Mona, ihr zuerst.«

Mads stieg auf das Fenstersims und hielt Mona ungeduldig eine Hand hin. »Bereit?«

Die Türklingel ding-dong-ding-dong-ding-dongte.

Wenn das so weiterging, würden die anderen Waisenkinder noch aufwachen. Obwohl, sie würden sich wohl kaum trauen, nach der Ursache des Lärms zu schauen. Sie hatten ja keine Ahnung, dass die Hausmutter tot war.

Mona kletterte zu Mads aufs Fensterbrett und dann stiegen sie nacheinander in den Eimer, der am knarzenden Seil schaukelte. Und da sie auch noch den Picknickkorb und den Kohleneimer mit hineinquetschten, hätte wirklich keine Briefmarke mehr zwischen sie gepasst.

»Fertig?«, fragte Lotta und begann an der Handkurbel zu drehen.

Milou beobachtete den Eimer, der sich mit einem stetigen *Quietsch-Klonk-Quietsch-Klonk* absenkte. Als er auf dem vereisten Boden aufkam und Mads und Mona rauskletterten, stieß sie einen Seufzer der Erleichterung aus.

Schnell zog Lotta den Eimer wieder hoch. Die Kurbel kreischte. Milou wickelte sich aus dem Pelzmantel, den sie sich mit Lotta teilte, und hatte sofort eine Gänsehaut.

Gisbert spähte nervös nach unten. »Aber … die Gracht …«

»Die ist zugefroren, Gisbert«, sagte Lotta ungeduldig. »Und wenn das Eis Hunderte von Schlittschuhläufern trägt, wird's ja wohl auch fünf Kinder tragen. Los, ab in den Eimer mit dir.«

Gisbert stieg in den Bottich und Milou folgte – krampfhaft bemüht, nicht in die Tiefe zu blicken. Die Kälte fühlte sich an, als würden sich Schwerter in ihre nackte Haut bohren. Der Eimer schaukelte wie ein Schiff auf hoher See und Gisbert legte die Hälfte seines Pelzmantels um Milous Schultern. Lotta reichte ihnen den Sarg-Korb und den Weizensack und packte ihre Werkzeugkiste obendrauf.

»Wir sehen uns gleich«, rief sie.

»Aber wie willst du runterkommen?«, fragte Milou besorgt. »Du kannst dich ja schlecht selbst runterkurbeln.«

»Warte es ab«, sagte Lotta mit einem schiefen Grinsen. »Macht einfach den Eimer unten los und spannt den Windenhaken straff ans Eisengeländer auf der anderen Grachtseite, in Ordnung?«

»Aber wie –?«

Weiter kam sie nicht, denn Lotta kurbelte schon und der Eimer quietschte abwärts. Gisbert umklammerte Milou so fest, dass sie kaum Luft bekam, doch noch ehe sie sich aus dem

Würgegriff befreien konnte, kam der Eimer scheppernd auf dem Boden auf.

Sie schälten sich aus dem engen Ding, wobei sich Gisberts Gliedmaßen heillos mit ihren verknoteten, dann lösten sie den Eimer vom Haken.

»Ich hoffe, Lotta hat einen Plan«, krächzte Milou, der die eisige Luft bereits im Hals kratzte.

Sie schlidderten einmal quer über die Gracht und Mona hangelte sich die Ufermauer hoch. Dann zog sie Mads über das schmiedeeiserne Geländer. Milou reichte ihr den Windenhaken und sie klinkte ihn um die oberste Stange.

»Komm, ich helf dir hoch«, bot Gisbert an, aber Milou stand starr vor Schreck da und beobachtete, wie Lotta – eine winzige dunkle Silhouette im Wäschereifenster – die Arme nach dem straff gespannten Seil ausstreckte. Ihre Hände waren mit irgendetwas umwickelt, aber Milou konnte nicht erkennen, was es war. Und dann sprang sie auch schon mit einem Riesensatz vom Fensterbrett.

Milou hätte fast laut aufgeschrien, aber sie riss sich zusammen. Lotta wusste, was sie tat. Lotta wusste *immer*, was sie tat.

Mit flatterndem Mantel sauste sie jetzt am Seil entlang über die Gracht – ein bisschen wie eine Geistergestalt aus einem Albtraum. Milous unterdrückter Schrei brach als Kichern aus ihr heraus. Lotta war einfach großartig, wie sie da angeflitzt kam! Rasend schnell und bis über beide Ohren grinsend! Kurz vor ihnen ließ sie das Seil los und landete mit einem lauten »Uffz!« auf dem Eis – in einem Durcheinander aus Pelzmänteln, Röcken und Unterröcken.

»Was für blöde Klamotten!«, schnaubte sie, als sie sich aus dem Haufen befreit hatte. »So was von unpraktisch.«

Milou und Gisbert rannten zu ihr und halfen ihr hoch. »Alles in Ordnung?«, fragte Milou.

Lotta nickte. Auf wackeligen Beinen und mit aufgelösten Zöpfen stand sie da, einen nassen Lappen in der linken Hand.

Da ertönte, ein paar Straßen weiter, plötzlich ein schriller Pfiff aus einer Trillerpfeife.

»Rotman hat seine idiotische Klingelei aufgegeben«, sagte sie mit ernster Miene. »Wir müssen zusehen, dass wir hier wegkommen.«

11

Gisbert schob Milou auf den Gehweg, rollte sich dann selbst hoch und gemeinsam zogen sie Lotta übers Geländer. Die Straße lag wie ausgestorben da. Das Kopfsteinpflaster glitzerte im Frost, ein scharfer Wind pfiff über die Gracht und zwischen den Häusern hindurch. Bei jedem Luftholen stach es Milou in die Lunge. Die Kälte hüllte sie vollständig ein, grub sich mit eisigen Klauen in ihre Wangen, legte sich mit hartem Griff um ihren Kiefer. Als sie endlich wieder zu Lotta unter den Pelzmantel kroch, zog sie die Schultern bis zu den Ohren hoch.

Zu fünft standen sie am Rand der Gracht und starrten hinüber zu dem hohen, schmalen Gebäude der »Kleinen Tulpe«.

»Wir sind frei …«, flüsterte Gisbert schließlich. Seine Stimme klang ungläubig.

Milou wuchtete ihren Sarg-Korb auf die andere Hüfte und zog mit der freien Hand die Taschenuhr unter ihrem Kragen hervor.

»Na ja, noch nicht ganz«, sagte sie. »Wo geht's jetzt lang?«

Mads hatte bereits seinen Kopfkissen-Stadtplan vor sich und Mona ausgebreitet. Seine braunen Augen strahlten, als er ihn überflog. Dann klemmte er sich den Plan unter den Arm und nickte in Richtung der nächsten Brücke. »Da entlang.«

Sie waren erst ein paar Schritte gegangen, als Milous Ohren plötzlich zu kribbeln begannen. Eine eiskalte Brise wehte ihr um den Kopf. Bruchteile von Sekunden später hörten sie ganz in der Nähe Kutschenräder auf dem Kopfsteinpflaster und das Knallen einer Peitsche.

Milou stieß ihre Freunde an und schob sie hastig in den schmalen Durchgang zwischen zwei Häusern.

Sie hatte sich gerade selbst dort hineingezwängt, als Rotmans Kutsche um die Ecke rumpelte. Das Pferd schnaubte. Sein Hufschlag verlangsamte sich. Milou spähte vorsichtig um die Ecke und sah, wie Pieter die Kutsche neben dem Grachtengeländer anhielt. Genau an der Stelle, wo die Seilwinde befestigt war.

Die Kutschentür öffnete sich und eine Rauchwolke quoll heraus. Dann erschien Rotman. Er humpelte zum Geländer und befühlte das Seil, das zu dem immer noch geöffneten Wäschereifenster hinaufführte. Sein Blick folgte dem Tau, dann schweifte er die Straße rauf und runter. Das Mondlicht legte einen silbernen Schimmer über sein wütendes Gesicht.

Milou zog ihren Kopf in den Schatten zurück. Ihr Herz raste.

»Jetzt weiß er, dass wir abgehauen sind«, wisperte sie. »Und versperrt uns den Weg.«

»Na gut, dann müssen wir eben einen Bogen um ihn herum schlagen«, flüsterte Mads. »Folgt mir.«

Sie huschten durch die enge Gasse, die gestohlenen Mäntel

eng um sich gewickelt. Am Ende der Gasse blieb Mads stehen und sie spitzten die Ohren. Eine Kutsche fuhr vorbei. Die Räder quietschten bei jeder Umdrehung.

»Das war jemand anders.« Mads beugte sich vor und spähte nach rechts und links. »Ich glaube, jetzt ist die Luft rein.«

Milou verspürte ein leichtes Kribbeln am unteren Ende ihrer Wirbelsäule. »Okay, dann lauf, aber schnell.«

Sie schossen über die Straße in die nächste Gasse. Ihre Stiefel trommelten nur so über das Pflaster. Im Gänsemarsch flitzten sie durch die Gassen, immer Mads hinterher, überquerten eine Brücke nach der anderen. Jede Gracht, an der sie vorbeikamen, sah aus wie ein gefrorenes Bettlaken.

Die Grachtenhäuser hatten Milou schon immer an Gisbert erinnert: extrem schmal, endlos hoch und merkwürdig proportioniert. Und genau deshalb hatten sie, genau wie Gisbert, so viel Charme und Charakter! Jetzt allerdings stellte sie fest, dass es ein himmelweiter Unterschied war, ob man einfach nur aus dem Schlafsaalfenster blickte oder selbst durch die Straßen lief – was sie gerade zum ersten Mal in ihrem Leben tat. Von hier unten sahen die spitzen, hoch aufragenden Giebel aus wie bedrohlich schnappende Mäuler. Milou hatte das Gefühl, als wollte die Stadt sie verschlingen. Die Grachten wirkten alle gleich. Genau wie die Brücken. Es kam ihr vor, als würden sie im Kreis laufen, als wären sie in einem riesigen Labyrinth gefangen. Aber Mads schien genau zu wissen, wo sie hinmussten, er zweifelte nicht eine Sekunde am Weg. Mit Kennermiene drehte er seinen Kopfkissen-Stadtplan mal in die eine Richtung, mal in die andere.

Nach einer Weile – Milou schlug das Herz inzwischen bis zum Hals – blieb Mads abrupt stehen. Milou konnte sein Gesicht nicht sehen, dafür hörte sie, wie er scharf die Luft einsog.

»Wir sind da«, sagte er und deutete auf ein Grachtenhaus auf der anderen Straßenseite. »Kerkstraat 189.«

Genau wie das Waisenhaus »Kleine Tulpe« bestand auch das Haus in der Kerkstraat 189 aus schwarzen Ziegeln, und die Fenster waren ebenfalls weiß. Über der Tür hing ein achteckiges Schild an einem gehämmerten Eisenstock. Milou blinzelte hinauf.

»Vor ein paar Monaten habe ich einen unserer Nachbarn über dieses Haus sprechen hören«, berichtete Mads. »Ich habe Wochen gebraucht, um es zu finden. Ich musste über vier Hausdächer klettern, bis ich es erspäht habe und in meinen Stadtplan eintragen konnte. Hier, schaut!«

Milous Ohren kribbelten wie verrückt und sie musste kichern. Mads und sie strahlten sich an. Sie vergewisserten sich, dass niemand auf der Straße war, stoben aus der Gasse heraus und kauerten sich unter das Schaufenster. Die blanke Ehrfurcht stand Mads ins Gesicht geschrieben.

»Ob die Niederlande wirklich *so* aussehen?« Milou zeigte auf eine der Karten. »Ein bisschen wie der Kopf eines Kaninchens, oder?«

»Das ist nur die nördliche Provinz«, erklärte Mads und stellte den Kohleneimer auf dem Boden ab. »Hier, die brauchen wir.«

Er deutete auf eine Karte von Amsterdam und fuhr nachdenklich mit dem Finger über die Fensterscheibe. Schließlich tippte er auf einen Punkt südwestlich der Stadt. »Hier ist es. Am besten, wir folgen dem Amstel-Fluss ein paar Kilometer nach Süden und gehen dann Richtung Westen. Wenn ich diesen Teil der Karte abzeichne, kann ich uns wahrscheinlich ziemlich genau zu unseren geografischen Koordinaten führen.«

»*Ziemlich* genau?«, fragte Milou und umklammerte die Taschenuhr. »Und wie finden wir den *ganz* genauen Punkt?«

Lotta trat neben Mads. Sie tippte mit dem Zeigefinger auf die untere Ecke der Karte. »Indem wir diesen Maßstab hier benutzen.« Dann deutete sie auf eine kleine Kreuzung in der Nähe der Koordinaten. »Mads muss uns nur zu dieser Stelle hier bringen, wo die Straße abzweigt, von dort führe ich uns dann zu dem genauen Punkt.«

»Und wie?«

Lotta lächelte. »Mithilfe von Mathematik natürlich.« Sie

zog ein Maßband aus ihrer Werkzeugkiste und reichte es Gisbert. »Hier. Miss mal meine Schrittlänge, von der hinteren Hacke bis zur vorderen Fußspitze.«

Lotta machte einen Schritt nach vorne und blieb stehen, damit Gisbert den Abstand zwischen ihren Füßen messen konnte. Nach ein paar Minuten hatte Mads seine Karte vervollständigt und Gisbert gab Lotta das Maßband zurück.

»Musst du denn … gar keine Berechnungen anstellen?«, fragte Milou.

»Doch, klar, aber jetzt müssen wir erst mal los. Ich rechne, während wir laufen«, erklärte Lotta.

Als sie die Amstel endlich erreichten, konnten sie sich kaum noch auf den Beinen halten, dabei schlug eine nahe Kirchturmuhr gerade erst zehn. Milou kam es vor, als wäre ihr Sarg-Korb mit Blei gefüllt, sie wusste nicht, was ihr mehr wehtat, die Arme oder ihr leerer Magen. Der Fluss wand sich zwischen Fabriken und Lagerhäusern hindurch. Hin und wieder schipperte ein Boot vorbei, dann gingen sie kurz in Deckung. Aber ansonsten war nicht viel los auf den verschneiten Straßen. Den Amsterdamern war es wohl einfach zu kalt.

Milou und Lotta mussten sich schon gegenseitig stützen, als sie eine Brücke in einem der letzten Vororte überquerten. Dann traten sie endlich in die offene Landschaft hinaus – die sie noch nie zuvor in ihrem Leben gesehen hatten.

»Als hätte jemand die Felder mit einer riesigen Teigrolle plattgewalzt«, stellte Milou fest. Sie blies sich ein paar Schneeflocken von den Wimpern und kuschelte sich enger an Lotta.

»Und die Ka–Kanäle sind wie m–mit einem gr–gr–großen Lineal reingezeichnet«, sagte Gisbert zähneklappernd.

Der typische Stadtgeruch – fauliges Wasser und Pferdeäpfel – war plötzlich wie weggeblasen. Die Luft war so frisch, dass Milous Nase kitzelte. Eine gefühlte Ewigkeit trotteten sie eine verlassene, unbefestigte Straße entlang. Die Häuser wurden immer seltener und immer breiter und flacher.

Als sie schließlich die Hälfte einer besonders langen und vollkommen häuserlosen Straße hinter sich gebracht hatten, blieb Mads plötzlich stehen.

»Hier ist deine Kreuzung, Lotta«, schnaufte er und deutete auf eine Straße, die im rechten Winkel abzweigte. »Milous Koordinaten zufolge müssen wir hier abbiegen.«

Die Straße zog sich endlos dahin. Zu beiden Seiten erstreckte sich ein Flickenteppich von Äckern und Weiden, durchzogen von unzähligen kleinen Kanälen. Ein paar Bauernhäuser waren in die Landschaft gewürfelt, Milou sah die beleuchteten Fenster in der Ferne. Ihr Leben lang hatte sie sich nach mehr Platz und Weite gesehnt, aber in diesem Augenblick hätte sie alles darum gegeben, nicht einen Schritt mehr laufen zu müssen.

»Hast du ausgerechnet, wie weit es noch ist?«, wandte sie sich keuchend an Lotta.

»Natürlich.« Lotta wankte schon vor Erschöpfung, aber sie riss sich zusammen und straffte die Schultern. »Noch tausendvierhundertdreiundsiebzig Schritte.«

Als Antwort bekam sie vier Stöhner.

Sie taumelte vorwärts und Milou packte sie am Ellbogen,

damit sie nicht stolperte und mit ihren Schritten durcheinanderkam. Sie schleppten sich weiter, völlig außer Atem. Lotta zählte ihre Schritte erst leise, dann schweigend.

Als sie ein Bauernhaus mit einem pyramidenförmigen Dach sahen, tat Milous Herz einen Satz. Sie hielt es vor Spannung kaum noch aus. Aber sie gingen daran vorbei. Ein Stück weiter tauchte noch ein Haus auf. Rauch quoll aus dem Schornstein. Wieder flammte Milous Hoffnung auf.

Der Nebel, der von den Kanälen aufstieg, wurde dichter, je weiter sie kamen. Erst wallte er nur um ihre Knöchel, dann um ihre Knie. Schließlich schien eine ganze Nebelwalze auf sie zuzurollen. Bald würden sie die Häuser nur noch sehen, wenn sie direkt davorstanden.

»Nicht mehr lange, dann sind wir im Warmen«, tröstete Milou die anderen. »Bestimmt haben meine Eltern frische, sahnige Milch im Haus, die wir heißmachen können. Und massenhaft Decken und ein prasselndes Feuer. Allerdings bin ich ziemlich müde, ich glaube, ich schaff's heute nicht, euch eine Gutenachtgeschichte zu erzählen. Aber ich bin mir ziemlich sicher, dass Mama oder Papa das übernehmen werden.«

Wieder kamen sie an einem Bauernhaus vorbei. Es hatte das gleiche pyramidenförmige Dach wie die anderen, aber es war mit glänzenden Kupferplatten gedeckt, statt mit Stroh. Und die Fensterläden waren nicht wie üblich rot-weiß gestrichen, sondern in einem knalligen Hellblau. Und auch das Tor am Ende der kleinen Brücke unterschied sich von den anderen: Es war nicht komplett aus Holz, sondern in zwei Säulen eingelassen, auf denen steinerne Wasserspeier hockten.

Es sah wunderlich aus, fast sogar ein bisschen albern. Jedenfalls nicht so, wie Milou sich ein Haus vorgestellt hätte – aber okay, was wusste sie schon von Häusern? Sie kannte ja nur die hohen, schmalen Amsterdamer Gebäude. Als sie an der merkwürdigen Behausung vorbeischlurften, ohne langsamer zu werden, war sie fast ein bisschen enttäuscht.

Sehr viel weiter gingen sie dann allerdings nicht: Urplötzlich blieb Lotta mitten im Schritt stehen und stützte sich mit ihrem ganzen Gewicht auf Milou.

Die sackte fast zu Boden. »Komm schon, Lotti, es kann nicht mehr weit sein.«

Lotta löste sich von Milou. »Nein, wir sind da.« Erschöpft deutete sie zum Straßenrand. »Deine Koordinaten befinden sich genau hier, an diesem Punkt.«

Milous Blick folgte Lottas Zeigefinger. Sie runzelte die Stirn.

Dort war nichts – außer einem Baum.

12

Milou verrenkte sich den Hals, um den Baum, eine Eibe, genauer zu inspizieren. Ihre Kopfhaut kribbelte, als würde ein ganzes Ameisenvolk darüberlaufen.

Die obere Hälfte des Baumes ragte als Gewirr von krummen, knorrigen Ästen aus dem Nebel, die grünen Nadeln waren von einer dünnen Eisschicht überzogen. Milou hätte alles erwartet – aber nicht das. Sie schüttelte den Kopf. Nein, das konnte nicht stimmen.

»Kann es sein, dass du dich verzählt hast –?«

Lotta schnaubte empört. »Natürlich nicht!«

Gisbert stieß einen tiefen Seufzer aus.

»Dann muss es das Haus mit dem Kupferdach sein«, sagte Milou schließlich. »Der Baum steht ziemlich dicht dran.«

»Milou.« Gisbert klang halb ungeduldig, halb mitleidig. »Es tut mir leid, wirklich, aber dieser Wegweiser, an den du dich so klammerst, ist eine Niete. Du siehst doch: Hier ist nichts.«

»Aber hier *muss* etwas sein!«, sagte sie, am Rande der Verzweiflung.

»Hier drüben!«, rief eine Stimme aus dem Nebel hinter ihnen. »Ich hab's gefunden!«

Milou blickte in die Runde. Mads fehlte.

»Ihr müsst die Straße noch ein kleines Stück weitergehen«, rief er. »Na los, macht schon, mir ist kalt!«

Sie setzten sich in Bewegung, so schnell es ihre schmerzenden Beine zuließen, und entdeckten Mads am Ufer eines kleinen Kanals, vor einem Tor. Das Tor ähnelte nicht im Entferntesten den bisherigen Toren, nicht mal dem mit den Wasserspeiern. Dieses Tor glich einem Friedhofstor, fand Milou. Ihr Herz hämmerte so sehr, dass sie fürchtete, es könnte ihr durch den Mund herausfliegen.

Das Tor sah aus wie eine Reihe rostiger Speere, die aus dem Boden ragen. Die Speerspitzen selbst waren allerdings nicht verrostet, sie funkelten im Mondlicht. Efeu rankte sich um die zwei hohen Pfosten rechts und links und ein schweres, ebenfalls verrostetes Schloss hing an einer Kette, die mehrfach um die zwei Torflügel geschlungen war. Darüber war ein verwittertes Holzschild angebracht. Milou trat näher und las:

Puppenmühle

Nur dass das Wort »Puppen« weggekratzt und handschriftlich durch das Wort »Geister« ersetzt worden war. Und darunter hatte jemand – in derselben krakeligen Schrift – das Wort »GEFAHR!« ins Holz geritzt.

Milou drückte ihr Gesicht gegen das Tor und blinzelte in die Dunkelheit. Aber der Nebel war so dicht, dass sie weder rot-weiße Fensterläden noch ein pyramidenartiges Dach erkennen konnte.

»Wo ist denn da ein Haus?«, fragte sie frustriert.

»Schau mal dort hinten, weiter oben«, keuchte Gisbert, die Augen weit aufgerissen.

Milou hob den Kopf und folgte seinem Blick. In einiger Entfernung, ein ganzes Stück weiter weg von der Straße als die übrigen Häuser, ragte ein riesiges kreuzförmiges, flügelartiges Gebilde aus dem Nebel. Ein Schauder lief Milou über den schmerzenden Rücken, als sie erkannte, was sie da sah.

Das war kein Bauernhaus. Das war eine *Windmühle*!

Der Nebel verdichtete sich weiter und die Flügel verschwanden. Aber das tat Milous Begeisterung keinen Abbruch. Die Taschenuhr hatte sie nach Hause geführt!

Sie hatte am ganzen Körper Gänsehaut und ihre Ohren kitzelten. Diesmal nicht warnend, sondern erwartungsvoll. Sie wäre am liebsten drauflosgestürmt. Sie hatte ein extrem gutes Gefühl.

»Ich hab ein extrem schlechtes Gefühl«, murmelte Lotta neben ihr. »Das Gebäude wirkt …«

»Uralt und verfallen«, flüsterte Gisbert.

»Wie ein Spukhaus«, sagte Mads, was Mona einen kleinen Entsetzensschrei entlockte.

»Einfach perfekt«, schwärmte Milou.

»Abweisend, wollte ich eigentlich sagen«, beendete Lotta ihren Satz. »Am Tor hängt ein dickes Schloss, nirgends brennt Licht und das Schild ist auch nicht gerade einladend.«

»Ach was, Mama und Papa sind wahrscheinlich gerade schlafen gegangen. Na los, kommt, drinnen ist es bestimmt schön warm. Und es gibt sicher auch etwas zu essen.«

Aber vor allem sind meine Eltern dort, fügte sie in Gedanken hinzu.

Sie verkniff es sich, Gisbert einen Hab-ich's-dir-nicht-gesagt?-Blick zuzuwerfen und ging zu dem schmalen Kanal, der unter der kleinen Brücke mit dem Tor durchfloss. Sie hievte sich ihren Sarg-Korb auf die Schulter, packte Lotta am Arm, und gemeinsamen sprangen sie die Böschung hinunter, direkt aufs Eis. Mit einem dumpfen Geräusch kamen sie auf, aber das Eis hielt.

»Milou!«, rief Gisbert. »Ich weiß nicht, ob das eine gute Idee ist. Auf dem Schild steht –«

»Das Schild ist für Fremde, nicht für die Familie«, rief Milou über die Schulter. »Jetzt kommt endlich!«

Statt einer Antwort hörte sie den Aufprall von drei Stiefelpaaren auf dem Eis. Mit ihrer freien Hand umklammerte Milou eine Eisenstange und zog sich und Lotta auf der anderen Uferseite wieder hoch. Sie standen jetzt jenseits des Tores. Mads, Gisbert und Mona folgten. Frischer Schnee knirschte unter ihren Stiefeln, als sie – vollständig von Nebel umhüllt – auf die Mühle zustolperten. Nach einer Weile konnte Milou immerhin die roten Ziegelsteine der untersten Etage erkennen.

Es dauerte ein paar Minuten, bis sie den Eingang fanden. Milou hörte ein Kratzen und ein Zischeln, dann drückte Gisbert ihr eine brennende Kerze in die Hand. Sie hielt sie hoch. Die Tür bestand zu fast gleichen Teilen aus massivem Eichenholz und abblätternder schwarzer Farbe. Zwei Glaslaternen an Eisenhaken hingen rechts und links, beide zerbrochen. Und natürlich brannten sie nicht. In der Mitte befand sich ein Türklopfer: ein Eisenring im Maul eines Löwen.

Vorfreude prickelte in Milous Bauch. Dies war der Moment, auf den sie zwölf Jahre lang gewartet hatte. Nur noch ein paar

Herzschläge trennten sie von dem Wiedersehen mit ihren Eltern.

Milou musste sich auf Zehenspitzen stellen, um an den Türklopfer heranzukommen. Sie legte ihre rotgefrorenen Finger um den Eisenring und knallte ihn dreimal kurz gegen das Holz. Das Geräusch zerschnitt die unheimliche Stille der Nacht. Sie hielt den Atem an und lauschte nach näherkommenden Schritten, versuchte, sich die überraschten Gesichter ihrer Eltern vorzustellen. Würden sie die Tür öffnen? Würden sie sie überhaupt wiedererkennen? Doch, klar, natürlich! Sie selbst würde sie ja auch erkennen.

Sie wartete und kaute auf ihrer Lippe herum. Aber nichts passierte – außer dass die Stille immer lauter wurde. Geradezu ohrenbetäubend. Milous Lächeln gefror. Nach einer Weile rüttelte sie am Türgriff und die Tür schwang knarzend nach innen. Finsternis breitete sich vor ihnen aus. Die Kerzenflamme flackerte und erlosch.

»Ich will da nicht reingehen«, wisperte Mads nervös. Er und Mona blickten verängstigt aus dem Pelzmantel, den sie sich teilten.

»Keine Panik«, sagte Milou und schälte sich energisch aus dem gemeinsamen Mantel mit Lotta. Die schneidende Kälte spürte sie plötzlich nicht mehr.

»Warte«, flüsterte Gisbert.

Milou dachte, er wolle sie davon abhalten, die Mühle zu betreten, und wappnete sich schon für eine neue Diskussion, aber er wühlte nur in seinem Weizensack und zog schließlich weitere Kerzen und Streichhölzer hervor. Nachdem er sie verteilt hatte, zündete er Milous Kerze an und reichte sie ihr mit einem aufmunternden Lächeln.

Dicht aneinandergedrängt hielten sie die Kerzen hoch und formten so einen kleinen Lichtkreis. Und in diesem Kreis betraten sie die Mühle.

Sie standen in einem quadratischen Vorraum. Eine Reihe von Holzschuhen hing an Haken neben der Tür.

Milou wagte einen Schritt nach vorn und erblickte eine Gestalt in der dunklen Ecke neben dem Schrank. Ihre Kerzenflamme flackerte, Schatten tanzten über den Steinboden.

»Papa …?«

Aber ihre Stimme erstarb, als die Schatten plötzlich zum Stillstand kamen. Und da erkannte Milou, dass die Gestalt überhaupt keine Gestalt war, sondern ein Garderobenständer, an dessen oberstem Haken leicht schräg eine Mütze hing.

Sie ging durch eine niedrige Türöffnung auf der linken Seite und stand in einer fast halbkreisförmigen Küche. An der Wand zur Mitte hin befand sich ein Herd. Töpfe und Pfannen hingen an Haken darüber. Ein kleiner Tisch mit zwei Stühlen stand vor dem Fenster. Milou hielt ihre Kerze höher. Ein großer Schrank und zwei kleinere Schränkchen reihten sich an der Wand neben der Spüle aneinander. Ein Schrankbett mit weit geöffneten Türen nahm fast die gesamte Länge der gegenüberliegenden Wand ein. Milou sah sofort, dass es leer war. Die hellgrüne Steppdecke war glatt gestrichen und an den Seiten fein säuberlich unter die Matratze gestopft.

Sie leckte sich über die trockenen, aufgesprungenen Lippen. »Papa? Mama? Ich bin's … Milou.«

Sie stellte ihren Sarg-Korb auf den Tisch und strich mit einem Finger über die Stuhllehnen. Er war sofort mit einer dicken Staubschicht bedeckt. Sie spähte in die Dunkelheit und wagte sich noch ein Stück vor. Unter ihrem Stiefel knirschte etwas. Keramikscherben lagen auf dem Boden verstreut.

»Ganz schönes Durcheinander«, stellte Lotta fest. »Was hier wohl passiert ist.«

»Wahrscheinlich haben sie gerade so viel um die Ohren, dass sie nicht zum Aufräumen kommen«, erklärte Milou. »Was werden sie sich freuen, wenn sie hören, dass ich ihnen ab jetzt bei der Hausarbeit helfe!«

Sie huschte zur nächsten Türöffnung und kam in ein Wohnzimmer mit ähnlichem Grundriss. In der mittleren Wand befand sich ein Kamin, der allerdings leer und kalt war. Vor dem Fenster standen zwei Schaukelstühle mit dicken Kissen und Decken über den Lehnen. Außerdem gab es mehrere Bücherregale und ein weiteres Schrankbett, dessen edle Holztüren jedoch geschlossen waren.

Milou reichte Lotta ihre Kerze und öffnete die Bettentüren. Es war genauso leer wie das erste, nur mit einer roten Steppdecke. Ein kleiner resignierter Seufzer entfuhr ihr.

»Milou«, sagte Mads. »Vielleicht sollten wir ein andermal wiederkommen.«

Aber Milou lief schon durch die nächste Tür – und fand sich in dem kleinen Vorraum wieder, in dem sie ihren Rundgang begonnen hatten.

Verzweifelt blickte sie ihre Freunde an. »Sie sind bestimmt oben.«

Sie nahm Lotta ihre Kerze wieder ab, rannte atemlos zu der Leiter und kletterte in den ersten Stock. Die Wände dort waren noch runder. Vom Treppenabsatz ging nur eine einzige Tür ab – und die war geschlossen.

Milou drückte sie auf und blickte in ein weißes, leicht zur Seite geneigtes Gesicht. Ihr stockte das Herz.

Dann sah sie, dass das Gesicht eine kleine Schnauze hatte.

Und spitze Ohren.

Und ... ganz viele Nähte auf der Baumwollhaut.

Milou musterte die Gestalt von Nahem. Sie trug einen fein geschneiderten Anzug aus weichem, burgunderfarbenem Amsterdamer Samt. Ihre Augen waren aufgemalt. Auf der Schnauzenspitze saß ein Knopf. Und aus einer Naht am Hals quoll etwas Füllung.

Lotta und Gisbert tauchten am oberen Ende der Leiter auf und stellten sich neben sie. Ihre Gesichter waren mindestens ebenso weiß wie das der Puppe, die ihnen entgegenstarrte.

»Das ist eine Marionette«, sagte Milou und neue Hoffnung keimte in ihr auf. »Eine Fuchsmarionette.« Jetzt sah sie auch die Fäden und etwas weiter oben den Haken neben dem Regal, an dem die Puppe hing. »Ja, hier sind wir definitiv richtig.«

Sie betrat den kreisrunden Raum und blickte sich um. Der Staub lag hier sogar noch dichter und Milou musste niesen. Als sie die aufgewirbelte Wolke weggewedelt hatte, erkannte sie, dass in der Mitte des Raumes ein dicker, kantiger Holzpfahl aufragte. Er kam aus einem Loch im Boden und verschwand durch ein Loch in der Decke. An der strohbedeckten runden Außenwand hingen Marionetten in allen Größen.

Überall lagen Stoffballen, Fadenknäuel und Werkzeuge herum, auf einem Arbeitstisch standen Farbtöpfchen mit Pinseln und eine gusseiserne Nähmaschine.

Bram Poppenmakers Marionettenwerkstatt.

»Wir sind erst auf halber Höhe«, flüsterte Milou. Ihre Beine waren mittlerweile so klapprig, dass sie das Gefühl hatte, als würde der Raum schwanken. »Sie sind bestimmt ganz oben.«

Sie *mussten* oben sein.

Mit neuer Hoffnung lief Milou zu einer weiteren Leiter, die durch ein großes rechteckiges Loch in der Decke zum nächsten Stockwerk hinaufführte. Doch sie kam kaum die Sprossen hoch, ihr tat alles weh und ihre Kerze brannte auch nicht mehr richtig.

Lotta streckte einen Arm nach ihr aus. »Milou …«

Doch Milou machte sich los und kämpfte sich weiter nach oben.

Als sie durch das Deckenloch kletterte und sich aufrichten wollte, stieß sie mit dem Kopf gegen etwas Hartes. Sie zischte entnervt, ging in die Hocke und tastete nach einem Platz, wo sie sich hinsetzen konnte. Nachdem sich der aufgewirbelte Staub gelegt hatte und die Kerze wieder ruhig brannte, realisierte Milou, warum es hier oben so eng war. Riesige hölzerne Zahnräder, senkrechte und waagerechte, allesamt miteinander verbunden, füllten den Raum vom Boden bis zur Decke.

Sie hörte ein Rumsen, dann ein entnervtes Zischen und schließlich tauchte Lotta in dem rechteckigen Bodenloch auf und kroch zu ihr herüber.

»Heiliger Gouda!«, entfuhr es ihr und sie starrte mit offenem Mund auf das gewaltige Räderwerk.

Vorsichtig richtete Milou sich auf und hielt die Kerze hoch. Aber das Einzige, was sie in dem hohen, gewölbten Raum sah, waren noch mehr Staub und noch mehr Schatten. Keine Treppe. Nicht mal eine Leiter.

Sie befanden sich jetzt im obersten Stockwerk der Mühle. Es gab keine weiteren Räume, die sie hätten durchsuchen können.

Milou ließ den Kopf und die Schultern hängen – wie eine Marionette, der man die Fäden durchtrennt hatte. Ihre Beine gaben nach, ihre Knie knallten auf den Boden. Aber das tat lange nicht so weh wie ihr Herz, das sich vor Kummer zusammenkrampfte.

»Sie … sie sind nicht mehr da, Lotta«, sagte sie mit bebender Stimme.

13

Milou bekam nur halb mit, wie Lotta und Gisbert sie zurück nach unten in die Küche bugsierten. Sie hatte feuchte Augen, ihre Glieder waren fast gefühllos und der Pelzmantel wärmte sie plötzlich nicht mehr, sondern lastete wie ein Bleigewicht auf ihren Schultern.

Gisbert hatte recht gehabt: Sie waren den ganzen Weg umsonst gegangen. Die Poppenmakers waren nicht da.

Die Stimmen ihrer Freunde drangen nur gedämpft durch die Verzweiflung hindurch, die sich in ihrem Kopf breitmachte.

»Was ist los?«, fragte Mads.

»Milou muss nach dieser Strapaze erst mal schlafen«, sagte Lotta. »Hilf mir mal, sie ins Bett zu bringen.«

Lotta und Gisbert schafften Milou in das Schrankbett mit der hellgrünen Decke. Es roch ziemlich streng nach Mottenkugeln, war dafür aber weicher als alles, worauf sie jemals gelegen hatte. Mona lag bereits darin – sie zog Milou dicht an sich, legte einen Arm um sie und das Kinn auf ihre Stirn. Die Bettdecke war schwer, aber kein bisschen kratzig. Trotzdem hörte Milou nicht auf zu zittern.

»Sie sind weg«, sagte sie mit einer Stimme, die zwar ihre sein musste, aber viel zu rau und schrill klang.

Mads' Gesicht tauchte in der Schranktür auf. »Es wird alles gut, Milou, bestimmt«, sagte er sanft. »Ich versprech's dir.«

Und dann war plötzlich auch Lotta an ihrer Seite, noch mehr Arme legten sich um sie – und Milous tränenfeuchte Augen verloren den Kampf gegen die Müdigkeit.

Sie erwachte erst, als die Sonne schon durch die Fenster schien. Verdammt, sie hatte den Weckgong verschlafen, Gassbeek würde sie umbringen! Panisch krabbelte sie unter der Bettdecke hervor, blinzelte verwirrt, versuchte zu begreifen, warum der Schlafsaal auf einmal so klein war – und ihr Bett so groß. Es war auch nicht mehr so zugig und die Zimmerdecke war plötzlich aus edlem Holz. Und irgendwie hatte sich ihre fadenscheinige braune Filzdecke in eine warme, mehrschichtige hellgrüne Steppdecke verwandelt.

Dann kam nach und nach die Erinnerung zurück.

Gassbeek war tot. Milou war zu Hause. Aber ihre Eltern nicht.

Gerade als ihr Herz erneut zerbrechen wollte, entdeckte sie auf einem Regalbrett über sich ihre Katzenmarionette. Der Kopf war sorgfältig und nahezu perfekt wieder angenäht. Sie tastete nach ihrer Taschenuhr und rieb mit dem Daumen über die Gravur.

Unter den Sternen habe ich dich gefunden.
52.284040, 4.784040
Unter dem Mond habe ich dich verloren.

Obwohl Milou den Koordinaten bis hierher gefolgt war, den ganzen langen Weg, war sie ihrem Ziel *keinen* Schritt näher gekommen.

Neben ihr rührten sich Lotta und Mona und blickten sie verschlafen an.

»Was ist los, Milou?«, grunzte Lotta mürrisch. Einer ihrer Zöpfe stand waagerecht vom Kopf ab, der andere hatte sich vollständig aufgelöst.

»Nichts«, flüsterte Milou und kletterte über Lotta hinweg aus dem Bett. »Ich brauche nur frische Luft.«

Statt einer Antwort gähnte Lotta und die Augen fielen ihr wieder zu. Mona dagegen kroch aus dem Bett und tappte Milou hinterher, die schon in der Tür stand und ins Wohnzimmer spähte. Die Jungs schliefen noch tief und fest im anderen Schrankbett. Gisbert lag auf dem Bauch, das Gesicht im Kissen, einen langen Arm herunterbaumelnd, während Mads den Kopf auf sein sorgfältig gefaltetes, rußgeschwärztes Halstuch gebettet hatte. Leise schloss Milou die Tür, um sie nicht zu wecken.

So düster die Küche am Abend zuvor gewirkt hatte, so strahlend hell war sie jetzt. Die Schatten hatten sich verzogen, aber der Staub war noch da. Er bedeckte jede Oberfläche und tanzte in den Sonnenstrahlen.

Auf Zehenspitzen ging Milou zu dem großen Schrank und

öffnete die Tür. Ihr stockte der Atem, als sie die Kleidungsstücke sah: Auf der einen Schrankseite hingen Männerhemden, Jacken und Hosen – alle von feinster Qualität, sehr vornehm und gleichzeitig praktisch. Auf der anderen Seite reihten sich Kleider, Mäntel und Schals aneinander, ebenfalls sehr fein gearbeitet ... aber überraschend klein. Und überraschend mädchenhaft.

Seufzend ließ Milou ihren Blick über den Fußboden schweifen, der übersät war von Scherben und grellen Flecken, die die Sonnenstrahlen zeichneten. Ihre Ohren, ihr Hals und ihre Schultern kribbelten auf eine völlig neue Art und Weise. Ihr war kalt – und merkwürdigerweise schien diese Kälte sie von innen zu wärmen und die Enge in ihrer Brust ein bisschen zu lösen.

Wenigstens war sie zu Hause! Wenn auch ohne ihre Eltern.

»Ich werden sie finden, Mona«, flüsterte Milou. »Ich hab jetzt eine ganze Windmühle voller neuer Hinweise. Die Chance, sie zu finden, ist heute viel größer als gestern.«

Milou ging die Schrankseite ihrer Mutter durch und wählte einen langen grünen Mantel, der ihr nur ein winziges Stück zu groß war. Sie hängte ihn sich über die Schultern und zog einen roten Mantel für Mona hervor sowie dicke Baumwollsocken für sie beide. Nach einem letzten kurzen Blick auf ihre schlafenden Freunde griff sie Monas Hand.

»Komm, wir durchsuchen die Mühle von oben bis unten, wir stellen alles auf den Kopf.«

Im Maschinenraum ganz oben unterm Dach war es immer noch dunkel. Und immer noch menschenleer. Trotzdem krochen Milou und Mona um jedes einzelne Zahnrad herum, stiegen über Treibriemen und sämtliche Balken, auf der Suche nach Hinweisen. Aber sie fanden nichts, weder ein vereinzelt herumliegendes mitternachtsschwarzes Haar noch irgendwelche ins Holz geschnitzte Botschaften. Überall ächzte es im Gebälk und hoch oben in der strohgedeckten Kuppel hörten sie ein merkwürdiges Kratzgeräusch.

Das einzig Interessante, was Milou entdeckte, war eine kleine, quadratische Tür in der Wand. Sie musste mit aller Kraft am Riegel rütteln, bis er endlich nachgab. Vorsichtig drückte sie die Tür auf. Sie öffnete sich direkt in den Himmel. Kalte Luft schwallte herein. Milou wurde schwindelig, als sie sah, in welcher Höhe sie sich befand.

Der Polder – die eingedeichte Landschaft ringsum – sah bei Tageslicht komplett anders aus: ein weißer Flickenteppich von verschneiten Feldern, kreuz und quer durchzogen von Entwässerungskanälen. Reetgedeckte Scheunen und Bauernhäuser waren in die Landschaft gewürfelt. Kühe suchten unter der weißen Schicht nach Gras. Radfahrer fuhren wie in Zeitlupe die Straße entlang und winkten sich gegenseitig zu, wenn sie sich begegneten. Alles war weit und großzügig und friedlich – so ganz anders als die vollgestopfte, wuselige Stadt. In der Ferne konnte sie Amsterdam erkennen: aber es war nicht mehr als eine graue Linie mit einer Wolke aus dunklerem Grau darüber. Waren sie wirklich *so weit* gelaufen?

Milou schloss die Außenwelt wieder aus und verriegelte die Tür. Mona war inzwischen in den Dachfirst geklettert und spähte nach der Ursache für das merkwürde Geräusch.

Kratz. Kratz. Kratz.

»Wahrscheinlich nur ein Vogelnest, Mona«, sagte Milou. »Eine Taube oder so.«

Mona seufzte und nickte. Dann kletterte sie wieder herunter und klopfte sich den Staub von den Beinen.

»Ich denke, wir können mit Sicherheit sagen, dass hier oben nichts ist«, stellte Milou fest. »Komm, lass uns unten weitersuchen.«

Milou schob Mona zu der Leiter, die in die Puppenwerkstatt hinunterführte. Sie hatte schon geahnt, dass es ihr schwerfallen würde, diesen Raum zu inspizieren, aber als sie jetzt die vielen Marionetten sah, die ihr Vater gebastelt hatte, überrollte sie eine riesige Welle der Verzweiflung. Die Werkzeuge und Stoffreste lagen in einer Weise herum, als hätten ihre Eltern nur mal kurz Pause gemacht. Die dicke Staubschicht, die alles bedeckte, sprach jedoch eine andere Sprache: Hier war mindestens ein paar Monate, vielleicht sogar länger niemand mehr gewesen.

Als Milou an den Arbeitstisch trat, fiel ihr Blick auf einen Bilderrahmen, der auf dem Boden lag. Das Glas war gesplittert, so als sei der Rahmen absichtlich runtergeworfen worden. Vorsichtig hob sie ihn auf und pustete den Staub weg.

In dem Rahmen steckte eine Kinderzeichnung von einem Mann. Der Mann hatte ein kartoffelförmiges Gesicht und das eine Auge war doppelt so groß wie das andere. Seine Nase sah aus wie ein umgekehrtes »L« und auf dem Kopf trug er einen umgedrehten Eimer oder einen Zylinder, das konnte Milou nicht richtig erkennen. Das Einzige, was sie zweifelsfrei sah, war, dass er glücklich wirkte. Sein breit lächelnder Mund ähnelte einer Banane und reichte bis zu den Ohren, die wie zwei Pflaumen aussahen. Unter dem Porträt stand in Kritzelschrift ein Gedicht:

Liebster Papa,
dein Lächeln ist der Stoff,
der Träume zusammenhält,
deine Augen sind zwei funkelnde Sterne,
dein Herz ist der Mittelpunkt meiner Welt
und keine Liebe ist größer als unsere.

In die rechte untere Ecke des Blattes hatte jemand mit fast noch krakeligerer Schrift geschrieben:

Von Liesel, 10 Jahre, 1872.

Milous Ohren begannen zu kribbeln, ihr Atem ging stoßweise. Die Zeichnung war genau zwanzig Jahre alt.

»Ich … ich glaube … Bram Poppenmaker hat noch …« Milou schluckte. »Hat noch eine Tochter.«

Sie reichte Mona das Bild, die es schweigend betrachtete.

»Ich schätze, das erklärt die Kleider im Schrank.« Milou biss sich auf die Innenseite ihrer Wange, um nicht laut loszuweinen. »Ich habe eine ältere Schwester. *Eine* Tochter hat unser Vater also behalten.«

Das Kribbeln in ihren Ohren wurde intensiver und unangenehmer. Milou versuchte, es wegzureiben. Sie wollte auf gar keinen Fall weinen. Es würde eine plausible Erklärung für all das geben, ganz sicher! Irgendwo. Sie mussten nur weitersuchen.

Sie wandte sich wieder der Werkstatt zu und wühlte sich entschlossen durch jede Schublade, jedes Regal, jede noch so kleine Ecke. Aber es gab weder Briefe noch Fotogramme. Es gab überhaupt keine persönlichen Sachen. Sie bohrte ihren Finger in die Füllung jeder einzelnen Puppe, auf der Suche nach versteckten Gegenständen oder Botschaften. Aber sie fand nichts. Schließlich tastete sie sogar den Boden nach lockeren Dielen und Geheimfächern ab.

Nichts.

Und bei alledem wirkte es noch so, als hätte ihre Mutter niemals existiert. Es gab keine Gedichte, keine Kinderzeichnungen, überhaupt nichts, was darauf schließen ließe, dass hier noch eine dritte Person gelebt hatte. Auch nichts, dass auf die Existenz eines Babys – Milou – hindeutete. Mit zitternden Fingern schrieb Milou die wenigen neuen Hinweise in ihr Theorien-Buch. Dann klappte sie es zu und ging wieder nach unten, um ihre Suche in der Küche fortzusetzen.

Die anderen waren inzwischen aufgestanden und hatten sich mit Sachen aus Brams und Liesels Kleiderschrank eingekleidet.

»Ich hoffe, du hast nichts dagegen.« Gisbert zupfte verlegen am Kragen seines gestreiften Hemdes. »Aber es ist so kalt.«

»Natürlich nicht«, antwortete Milou, während sie in den Schubladen unter dem Grüne-Steppdecke-Bett kramte. Verdammt, irgendwo musste es doch weitere Anhaltspunkte geben. »Ich bin mir sicher, dass mein Vater nichts dagegen hätte, Gisbert.«

»Ich habe übrigens das hier gefunden«, sagte er und setzte sich neben sie aufs Bett.

Er hielt einen kleinen Stapel Zeitungen in der Hand. Milou nahm sie ihm ab und blies den Staub weg.

»Sie sind alle von 1880«, flüsterte Gisbert. »Die neueste vom Dezember 1880. Als du …«

Milou nickte. Sie begriff. Die Gefühle schnürten ihr den Hals zu. Ihre Eltern hatten die Windmühle genau in dem Monat aufgegeben, als Milou auf dem Dach der »Kleinen Tulpe« ausgesetzt worden war!

»Danke, Gisbert«, sagte Milou und notierte sich das Detail in ihr Büchlein. »Das bringt mich ein ganzes Stück weiter.«

Er sah sie mit einem kleinen, unsicheren Lächeln an. »Vielleicht solltest du dich aber trotzdem auf eine Enttäuschung vorbereiten …«

»Bis jetzt hatte ich *nichts* als Enttäuschungen, da wird mich eine Enttäuschung mehr oder weniger wohl auch nicht umhauen! Aber egal, ob es frustrierende oder vielversprechende Hinweise sind – ich *muss* wissen, was passiert ist. Ich brauche Antworten.«

»Hier gibt's so viele Bücher! Lesestoff für Monate!«, schwärmte Lotta, die in der Tür zum Nachbarraum stand.

»Na ja«, Milou stand auf, »Zeit zum Lesen hast du ja jetzt, wo wir nicht mehr rund um die Uhr schuften müssen. Obwohl man hier natürlich auch mal sauber machen müsste –«

»Aber wir können doch nicht hierbleiben!«, rief Mads. Er

saß am Fenster, ein Blatt Papier auf dem Schoß, einen Kohlestift in der Hand, und malte.

»Wieso nicht?«, fragte Milou.

Mads zog eine Grimasse. »Na, wir können ja wohl schlecht hier wohnen, wenn deine Eltern nicht da sind.«

»Aber …«

»Mads hat recht«, sagte Gisbert. »Fünf Waisenkinder, die ohne Erwachsene in einer verlassenen Windmühle hausen – das wird sofort den Argwohn der Nachbarn erregen.«

»Wir könnten ihnen erzählen, dass meine Eltern –«

»Egal, was wir ihnen erzählen, sie würden uns nie glauben.«

»Dann verstecken wir uns eben«, beharrte Milou. »Braucht ja keiner zu merken, dass wir hier sind.«

Lotta schüttelte den Kopf. »Den Rauch aus dem Schornstein können wir aber nicht verstecken. Und wir können auch schlecht die ganze Zeit drinnen hocken. Nein, es ist einfach zu riskant. Zwar wird's hier nicht ganz so viele Nachbarn geben wie in Amsterdam, aber doch genug Leute, die unangenehme Fragen stellen könnten.«

»Aber …«

»Die verständigen dann vielleicht das Kinderbüro«, sagte Mads. »Und wenn deine Eltern nicht sehr bald zurückkommen, dann gibt es niemanden, der verhindern könnte, dass wir ins Waisenhaus zurückgebracht und für Gassbeeks Tod verantwortlich gemacht werden.«

Darauf wusste Milou nichts zu sagen. Sie hatte so fest damit gerechnet, ihre Eltern hier anzutreffen. Sie war so sicher gewesen, dass sie fortan alle Probleme für sie lösen würden.

»Eine Nacht können wir sicher noch bleiben«, meinte Lotta. »Dann kann Milou bis morgen noch nach Hinweisen suchen und wir haben Zeit, ein paar Sachen zusammenzusuchen, die wir mitnehmen können. Vielleicht schaffe ich es sogar, ein Buch zu lesen. Außerdem müssen wir uns natürlich überlegen, wo zum Teufel wir als Nächstes hinwollen.« Sie kräuselte nachdenklich die Lippen.

Resigniert ließ sich Milou neben Mads auf die Fensterbank fallen. Sie drückte die Wange an die kalte Scheibe und ließ ihren Blick über den winterlichen Polder schweifen. Die Gegend sah genauso elend und trübselig aus, wie sie sich fühlte. Die einzigen Farben weit und breit waren das Immergrün des großen Eibenbaums und das merkwürdige Kupferrot des benachbarten Hausdaches.

»So schade, dass wir nicht bleiben können«, murmelte Mads. »Hier gibt's so viele tolle Sachen zu zeichnen. Die Scheune dort zum Beispiel. Sieh dir nur das prächtige Tor an, richtig herrschaftlich, obwohl es nur ein Nebengebäude ist. Ganz anders als die einfachen Holztüren der anderen Häuser.«

Milou blickte erst auf seine Zeichnung, dann aus dem Fenster. Mads hatte recht. Die Mühlenscheune hatte ein ungewöhnlich schönes, mit Blumenschnitzereien dekoriertes Holztor. Es ähnelte fast ein bisschen den verzierten Türen der Schrankbetten.

Sofort kribbelte ihre Kopfhaut, und ehe sie sich versah, war sie schon nach draußen gestürmt. Der kalte Winterwind peitschte ihr entgegen, als sie den überwucherten Kiespfad zur Scheune hinunterlief. Keuchend und vor Kälte zitternd rüttelte sie an der Tür. Und nach einer Weile gab diese tatsächlich nach und schwang auf. Es quietschte grässlich in den Angeln, Staubwolken stiegen auf.

Als sie eintrat, spürte sie weichen Boden unter den Füßen. Verblüfft blickte Milou nach unten – sie stand auf rotem Teppich! Nachdem sie ein paar Spinnweben beiseitegewedelt hatte, wagte sie sich weiter hinein … bis sie plötzlich gegen etwas stieß. Ein samtbezogener Stuhl!

Blinzelnd versuchte sie, sich an das Zwielicht zu gewöhnen. Nach einer Weile sah sie, dass es nicht nur diesen einen Stuhl gab, sondern *unzählige* Stuhlreihen. Sie stolperte durch den engen Mittelgang und blieb in der Mitte der Scheune stehen, direkt vor einem riesigen Loch in der Decke, durch das strahlendes Sonnenlicht fiel. Am anderen Ende des riesigen Raums befand sich eine Bühne, deren zerrissener, mottenzerfressener Vorhang geschlossen war.

Milous Puls fing an zu rasen, als ihr klar wurde, was sie da entdeckt hatte: Ein Theater! Und hinter dem Vorhang stand eindeutig jemand auf der Bühne. Jemand, der die Arme nach ihr ausstreckte.

Milous Theorien-Buch

Neue Beweise

- Meine Eltern haben eine Taschenuhr in meiner Katzenmarionette versteckt, in die ein Rätsel und Koordinaten eingraviert sind. Die Uhr hat mich nach Hause geführt. Nur leider sind meine Eltern nicht mehr da.
- Das Tor zum Grundstück ist mit einem verrosteten Schloss zugesperrt. In das Holzschild hat jemand reingekratzt, dass das hier eine gefährliche Spukmühle ist.
- Die Mühle ist menschenleer – aber alle Sachen sind noch da.
- Vor allem Männerkleidung (von meinem Vater) und Mädchensachen (von meiner Schwester).
- Die Zeichnung und das Gedicht von Brams Tochter Liesel.
- Ein Zeitungsstapel neben der Tür. Alle Zeitungen sind von 1880 – dem Jahr, in dem ich ausgesetzt wurde.

<u>Fehlende Beweise</u>

- keine versteckten Nachrichten
- keine Fotogramme
- lein Hinweis darauf, wohin meine Eltern gegangen sein könnten
- nicht der kleinste Hinweis auf meine Mutter
- kein Hinweis auf meine Existenz als Baby

Ob ich ihnen auf die Spur komme, wenn es mir gelingt, das Taschenuhrrätsel zu lösen?

14

Milou ging den Gang zwischen den Stuhlreihen weiter und kletterte auf die Bühne. Als sie an dem zerschlissenen Vorhang zog, riss er von der Schiene ab und begrub sie unter sich. Hektisch wühlte sie sich frei.

Vor ihr stand ein Mädchen in Ballerinapose: auf den Fußspitzen, die Arme anmutig hochgereckt. Sie hatte große Augen, die nicht einmal blinzelten, und hellrosa Lippen, wie eine Rosenknospe.

Sie bestand aus Baumwollstoff und hing an Fäden.

Eine Marionette.

Milou stieß einen leisen Fluch aus. Wie hatte sie glauben können, dass es etwas anderes war? Oder besser gesagt, *jemand* anders?

Warme salzige Tränen liefen ihr über die Wangen uns sammelten sich in ihren Mundwinkeln.

»Milou!«, hörte sie plötzlich Lottas Stimme hinter sich. »Was treibst du denn hier? Dich hätte doch jemand sehen können! Heiliger Gouda!«

Schnell wischte sich Milou die Tränen ab und wandte sich ihren Freunden zu, die mit offenen Mündern dastanden und staunten.

»Was für ein unglaublicher Ort!«, sagte Mads und drehte sich langsam im Kreis.

Gisbert war der Einzige, der sich nicht umschaute, sondern Milou ansah. »Alles in Ordnung mit dir?«

Als sein Blick schließlich auf die Ballerinamarionette fiel, verwandelte sich sein besorgter Gesichtsausdruck in einen mitfühlenden.

Milou wurde rot, dann ging sie an der Marionette vorbei in den hinteren, im Schatten liegenden Bühnenbereich. Auf der einen Seite lagerten Holzbretter und verschiedene halb fertige Bühnenbilder, sorgfältig aufgeschichtet. Auf der anderen Seite führte eine Holzleiter zu der Puppenspielerplattform oberhalb der Bühne. Milou steuerte darauf zu, doch dann blieb sie stehen. Ihre Ohren kribbelten wie verrückt.

In der einen Bühnenecke lag ein Haufen zusammengeknüllter, verstaubter Decken. Milous Herz wummerte. Sie stupste den Deckenhaufen mit dem Fuß an und wühlte ihn schließlich mit der Stiefelspitze durch. Aber außer weiteren Decken kam nichts Interessantes zum Vorschein.

Milou rieb sich verdutzt die Ohren. Ihr Siebter Sinn hatte schon mal besser funktioniert.

»Schau mal!«, rief Gisbert.

Er schob die Decken noch weiter beiseite – und Milou keuchte auf vor Schreck. Kratzspuren! Genau wie auf ihrem Sarg-Korb.

»Was, wenn ich zu spät gekommen bin?«, flüsterte sie. »Was, wenn sie t–?«

»Wenn sie tot wären, hätte man ihre Sachen hier rausgeräumt und die Mühle verkauft«, beruhigte sie Gisbert. »Außerdem hätten sie dir dann nicht die Taschenuhr als Hinweis hinterlassen können.«

Das klang plausibel. Milou hoffte, dass er recht hatte.

»Es ist alles so … verwirrend«, sagte sie. »Ich muss einfach rausfinden, was hier passiert ist!«

»Und du *wirst* es herausfinden, da bin ich mir sicher.« Gisbert klopfte ihr aufmunternd auf die Schulter.

»Wir hätten hier *so viele* Möglichkeiten«, überlegte Lotta und setzte sich auf einen Samtstuhl. »So schade, dass wir nicht bleiben können. Ich bin mir sogar sicher, dass ich die Mühle wieder zum Laufen bekäme. Überleg mal, was du dann alles backen könntest, Mona – mit unserem *eigenen* Mehl.«

Mona lächelte sehnsüchtig.

»Ich würde gerne lernen, mit der Nähmaschine zu nähen, die in der Werkstatt steht«, sagte Gisbert. »Ich hab mir schon immer eine Nähmaschine gewünscht!«

»Hätte ich die Taschenuhr doch bloß eher entdeckt!«, stöhnte Milou. »Dann wäre mein Vater vielleicht noch hier gewesen. Es ist so gemein, dass wir jetzt, wo wir mein Zuhause endlich gefunden haben, nicht bleiben können.«

Schweigen machte sich breit. Staubkörner tanzten in der Luft, die Marionette schimmerte im Sonnenlicht.

»Und was, wenn Bram Poppenmaker doch hier wäre?«, fragte Mads plötzlich. Er war auf die Bühne geklettert und umrundete die Marionette.

»Aber er *ist* nicht hier«, sagte Lotta.

Mads grinste. »Ja, aber was, *wenn* er es wäre?«

»Mads, red keinen Käse!« Frustriert blickte Lotta zum löcherigen Scheunendach hoch.

»Wie meinst du das, Mads?«, fragte Milou, die das Funkeln in seinen Augen bemerkt hatte. Den gleichen Blick hatte er, wenn ihm ein neues Zeichenprojekt durch den Kopf ging.

Mads langte nach oben, zupfte an den Fäden der Marionette und brachte sie so zum Winken. »Wir könnten uns einen Vater *bauen*.«

Seine Freunde sahen ihn stirnrunzelnd an.

»Einen Marionettenvater.« Mads' Lächeln wurde wehmütig. »Erinnert ihr euch noch daran, wie ich einmal eine klaffende Wunde auf Milous Stirn gezeichnet habe und Lotta vor Schreck fast in Ohnmacht gefallen ist?«

Lotta schnaufte empört. »Die sah ja auch täuschend echt aus!«

»Genau das meine ich doch!«, rief Mads. »Wir könnten einen täuschend echten Vater bauen.«

»So täuschend echt wie gestern der Schatten an der Wa–?«, begann Gisbert, dann verstummte er.

Schweigen machte sich breit, während sie an die furchtbaren Ereignisse des vergangenen Tages dachten. An Gassbeek, die einen simplen Rattenschatten für so echt gehalten hatte, dass sie sich im wahrsten Sinne des Wortes zu Tode erschreckt hatte.

»Du meinst, wir lassen die Nachbarn glauben, dass Bram zurückgekehrt ist?«, fragte Milou. »Damit sie uns in Ruhe lassen?«

»Und was ist mit Rotman?«, fragte Gisbert. »Der wird doch

sicher auch nach uns suchen. Schließlich hat er seine Arbeitssklaven verloren. Und wir haben ihn am Fuß verletzt. So richtig toll fand er das nicht.«

»Rotman braucht gefälschte Papiere, um uns an den Zollbeamten im Hafen vorbeizuschleusen«, wandte Lotta ein. »Und jetzt, wo es Gassbeek nicht mehr gibt, bekommt er die nicht mehr. Er wird sich nicht trauen, ihr Geschäft zu enthüllen. Nein, ich glaube, wir müssen uns eher vor dem Kinderbüro fürchten. Wenn die herausfinden, was wir gemacht haben …«

»Aber sie haben doch gar keinen Grund, an der Echtheit der Adoptionsurkunde zu zweifeln«, sagte Milou. »Nein, solange unsere Nachbarn keinen Verdacht schöpfen, hat das Kinderbüro keinen Anlass herzukommen. Außerdem haben sie wahrscheinlich genug damit zu tun, eine Nachfolgerin für Gassbeek zu finden. Alles, was wir tun müssen, ist, die Leute hier auf dem Polder davon zu überzeugen, dass mein Vater zurückgekommen ist und uns alle fünf bei sich aufgenommen hat.«

Lotta öffnete den Mund, um zu protestieren, dann klappte sie ihn wieder zu.

»Hm, das könnte tatsächlich funktionieren«, überlegte sie laut. »Wir müssten einfach dafür sorgen, dass er sich hin und wieder mal am Fenster zeigt. Und dass niemand zu nahe herankommt …«

»Wenn's sonst nichts ist«, erwiderte Milou. »Ich hätte dann jedenfalls mehr Zeit, um meine Eltern zu finden. Und wenn sie erst wieder hier sind, haben wir sowieso nichts mehr zu befürchten.«

»Außerdem hätten wir genug Zeit, um uns einen Plan B zu

überlegen – falls wir doch irgendwann von hier wegmüssen«, fügte Mads hinzu.

»Aber wir brauchen Geld für Essen«, gab Gisbert zu bedenken. »Was nützt uns der beste Unterschlupf, wenn wir verhungern?«

»Wir könnten ein paar Sachen verkaufen«, überlegte Mads. »Vielleicht ein bisschen von dem Silberzeug?«

»Nein!«, rief Milou. »Wir können doch nichts verkaufen, was uns nicht gehört!«

»Dann produzieren wir eben selber etwas und verkaufen es auf dem Markt«, schlug Gisbert vor. »Marionetten vielleicht.«

»Da gibt's zwei Probleme«, bemerkte Lotta. »Erstens: Wenn wir Poppenmaker-Marionetten verkaufen, erregt das Aufmerksamkeit. Und zweitens: Die Märkte sind in Amsterdam. Dort sieht uns vielleicht irgendein adoptiertes Waisenkind oder jemand anders, der uns aus der ›Kleinen Tulpe‹ kennt. Die Lieferanten zum Beispiel.«

»Ach was, wenn wir uns elegant kleiden und die Gesichter mit Schals verhüllen, wird uns niemand erkennen«, grinste Gisbert. »Die Verkleidungen könnt ihr mir überlassen. Und damit es nicht zu auffällig ist, könnte ich Puppen statt Marionetten bauen, genug Material dafür wäre da. Sobald wir etwas Geld verdient haben, können wir Bram die Materialien ja ersetzen.«

»Also bleiben wir?«, fragte Milou. »Ich suche meine Eltern und wir verkaufen Puppen, um Geld zu verdienen. Sind alle damit einverstanden? Mona?«

Mona nickte zustimmend.

»Okay, dann ist ja alles geklärt!« Milou war ganz kribbelig vor Aufregung, obwohl sich ihre Brust immer noch etwas zu eng anfühlte. »Worauf warten wir noch?«

Sie schlichen zurück zur Mühle, wobei sie kurz hinter der großen Eibe in Deckung gehen mussten, um nicht von einem Radfahrer gesehen zu werden. Dann füllten sie sich die knurrenden Mägen mit dem altbackenen Brot, das Mona aus der »Kleinen Tulpe« mitgenommen hatte.

»Ist das hier das einzige Bild, das wir haben?« Fragend hielt Mads Liesels Kinderzeichnung von Bram hoch.

Milou nickte. »Ja. Gisbert, du kannst für den Körper eine von Papas langen Unterhosen verwenden. Und Mads, nimm dir, was du an Malfarben brauchst. Ich suche passende Kleidung zusammen.«

»Mona und ich entfernen das Schloss vom Eingangstor und machen danach Großputz«, verkündete Lotta. »In diesem Staub können wir nicht leben. Aber erst zünde ich den Kamin an, ich möchte meine Zehen endlich mal wieder spüren.«

Als es dämmerte, prasselte ein Feuer im Kamin und füllte die Küche mit einem warmen Licht. Lotta summte zufrieden, während sie ein Holzscheit nachlegte und die Hände vor die Flammen hielt. »Heiliger Gouda, fühlt sich das gut an!«, seufzte sie und wackelte selig mit ihren zwölf Fingern. »Vielleicht können wir morgen Wasser heißmachen und ein Bad nehmen?«

Milous Haut kribbelte vor Behagen, als sie ein paar Schritte zurücktrat, um den falschen Bram Poppenmaker zu begutachten, den Gisbert und Mads gebastelt hatten.

»Das kartoffelförmige Gesicht ist perfekt getroffen, Gisbert«, lobte sie. »Und deine aufgemalten Augen sehen exakt so aus wie auf dem Bild, Mads, eins groß, eins klein, großartig!«

Der Marionettenvater war genauso groß wie Gisbert, seine Beine bestanden aus einer strohgefüllten langen Unterhose. Mit der Nähmaschine hatte Gisbert den Kopf aus einem einfachen Stück Stoff genäht und Mads hatte die Gesichtszüge draufgemalt. Die Marionette trug eine braune Wollhose, eine Wollmütze und eine schwarze Samtjacke.

»Das wird hundertprozentig funktionieren!«, rief Milou begeistert. »Wenn man die Augen ein bisschen zukneift, sieht er aus, als könnte er jeden Moment loslaufen. Täuschend echt.«

Lotta stellte sich neben sie und Milou stellte besorgt fest, dass ihre Freundin leicht feuchte Augen hatte.

»Er sieht großartig aus«, sagte Lotta, griff sich die eine Hand der Puppe und drückte einen Kuss darauf. »Es ist mir eine große Freude, dich kennenzulernen, Papa.«

Gisbert hob Marionettenpapa vom Haken an der Wand und setzte ihn auf einen der beiden Küchenstühle. Milou kletterte auf den Tisch und schnappte sich die beiden hölzernen Kreuze, an denen die zwölf Fäden befestigt waren, die die Glieder der Marionette zum Leben erweckten. Sie neigte das eine Kreuz – und der Marionettenarm hob sich. Sie ruckelte am anderen – und Marionettenpapa bohrte sich in der Nase.

Gisbert verdrehte die Augen und Lotta prustete los.

»Kann er auch laufen?«, fragte Mads.

Milou streckte ihren Arm, wie ein richtiger Puppenspieler, und rüttelte an den Kreuzen. Kurz wirkte Marionettenpapa, als schüttelte er panisch eine Spinne von seinem Mantel, aber dann lief er ruhig und entspannt auf der Stelle.

»Bravo!«, kicherte Mads.

Milou lächelte. »Und jetzt passt auf!«

Sie ruckte an den Kreuzen, bis die Marionette eine Art Tanz aufs Parkett legte, mit wild schwingenden Armen und rhythmisch stampfenden Beinen.

»Mona muss das unbedingt auch sehen!«, sagte Mads. »Wo ist sie? Sie ist schon vor einer Ewigkeit nach oben verschwunden.«

Wie zur Antwort klonkte etwas die Treppe hinunter, direkt in die Küche hinein. Mona, die Füße in Holzschuhen und beladen mit einem Schwung Decken, stand da und staunte. Milou drehte Marionettenpapa, sodass er Mona ansah, und hob seinen Kopf.

»Hallo, Mona«, brummte sie mit tiefer Stimme und ließ die Marionette eine kleine Verbeugung machen. »Ich bin dein Papa.«

Mona strahlte die Puppe an. In dem Moment bewegte sich der Deckenhaufen auf ihrem Arm und gab ein lautes *Skrieeeetsch* von sich.

»Was war das?«, fragte Lotta.

Skrieeeetsch! Schuhuuhuuuuuuuu!

Mona wühlte ein wenig in den Decken – und plötzlich tauchte ein herzförmiges, pergamentfarbenes Gesichtchen daraus auf und zwei riesige dunkle Augen starrten sie an.

»Ein Uhu! Wo zum Teufel hast du den denn her, Mona?« In zwei Sätzen war Milou von ihrem Tisch herunter, um den Vogel in Augenschein zu nehmen. Mona deutete mit dem Zeigefinger nach oben und Milou fiel das kratzende Geräusch ein, das sie im Dachstuhl gehört hatten. »Also doch keine Taube. Hast du ihn aus dem Gebälk gerettet?«

Mona schüttelte den Kopf und machte ein paar hilflose Gesten mit ihren beladenen Armen.

»Ist er aus dem Nest gefallen?«

Mona nickte traurig und wiegte den Vogel sanft hin und her.

Skrieeeetsch! Schuhuuhuuuuuuuu!

Lotta trat näher und hob die oberste Decke an. »Der ist ja nicht größer als ein Amselküken!«, staunte sie. »Ist bestimmt erst im Herbst geschlüpft. Oh, und der linke Flügel ist etwas schief! Der Arme ist bestimmt von seinen Eltern verlassen worden, sieht ja halb verhungert und total verängstigt aus.«

»Ein Waisenkind. Genau wie wir«, stellte Mads fest.

»Keine Angst, kleiner Uhu. In der Mühle ist genug Platz für ein sechstes Waisenkind.« Milou strich dem Vogel sanft über den weichen Kopf.

Mona lächelte so selig, dass der Raum heller zu werden schien – was Milous Herz vor Freude hüpfen ließ.

»Dann braucht er aber auch einen Namen!«, rief Lotta. »Wie wär's mit Bartje?«

Mona kräuselte die Nase. Der Uhu klappte seinen Schnabel auf und zu.

»Wouter?«, schlug Mads vor.

Mona schüttelte den Kopf und der Uhu gab ein quietschendes Geräusch von sich.

»Skrietschi?«, fragte Milou.

Mona verdrehte die Augen.

»Nein«, sagte Gisbert nachdenklich. »Er braucht einen Namen, der zu ihm passt …«

Skrieeeetsch!

Alle außer Mona hielten sich die Ohren zu.

»Vielleicht Krachi?«, fragte Mads.

Skrieeeetsch!

Gisberts Mund verzog sich zu einem schiefen Grinsen. »Wisst ihr noch, als Gassbeek uns gezwungen hat, Musikinstrumente zu lernen, weil sie hoffte, uns dann besser verkaufen zu können?«

Skrieeeetsch!

Die anderen nickten und Gisberts Grinsen wurde noch breiter. »Also, ich finde, das Kerlchen klingt genauso wie das Gequietsche, das Milou auf ihrer Geige produziert hat.«

»Das war kein Gequietsche!«, schnaubte Milou. »Das war Mozart!«

Skrieeeetsch!

»Und wenn wir dich Mozart nennen?« Gisbert zwinkerte dem Vogel verschwörerisch zu.

Der Uhu erwiderte Gisberts Blick, nachdem er seinen Kopf kurz mal um hundertachtzig Grad gedreht hatte, dann gab er ein kleines melodisches Tschilpen von sich. Mona prustete los und antwortete mit einem kratzigen Trillerton.

Ihre Freunde starrten sie verblüfft an, woraufhin sich Mona sofort eine Hand vor den Mund schlug. Ihre Wangen wurden so rot wie ihre Haare. Milou spürte einen Kloß im Hals.

»Mozart braucht ein Nest«, sagte Lotta schließlich. »Wir könnten ihm auf dem Garderobenständer eins bauen.«

Mona drückte den kleinen Uhu sanft an ihre Brust und stupste ihn mit der Nase. Als sie ihren Kopf wieder hob, strahlte sie glücklich.

Der Kloß in Milous Hals wurde größer, als ihr plötzlich etwas bewusst wurde: Wenn es ihr nicht gelang, ihre Eltern zu finden, wenn sie alle wieder in der »Kleinen Tulpe« landeten, dann würde sie Monas Lächeln vielleicht nie wieder sehen und ihr herrliches Kichern nie mehr hören.

Milous Theorien-Buch

Das Marionettentheater

Beobachtungen:

- Ein Teil der Mühlenscheune wurde zu einem Marionettentheater umgebaut.
- Löcher im Dach, Risse in den Stuhlpolstern, zerschlissener Vorhang
- Eine Marionette hängt von der Puppenspielerplattform
- Baumaterial und Requisitenteile stapeln sich hinten auf der Bühne.
- Kratzspuren neben einem Deckenhaufen (ähnlich denen auf meinem Sarg-Korb)

Stammen sie von den Krallen eines Werwolfs?
Ist irgendetwas Furchtbares passiert?
Leben meine Eltern noch?

15

Nach einem kümmerlichen Kartoffeleintopf versammelten sich die Kinder um den Kamin im Wohnzimmer. Marionettenpapa saß in dem größeren der beiden Schaukelstühle, ein Bein über das andere geschlagen, eine dünne Drahtbrille auf der Stoffnase.

»Legst du noch ein Holzscheit nach, Gisbert?«, bat Lotta mit tiefer Stimme und zog am Kopffaden, um Marionettenpapa in Richtung Kamin nicken zu lassen. »Und Milou, Schätzchen, sei doch so nett und räume die Teller weg, ja?«

»Natürlich, Papa«, kicherte Milou.

Mona nahm ihre Küchenschürze ab und hängte sie an einen Haken an der Wand. Sie hatte Mozart ein Nest aus Stoffresten gebaut und es auf dem Garderobenständer in der Küche platziert. Jetzt kletterte sie zu ihm nach oben, um ihn mit ein paar Würmern zu füttern. Milou wurde warm ums Herz bei ihrem Anblick. Sie quetschte sich zu Marionettenpapa in den Schaukelstuhl und dachte, dass sie noch nie in ihrem Leben einen so schönen Abend verbracht hatte.

Keine Hausmutter.

Kein Frieren.

Keine Angst.

Gisbert hängte gerade eine dünne Baumwollgardine vor das Fenster und zog sie zu.

»Funktioniert!«, rief Mads von draußen und kam strahlend angerannt. »Man sieht eure Silhouetten, den Feuerschein des Kamins und die Umrisse der Schaukelstühle. Das ist alles. Und unser Papa sieht absolut echt aus!«

Es war Milous Idee gewesen, dünne Vorhänge vor die Fenster zu hängen – und auch einen vor das Schrankbett, wo sie ihren Schummelvater hineinlegen würden, wenn mal jemand in die Mühle käme. Sollten sich die Nachbarn tatsächlich fragen, ob Bram Poppenmaker heimgekehrt sei, würden sie jede Menge überzeugende Beweise dafür finden. Aus der Ferne würden sie den Rauch aus dem Schornstein und das Licht in den unteren Fenstern sehen. Von Nahem würden sie schemenhaft sechs Personen erkennen, die sich um den Kamin versammelt hatten und Geschichten lauschten. Denn das machten Familien abends, dessen war sich Milou sicher.

»Okay«, sagte sie, »ich glaube, es wird Zeit, dass Papa uns eine Gutenachtgeschichte erzählt.«

»Hier, das könnte er uns vorlesen.« Lotta zog zwei Bücher aus dem Regal und ließ den dickeren Band in Milous Schoß fallen.

»*Tuberkulose – Ein Medizinisches Handbuch*? Puh, klingt nicht gerade nach der allerspannendsten Nachtlektüre.«

»Hm, na okay, dann lese ich's eben alleine.« Lotta nahm Milou den dicken Schinken wieder weg und gab ihr stattdessen ein kleines Heft mit Ledereinband. Ihre Augen leuchteten. »Das wird dir gefallen.«

»Was ist das?«, fragte Milou.

»Schlag's einfach auf und schau's dir an.«

Milou klappte das Heft auf und bekam sofort Gänsehaut. Sie blickte auf eine Bleistiftzeichnung von einem Baum, der verdammte Ähnlichkeit mit der Eibe draußen hatte, bloß dass der Stamm knorriger war und die Nadeln sehr viel dunkler. Die obersten Zweige verbanden sich zu zwei Schriftzeilen voller hoher, gezackter, miteinander verschlungener Buchstaben:

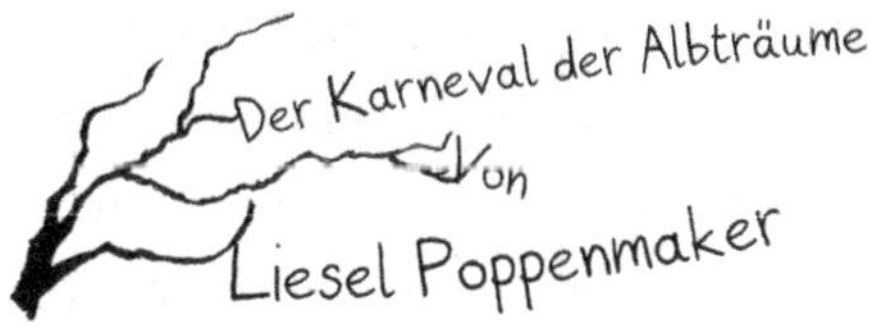

Milou fuhr mit dem Finger über die erste Seite. Ihre Schwester war eine Geschichtenerzählerin, genau wie sie selbst!

»Im Regal stehen noch mehr Hefte von ihr«, sagte Lotta. »Alles eher Liebesgeschichten, bis auf diese eine. Scheint so, als wärt ihr zwei, du und deine Schwester, euch ziemlich ähnlich. Und zugleich sehr *unähnlich.*«

Auf der nächsten Seite stand eine handgeschriebene Widmung von Liesel:

Für Thibault, meinen treuesten Freund

Milou schluckte. Wer war Thibault?

Auf jeden Fall jemand, der ihre Schwester gekannt hatte. Der wusste, wie sie aussah und wie ihr Lachen klang. Vielleicht wusste er sogar, was aus ihr geworden war? Milou spürte einen kleinen Stich der Eifersucht bei dem Gedanken, dass Liesel ihre Geschichte diesem Thibault gewidmet hatte – und nicht ihr.

Gisbert und Mona hatten sich schon Kissen auf den Boden gelegt und es sich darauf gemütlich gemacht. Mads setzte sich neben Lotta in den zweiten Schaukelstuhl.

»Milou liest uns eine Geschichte vor«, strahlte Lotta. »Stimmt doch, Milou, oder?«

Doch Milou hörte nur mit einem Ohr zu, sie blätterte mit fahrigen Fingern durch das Heft. Dann nickte sie, und als sie schließlich zu lesen begann, zitterte ihre Stimme.

»Wenn es dunkel wird, kommen die Albträume. Es gibt kein Entrinnen vor ihnen. Sobald sie ihre Klauen einmal in dich gegraben, von deiner Seele getrunken und deine Angst gekostet haben, wissen sie, wo sie dich finden.

Mein eigener Albtraum hat mich über Wochen gequält.

Ich liege hellwach in meinem Bett. Der Traum lauert nur darauf, dass ich einschlafe. Und natürlich sind meine krampfhaften Versuche wachzubleiben vergeblich. Noch bevor mir meine Augen richtig zufallen, bin ich bereits in den düsteren Nebel des Schlafs abgedriftet. Die Wände meines Zimmers lösen sich auf, werden durch unendliche Dunkelheit ersetzt. Die Wärme versickert und ich liege zitternd und fröstelnd da. Lange Blitze zacken über den sternlosen Himmel, an dem ein bleicher Mond hängt. Donner krachen.

Ich stehe in einer kalten Steppenlandschaft. Das Gras zu meinen Füßen ist verkümmert. Endlos erstreckt sich die trostlose Gegend, vom fahlen Mondlicht spärlich erhellt, in alle vier Himmelsrich-

tungen, bis zum Horizont. Ich merke, dass ich irgendetwas an meine Brust drücke, und als ich an mir hinabblicke, stelle ich fest, dass es ein verrosteter Käfig ist. Darin befindet sich mein eigenes pochendes Herz.

Wummer. Wummer. Wummer.

Schatten wallen um meine Füße. Auch sie pulsieren. Schlingpflanzen und Ranken recken sich zu dem Herzkäfig empor und ich schlage sie weg. Plötzlich ein Knall. Der Boden unter mir bebt.

In der Ferne sprießt ein riesiger knorriger Baum aus dem unfruchtbaren Boden. Seine Äste strecken sich wie Tentakeln in alle Richtungen. Schon bald muss ich meinen Kopf in den Nacken legen, um den Wipfel zu sehen. Ich presse den Herzkäfig fester an mich, doch dann stockt das rasante Wachstum des Baumes und schließlich stoppt es ganz.

Der Nachtbaum sieht grotesk aus: Seine Zweige bestehen aus Knochen, die Nadeln aus Krallen. Meine Füße setzen sich in Bewegung und laufen auf ihn zu, so wie jedes Mal, wenn ich herkomme. Ich habe keine Kontrolle mehr über meine Füße, die Schatten kontrollieren sie. Wie immer lassen sie mich nach hundertfünfundsiebzig Schritten anhalten, ein paar Schritte vor dem Stamm.

In die raue Rinde sind Gesichter geschnitzt: Einige von ihnen kenne ich nur vage, andere gehören den Menschen, die ich am meisten liebe. Nur ein Mensch fehlt, natürlich.

›Lasst mich in Ruhe!‹, schreie ich den Schatten, dem Baum, den Gesichtern entgegen.

›Du kannst nicht länger davor fliehen, Theodora‹, rufen die Gesichter mit einer einzigen monströsen Stimme. ›Der Karneval erwartet dich. Du musst hin–‹

›Nein.‹

›Theodora.‹

Ich erschrecke, als ich meinen Namen plötzlich so sanft und süß ausgesprochen höre, obwohl ich schon wusste, dass er mich rufen würde.

Neben mir ist ein Junge aufgetaucht. Seine Ohren laufen oben spitz zu und auf seinen Ohrläppchen wachsen zwei Büschel braunes Fell. Seine Augen sind gelb und seine Nase ähnelt einer Schnauze. Als er lächelt, sehe ich seine messerscharfen Eckzähne.

›Werwolf‹, knurren die Gesichter im Baum.

Ich umklammere meinen Herzkäfig noch fester und schüttele den Kopf. Das Gesicht des Jungen verwandelt sich zurück in das eines ganz normalen Kindes und er lächelt mich an, halb jungenhaft, halb wölfisch – aber rundum vertraut und beruhigend.

›Hendrik‹, flüstere ich, während die Schatten immer weiter an meinen Beinen hinaufklettern. ›Bitte hilf mir!‹

Kaum hat sich seine Hand um meine geschlossen, scheinen die Schatten an Kraft zu verlieren, und ich schaffe es, sie wegzutreten. In mir keimt Hoffnung auf, und wenige Augenblicke später ist der Herzkäfig in meinen Armen von hellen, blühenden Ranken umgeben. Henrik und ich kehren dem Nachtbaum den Rücken zu und fliehen.

Plötzlich finden wir uns rennend auf einem Pfad aus Grabschlamm wieder. Der Nachtbaum ist verschwunden. Es gibt jetzt nichts mehr außer diesem weiten, düsteren Ödland, Hendrik und mir und meinem wummernden Herzen.

Ich zähle unsere Schritte. Jede Nacht gelangen wir zwei Schritte weiter. Letzte Nacht haben wir sechshundertsechsunddreißig Schritte geschafft. Und mit jedem Schritt schlägt das eingesperrte Herz schneller. Bei sechshundertvierundsechzig Schritten bleiben wir stehen. Ich blinzele, bis ich endlich scharf sehen kann. Mein Puls ist das reinste Stakkato.

Nur einen Schritt entfernt befindet sich ein Tor aus schweren schwarzen Eisenstangen mit goldenen Spitzen. Hinter dem Tor tummeln sich Monster. Sie tanzen, singen und rufen meinen Namen. Sie sehen grotesk aus mit ihren Klauen, spitzen Zähnen, Krallen, Schnauzen und Barthaaren … Es ist, als würden sie zu einem einzigen Horrorwesen verschmelzen. Ich höre Musik – aber sie ist anders als jede Musik, die ich kenne. Es kommt mir eher vor, als würden die Töne zusammenknallen. Als ob jede einzelne Note darum kämpft, gehört zu werden. Violinen kreischen, Trommeln donnern, eine Flöte wimmert, als leide sie Todesqualen. Schatten ergießen sich in alle Richtungen und winden sich erneut um meine Knöchel. Ich möchte mir die Ohren zuhalten, aber ich kann nicht. Ich möchte fliehen, doch auch das klappt nicht.

In diesem Moment wache ich normalerweise auf, ringe nach Luft und versuche, die unsichtbaren Monster aus meinem Kopf zu verbannen. Aber heute Nacht weiß ich, dass mich die Schatten nicht loslassen werden. Heute Nacht ist alles anders.

›Es ist an der Zeit‹, rufen die Albträume.

Hendrik zupft an meinem Ärmel, will mich wieder wegziehen, aber der Griff der Schatten ist diesmal stärker. Sie zerren mich in Richtung Tor. Es werden immer mehr und sie alle recken sich nach dem Herzkäfig. Mir wird klar, dass es nur noch eine Sache gibt, die ich tun kann.

Ich mustere das Tor und eine Woge der Angst überrollt mich.

Schließlich löse ich meine Finger aus Hendriks Hand, drücke ihm den Herzkäfig in die Arme und schenke ihm das tapferste Lächeln, das ich zustande bringe. Er blickt mich verwirrt und verängstigt an, aber bevor einer von uns beiden etwas sagen kann, reißt mich ein Windstoß von ihm und meinem wummernden Herzen weg, trägt mich nach vorn … durch das Tor …

Ein Holzscheit im Kamin knackte. Alle vier Freunde blickten Milou auffordernd an, beugten sich erwartungsvoll vor.

»Und?«, drängte Lotta. »Sie durchquert das Tor … und was dann?«

Milou blätterte um, doch auf der nächsten Seite stand nichts. Sie war komplett weiß. »Es geht nicht weiter. Es gibt kein Ende.« Sie blätterte die verbleibenden Seiten durch. »Der Rest des Heftes ist leer.«

»Was?!«, rief Mads. »Aber es *muss* doch irgendwie enden!«

»Verrückt, eine Geschichte einfach nicht zu Ende zu schreiben«, bemerkte Gisbert. »Wenn man sich eine Geschichte ausdenkt, muss sie man sie doch so stricken, dass sie ein Ende hat, oder?«

»Ich find's gut«, lächelte Milou. »Vielleicht muss ich mir einfach mein eigenes Ende ausdenken …«

Plötzlich fingen ihre Ohren an zu kribbeln und ein paar Sekunden später rumpelte etwas gegen die Fensterscheibe.

Sofort saß sie senkrecht und klappte das Heft auf ihrem Schoß zu. Vorsichtig spähten sie durch einen Spalt in der Gardine. Ein Schatten huschte vor dem Fenster entlang. Ein menschenförmiger Schatten.

»Wer war das?«, keuchte Lotta.

Gisbert schnappte sich einen Kerzenleuchter, rannte in den Vorraum und riss die Tür auf. Milou folgte ihm. Zusammen traten sie hinaus in die Eiseskälte. Dicke Schneeflocken wirbelten ihnen entgegen. Die Nacht war tintenschwarz, dichter Nebel waberte über ihren Köpfen, saugte alles Mondlicht auf. Gisbert hielt die flackernde Kerze dicht über den verschneiten Boden.

Fußspuren führten vom Fenster zu dem Kiespfad, der wiederum zur Scheune führte. Milou zupfte Gisbert am Ärmel und gemeinsam folgten sie den Spuren. Die bogen ab, nicht zum Eingangstor, sondern vom Pfad auf die Wiese und in Richtung eines der kleinen Entwässerungskanäle, die sich hinter der Mühle durch die Felder zogen.

»Wer ist da?«, rief Milou. »Zeigen Sie sich!«

Doch die einzige Antwort war das Heulen des Windes.

Milou bückte sich und musterte die Abdrücke genauer. Sie hatte in ihrem Leben genug Fußspuren von den Fliesen der »Kleinen Tulpe« weggeschrubbt, um zu erkennen, mit welcher Art Schuh sie es hier zu tun hatten. Vorne abgerundet mit einem dicken, breiten Absatz. Wahrscheinlich ein Männerschuh.

Allerdings waren die Abdrücke klein. Also ein Jungenschuh?

»Wer ist da?«, brüllte sie noch einmal, diesmal wütender, aber auch panischer.

Was hatte der Junge mitbekommen? Wie lange hatte er vor dem Fenster gestanden und sie beobachtet? War er gekommen, nachdem Gisbert die Gardinen aufgehängt hatte? Oder davor?

Niemals hätte sie damit gerechnet, dass ein Fremder einfach

so bis zu ihrem Fenster marschieren würde. Das Gekritzel auf dem Schild am Tor ließ doch vermuten, dass den Leuten die Mühle unheimlich war. Sie schienen all die Jahre auf Abstand geblieben zu sein, sonst wäre das Schloss am Tor sicher nicht mehr unversehrt. Aber jetzt hatte sich offenbar ein Nachbar ein Herz gefasst und sich genähert. Und einer reichte, um ihren ganzen Plan zu ruinieren.

»Lass uns wieder reingehen«, bat Gisbert, doch Milou folgte unbeirrt weiter den Spuren im Schnee. »Wer auch immer das war, er hat sich vom Acker gemacht«, fügte er hinzu und zog Milou kurzerhand am Ärmel zurück zur Mühle.

Milous Theorien-Buch

Liesel Poppenmaker

- ist eine Geschichtenerzählerin, genau wie ich.
- schreibt Gedichte für unseren Vater.
- schreibt Bücher für ihre Freunde.
- trägt Rüschenschürzen.
- ist jetzt dreißig Jahre alt.
- hat ein Riesenglück, dass sie in der Mühle aufwachsen durfte.

Vielleicht hat Liesel inzwischen geheiratet und ist weggezogen? Vielleicht sind meine Eltern bei ihr und ihrer neuen Familie zu Besuch und einfach noch nicht wieder zurück? Na ja, nicht sehr wahrscheinlich nach zwölf Jahren.

Vielleicht hat Liesel ja einen Job als Opernschreiberin in einem Opernhaus in Italien bekommen? Vielleicht besuchen meine Eltern sie dort und sind deshalb noch nicht wieder zu Hause …? Hm, aber selbst das müssten sie in zwölf Jahren geschafft haben.

Nein, es ergibt alles irgendwie keinen Sinn.

Nichts passt zusammen.

Wo zum Teufel sind sie?

16

Der nächste Morgen brachte sowohl strahlenden Sonnenschein als auch Trübsal. Der von Frost überzogene Polder glitzerte nur so im Sonnenlicht, der Hauptkanal funkelte wie ein Diamantenarmband. Doch Milou war mürrisch und schlecht gelaunt. Sie fühlte sich, als wäre die ganze Welt in Grau getaucht. Sie sorgte sich immer noch wegen des Jungen, der am Abend zuvor herumspioniert hatte. Und sie war frustriert, weil sie bei der Suche nach ihrer Familie einfach nicht weiterkam. Kurzerhand entschied sie, dass Schlaf reine Zeitverschwendung war, und kletterte aus dem Bett. Auf Zehenspitzen tappte sie ins Wohnzimmer, kuschelte sich neben Marionettenpapa und legte sich das aufgeschlagene Theorien-Buch auf den Schoß. Mozart flatterte aus der Küche herein.

»Oh, Mozart«, flüsterte sie, als sich der Uhu auf der Schaukelstuhllehne niederließ und sie mit scharfem Blick beäugte. »Ich schätze mal, du hast auch keine zündende Idee, wie ich meine Eltern finden kann?«

Mozart blinzelte. Seufzend kraulte Milou seinen gefiederten Kopf.

Skrieeeetsch!

Schnapp!

Milou konnte ihren Finger gerade noch rechtzeitig wegziehen. Eine Bettdecke mit Beinen und Blondschopf erschien in der Tür.

»Guten Morgen, Milou, guten Morgen, Papa«, begrüßte Lotta sie flüsternd und gab der Marionette einen Kuss auf die Stirn. Eine Hand mit sechs Fingern tauchte aus der Decke auf und streichelte den Uhu. »Hallo, kleiner Mozart.«

Skrieeeetsch!

Schnapp!

Blitzschnell verschwand die Hand wieder unter der Decke.

»Ich glaube, er hat Hunger.« Milou klappte ihr Theorien-Buch zu, um ihre Nachforschungspleite zu verbergen.

»Er braucht Fleisch. Weiß der Gouda, wo wir welches auftreiben sollen. Wenn das so weitergeht, müssen wir alle bald Würmer fressen.«

»Gisbert wird morgen die ersten Puppen fertig haben. Dann gehe ich mit ihm nach Amsterdam. Vielleicht können wir dort etwas Fleisch kaufen.«

Wie auf ein geheimes Zeichen hin begannen ihre Mägen zu knurren.

Lotta trat ans Fenster und spähte durch die Gardine.

»Wie viele sind's?«, fragte Milou.

Lotta streckte alle Finger ihrer einen Hand hoch. »Sechs.«

Milou stöhnte. »Vor ein paar Minuten waren es noch drei. Haben diese neugierigen Klatschweiber denn nichts Besseres zu tun als rumzustehen und zu gaffen?«

Sie linste jetzt ebenfalls durch den Gardinenspalt. Sechs

Frauen standen vor dem Tor, die Köpfe mit den Flügelhauben zusammengesteckt. Auf dem Kanal liefen ein paar Kinder auf Schlittschuhen hin und her, wobei sie sich nach Kräften bemühten, die Mühle nicht eine Sekunde aus den Augen zu lassen. Zwei Männer hatten beschlossen, ihre Fahrräder ausgerechnet vor dem Tor zu reparieren. Doch so wahnsinnig eilig hatten sie es mit der Reparatur dann doch nicht. Eigentlich starrten sie nur die Mühle an. Klar, mit einer gewissen Neugier hatte Milou gerechnet – aber nicht, dass die Leute *so* unverhohlen glotzen würden.

»Wir müssen etwas tun«, sagte sie schließlich.

»Und was?«, fragte Lotta.

»Irgendetwas Normales.«

»Etwas *Normales?*«

»Ja, normale Familien verstecken sich nicht hinter Gardinen. Das ist auffällig.«

»Und was ist normal? Ist es etwa normal, stundenlang vor dem Tor eines Grundstücks herumzulungern und zu tratschen?«

Sie beobachteten, wie die Frauen verstohlen die Hälse reckten, während sie so taten, als wären sie ins Gespräch vertieft. Sie konnten es bestimmt gar nicht erwarten, die Neuigkeit über Bram Poppenmakers Rückkehr weiterzutratschen …

»Das ist es, natürlich! Klatsch und Tratsch!«, rief Milou und schlug sich gegen die Stirn.

Diese Leute hatten vielleicht wichtige Informationen, die ihr weiterhelfen konnten!

»Ich habe eine Idee«, strahlte sie.

Milou öffnete die Tür, die von der Puppenwerkstatt auf die Galerie hinausführte, welche in schwindelerregender Höhe außen um die Mühle herumlief. Eine eisige Brise wehte herein. Direkt vor Milou knarzte ein nackter Windmühlenflügel. Vorsichtig spähte sie hinaus. Die Bäuerinnen gafften immer noch. Aber sie gafften die unteren Fenster an.

»Schnell! Jetzt!«, zischte sie, woraufhin Mona und Lotta Marionettenpapa in seinem Schaukelstuhl auf die Galerie wuchteten. Er war in einen dicken Mantel eingepackt und trug Mütze und Schal, sodass der Großteil seines Stoffgesichts verhüllt war. Sie setzten ihn direkt unter das Werkstattfenster vor die Wand und Mads legte ihm eine Decke über die Beine. Verstohlen führte Milou die Marionettenfäden oben durch das halb geöffnete Werkstattfenster, wo Gisbert sie entgegennahm.

Dann rief sie laut: »Ist das nicht ein wunderschöner Morgen, Papa?« Aus dem Augenwinkel sah sie, wie die Blicke der Schaulustigen nach oben wanderten. »Schau mal, dort stehen unsere Nachbarn. Willst du nicht mal winken?«

Die Bäuerinnen blinzelten verblüfft, als Marionettenpapa den Arm hob und ihnen zuwinkte. Zögernd winkten sie zurück. Auf dem Hauptkanal hielten die Schlittschuhfahrer an.

»Gleich kannst du uns beim Eislaufen zusehen«, rief Milou. Ihre Stimme hallte weit über den Polder. »Die frische Luft tut dir bestimmt gut, oder?«

Marionettenpapa nickte und Milou gab Gisbert, dessen Gesicht hinter der Gardine kaum zu sehen war, ein Zeichen. Dann lief sie mit Mona, Lotta und Mads zurück nach unten. Milou hatte drei Paar Schlittschuhe im Kleiderschrank gefunden. Es waren keine Stiefelschlittschuhe, wie sie sie von Amsterdam kannte, sondern Kufen, die man sich unter die eigenen Schuhe schnallte.

Als sie durch die Tür nach draußen traten, löste sich das Grüppchen vor dem Tor augenblicklich auf. Die Bäuerinnen gingen in unterschiedliche Richtungen davon, die zwei Männer radelten weiter. Nur die drei Kinder auf dem Eis blieben, wo sie waren, und Milou hoffte, von ihnen etwas über Bram Poppenmaker zu erfahren.

»Viel Spaß«, sagte Mads, als sie den Hauptkanal erreichten. Er hatte sich seinen Kohleneimer über die Schulter gehängt. »Ich werde eine Karte der Umgebung zeichnen.«

Er hockte sich ans Ufer und entrollte ein Stück Pergament. Auf wackeligen Beinen gingen die Mädchen ein Stück den Kanal entlang. Die Kinder auf dem Eis warfen ihnen verstohlene Blicke zu, machten aber keine, Anstalten sich zu nähern. Milou, deren Ohren schon wieder erwartungsvoll kribbelten, atmete noch einmal tief durch, dann fasste sie sich ein Herz und rutschte die Uferböschung hinab. Als sie auf dem Eis landete, musste sie mit den Armen rudern, um nicht das Gleichgewicht zu verlieren. Leider hatte sie so viel Schwung, dass sie gleich weiterschlidderte.

Und weiter.

Und immer weiter.

Es war so erschreckend und gleichzeitig so berauschend, dass sie laut loskreischte. Sie kam sich vor wie eine Marionette, die an unsichtbaren Fäden vorwärtsgezogen wurde. Sie hörte erst auf zu schreien, als sie zum Stehen kam. Mona und Lotta starrten sie fassungslos vom Ufer an. Milou wagte einen weiteren wackeligen Schritt und wankte. Dann schoss urplötzlich das rechte Bein unter ihr weg und im nächsten Moment sauste der Himmel nach unten und der vereiste Kanal nach oben, um mit ihrem Rücken zusammenzuknallen. Schlagartig entwich sämtliche Luft aus ihrer Lunge und sie lag japsend da.

»Interessante Lauftechnik!« Lottas kicherndes Gesicht tauchte am Himmel, der nun wieder oben war, auf und beugte sich über Milou.

Monas Kopf schob sich neben Lottas. Dann zogen die beiden sie hoch und stellten sie wieder auf die Füße. Milou warf einen verstohlenen Blick zu den drei anderen Kindern. Die standen noch immer zusammengedrängt da und glotzten, nur dass sie jetzt obendrein kicherten, wenn auch hinter vorgehaltenen Händen.

»Das kann doch gar nicht funktionieren!«, schimpfte Milou. »Die Schlittschuhe machen das Eis ja noch glatter!«

»Natürlich funktioniert das. Man darf sich nur nicht anstellen wie der letzte Trottel. Hier, schau mal.« Lotta ließ Milou los und fuhr einen eleganten Kreis um sie und Mona herum, die Arme zu beiden Seiten ausgestreckt. »Du musst dich ganz leicht vorbeugen und dabei den Rücken gerade halten. Und natürlich musst du deinen Schwerpunkt finden. Wenn du dann Schwung holst, bleibst du ganz von alleine aufrecht.«

Milou blinzelte sie ratlos an. »Du kannst aber auch wirklich aus allem eine Wissenschaft machen!«

»Das liegt daran, dass *alles* Wissenschaft *ist*!«

Die drei Mädchen hakten sich unter, Milou in der Mitte.

»Fertig?«, fragte Lotta.

Milou stöhnte, nickte und dann fuhren sie los, immer auf und ab – sogar im Gleichschritt. Und dann ließ Lotta Milou plötzlich los, nicht ohne ihr noch einen Schubs mit auf den Weg zu geben.

»Uarrgh!« Instinktiv ruderte Milou mit den Armen.

»Hör mit dem Gehampel auf!«, rief Lotta.

Schnell drückte Milou den Rücken durch und streckte die Arme zu beiden Seiten aus – und tatsächlich: Sie hielt die Balance! Grinsend linste sie über die Schulter. Auch die anderen Kinder waren wieder losgefahren, aber sie hielten sich dichter am Ufer.

»Ich werde sie mal ansprechen«, beschloss Milou.

Lotta nickte und glitt mit Mona anmutig davon. Milous Ohren kribbelten. Jetzt bloß keinen Fehler machen, sonst könnte ihr ganzes Täuschungsmanöver auffliegen! Schon sehr viel sicherer fuhr sie auf die Dreiergruppe zu.

Die zwei Mädchen waren ungefähr in ihrem Alter, der Junge wirkte ein paar Jahre jünger. Das eine Mädchen war klein und dunkelhaarig, das andere fast so groß wie Gisbert und ihr Haar hatte die Farbe von geschmolzenem Honig. Der Junge sah aus wie eine Miniaturausgabe von ihr. Er musste ihr Bruder sein. Als sie merkten, dass Milou auf sie zusteuerte, bremsten sie ab.

»Guten Morgen«, grüßte Milou vergnügt. »Ich bin Milou Poppenmaker. Schön, euch zu treffen. Das dort drüben sind meine Schwestern Mona und Lotta.«

»Ich bin Sanne«, sagte die Große mit den Honighaaren und blickte an ihrer langen schmalen Nase hinunter zu Milou. »Das sind mein Bruder Arno und meine Freundin Kaatje. Komisch, ihr seht gar nicht aus wie Schwestern.«

»Wir sind Adoptivschwestern.«

»Also stimmt es? Herr Poppenmaker ist wirklich wieder da?«, fragte Arno aufgeregt.

»Natürlich«, antwortete Milou. »Er sitzt dort oben und schaut uns zu, siehst du ihn nicht?«

Sie winkte Marionettenpapa, der sofort zurückwinkte.

Eine ganze Weile schwiegen die drei und sahen zur Mühle hinüber. Dann tauschten sie nachdenkliche Blicke.

»Aber meine Mutter hat gesagt, die Poppenmakers sind tot«, meinte Kaatje schließlich. »Sie sagt, dass sie an Tuberkulose gestorben sind und dass ihre Knochen immer noch in den Mühlenbetten liegen. Mein Bruder sagt, er hätte nachts mal ihre Geister heulen hören.«

Milou lächelte mit zusammengebissenen Zähnen. »Tja, da liegen deine Mutter und dein Bruder ganz schön falsch.«

Wenn das die einzigen Informationen waren, die die drei zu bieten hatten, konnte sie das Gespräch auch gleich abbrechen.

»Das mit der Tuberkulose kann nicht stimmen«, meldete sich Arno zu Wort. »Meine Mutter hat gehört, dass Herr Poppenmaker irgendwas Kriminelles getan hat. Unser Vater hat beobachtet, wie die Poppenmaker-Kutsche vor ein paar Jahren davongejagt ist, mitten in der Nacht. Es war Vollmond, deshalb konnte er das Gesicht von Herrn Poppenmaker genau erkennen. Er sah furchtbar unglücklich aus. Seitdem ist er jedenfalls auf der Flucht vor der Polizei, das ist allgemein bekannt. Das Gleiche gilt übrigens für Liesel.«

Milous Ohren prickelten warnend, aber sie konnte nicht an sich halten.

»Überhaupt nichts wisst ihr!«, spuckte sie ihnen vor die Füße.

Der Junge zuckte vor Schreck zusammen. Seine Schwester Sanne zog ihn an sich und funkelte Milou böse an.

»Wir wissen jedenfalls, dass Liesel Poppenmaker eine blonde Schönheit war.« Sanne musterte Milou von Kopf bis Fuß. In ihrem Blick lagen Misstrauen und Spott. »Wir wissen auch, dass sie mit unerwünschten Personen herumhing. Und wir wissen, dass sie meinen Vater davon abgehalten hat, diesen riesigen, hässlichen Köter abzuknallen, der all die Jahre die Nachbarschaft terrorisiert hat. Wir wissen, dass es hier viel netter ist, seit die Poppenmakers nicht mehr da sind. Und wir wissen, dass es nicht normal ist, wenn ein Vater und seine Tochter so mir nichts dir nichts über Nacht verschwinden.«

Milou schluckte. Ihre Ohren fühlten sich an, als würden sie in Flammen stehen.

»Das Einzige, was wir *nicht* wissen, ist, wo sie all die Jahre gesteckt haben und warum Herr Poppenmaker sich geweigert hat, die Mühle an hart arbeitende Menschen wie meine Eltern zu verkaufen«, fuhr Sanne fort. »Das zeigt ja wohl mehr als deutlich, dass mit ihnen irgendetwas nicht stimmt.«

Milou platzte fast vor Wut. Tausend Fragen jagten ihr durch den Kopf. Um sich zu beruhigen, holte sie tief Luft und sagte dann mit einem gezwungenen Lächeln: »Mein Vater und meine Schwester sind aufgebrochen, um die Welt zu erkunden. Liesel ist übrigens immer noch auf Reisen. Würde mich nicht wundern, wenn sie gerade auf einen erloschenen Vulkan in Italien klettert.«

Sanna grinste spöttisch.

»Und mein *Vater*«, fuhr Milou fort und legte all ihre Überzeugungskraft in dieses Wort. »Mein *Vater* hat beschlossen, ein paar Waisenkinder aus der Stadt zu adoptieren und ihnen in der Mühle ein besseres Leben zu bieten. Und da sind wir, alle fünf. So, jetzt wisst ihr Bescheid!«

Milou und Sanne starrten einander böse an, die Blicke der beiden anderen huschten nervös zwischen ihnen hin und her.

»Nett, euch kennenzulernen«, rief Lotta, die gerade mit Mona angeglitten kam. Sie bremsten rechts und links von Milou ab.

Lotta streckte Sanne die Hand zur Begrüßung hin. Arno und Kaatje entfuhr ein Keuchen, als sie die sechs Finger erblickten, und auch Sanne schrak zurück. Alle drei richteten ihre Aufmerksamkeit hastig auf Mona, die den Blicken ohne zu blinzeln standhielt – allerdings auch ohne zu lächeln. Es war das erste Mal, dass Milou sie so selbstsicher erlebte.

»Wer ist das denn?«, fragte Arno.

Milou drehte sich um und sah Mads am Kanalufer stehen, den Kopf hinter der Landkarte verborgen. Jetzt ließ er die Karte sinken und zog sein Halstuch ein Stück herunter, damit die anderen sein Lächeln sehen konnten.

Die drei Polderkinder starrten ihn fassungslos an. Milou konnte fast hören, wie ihre Kiefergelenke knackten, als ihre Münder aufklappten.

»Wo hat Bram Poppenmaker denn bitte *so ein Kind* aufgetrieben?«, fragte Sanne schließlich. Sie machte sich nicht mal die Mühe, leise zu sprechen. »Also, aus den Niederlanden kommt der bestimmt nicht.«

Mads' Lächeln verschwand. Schnell verbarg er den Kopf wieder hinter seiner Landkarte. Milous Wut war kurz vorm Überkochen.

»Das ist unser Bruder Mads. Er ist Kartenzeichner«, sagte sie stolz und straffte die Schultern. »Gisbert, unser anderer Bruder, ist drinnen. Er baut Puppen.«

Sanne kniff die Augen zusammen. »Ja, das passt zu Herrn Poppenmaker, diesem merkwürdigen Kauz: dass er einen ganzen Zirkus voller Sonderlinge adoptiert.«

Mit diesen Worten schnappte sie sich die Hand ihres Bruders und wandte sich ab.

»Komm, Arno, lass uns endlich weiterlaufen.«

»Hey!«, brüllte Milou ihnen hinterher. Ihre Ohren kribbelten erneut, aber sie ignorierte es, bückte sich, kratzte eine Handvoll Schnee von der Uferböschung und presste ihn zu einem festen Ball.

»Milou, nicht!«, flüsterte Lotta.

Sanne drehte sich um. »Was is–?«

Weiter kam sie nicht. Milous Schneeball zerplatzte direkt auf ihrer Nase. Sie prustete, spuckte und wischte sich hektisch im Gesicht herum. Verdutzt sah sie Milou an, dann wich ihre Verblüffung einer grenzenlosen Wut. Milous Ohren schlugen Alarm, aber sie bereute ihren Wurf nicht. So verächtlich durfte niemand über ihre Freunde sprechen!

Wieder starrten sie und Sanne sich an. Und dann kicherte

Arno plötzlich und ein Schneeball traf Kaatje am Kinn, während ein anderer auf Lottas Brust zerstob.

Eine Sekunde später flog ein ganzes Geschwader von Schneebällen durch die Luft und zerplatzte auf Schultern, Köpfen und Beinen. Jauchzen und Gekicher erfüllten die Luft. Milou stand stocksteif da, und selbst als Sanne zu lachen begann und ihre Freunde mit Schnee bewarf, war ihre Wut noch nicht verraucht. Bis etwas Hartes, Kaltes sie an der Wange traf …

»Hey …!« Doch der Schnee in ihrem Mund machte das Weitersprechen schwierig. Hustend spuckte sie ihn aus. Mona stand grinsend vor ihr. Schnell schaufelte Milou Schnee von der Uferböschung und zielte auf Monas Kopf, doch die duckte sich. Die Schneeladung sauste über sie hinweg und klatschte Lotta gegen die Stirn.

»Ups!«, rief Milou.

Lotta sauste grinsend auf sie zu. Milou ruderte mit den Armen, machte auf den Kufen kehrt und wollte fliehen. Doch nach drei verzweifelten Schritten glitten ihre Füße weg, sie klatschte aufs Eis und rutschte eine gefühlte Ewigkeit auf dem Bauch weiter. Und die ganze Zeit spritzte ihr der Schnee nur so ins Gesicht. Es war ein Riesenspaß!

Doch ihr Kichern verging ihr schlagartig, als sie gegen zwei nebeneinanderanstehende Laternenpfähle knallte.

»Uffz!«

Merkwürdig. Laternenpfähle in Kanälen? Seit wann gab es denn so was? Weil sie wegen des Schnees in ihren Augen nichts sehen konnte, betastete Milou die Pfähle mit den Händen – und stellte fest, dass sie in Hosenbeinen steckten.

Sie zwinkerte sich den Schnee aus den Augen und sah sich einem Schienbein gegenüber. Langsam folgte ihr Blick der langen, dunklen Silhouette nach oben. Im Gegenlicht der gleißenden Wintersonne bemerkte sie die Konturen eines Fracks und eines steifen, spitz zulaufenden Huts. Milous eigene Mütze war abgefallen, und als sie ihre Hand danach ausstreckte, stachen ihr die Stiefel der Silhouette ins Auge. Männerstiefel. Klein, mit einer abgerundeten Kappe vorne und einem dicken, breiten Absatz. Ihr Herz rutschte ihr in die Hose.

Der Spion.

17

Die Gestalt ragte hoch über ihr auf. Als sich Milou aufrappelte, sah sie sich silbernen Knöpfen an einer militärisch wirkenden Jacke und einem Gürtel gegenüber, in dem ein Schlagstock steckte.

Ganz eindeutig eine Uniform.

»Ich … äh … es tut mir leid … mein Herr«, stotterte Milou, auf ihren Schlittschuhkufen wackelnd.

»Ich bin kein Herr«, antwortet die große Silhouette mit strenger und definitiv weiblicher Stimme.

»Oh, guten Morgen … meine Dame«, haspelte Milou, deren Ohren mal wieder heftig prickelten. »Tut mir sehr leid, dass ich in Sie reingerutscht bin.«

Sie senkte ihren Blick wieder auf die Schuhe der Frau. Sie war sich nicht hundertprozentig sicher, aber die Sohlenform sah doch ziemlich so aus, als würde sie zu den Abdrücken passen, die sie in der vorigen Nacht vor dem Mühlenfenster gesehen hatten.

»Du fährst ja wie eine tanzende Krake«, bemerkte die uniformierte Frau.

Milou rieb sich die Ohren. »Ich … ähm …«

Sie blinzelte zu der Frau hoch, die amüsiert auf sie herabsah.

Sie war noch nicht alt, vielleicht Anfang dreißig, trotzdem hatte sie Augenfältchen und eine dünne graue Strähne in ihrem hellbraunen Pony. Sie trug ein großes goldenes Medaillon um den Hals und einen Weidenkorb unter dem linken Arm. Der Inhalt des Korbs war unter einem Klappdeckel verborgen. Die Frau starrte sie an, eine Augenbraue hochgezogen. Milou straffte die Schultern und streckte ihre Hand aus.

»Ich bin Milou Poppenmaker. Freut mich, Sie kennenzulernen.«

Die hochgezogene Augenbraue zuckte. Eine in weiches schwarzes Leder gehüllte Hand schüttelte Milous. Es war ein fester, kräftiger Händedruck. Milou konnte nicht anders, sie ließ ihren Blick noch einmal über die Uniform gleiten.

»Edda Finkelstein«, stellte sich die Frau vor und tippte zum Gruß an ihren spitzen Hut. »Ich bin die örtliche Polderwächterin. Ich bin sicher, dass dein Vater mich schon mal erwähnt hat.«

Polderwächterin? War das eine Art Polizistin?

Milou schluckte ihre Nervosität hinunter und zog ihr Lächeln noch ein bisschen in die Breite.

»Natürlich hat er Sie erwähnt«, sagte sie. Sie hatte das Gefühl, dass ihr Gehirn ratterte wie ein kaputtes Uhrwerk. »Er hat lauter wunderbare Dinge über Sie erzählt, Frau Frankenstein.«

Die Augenbraue schnellte noch weiter in die Höhe.

»*F-i-n-k-e-l*-stein. Ich heiße *Finkel*stein«, sagte Edda Finkelstein heiter und ihre hüpfende Augenbraue verriet Milou, dass sie die nächste Frage schon auf der Zunge hatte. »Also,

Milou Poppenmaker, wo hat sich der schwer erreichbare Bram Poppenmaker denn all die Jahre versteckt? Ich platze vor Neugier.«

Milou öffnete den Mund, um erneut ihre spektakuläre und hoffentlich überzeugende Geschichte aufzutischen, als ihr plötzlich ein warmer, würziger Geruch in die Nase stieg. Fast umgehend drang ein lautes, tiefes Knurren aus ihrem Mantel. Die Art von Knurren, wie es nur ein leerer Magen zustande bringt.

Eddas zweite Augenbraue wölbte sich nach oben.

Milou spürte, wie sie rot wurde. »Verzeihen Sie. Wir wollten heute Morgen unbedingt schnell aufs Eis, da haben wir glatt das Frühstück vergessen.«

Mit einem Abschlussgrummeln verstummte ihr Magen. Vom würzigen Geruch wurde ihr ganz schwindelig.

Die Polderwächterin musterte sie mit zusammengekniffenen Augen. »Irgendwie kommst du mir bekannt vor, Milou. Sind wir uns schon einmal begegnet?«

Ja, hätte Milou am liebsten gesagt. *Sie haben uns gestern Nacht hinterherspioniert.*

Aber stattdessen setzte sie ihr strahlendstes Lächeln auf und sagte: »Ich bin Brams jüngste Tochter. Wahrscheinlich ist es einfach die Familienähnlichkeit.«

»Verstehe.« Erneutes Augenbrauenheben. »Und die übrigen vier, sind das ebenfalls verschollene Kinder von Herrn Poppenmaker?

Vier. Sie wusste genau, wie viele sie waren! Sie war die Schnüfflerin, ganz klar! Milous Ohren kribbelten.

»Das sind meine besten Freunde«, antwortete sie und versuchte, das Zittern in ihrer Stimme zu verbergen. »Ich habe meinen Vater gebeten, sie zu adoptieren. Hier, schauen Sie.«

Sie griff in ihre Manteltasche und zog die zusammengefaltete Adoptionsurkunde heraus. Edda warf einen neugierigen Blick darauf und lächelte. Falls sie tatsächlich beobachtet hatte, wie sie Marionettenpapa zusammengebastelt hatten, hätte sie sie dann nicht schon längst verhaftet?

»Und wo ... ähm ... wo ist Liesel?«, fragte Edda Finkelstein und ihr Lächeln wurde einen Hauch schmaler.

»Auf Reisen«, erklärte Milou. »Mit ihrer Freundin. Sie ist ziemlich abenteuerlustig.«

»Ah, ja, natürlich.« Eddas Lächeln verblasste ganz. Ihre behandschuhte Hand tastete kurz nach dem Medaillon.

Milou atmete tief ein, um sich zu beruhigen. Der warme, würzige Duft hing noch immer in der Luft.

»Warum sind Sie wie eine Polizistin gekleidet?«, fragte Lotta.

Milou zuckte zusammen. Sie hatte nicht gehört, dass Lotta herbeigelitten war. Ein verstohlener Blick über die Schulter zeigte ihr, dass Mona und Mads in die Mühle zurückgegangen waren. Oben auf der Galerie saß Marionettenpapa und schaute ihnen zu, den Kopf leicht zur Seite geneigt.

»Ich bin nicht wie eine Polizistin, sondern wie eine Polderwächterin gekleidet.« Edda musterte Lotta mindestens ebenso forschend wie diese sie.

»Aber Sie sind doch eine Frau.«

»Richtig.«

»Das ist unmöglich. Frauen dürfen dort doch gar nicht mitarbeiten.«

»Es ist *unwahrscheinlich*, nicht *unmöglich*«, präzisierte Edda.

»Wie haben Sie sie überzeugt, dass sie mitmachen dürfen? Waren sie auch schon Soldatin? Haben Sie –?«

»Das ist Lotta«, unterbrach Milou ihre Freundin. »Lotta Poppenmaker.«

»Du bist ja sehr neugierig, Lotta Poppenmaker. Was ist das denn da auf deiner Wange? Etwa ein Ölfleck? Und du trägst eine Weste über deinem Kleid?«

»Sie kommen mir aber auch ganz schön neugierig vor.« Lotta stand mit energisch verschränkten Armen da, doch in ihren Augen spiegelte sich Ehrfurcht, das sah Milou genau. »Sie weichen meinen Fragen nämlich aus, indem sie sie mit Gegenfragen beantworten.«

Edda lächelte. »Es scheint, als würden heute jede Menge Fragen in der Luft liegen.« Sie tätschelte ihren Weidenkorb. »Ich habe euch übrigens etwas zu essen mitgebracht, als kleinen Willkommensgruß. Wie wär's, wenn wir reingehen? Dann kann mir euer Vater von seinen wilden Abenteuern erzählen.« Edda war schon um Milou herumgegangen. »Na kommt, hier draußen wird das Essen kalt.«

Die Beine von Frau Finkelstein waren extrem lang und extrem schnell. Sie war schon fast bei der Uferböschung, bevor Milou sich auch nur umdrehen konnte.

»Nein!«, schrie sie. »Stopp!«

Ihre Ohren sendeten kribbelnde Alarmsignale aus, obwohl das gar nicht nötig war: Milou wusste auch so, dass sie einen

Fehler gemacht hatte. Edda hielt mitten im Schritt inne, das eine Bein schon auf der Böschung, und wandte sich um. Ihre Augenbraue hüpfte fragend nach oben.

»Er ist ansteckend«, platzte es aus Lotta heraus.

»Ansteckend?« Die Augenbraue schraubte sich höher. »Und warum ist er dann draußen in der eisigen Kälte?«

Milou schoss Lotta einen beunruhigten Blick zu.

»Keine Sorge, wir haben die Lage bestens im Griff«, sagte Lotta selbstsicher. »Er ist warm eingepackt und unser Bruder Gisbert ist oben bei ihm und hat ein Auge auf ihn.«

»Woran ist Bram denn erkrankt?«

»Mycobakterium tuberculosis«, antwortete Lotta. »Oder, wie die Laien sagen: Tuberkulose. Aber er war bei einem fantastischen Mikrobiologen in Berlin, der eine bahnbrechende Heilmethode angewandt hat, um die Bakterien zu schwächen. Wir denken, dass er das Schlimmste überstanden hat und im Frühling wieder ganz gesund ist.«

Milou wagte kaum aufzublicken. Was war Lottas Plan? Was erzählte sie da? Die Hälfte ihrer Worte ergab überhaupt keinen Sinn.

»Ich nehme an, Sie wissen nicht, was ein Mikrobiologe ist? Und vermutlich kennen Sie sich auch nicht mit Bakterien aus, oder?« Lotta kam jetzt richtig in Fahrt. »Aber ich kann Ihnen versichern: Frische Luft ist eine Wohltat für seine Lunge.«

»Aber es ist trotzdem besser, wenn Sie ihm nicht zu nahe kommen«, warf Milou ein. »Wir möchten nicht riskieren, dass Sie sich anstecken.«

Eddas Mund zuckte erneut. »Nein, das möchte ich auch

nicht.« Sie seufzte und ihre Augenbraue senkte sich langsam. »Na schön, dann nehmt das hier bitte. Vielleicht tut es Bram gut.«

Sie öffnete die Deckelklappen ihres Korbes und hielt ihn Lotta und Milou hin. Der Geruch war so berauschend, dass Milou sofort wieder schwindelig wurde. Lotta entfuhr ein sehnsuchtsvoller Seufzer.

»Geräucherte Würste mit Kartoffeln, Karotten und einer Aubergine. Ich hab die Sachen auf dem Markt gekauft.« Edda reichte Lotta den Korb. »Für mich allein ist das viel zu viel. Deshalb habe ich an euch gedacht. Ich wohne auf der anderen Seite der kleinen Brücke dort.« Sie deutete auf das Haus mit dem kupferfarbenen Dach. »Ihr könnt mir die Teller morgen zurückbringen.«

Milous Magen übernahm das Antworten. Lottas Magen stimmte ein. Schnell schlangen sich beide die Arme um die Bäuche und spähten zu dem Haus, das nur durch einen schmalen Kanal und ein kleines Feld von ihrer Mühle getrennt war.

»Dankeschön«, brachte Milou schließlich heraus. »Und bis morgen.«

Edda verbeugte sich zum Abschied und dann stiefelte sie mit so weit ausholenden Schritten über den Kanal davon, dass eine Giraffe eifersüchtig geworden wäre.

Milou wandte sich zu Lotta um. »Woher weißt du das alles …?«

»Ich habe doch gestern Abend dieses medizinische Handbuch gelesen. Absolut faszinierend. Genau wie diese Frau Finkelstein. Eine weibliche Polderwächterin! Ist sie nicht außergewöhnlich?«

»Ja, außergewöhnlich lästig.« Mit kribbelnden Ohren blickte Milou der Spur aus kleinen, abgerundeten, breithackigen Stiefelabdrücken nach.

Als die Küche saubergemacht war, im Nebenraum das Kaminfeuer prasselte und Edda Finkelsteins Festmahl auf dem feinen Geschirr serviert war, versammelten sich die Kinder um den Küchentisch. Marionettenpapa beobachtete sie von seinem Schaukelstuhl aus. Er war in einen Kordbademantel gewickelt und lächelte sein bananenbreites Lächeln.

»Köstlich«, strahlte Gisbert. Er wollte gerade Platz nehmen, aber Milou stoppte ihn mit einer Handbewegung.

»Vielleicht sollten wir das doch lieber nicht essen«, sagte sie.

Vier entgeisterte Gesichter blickten sie an.

Gisberts Augenbrauen kräuselten sich. »Und warum zum Teufel nicht?«

Milou wedelte in Richtung der Mahlzeit. »Weil es eine Falle sein könnte.«

Mads legte sein rußiges Halstuch über die Stuhllehne und setzte sich. »Ah, du glaubst also, dass uns diese kleinen Karotten anspringen und zurück ins Waisenhaus zerren werden?«

Aber Milou ließ sich nicht beirren. Sie konnte ihre Sorge nicht abschütteln, obwohl ihre Ohren ausnahmsweise mal nicht kribbelten. »Und was, wenn Frau Finkelstein nur unser Vertrauen gewinnen will, damit sie uns dann den Behörden übergeben und eine satte Belohnung kassieren kann?«

»Wenn sie letzte Nacht irgendetwas gesehen hätte, womit sie uns belasten könnte, dann wären wir jetzt längst wieder in Amsterdam«, sagte Lotta. »Außerdem weißt du doch gar nicht sicher, ob sie es wirklich war, die vor unserem Fenster herumgeschlichen ist.«

»Und was, wenn das Essen vergiftet ist?«

»Dann werden wir glücklich, satt und zufrieden sterben«, entgegnete Gisbert und nahm neben Mads Platz.

»Und wenn –?«

Mads brachte sie mit einer Handbewegung zum Schweigen. »Wenn wir jetzt nicht endlich anfangen zu essen, wird es kalt.«

Ein fünffaches Magenknurren war die Antwort – es hörte sich an wie ein Krötenorchester.

Ohne ein weiteres Wort zu verlieren, begannen die anderen, Essen auf ihre Teller zu schaufeln. Zögernd setzte sich Milou an den Tisch. Mona nahm ihren Teller und füllte ihn mit Würsten, Karotten, Kartoffeln und einem violetten Gemüse, das Milou noch nie gesehen hatte.

Ihre Freunde waren bereits am Schlemmen – man hörte nichts mehr außer Schlürfen, Schlucken, Schmatzen und Besteckklappern.

Milou pikste mit der Gabel in ein Stück Wurst. Sie war nicht grau, wie die Fleischabfälle, die es ab und an im Waisenhaus gegeben hatte, sondern rosa. Zögernd biss sie hinein. Heißer Fleischsaft verteilte sich in ihrem Mund. Sie seufzte auf vor Wonne. Ein wohliger Schauer prickelte ihr über den Rücken und ein ungewohntes Gefühl der Ruhe erfüllte sie. Falls dieses Essen eine Falle darstellte, dann war sie in diesem

Moment gerne bereit, das Risiko einzugehen – Hauptsache, sie konnte diese unglaubliche Köstlichkeit weiter genießen.

»Oh, ich könnte Hunderte von diesen Dingern essen!«, schwärmte Mads und führte einen Löffel Aubergine zum Mund. »Auch wenn sie verdächtig nach Augapfel schmecken.«

Mona hielt ein Stück Wurst in die Luft. Als Mozart angeschwebt kam und es ihr aus den Fingern klaubte, lächelte sie verzückt. Sie lutschte ihre Finger ab und wandte sich wieder ihrem Teller zu. Mit einem dumpfen *Schuhuuuuu* kreiste Mozart zurück in seine dunkle Ecke.

Als ihre Teller leer und sauber geschleckt waren, lehnten sich die fünf auf ihren Stühlen zurück und strichen sich über die gefüllten Bäuche.

Lotta schleckte alle zwölf Finger ab und leckte sich dann auch noch die Soße aus den Mundwinkeln. »Heiliger Gouda, war das lecker!«

»So ist das also«, stellte Gisbert fest.

»So ist *was*?«

»Das Leben in einer normalen Familie.«

Zum ersten Mal seit ihrer Begegnung mit Edda musste Milou lächeln.

Milous Theorien-Buch

Klatsch und Tratsch

Nützliche Informationen:

- Dem Gerede der Leute zufolge haben Bram und Liesel alleine in der Mühle gelebt: Niemand hat eine Mutter oder ein Baby erwähnt.
- Bram wurde beobachtet, wie er die Mühle in einer Vollmondnacht im Dezember verlassen hat.
- Bram hat sich geweigert, die Mühle zu verkaufen.
- Liesel war eine »blonde Schönheit«, die sich mit »unerwünschten Personen« abgab.
- Ein »riesiger hässlicher Köter«« hat offenbar die Nachbarschaft terrorisiert. Ob das ein Werwolf war? Schwer zu sagen, denn wenn Sannes Eltern genauso blöd sind wie ihre Tochter, dann können sie wahrscheinlich einen Hund und einen Werwolf gar nicht voneinander unterscheiden.

Unsinn:

- Gerüchte von Tuberkulose, heulenden Geistern und kriminellen Machenschaften
- Sannes dummes Grinsegesicht
- Das Vorurteil, dass Mads nicht hierhergehört, dass er kein Holländer ist.

Welchen Grund könnte mein Vater gehabt haben, die Mühle zu behalten, wenn nicht den, eines Tages zurückzukehren?

Und wenn sie tatsächlich einfach nur verreist sind? Oder immer noch auf Werwolfjagd? Oder hat der Werwolf sie verjagt, obwohl meine Schwester ihm das Leben gerettet hatte? Warum hatte sie das überhaupt getan? Vielleicht, weil sie – genau wie Mona – ein so großes Herz hat, dass sie es nicht erträgt, wenn einem Lebewesen Leid zugefügt wird?

18

Die Kinder erwachten vor Sonnenaufgang und frühstückten auf dem Mühlenbalkon die Reste des köstlichen Abendessens. Sie hatten sich dicke Wolldecken um die Schultern gelegt und ließen ihre zehn Beine durch das Geländer baumeln. Danach saßen sie einfach da und beobachteten, wie die Sonne über der endlos weiten Landschaft aufging. Um sie herum Vogelgezwitscher. Mona leckte sich die Krümel von den Lippen und versuchte, einzelne Triller zu imitieren. Gisbert nähte Puppen, Mads zeichnete an seiner Landkarte und Lotta ließ ihren Blick zufrieden über den Polder schweifen. Ihre Beine steckten in einer nagelneuen Hose, die Gisbert ihr im Stil von Edda Finkelsteins Uniform zusammengeschneidert hatte. Mozart hatte es sich unter Monas Mantel gemütlich gemacht und schlief geräuschvoll.

Milou war die Einzige, die nicht lächelte. Sie spähte zum Haus der Polderwächterin hinüber, überzeugt, dass die Gardine gerade gewackelt hatte.

»Ich bin so froh, dass wir hiergeblieben sind!« Lotta winkte einem vorbeifahrenden Bauern zu, der sich grüßend an den Hut tippte. »Die Nachbarn sind echt nett.«

Milou wusste, dass Lotta mit »die Nachbarn« eigentlich nur Edda meinte.

»Na ja, nicht alle«, widersprach Mads, und Milou drückte dankbar seine Hand.

»Milou und ich können heute Nachmittag in die Stadt gehen und Puppen verkaufen«, schlug Gisbert vor. »Vielleicht verdienen wir ja so viel, dass wir uns ein Festessen wie gestern Abend leisten können.«

In seinem Schoß lag eine Entenpuppe mit blassblauem Puffärmelkleid und einer Flügelhaube aus Spitze. Gisbert nähte gerade ihren linken Fuß zu, nachdem Mona eine Füllung aus Stoffresten hineingestopft hatte.

»Aber vorher sollten wir noch die Teller zurückbringen«, sagte Lotta eifrig und stand auf. »Sollen wir nicht alle gehen und uns bei Frau Finkelstein bedanken?«

»Die Dame ist mir echt zu neugierig«, murrte Milou. »Lasst uns die Teller einfach vor ihre Haustür stellen.«

»Aber so benehmen sich *normale* Nachbarn nicht«, entgegnete Lotta. »Das würde sie nur noch neugieriger machen.«

Milou seufzte übertrieben laut. Lotta hatte natürlich recht.

Sosehr es Milou widerstrebte, sie mussten Edda Finkelstein einen Besuch abstatten.

Sie zogen sich so ordentlich wie möglich an, Mona flocht Milou sogar Zöpfe und Gisbert stülpte sich einen von Brams Filzhüten über, um seine schiefen Ohren zu verdecken. Doch Milou riss ihm den Hut sofort wieder vom Kopf.

»An deinen Ohren ist nichts verkehrt, Gisbert.«

Dann spazierten sie hinüber zum Nachbarhaus. Sanne und Arno drehten wieder ihre Pirouetten auf dem zugefrorenen Kanal. Um ihren bohrenden Blicken zu entgehen, zog sich Mads das Halstuch übers Gesicht, was Milous Laune nicht gerade verbesserte. Sie hakte ihn unter und marschierte hoch erhobenen Kopfes an den Geschwistern vorbei, als wären sie Luft. Sie ließen die große Eibe und die kleine Brücke hinter sich und betraten den gepflegten Steinweg, der zum Bauernhaus führte. Die zwei Schweine im Ferch wühlten mit ihren Schnauzen im halb gefroren Schlamm. Aus dem Hühnerstall dahinter gackerte es.

»Wahnsinn, dass das alles einer Frau ganz alleine gehört!«, staunte Lotta. »Oder habt ihr einen Ehering an ihrem Finger gesehen?«

Milou blickte ihre Freunde an und musste zu ihrem Ärger feststellen, dass sie alle vier ziemlich beeindruckt aussahen. »Das können wir doch gar nicht beurteilen: Bei unserer Begegnung trug die Schnüfflerin vornehme Lederhandschuhe.«

Je näher sie der leuchtend hellblauen Haustür kamen, desto breiter wurde Monas Lächeln. Der Türklopfer war ein kleiner Pfau aus Messing. Kichernd zog Mona an den Beinen des Vogels und lauschte einem entfernten Glöckchengebimmel. Leider verspürte auch Milou eine gewisse Ehrfurcht, was sie ziemlich nervte.

»Ähm … Milou …« Mads zupfte sie aufgeregt am Ärmel und deutete auf eine Metallplatte an der Eingangstür.

Mit offenen Mündern starrten sie erst auf das Schild und dann auf die Taschenuhr um Milous Hals. Milous Hand legte sich zitternd um die Uhr, sie fühlte sich auf einmal schwindelig.

»Glaubst du, Edda Finkelstein ist deine –?«

»Nein«, sagte Milou schnell. Bei dem bloßen Gedanken verknoteten sich ihre Eingeweide. »Das muss ein Zufall sein. Sie kann unmöglich meine –«

»Ah, die Poppenmakers!«, tönte plötzlich Eddas Stimme wie aus dem Nichts.

Sie zuckten alle gleichzeitig zusammen. Mona keuchte auf vor Schreck.

»Wo zum Teufel kommt ihre Stimme her?«, wisperte Mads.

»Aus dem Sprechrohr«, dröhnte es. »Neben Lottas Ellbogen.«

Jetzt keuchte Lotta. Nein, eigentlich quiekte sie. Als sie sich einigermaßen gefasst hatte, näherte sie ihr Gesicht vorsichtig einem runden Metallgitter. »Ich hab schon mal von Sprechrohren gehört«, rief sie hinein. »Aber noch nie eins gesehen!«

»Nein, offensichtlich nicht«, sagte Edda. »Kommt rein, die Tür ist offen.«

Lotta drückte sie auf und sie traten ein.

Tick-tick-tock-tock-tick-tick-tock-tock.

Es klang, als würden Tausende kleiner Metallfüßchen einen Stepptanz aufführen. Zögernd schoben sie sich in einen quadratischen Flur, in dem überall – wirklich an jedem freien Platz – Uhren hingen und standen. Allerdings hatten sie nicht die geringste Ähnlichkeit mit der klobigen, alten Standuhr in der »Kleinen Tulpe« und auch nicht mit der schicken kleinen Kaminuhr in Gassbeeks Büro. Diese Uhren hier waren raffinierte Skulpturen. Tierskulpturen. Und jede war anders: Neben der Tür ragte ein Bär aus Metall auf, dessen Kopf und Körper aus einem alten Kochtopf und Fahrradteilen gefertigt waren. Die Schnauze war zu einem stummen Brüllen geöffnet und gab den Blick auf das Ziffernblatt frei, das zwischen den Zähnen klemmte. Verschiedene Metallkatzen hingen aufgereiht an der Wand, ihre langen Schwänze pendelten hin und her und die Augen tickten nach links und tockten nach rechts.

Es gab Enten, deren Augen Miniuhren waren. Ein Krake, dessen acht Arme das Jahr, den Monat, den Tag, die Stunde, die Minute, die Sekunde, die Essens- und die Schlafenszeit anzeigten. Ein Schwein mit einem kupfernen Zylinder und einer Uhrenschnauze. Und eine Windmühle, so groß wie Milou, deren Flügel sich in schwindelerregendem Tempo vor einem Ziffernblatt drehten, das aus einem so blank polierten Metall bestand, dass sich Milous überwältigtes Gesicht darin spiegelte.

»Heiliger Gouda!« Lotta drehte sich staunend im Kreis, wobei sie mit Mona zusammenstieß, die das Gleiche tat. Mozart stieß ein verärgertes *Schuhuuuuu* aus.

»Das ist ja eine verrückte Lampe!« Mads deutete auf eine leuchtende Glaskugel, die in der Mitte des Raumes an einem dicken Draht von der Decke hing. »Sieht aus wie Feuer … ist aber kein Feuer.«

»Elektrizität.« Lotta hauchte das Wort wie ein Gebet.

»Stimmt!« Eddas Stimme tönte jetzt aus dem Uhrenbären, in dessen Bauch ein weiteres Sprechrohr steckte.

»Könntet ihr bitte die Tür schließen? Die Zahnräder des Bären fangen immer an zu quietschen, wenn es zu kalt wird. Geht in den ersten Flur rechts und dann die Treppe hinauf.«

Hinter der Tür lag ein Treppenhaus und auch hier hingen Glühlampen von der Decke. Lotta ging eifrig voran, bis sie oben in einem großen offenen Raum ankamen. An den Wänden und auf den Arbeitsflächen hingen und standen noch mehr Uhren – in mehr oder weniger fertigem Zustand. Und überall lag Werkzeug herum. Der Raum war so vollgestopft, dass Milou Edda zuerst überhaupt nicht bemerkte. Erst nach einer Weile fiel ihr Blick auf die vertraute graue Strähne in dem ansonsten hellbraunen Haar: Edda spähte hinter einem metallenen Elefantenkopf hervor.

Schnell stopfte Milou ihre Taschenuhr unter den Kragen. Sie kam ihr kalt und ungewöhnlich schwer vor. Ihr Herz trommelte wie verrückt, als sie die Polderwächterin musterte. Tausend Fragen schossen ihr durch den Kopf – und eine davon schob sich besonders hartnäckig nach vorne.

War es möglich, dass Edda Finkelstein ihre Mutter war?

»Ah, willkommen, ihr fünf«, begrüßte Edda sie. Über ihre linke Wange verlief eine Ölspur und ihr Pony klemmte hinter einer dicken Brille, die sie sich auf die Stirn geschoben hatte. »Ihr kommt gerade recht. Mein Ärmel hat sich in dieser Uhr verhakt. Wenn ich mich bewege, bricht die ganze Konstruktion zusammen.«

Edda hob eine Augenbraue – und Milou stellte bei der Gelegenheit fest, dass die Augenbrauen der Uhrmacherin sehr viel heller waren als ihre eigenen pechschwarzen. Ganz abgesehen davon, dass Milou ihre Brauen nicht einzeln anheben konnte.

»Zahnräder … Zahnkränze …«, murmelte Lotta eifrig vor sich hin. »Das ist ja … das reinste Paradies!«

Milou hatte Lotta noch nie so begeistert gesehen.

Eddas hellblaue Augen funkelten vor Freude.

Du kommst mir irgendwie bekannt vor, hatte Edda gestern gesagt.

Milou betrachtete ihr Gesicht eingehend, Zentimeter für Zentimeter, aber nichts, wirklich nichts an Edda Finkelstein kam *ihr* vertraut vor.

»Das hier sind Gisbert, Mads und Mona«, krächzte Milou. »Wir wollten nur schnell die Teller zurückbringen. Wir verschwinden auch sofort wieder, wir wollen nicht stören.«

Milou stellte die Teller auf eine der Arbeitsflächen und zog Gisbert am Ellbogen, damit er und die anderen ihr folgten.

Doch Lotta bahnte sich bereits einen Weg zwischen Gisbert und Milou hindurch, um Edda zu helfen. Milou wollte sie am Ärmel packen, war aber nicht schnell genug.

»Obendrein ist mir ein Zahnrädchen runtergefallen«, sagte Edda. »Wenn ich das hier halte, könntet ihr mal kurz auf dem Fußboden nachsehen?«

Lotta nickte eifrig.

Ein dicker gescheckter Kater lag zusammengerollt auf dem Fensterbrett. Mona streckte ihre mozartfreie Hand aus und kraulte ihm die Stirn. Ein griesgrämiger Brummlaut war der Dank.

»Das ist Herr Catticus«, stellte Edda vor. »Wenn du ihn hinter dem linken Ohr streichelst, Mona, wird er sich ganz schnell mit dir anfreunden. Ja, Lotta, dort drüben müsste das Zahnrädchen liegen.«

Mona und Lotta strahlten um die Wette, während Gisbert

und Mads mit weit aufgerissenen Augen durch den Raum streiften. Nur Milou stand stocksteif da und biss sich auf die Lippe, damit ihre tausend Fragen nicht aus ihr heraussprudelten. Denn dann würde die Polderwächterin sofort merken, dass sie gestern gelogen hatte. Nein, wenn sie Antworten wollte, dann musste sie raffinierte, unauffällige Fragen stellen.

Sie zwang sich zu einem strahlenden, neugierigen Lächeln. »Bauen Sie all diese Uhren für Ihre Kinder?«

Die Augenbraue schoss in die Höhe.

»Hier gibt es keine Kinder.«

»Leben die woanders?«

»Nein, ich habe keine Kinder«, seufzte die Uhrmacherin und wechselte dann schnell das Thema: »Wie geht es deinem Vater heute, Milou?«

Milou versteckte ihre Enttäuschung über Eddas Antwort hinter einem noch strahlenderen Lächeln.

»Er liegt im Bett und liest.«

»Ah, immerhin geht's ihm so gut, dass er lesen kann. Das freut mich zu hören.« Eddas linker Nasenflügel zuckte, so als müsse sie gleich niesen – oder als versuchte sie, ein Grinsen zu unterdrücken. »Falls es ihm morgen *noch* besser geht, könnte ich ihn ja vielleicht mal besuchen –«

»Ich hab's!« rief Lotta und hielt ein kleines Metallrädchen hoch.

»Großartig!«, sagte Edda. »Du hast zwölf wirklich geschickte Finger! Du würdest eine exzellente Uhrmacherin abgeben.«

Lotta lächelte so selig, dass Milou ihr eine Grimasse schnitt.

»Fertigen Sie auch Armbanduhren?«, fragte Mads mit einem

scharfen Blick in Milous Richtung. »Ich sehe hier nur Standuhren.«

»Nein. Ich habe größere Modelle immer vorgezogen. Oh je, mein Ärmel ist tatsächlich schon wieder eingerissen. Ich lerne aber auch nichts dazu!«

Jetzt war es Gisbert, der Edda zu Hilfe eilte, Nadel und Faden schon in der Hand. »Lassen Sie mich das machen.«

»Ach, nicht nötig, das ist nur ein kleiner –«

»Das ist doch das Mindeste, was ich nach dem köstlichen Abendessen für Sie tun kann.«

»Na, wenn das so ist, Gisbert, dann bist du heute mein ganz persönlicher Held. Meine Nähkünste lassen nämlich zu wünschen übrig. Oh, was bist du geschickt! Hast du vielleicht Lust, dir ein bisschen Taschengeld zu verdienen? Ich habe haufenweise Flickwäsche.«

Gisbert strahlte.

Milou wandte sich ab und tigerte in der schmalen Lücke zwischen den Arbeitstischen hin und her. Schließlich hob sie ein kleines Ziffernblatt hoch und tat so, als würde sie es genauer betrachten. Aber in Wirklichkeit überlegte sie fieberhaft, wie sie Edda unauffällig ausfragen konnte.

»Das ist ja ein interessantes Halstuch, das du da trägst«, sagte Edda zu Mads. »So eine ungewöhnliche Farbe …«

»Es ist nur … äh … ein bisschen schmutzig.« Mads legte eine Hand schützend um sein Tuch. »Das kommt von den Kohlestiften …«

»Ah, ja, Kohle macht ziemlich fiese Flecken«, pflichtete Edda bei. »Ich kenne das, ich arbeite ja viel mit Öl und Schmierfett. Dafür benutze ich immer einen speziellen Fleckenlöser. Wenn du magst, können wir den mal ausprobieren.«

»Oh, nein, lieber nicht …« Jetzt umklammerte Mads sein Tuch geradezu.

»Ich verspreche dir, das Mittel ist ganz mild, es macht nichts kaputt. Das Tuch wird danach wie neu aussehen«, sagte Edda freundlich.

Milou legte das Ziffernblatt etwas zu unsanft zurück. Es rollte über die Tischkante und knallte auf den Boden. Alle sahen sie an.

»Oh, Entschuldigung …«

Sie bückte sich und kroch unter den Arbeitstisch, um das Teil aufzuheben, doch es rollte immer weiter. Als sie es schließlich zu fassen bekam, bohrte sich irgendetwas Spitzes in ihren Finger. Sie unterdrückte einen Schrei und zog den Splitter heraus. Dann erst sah sie, woran sie sich verletzt hatte.

Vier lange, tiefe Rillen waren in die Holzdielen gekerbt. Krallenspuren! Aber viel zu groß für Herrn Catticus. Dafür ähnelten sie verdächtig den Kratzern auf ihrem Sarg-Korb und denen im Marionettentheater …

Als sie ihren Blick schweifen ließ, entdeckte sie noch viele weitere. Entlang der Regale, an den Beinen der Arbeitstische, auf den Dielen, halb von großen Standuhren verborgen. Es wimmelte nur so von Krallenspuren.

Milou schluckte und kroch unter der Werkbank hervor, wobei sie gegen einen Garderobenständer stieß. Mit Riesengetöse krachte er um und die Mäntel fielen auf sie herab. Sie rappelte sich hoch, die Wangen feuerrot, richtete den Ständer wieder auf und hängte Eddas Mäntel zurück an die Haken. Beschämt sah sie Edda an, die ihren Blick leicht stirnrunzelnd erwiderte.

»Alles in Ordnung mit dir?«, fragte die Polderwächterin. »Du wirkst ein bisschen … nervös.«

Milous Herz trommelte im selben Takt, wie die Uhren um sie herum tickten. *Tick-tick-tock-tock-tick-tick-tock-tock*. Edda sah sie immer noch an. Unverwandt. So als wären sie Freundinnen.

Milou musste sich sehr beherrschen, um sich nicht noch einmal nach den Kratzspuren zu bücken.

Ihr siebter Sinn sandte jede Menge kribbelige Signale aus. Keine Frage: Irgendetwas verband Edda und die Poppenmakers. Milou hatte keine genaue Vorstellung, wie Werwölfe in Menschenform aussahen, aber dass sie in Gestalt einer so liebenswürdigen Person wie Edda daherkommen könnten, das hätte sie nicht gedacht.

»Mir ist ein bisschen übel«, log sie. »Lasst uns bitte nach Hause gehen.«

Sie drehte sich um und floh geradezu die Treppe hinunter und zur Tür hinaus. Sie war schon auf halbem Weg zum Kanal, der die Mühle und Eddas Haus voneinander trennte, als Mona und Mads sie einholten. Ein Blick über die Schulter zeigte ihr, dass Lotta und Gisbert immer noch auf der Türschwelle standen und mit Edda redeten.

»Beeilt euch!«, rief Milou ihnen zu.

Lotta ließ enttäuscht die Schultern hängen.

»Was sollte das, Milou?«, zischte Gisbert, als er und Lotta schließlich zu ihnen stießen. »Fühlst du dich wirklich krank?«

»Natürlich nicht«, flüsterte Milou und hastete weiter.

»Wartet, Kinder!«, rief Edda und hatte sie binnen Sekunden eingeholt. Im Stillen verfluchte Milou ihre langen Laternenmastbeine.

»Mads«, keuchte Edda. »Was ist mit deinem Tuch?«

Mads blinzelte sie unschlüssig an, dann wickelte er zögernd das Tuch von seinem Hals und reichte es ihr.

Edda schmunzelte. »Ich bringe es dir so schnell wie möglich zurück, versprochen. Und Lotta, ich könnte deine geschickten Hände tatsächlich sehr gut gebrauchen. Ich würde dich natürlich bezahlen.«

Lottas Lächeln reichte fast von einem Zopf bis zum anderen. »Oh, sehr gerne –!«

»Natürlich müssen wir erst unseren Vater fragen.« Milou schnappte sich Lottas Hand. »Auf Wiedersehen, Frau Finkelstein. Und danke noch mal für das Abendessen.«

Mit diesen Worten eilte sie zur Mühle, die widerstrebende Lotta hinter sich her zerrend.

Milous Theorien-Buch

Edda Finkelstein

- ungefähres Alter: Anfang dreißig
- zuständige Polderwächterin (obwohl sie eine Frau ist)
- lebt alleine und arbeitet (obwohl sie eine Frau ist).
- Uhrmacherin, aber Armbanduhren stellt sie nicht her
- Ist unverheiratet und behauptet, sie habe keine Kinder.
- Durch ihre gesamte Werkstatt ziehen sich Krallenspuren.
- Ist auffallend neugierig, was uns betrifft. Ob sie uns sogar hinterherspioniert?
- Ist auffallend freundlich uns gegenüber. Was will sie?

Sie scheint Bram nicht sonderlich zu mögen, obwohl sie das Gegenteil behauptet. Jedes Mal, wenn sein Name fällt, zuckt ihr Nasenflügel. Es ist ein Fast-Grinsen, das sie zu unterdrücken versucht. Aber ich merke es trotzdem.

Irgendetwas hat sie mit dem Verschwinden meiner Familie zu tun. Es gibt einfach zu viele Zufälle.

Vielleicht haben meine Eltern herausgefunden, dass sie ein Werwolf ist, und sie hat sie daraufhin getötet?

Oder sie sind geflohen und verstecken sich seitdem vor ihr?

19

Was hast du dir dabei gedacht, zuzustimmen, für sie zu arbeiten?«, fauchte Milou. »Wir müssen uns von der Frau fernhalten!«

»Aber sie ist nett!«, schnappte Lotta zurück. »Und du machst uns alle verrückt.«

»Nein, tue ich nicht. Sie weiß mehr über das Verschwinden meiner Familie, als sie durchblicken lässt. Außerdem wimmelt es in ihrer Werkstatt von Krallenspuren.«

Lotta zuckte die Achseln. »Na und? Moment mal, du willst doch nicht ernsthaft behaupten, dass sie der Werwolf aus deinem Theorien-Buch ist?«

»Was für eine Erklärung könnte es sonst geben? Die Krallenspuren sind riesig. Die können unmöglich von dem Kater stammen.«

Lotta öffnete den Mund, sagte aber nichts.

»Wir brauchen bald etwas zu essen«, stellte Mads fest. »Die mageren Vorräte, die wir mitgenommen haben, reichen nicht mehr lange. Und wenn Edda anbietet, Lotta und Gisbert zu bezahlen …«

Milou unterdrückte ein Schnauben. Mist, sie sollte ihre Energie lieber darauf verwenden, ihre Eltern zu suchen, statt mit ihren Freunden zu streiten! »Ich versuche ja nur, uns zu schützen.«

»Das Risiko müssen wir eingehen«, sagte Lotta, schon etwas ruhiger. »Außerdem bin ich sicher, dass es eine Erklärung für die Krallenspuren gibt. Wenn ich für Edda arbeite, könnte ich sie einfach danach fra–«

»Auf keinen Fall!«, unterbrach Milou sie. »Du fragst sie überhaupt nichts. Wenn sie merkt, dass wir sie auf dem Kieker haben, sind wir vielleicht in noch größerer Gefahr. Außerdem haben wir doch längst einen Plan, wie wir Geld verdienen können. Gisbert und ich gehen jetzt nach Amsterdam und verkaufen die Puppen. Wir brauchen die Hilfe dieser Frau nicht!«

Bevor Lotta oder Mads widersprechen konnten, stampfte Milou zum Schrank in der Küche und wühlte sich durch Liesels Kleider, bis sie eines gefunden hatte, in dem sie garantiert niemand wiedererkennen würde: lilafarben, mit Unmengen von Rüschen. Sie wählte eine dazu passende Haube und stopfte ihre rabenschwarzen Haare darunter. Dann bedeckte sie den unteren Teil ihres Gesichts mit einem Seidenschal.

In dem Moment betrat Gisbert die Küche.

»Willst du mir jetzt etwa auch die Meinung geigen?«, fragte Milou. »Ich will doch nur, dass wir hier sicher sind.«

»Nein«, sagte er. »Ich wollte nur vorschlagen, dass wir Marionettenpapa mitnehmen. Damit uns niemand für Waisenkinder hält.«

Milou und Gisbert zogen ein dreirädriges Lastenfahrrad aus der hintersten Ecke des Puppentheaters. Es hatte eine riesige Ladekiste vor dem Lenker, absolut perfekt, um Marionettenpapa zu transportieren.

»Kannst du so ein Ding fahren?«, fragte Milou.

Gisbert zuckte die Achseln. »Wir haben schon Millionen von Leuten beim Radfahren zugesehen. So schwer kann's also nicht sein.«

Ein paar Versuche brauchte er, bis er das Treten raushatte, aber dann ging es ganz einfach – zumal sie mit drei Rädern nicht umkippen konnten. Sie platzierten Marionettenpapa so in der Kiste, dass es aussah, als würde er ein Buch lesen. Dann verdeckten sie sein Gesicht mit einem dicken Schal und setzten ihm noch einen Hut auf. Schließlich quetschte sich Milou vor ihn auf die Ladefläche.

Sie waren erstaunt, wie viel schneller sie mit dem Fahrrad unterwegs waren als zu Fuß. Außerdem brauchten sie gar nicht ins Zentrum, wie sich herausstellte, weil sie schon am Stadtrand eine Marktstraße entdeckten, in der es vor Leuten nur so wimmelte. Sie fanden eine perfekte kleine Lücke zwischen einem Käsestand und einer großen Eiche und parkten das Lastenfahrrad unter einem ausladenden Ast. Milou zog Marionettenpapas Decke fast bis zur Hutkrempe hoch, sodass es so aussah, als schliefe er. Dann breiteten sie die Puppen auf einer Decke auf dem Boden aus, setzten sich daneben und warteten.

Aber die Stunden verstrichen – ohne dass sie mehr als eine einzige Puppe verkauften. Die Kälte ging ihnen durch Mark und Bein und Milou war zunehmend genervt. Die Leute zogen ungerührt an ihnen vorbei, traten sogar auf die Decke und drängten sie immer weiter gegen den Eichenstamm.

»Die rennen einfach über uns drüber«, klagte sie und vergrub sich tiefer in ihren Mantel. »Wir brauchen einen Tisch!«

»Aber wie sollen wir einen Tisch bis hierher transportieren?«, fragte Gisbert. »Vielleicht kann Mads uns nächstes Mal ein Werbeplakat malen?«

Plötzlich tauchte ein kleines Mädchen mit Flügelhaube und Kekskrümeln um den Mund auf und ließ sich in einer Riesenmasse von Unterröcken und Rüschen zu Milous Füßen nieder. Erwartungsvoll grinste sie sie an.

»Wie heißt die?«, fragte das Mädchen und deutete auf eine Mäusepuppe. »Und wieso ist sie wie eine Piratin gekleidet?«

»Sie heißt Theodora«, antwortete Milou lächelnd, »und ist nicht wie eine Piratin, sondern wie eine Werwolfjägerin gekleidet. Siehst du dieses Schwert hier? Es besteht aus superstabilem Silber und wurde bei Vollmond geschmiedet. Man muss den Werwolf nur einmal kurz damit streifen …«, sie fuchtelte mit dem Mäusepuppenschwert vor der Nase des Mädchens, »und schwupps, verwandelt sich sein Blut in Stein.«

Zwei Jungs mit heißen, fetttriefenden Waffeln hockten sich vor die Decke und Milou nahm die Werwolfpuppe hoch.

»Und was passiert dann?«, fragte einer der Jungs und leckte sich einen Tropfen Sirup vom Handgelenk. »Frisst der Werwolf sie?«

Milou lächelte und hielt die beiden Puppen so, dass sie sich ansahen. Die Kälte spürte sie auf einmal nicht mehr.

»Oh, er versucht natürlich, sie zu fressen«, sagte sie und legte einen drohenden Unterton in ihre Stimme. »Aber lasst mich die Geschichte von Anfang an erzählen.«

Klink-Klunk-Klink-Klunk-Klink-Klunk-Klink-Klunk.

Milous unerwartetes Publikum, das inzwischen aus rund zwanzig Leuten bestand, warf Münzen in den Eimer, den Gisbert eigentlich für ihre Einnahmen aus dem Puppenverkauf aufgestellt hatte.

»Das ist es, Gisbert: Puppentheater! Damit könnte ich Geld verdienen!«, sagte Milou, nachdem sich das Publikum verstreut hatte. »Hast du gesehen, wie die Leute mitgefiebert haben? Wie sie sich vor Schreck in ihre Mäntel verkrochen haben? Ich sage dir, die Leute lieben es, sich zu gruseln. Vielleicht sollte ich nächstes Mal noch ein paar Enthauptungen hinzufügen …«

»Auf jeden Fall hast du es sehr gut gemacht!«, lobte Gisbert. Dann linste er in den Eimer und fügte stirnrunzelnd hinzu: »Du hast vierunddreißig Cents, drei Knöpfe, einen Fingernagel, ein gebrauchtes Taschentuch und einen angebissenen Keks verdient.«

Milous Lächeln verblasste etwas: »Na ja, es ist ein Anfang. Ich könnte morgen wiederkommen. Und übermorgen auch. Dann summiert es sich.«

»Während deiner Aufführung hab ich noch zwei weitere Puppen verkauft. Mit dem Geld kommen wir eine Weile über die Runden. Vielleicht hebt eine weitere leckere Mahlzeit unsere Stimmung ein bisschen und du, Lotta und Mads, ihr vertragt euch wieder. Hier.« Er warf ein paar Münzen aus seiner Hosentasche in den Eimer und reichte ihn Milou. »Ich muss nur kurz eine Speiche am Hinterrad reparieren, dann können wir los.«

Als Milou sich bückte, um den Geldeimer zu Marionettenpapa in die Kiste zu stellen, stieg ihr ein vertrauter Geruch in die Nase. Ein ölig-rauchiger Geruch.

Hastig richtete sie sich auf und ließ ihren Blick über den Markt schweifen. Ihr Herz hämmerte bis zum Hals. Als sie sich umdrehte, sah sie ein allzu bekanntes Pfeifenrauchwölkchen über den Köpfen der Passanten aufsteigen. Und als sich kurz eine Lücke zwischen den Leuten auftat, erhaschte sie einen Blick auf einen Frackrücken mit Pelzkragen und ein Paar Robbenfellstiefel.

Rotman!

Milou erstarrte und drückte sich entsetzt gegen das Fahrrad. Schnell zog sie sich den Schal höher über die Nase, und dann stand sie stocksteif da, während der Zuckerhändler sich einen Weg durch die Menge bahnte, mit blitzenden Zähnen nach rechts und links grinste und mit einem Baby in einem Kinderwagen schäkerte. Milou senkte den Blick und hoffte, unsichtbar genug zu sein, damit er an ihr vorbeiging.

Doch schon eine Sekunde später heftete er seinen Blick auf sie. Instinktiv blinzelte sie ihn durch ihre Spinnenbeinwimpern an. Ihm klebte immer noch dasselbe falsche Grinsen im Gesicht: viele Zähne, keine Seele. Aber zumindest schien er sie nicht wiederzuerkennen.

Mit galoppierendem Herzen beugte sie ihren Kopf zum Gruß. Rotmans Grinsen blieb unverändert, doch als sein Blick auf Marionettenpapa hinter ihr fiel, verengten sich seine Augen zu schmalen Schlitzen.

Er nickte der Marionette zu. »Guten Tag, mein Herr.«

Milous Herz setzte aus. Und dann sah sie verdutzt, wie

Marionettenpapa das Nicken erwiderte, und hörte ihn mit etwas quietschiger, aber sehr vertrauter Stimme zurückgrüßen.

Ohne einen weiteren Blick an sie beide zu verschwenden, stützte sich Rotman auf seinen Gehstock und verschwand im Gedränge, eine Wolke öligen Rauchs hinter sich her ziehend. Gisbert tauchte hinter Marionettenpapa auf. Sein Gesicht war mondbleich.

Langsam beruhigte sich Milous Puls, aber ihre Handflächen waren schweißnass und ihre Beine fühlten sich an wie aus Hafergrütze.

»Puh, das war knapp. Lass uns bloß schnell nach Hause fahren!«

Als Gisbert über die Brücke auf das Mühlengrundstück radelte, kroch von allen Seiten Nebel herbei. Edda Finkelstein tauchte aus ihrem Haus auf. Sie trug ihre Polderwächterinnenuniform und winkte ihnen zu.

Milou rang sich ein Lächeln ab und winkte mit Marionettenpapas Arm zurück.

Edda nickte ihm zu, dann marschierte sie in Richtung ihrer eigenen, von Wasserspeiern gesäumten Kanalbrücke. Milou wartete, bis sich die Polderwächterin auf der Straße entfernte, dann kletterte sie erschöpft aus der Lastenkiste und half Gisbert, Marionettenpapa in die Mühle zu tragen.

Mona stand auf dem Küchentisch, einen Wurm in der ausgestreckten Hand, die Lippen gespitzt.

Milou runzelte die Stirn. »Was ist das denn für eine Übu–?«

Statt einer Antwort stieß Mona einen schrillen Pfiff aus, auf den von irgendwoher ein Kreischen folgte und etwas Weißes angeschossen kam. Milou duckte sich, trotzdem streifte Mozarts Flügel ihre Stirn. Der Uhu landete auf Monas Schulter, schnappte sich den Wurm und schlang ihn in einem Bissen herunter.

Mads und Lotta, die in sicherem Abstand an der Wand lehnten, applaudierten. »Bravo!«

Mona kicherte, und dieses Kichern machte Milou ein ganz wohliges Gefühl.

Jetzt drehten sich alle zu ihr und Gisbert um. Gisbert setzte Marionettenpapa in den Schaukelstuhl und präsentierte ihnen den Korb voller Lebensmittel, die sie gekauft hatten.

»Ihr habt's tatsächlich geschafft!«, jubelte Lotta.

»Ja, aber wir haben nicht nur gute Nachrichten«, sagte Milou, während Gisbert das Essen auf den Tisch packte. »Rotman ist immer noch in Amsterdam.«

Mads runzelte die Stirn. »Ich dachte, er hätte einen straffen Zeitplan und müsste längst wieder auf See sein?«

»Seine Besatzung ist kleiner als erhofft«, sagte Gisbert. »Und ich schätze mal, das nervt ihn. Das oder die Tatsache, dass er nach unserer letzten Begegnung immer noch humpelt.«

»Rotman ist keine Gefahr mehr für uns«, meinte Mads. »Nicht, wenn wir ihm nicht in die Quere kommen.«

Milou seufzte. Jede Faser ihres Körpers war erschöpft. »Es tut mir leid, dass ich heute Morgen so unausstehlich war. Ich habe einfach nur Angst, dass uns all das hier wieder weggenommen wird. Und zwar von Edda Finkelstein …«

»Wir haben alle Angst«, sagte Lotta sanft. »Aber überleg

mal, wie weit wir es schon gebracht haben. Es war ziemlich riskant, die ›Kleine Tulpe‹ zu verlassen. Doch wir haben es gewagt, es hat funktioniert und es wird auch weiter funktionieren.«

»Du hast recht«, stimmte Milou zu. »Ich glaube, ich lege mich vor dem Abendessen noch mal kurz hin. In meinem Kopf dreht sich alles.«

Sie kletterte in ihr Schrankbett und legte Marionettenpapa neben sich. Sie hatte es sich gerade gemütlich gemacht, als es energisch an die Tür klopfte. Milou hörte Schritte, dann das Quietschen der Türangeln, gefolgt von einem vierfachen entsetzten Keuchen.

Milou linste durch die Türen des Schrankbettes. Gisbert verdeckte ihr die Sicht auf den Eingang, aber das heftige Zittern seines linken Beins verriet, dass irgendetwas nicht stimmte. Jetzt sah sie eine Frau auf der Türschwelle – und es war nicht Edda Finkelstein.

»Guten Abend«, sagte Gisbert betont munter. »Was können wir für Sie tun?«

Milou kniff die Augen zusammen. Die Besucherin war groß und trug einen langen roten Mantel. Das blonde Haar hatte sie zu einem straffen Knoten hochgesteckt. Sie hielt ein großes ledergebundenes Buch in den Händen, das ziemlich schwer zu sein schien.

»Guten Abend.« Die Frau reckte den Hals, um in die Mühle zu spähen. »Es tut mir leid, dass ich zu so später Stunde noch anklopfe, aber ich habe eine Weile gebraucht, um die Adresse zu finden.«

Sie sah definitiv nicht nach einer Bäuerin aus, fand Milou. Dazu wirkte sie zu elegant und gepflegt. Nein, ihre Kleidung war garantiert noch nie näher als fünf Meter an eine Kuh herangekommen. Außerdem waren Bäuerinnen, soweit Milou wusste, nicht dafür bekannt, dass sie große Lederbücher mit sich herumschleppten. Sie versuchte zu entziffern, was vorne auf dem Einband stand. Irgendwie kam ihr der dicke Schinken bekannt vor.

»Wir sind nicht wirklich darauf eingestellt, um *diese Uhrzeit* noch Besuch zu empfangen.« Gisbert beugte sich vor, um der Frau den Blick nach drinnen zu versperren.

»Ich würde gerne mit Herrn Poppenmaker sprechen«, sagte sie. »Ist er da?«

»Dürfte ich fragen, was Sie von ihm wollen? Er fühlt sich nämlich gerade nicht so gut«, antwortete Gisbert.

Die Frau tippte mit einem behandschuhten Finger auf das Buch, wodurch Milou einen Blick auf die Vorderseite erhaschen konnte. Vor Schreck blieb ihr das Herz stehen. Das Buch kam ihr nicht nur bekannt vor – sie *kannte* es. Mads hatte vor ein paar Tagen hineingeschrieben.

»Mein Name ist Rose Speelman«, stellte sich die Frau vor. »Ich bin im Auftrag des Kinderbüros hier.«

20

Milou beugte sich vor und spähte über den Rand der halb offenen Schrankbetttür. Ihre Freunde standen wie vom Donner gerührt da. Milou brauchte ihre Gesichter nicht zu sehen, um zu wissen, dass sie genauso entsetzt waren wie sie selbst. Wieso hatte das Kinderbüro ihnen jemanden auf den Hals gehetzt? Hatten sie irgendetwas nicht richtig ausgefüllt?

»Ist Herr Poppenmaker denn zu Hause?«, fragte die Frau und versuchte, über Gisberts Schulter hinweg einen Blick in die Küche zu erhaschen. »Es ist schrecklich kalt draußen.«

Um ihre Worte zu unterstreichen, machte sie ein übertriebenes Brrrrr-Geräusch.

»Ich … ähm … Sie …«, stotterte Gisbert. »Er … Sie … nun ja …«

»Guten Abend, meine Dame«, schaltete sich Lotta ein und stieß Gisbert mit der Hüfte beiseite. »Ich bin Lotta Poppenmaker. Wie kann ich Ihnen helfen?«

»Ah, stimmt.« Speelman blickte auf das Blatt Papier in ihrer Hand. »Lotta. Die Schlaue mit den vielen Fingern. Wie schön, dass ich den Namen endlich Gesichter zuordnen kann. Und dein Gesicht ist besonders nett anzuschauen. So, und jetzt würde ich gerne dringend mit deinem Adoptivvater sprechen, wenn du nichts dagegen hast.«

»Papa schläft. Wie wär's, wenn Sie ein andermal –?«

»Ist er das dort im Bett? Herr Poppen–«

»Pst! Sie wecken ihn noch auf.«

»Tut mir leid, aber ich muss darauf bestehen, mit ihm zu sprechen.«

Ohne Umschweife schob sich Rose Speelman an Lotta und Gisbert vorbei. Milou hangelte nach der Gardine, die sie vor das Schrankbett gehängt hatten, und zog sie mit einem Ruck zu.

Plötzlich war ein Pfiff zu hören, gefolgt von einem Kreischen. Mozart hatte sein Nest verlassen, schoss an der Besucherin vorbei und schnappte sich das Stück Fleisch, das Mona ihm hinhielt, bevor er sich in einen dunklen Winkel der Küche zurückzog.

»Was war *das* denn?«, quiekte Rose Speelman und drückte das Lederbuch an ihre Brust.

»*Das* ist Mozart«, erklärte Lotta. »Es ist seine Jagdzeit. Er hat Hunger.«

Speelmans Augen hinter den Brillengläsern weiteten sich. Vorsichtig schob sie sich in Richtung Küchentisch und sackte auf einen Stuhl.

»Was für ein seltsamer Vogel«, sagte sie und beäugte Mozarts Garderobennest misstrauisch. »Beißt er?«

Mona lächelte süßlich und nickte. Dann hielt sie eine blutige Fingerspitze in die Höhe.

Schuhuuhuuuuuuuu!

»Ich muss jetzt *wirklich* mit eurem Vater sprechen«, sagte

Speelman, ohne Mozarts Versteck auch nur eine Sekunde aus den Augen zu lassen. Sie winkte in Richtung Marionettenpapa. »Bitte weckt ihn auf.«

Milou stöhnte leise. Es gab nur eine Möglichkeit, die Frau jetzt noch loszuwerden. Vorsichtig bewegte sie das Marionettenkreuz, sodass sich Papas Kopf leicht hob.

»Lotta, Liebling«, brummte sie so heiser wie möglich. »Was ist das hier für ein Lärm?«

Sie imitierte ein Husten, das so klang, als käme es aus den tiefsten Tiefen der Lunge. Als sie vorsichtig über die Gardine spähte, sah sie, wie sich Speelman hastig ein Taschentuch vor Mund und Nase hielt und den Stuhl vom Schrankbett abrückte.

»Herr Poppenmaker«, nuschelte die Mitarbeiterin des Kindebüros hinter ihrem Taschentuch. »Es tut mir schrecklich leid, dass ich Sie stören muss, aber ich bin in offiziellen Waisenkind-Angelegenheiten hier.« Wieder tippte sie auf ihr Buch. »Man hat mich geschickt, um die Adoptionsunterlagen der ›Kleinen Tulpe‹ zu prüfen, und ich habe dort Unregelmäßigkeiten entdeckt.«

»Aber die Unterlagen waren doch einwandfrei«, rief Mads von seinem Stuhl neben dem Schrankbett.

Milou verzog entsetzt das Gesicht. Und Mads ebenfalls, als er seinen Fehler bemerkte. Neugierig blickte ihn Speelman unter ihren Brillengläsern hindurch an.

»Ich meine«, stotterte er, »Hausmutter Gassbeek war sehr stolz auf ihre Buchführung. Sie hat immer betont, wie wichtig einwandfreie Unterlagen seien.«

Milou ließ eine weitere Hustensalve los, wobei sie an den

Marionettenfäden zog, sodass Papas Schultern zuckten. »Und was … *hust* … was für Unregelmäßigkeiten … *hust-hust* … sollen das sein?«

Über die Schrankbetttür hinweg beobachtete sie, wie Rose Speelman nachdenklich die Lippen kräuselte.

»Es scheint, als hätten Sie die Adoptionsgebühren nicht gezahlt.«

Milou gefror das Blut. Verdammt, die Gebühren! Die hatten sie in der Aufbruchshektik völlig vergessen.

Rose Speelman legte das dicke Lederbuch auf den Tisch und schlug es auf. Dann schüttelte sie so heftig den Kopf, dass ihre Brille die Nase hinunterrutschte, und räusperte sich.

»Die Kosten setzen sich folgendermaßen zusammen: Fünf Waisenkinder zu einem Preis von jeweils zehn Gulden, zahlbar sofort nach Erhalt der Subjekte – was bereits vor einigen Tagen war. Das bedeutet, dass sich der fällige Betrag auf fünfzig Gulden beläuft, mein Herr«, schnarrte Rose Speelman und klappte das Buch wieder zu.

Fünfzig Gulden!

Das war mehr Geld, als Milou je zuvor auf einem Haufen gesehen hatte. Wie zum Teufel sollten sie eine solche Summe zusammenbekommen?

»Es tut mir leid, dass Sie den ganzen Weg bis hierherkommen mussten«, brummelte Milou. »Aber die Hausmutter und ich hatten eine Vereinbarung …«

»Elinora Gassbeek ist … ähm … nicht länger im Waisenhaus ›Kleine Tulpe‹ … ähm … tätig«, sagte Speelman. »Ich fürchte, wir müssen die Angelegenheit deshalb hier und jetzt klären.

Vielleicht könnte eines Ihrer Kinder das Geld holen gehen? Ich warte gerne so lange und ruhe meine Beine ein wenig aus.«

Milou stockte das Herz. Lotta blickte sie mit schreckgeweiteten Augen an. Die anderen versuchten, möglichst nirgendwohin zu sehen.

»Ähm …«, machte Milou und räusperte sich. Ihre Gedanken überschlugen sich, aber sie wusste, dass sie weiterreden musste. »Es tut mir leid, aber ich habe das Geld gerade nicht zur Hand. Diese verdammte Krankheit hat mich ans Bett gefesselt. Ich konnte deshalb nicht –«

»Bei allem Respekt«, unterbrach Speelman streng. »Sie haben, ohne zu zahlen, fünf Kinder mit nach Hause genommen. Waisenkinder in Heimen großzuziehen ist ein teures Unterfangen. Wir müssen die Kosten irgendwie wieder reinholen, wenn wir weiterhin Waisenhäuser betreiben wollen. Geschäft ist Geschäft, Herr Poppenmaker, und die Unterlagen müssen immer sorgfältig geführt und auf dem neuesten Stand sein, sonst heißt es am Ende noch, ich würde meine Arbeit nicht richtig machen. Ungeachtet Ihrer aktuellen Lage muss ich darauf bestehen, dass Sie mir heute noch das Geld geben. Ansonsten bleibt mir keine andere Wahl als die Kinder wieder mitzunehmen.«

Lotta entfuhr ein Keuchen. Mona kauerte sich auf ihrem Stuhl zusammen. Gisberts linkes Bein begann zu zittern. Mads schoss Milou einen panischen Blick zu. Vorsichtig, um die Marionettenfäden nicht durcheinanderzubringen, lupfte Milou einen Zipfel der Gardine, sodass nur Mads sie sehen konnte. Dann deutete sie mit der Nase auf das Blatt Papier und die Schreibfeder, die neben ihm lagen. Mads sah sie verwirrt an.

Speelman beugte sich vor und blinzelte in Richtung Bett. »Haben Sie verstanden, was ich gesagt habe, Herr Poppenmaker?«

In Milous Bauch bildete sich ein dicker Knoten. Sie versuchte, etwas zu sagen, brachte jedoch kein Wort heraus. Das war's. Die Sache war gelaufen. Es gab keinen Ausweg mehr.

Plötzlich baute sich Lotta vor Rose Speelman auf. »Bitte verzeihen Sie, Frau Speelman, dass ich Ihnen noch gar nichts zu trinken angeboten habe. Darf ich Ihnen ein Glas Wasser bringen? Oder vielleicht etwas warme Milch?«

»Nein danke, Liebes«, erwiderte Speelman und wedelte sie beiseite. »Nicht, wenn hier jemand krank ist. Herr Poppenmaker?«

Skrieeeetsch!

Rose Speelman kreischte entsetzt auf und hielt sich schützend die Hände über den Kopf. Milou nutzte ihre Abgelenktheit, um Mads etwas zuzuflüstern.

»Schreib eine Notiz, in der drinsteht, dass Gassbeek uns mehr Zeit zum Bezahlen gegeben hat«, wisperte sie. »Mit gefälschter Unterschrift. Kriegst du die noch hin?«

Mads' Augen waren kugelrund vor Angst, aber er nahm den Zettel und wandte den anderen den Rücken zu. Milou ergriff die Marionettenfäden, und als Mads das Papier schließlich auf den Schoß der Puppe legte, hob sie deren linken Arm.

»Lotta«, krächzte sie. »Sei doch so lieb und reiche Frau Speelman diesen Brief, ja?«

Rose Speelman erhob sich. »Ich kann auch selbst –«

»Nein, nein, ich mach das schon«, sagte Lotta hastig und

drückte die Kinderbürodame zurück auf den Stuhl, woraufhin diese ein leises *Uffz* von sich gab. »Im Ernst, Sie wollen sich doch nicht anstecken. Diese Krankheit ist wirklich kein Spaß. Armer Papa.«

Lotta eilte zum Bett, schob sich vorsichtig durch die Gardine und nahm den Brief vom Schoß der Marionette.

»Frau Gassbeek versicherte mir, dass ich die Gebühr erst zu bezahlen bräuchte, wenn ich mich davon überzeugt hätte, dass die Waisenkinder wirklich hier hinpassen«, brummte Milou mit tiefer Stimme. »Frau Gassbeek sagte, es würde ihr nichts ausmachen, so lange auf das Geld zu warten.«

»Wie ich schon sagte, ist Elinora Gassbeek … äh … nicht länger zuständig.« Speelman ließ Mozart keine Sekunde aus den Augen. »Abgesehen davon ist eine solche Adoptionsvereinbarung ganz und gar unüblich. Äußerst ungewöhnlich.«

»Nun ja, diese Kinder sind ja auch alles andere als gewöhnlich«, stieß Milou heiser hervor. »Frau Gassbeek war felsenfest davon überzeugt, dass sie unadoptierbar seien. Sie sagte, ich würde dem Waisenhaus einen Riesengefallen tun, wenn ich sie nähme. Aber ich muss sagen: Hier in der Mühle erweisen sie sich als sehr nützlich, trotz der Eigenarten, die sie zweifellos haben.«

»Ja, dass sie Eigenarten haben, das kann ich mir vorstellen«, erwiderte Speelman und ließ ihren Blick von Mads über Lotta und Mona zu Gisbert gleiten.

Lotta erwiderte ihren Blick mit kaltem Starren, Gisbert lächelte wenig überzeugend und Mona und Mads senkten den Kopf. Milou dagegen wäre am liebsten aus dem Bett gesprungen und hätte die Frau durchgeschüttelt, aber stattdessen biss sie sich in die Innenseite ihrer Wange, um ihre Wut loszuwerden. Speelman trommelte mit den Fingern auf Mads' Notiz.

Eine ganze Weile sagte niemand etwas. Dann starrte Speelman so lange und durchdringend in Richtung Bett, dass Milou sicher war, sie hätte etwas gemerkt.

»Nun gut, dann werde ich die Notiz erst mal zu den Akten legen«, sagte die Kinderbürofrau schließlich und schob den Zettel zwischen die Buchseiten. »Ich denke, ich werde meine Überprüfungsrunde in etwa einer Woche beendet haben. Wenn Sie die ausstehenden Gebühren bis dahin zahlen, sehe ich keinen Grund, mich gegen Elinoras Angebot zu stellen.«

»Das ist sehr freundlich von Ihnen«, krächzte Milou.

»Es war mir eine Freude, Sie kennenzulernen, Herr Poppenmaker. Ich komme dann in ungefähr zehn Tagen wegen der Gebühren wieder.«

»Sehr gut, bis in zehn Tagen also«, wiederholte Milou. »Ich wünsche Ihnen eine gute Rückfahrt nach Amsterdam.«

Speelman war nur noch einen Schritt von der Türschwelle entfernt, als sie sich noch einmal umdrehte, die Stirn in Falten gelegt. »Wo ist eigentlich das fünfte Waisenkind?«

Lotta zuckte zusammen.

»Milou holt gerade Medikamente für mich«, brummte Milou.

»Ah, verstehe. Na, dann hoffe ich mal, dass Sie ebenso gut für die Kinder sorgen werden wie die Kinder für Sie. So, jetzt muss ich aber wirklich los. Ich habe eine lange Fahrradfahrt vor mir – obendrein mit diesem Ungetüm hier.«

Sie hievte sich das schwere ledergebundene Buch auf die Schulter und verschwand in die Nacht.

21

Ein Windstoß knallte die Tür hinter ihr ins Schloss. Milou ließ Marionettenpapas Fäden sinken und stieß einen Seufzer der Erleichterung aus. Dann gesellte sie sich zu den anderen, die sich ums Fenster vor dem Küchentisch geschart hatten und verfolgten, wie Speelman das dicke Buch in den Fahrradkorb stopfte und über die kleine Brücke auf die dunkle Straße radelte.

Edda Finkelstein stand unter dem Eibenbaum und spähte zu ihnen herüber. Als Speelman an ihr vorbeifuhr, tippte sich die Polderwächterin zum Gruß an den spitzen Hut. Selbst auf die Entfernung konnte Milou erkennen, wie sich ihre Augenbraue dabei nach oben wölbte.

Milou knurrte. »Die Frau kann uns einfach nicht in Ruhe lassen, oder?«

Lotta ließ die Gardine wieder herunter. »Wenn Edda uns irgendwie verdächtigen würde, dann wäre diese Speelman noch misstrauischer gewesen. Dann hätte sie uns viel mehr mit Fragen gelöchert. Nein, Milou, das ist allein unsere Schuld. Wir haben einfach nicht an diese blöden Gebühren gedacht.«

»Fünfzig Gulden!«, stöhnte Gisbert. Seine Stimme klang hohl und verzagt.

Mozart stieß ein lautes Kreischen aus.

»Für das Geld kann man wahrscheinlich schon ein kleines Haus kaufen«, überlegte Lotta.

»Oder eine komplette Schiffreise nach Asien«, sagte Mads.

»Oder eben fünf Waisenkinder *mit Eigenarten*«, fügte Milou hinzu.

Ein paar Minuten lang herrschte Schweigen. Draußen frischte der Wind auf. Er heulte und pfiff genauso wie die düsteren Gedanken in Milous Kopf.

»Uns bleibt nichts anderes übrig«, sagte sie schließlich. »Wir müssen uns unsere Freiheit erkaufen. Wir haben zehn Tage Zeit, um uns etwas zu überlegen. Aber egal wie, wir werden das Geld auftreiben, wir werden es Speelman geben und das Kinderbüro ein für alle Mal los sein.«

Die anderen blickten sie an, als hätte sie nicht alle Tassen im Schrank.

Milous Ohren kribbelten sanft. »Mir ist klar, dass das diesmal etwas schwieriger sein wird, aber «

»Nein«, sagte Lotta und Milou konnte fast sehen, wie sich im Kopf ihrer Freundin die Zahnräder drehten. »Es ist nicht schwierig, es ist *unmöglich.*«

»Wieso?«

»Kommt, jetzt gehen wir erst mal ins Bett«, schlug Gisbert vor. »In den wenigen Tagen, die uns hier bleiben, müssen wir die warmen Betten noch genießen. Lasst uns morgen früh weiterreden.«

Milou blickte ihre Freunde der Reihe nach an. Sie konnte einfach nicht glauben, dass sie so schnell aufgaben. »Ihr wollt wirklich das Feld räumen?«

Mads schüttelte den Kopf. »Wir *wollen* nicht, wir *müssen.*«

Einer nach dem anderen zog sich in sein Bett zurück, nur Gisbert und Milou blieben am Küchentisch sitzen und betrachteten die vor Frost glitzernde Landschaft.

Ihre Beine trafen sich in der Mitte unter der Tischplatte. Keiner von beiden sagte ein Wort.

Milou fühlte sich unsagbar erschöpft. Sie wollte sich das Leben hier nicht wegnehmen lassen! Und nein, das würde sie auch nicht! Sie musste jetzt genauso stark und mutig sein, wie ihre Eltern und ihre Schwester es zweifellos waren – wo auch immer sie sich gerade aufhielten.

Mona, Lotta und Mads waren bereits eingeschlafen. Kleine Atemwölkchen stiegen von ihren Steppdecken auf.

»Von so einem Theater … davon hast du doch bestimmt immer geträumt, oder?«, fragte Gisbert nach einer Weile.

»Absolut.«

Sie erwähnte nicht, dass ihr dabei nur eines schmerzlich fehlte: ihre Familie. Das wusste Gisbert bestimmt auch so. Gisbert schien immer zu wissen, wie es gerade um sie stand. Wieder saßen sie schweigend da und beobachteten, wie die Staubpartikel um sie herumwirbelten und der Frost draußen glitzerte.

»Willst du wissen, wovon ich immer geträumt habe?«, fragte Gisbert leise.

Milous Kopf schnellte zu ihm herum.

»Cirque de Lumière«, sagte er sehnsüchtig.

Milou runzelte die Stirn. Vor drei Jahren hatte eine Pariser Zirkustruppe in Amsterdam Station gemacht. Gisbert, Mads,

Lotta, Mona und sie hatten Gassbeeks Stockschläge in Kauf genommen und sich draußen auf die Straße gestellt, um die Truppe auf ihrem Weg in den Park vorbeiziehen zu sehen. Plötzlich war ein Clown stehen geblieben und hatte jedem von ihnen ein Plakat für die Vorführung geschenkt. Dieses Plakat gehörte seitdem zu ihren wertvollsten Besitztümern: Es war ein Andenken an einen der wenigen hellen, funkelnden Momente in ihrem ansonsten grauen, trostlosen Leben. Sie erinnerte sich noch gut daran, wie sie alle fünf an diesem Tag gestrahlt hatten. Es war sogar das erste Mal gewesen, dass sie Mona richtig hatte lächeln sehen.

»Du möchtest Clown werden?«

Gisbert verdrehte die Augen. »Natürlich nicht. Obwohl ich wahrscheinlich einen ziemlich guten Clown abgeben würde.«

»Was denn dann?«

»Ein paar Tage, nachdem der Zirkus vorbeigezogen ist, musste ich die vordere Regenrinne säubern. Und genau in dem Moment kamen ein paar der Akrobatinnen vorbei. Sie trugen lange Mäntel über ihren Kostümen, aber ich habe sie trotzdem sofort erkannt. Eine von ihnen, sie hatte noch dunklere Haut als Mads, blieb mit ihrem Mantelzipfel an einem Geländer hängen. Ich bin sofort zu ihr gerannt und habe ihr angeboten, den Riss zu nähen. Wir haben uns über den Zirkus unterhalten und sie erzählte mir, dass sie ständig irgendwelche kaputten Kostüme hätten, die geflickt werden müssten. Sie meinte, es würde gar nicht genug Garn und Faden auf der Welt geben, um all die Löcher zu stopfen, die sie in ihrer Garderobe hätten.«

Gisbert machte eine Pause und Milou wartete geduldig. Sie fragte sich, warum er ihr erst jetzt davon erzählte. Als er schließlich weitersprach, hatte sich seine Miene verdüstert und seine Stimme war kaum mehr als ein Flüstern.

»Als ich ihr ein paar Vorschläge machte, wie sich ihre Kostüme ausbessern ließen, hat sie mir eine Stelle als Kostümbildnerlehrling angeboten. Sie wäre am liebsten direkt ins Waisenhaus gestürmt und hätte die Sache mit Gassbeek geklärt. Der Zirkus war auf dem Sprung nach Dänemark, am nächsten Tag wollten sie weiterziehen.«

Milou konnte kaum schlucken, so trocken war ihr Mund plötzlich. »Und was passierte dann?«

Gisbert lächelte schmal, schaute sie aber nicht an. »Ich habe ihr natürlich gesagt, dass das nicht geht.«

»Gisbert! Warum denn das, zum Teufel?« Aber noch bevor sie zu Ende gesprochen hatte, wusste sie die Antwort.

»Ich konnte euch vier doch nicht alleine zurücklassen. Ich wollte nicht weg, ehe ihr nicht auch Adoptivfamilien gefunden hättet. Und … na ja … manche Sachen sollen wohl auch einfach nicht passieren.« Er lächelte sie traurig an. »Weißt du, du warst nicht die Einzige, die versucht hat, *nicht* adoptiert zu werden. Ich hab's auch versucht – und musste mich gar nicht so sehr anstrengen. Nicht mit diesen Ohren. Wer will schon solche Ohren adoptieren?«

Milou starrte ihn an, etwas anderes konnte sie gerade nicht tun. Gisbert hatte seinen Traum für sie aufgegeben?

»Ich erzähle dir das nur, weil du herausfinden musst, was *dir* am Allerwichtigsten ist«, fuhr er fort. »Wir sind dir hierher gefolgt, weil es unsere einzige Chance war, dem Waisenhaus zu entkommen. Und jetzt könnte es passieren, dass wir alle in zehn Tagen dorthin zurückgeschickt werden. Vielleicht kommen deine Eltern ja tatsächlich eines Tages zurück. Aber wir übrigen vier haben diese Hoffnung nicht. Die Freiheit, die wir gerade genießen, ist das Einzige, was wir je hatten.«

»Meine Eltern –«

»Deine Eltern haben dich *verlassen*, Milou.« Gisbert kniff kurz die Augen zu. Als er sie wieder öffnete, sah er einfach nur müde aus. »Ich weiß nicht, ob ich jemals verstehen werde, warum du so versessen darauf bist, sie wiederzutreffen. Ich finde, wenn Eltern ihr Kind aussetzen, weil sie … keine Ahnung … seine Ohren nicht mögen oder irgendein anderes Problem mit ihm haben, dann können sie einem herzlich gestohlen bleiben. Mir jedenfalls reicht es völlig zu wissen, dass meine Eltern mich vor dem übelsten Waisenhaus überhaupt abgestellt haben – mit nichts als einem Weizensack bekleidet. Und deshalb werde ich auch *nie wieder* einen Fuß in diese Höllentulpe setzen.«

»Und ich werde nicht zulassen, dass Speelman dich dorthin zurückschickt«, sagte Milou entschlossen.

»Dann stimmst du also zu, dass wir hier wegmüssen?«

Milous Blick wanderte von Gisbert zu dem flackernden Kaminfeuer und dann zu den fünf Paar Stiefeln, die Mona ordentlich neben der Eingangstür aufgehängt hatte.

Das hier war ihr Zuhause.

Es war *ihr aller* Zuhause.

Schließlich sah sie wieder Gisbert an, den Jungen, der seinen Traum aufgegeben hatte, um mit ihnen zusammenzubleiben.

»Ich verspreche dir, dass ich alles, wirklich *alles* daransetzen werde, damit wir in Ruhe und Sicherheit irgendwo leben können.« Milou hielt inne und wischte sich eine Träne von der Wange. »Und wenn das bedeutet, dass wir hier wegmüssen, dann gehen wir eben.«

<u>Milous Theorien-Buch</u>

<u>Erneutes Überdenken der Theorien</u>

<u>Die Werwolfjäger-Theorie</u>

<u>Neue Hinweise:</u>
Krallenspuren im Marionettentheater und in Eddas Uhrenwerkstatt. Eine Geschichte, geschrieben von meiner Schwester, in der ein Werwolfunge auftaucht.
<u>Was bedeutet das für die Theorie?</u> Theorie ist immer noch plausibel.

<u>Die Heimliche Spione-Theorie</u>

<u>Neue Hinweise</u>: Keinerlei Spuren von meiner Mutter, Windmühle ist auf unerklärliche Weise verlassen, keine Fotogramme oder persönlichen Dokumente. Meine Familie hat offenbar sehr zurückgezogen gelebt.
<u>Was bedeutet das für die Theorie?</u> Theorie ist immer noch plausibel.

<u>Die Baby-Phobie-Theorie</u>

<u>Neue Hinweise</u>: Keinerlei Spuren von einem Baby, keinerlei Babysachen.
<u>Was bedeutet das für die Theorie?</u> Theorie ist immer noch plausibel.

Die Undenkbar-Theorie

Keine Leichen, keine Geister, keine Blutflecken.
Neue Hinweise: Keine.
Was bedeutet das für die Theorie? Solange die anderen Theorien nicht widerlegt sind oder neue Hinweise auftauchen, gibt es nach wie vor keinen Anlass, auch nur im Geringsten über die Undenkbar-Theorie nachzudenken.

22

Fröstelnd wachte Milou auf. Sie lag immer noch quer über dem Küchentisch, die Wange gegen den Fensterrahmen gepresst, um die Knöchel eine heruntergerutschte Decke, die Gisbert ihr umgelegt haben musste. Sie zog sie über die Schultern und spähte durch die Gardine.

Trotz des Frosts draußen herrschte reges Treiben auf der Straße, den Feldern und Kanälen. Milous Blick blieb an einer besonders großen, langbeinigen Gestalt hängen, die sich zwischen den Bäuerinnen mit ihren Hauben hindurchschlängelte, den vorbeifahrenden Radlern zunickte und insgesamt sehr offiziell aussah.

Edda Finkelstein.

Aus dem Nachbarraum hörte sie tappende Schritte, dann erschien Mads in der Tür. Sein Haar stand in alle erdenklichen Richtungen ab, seine dunklen Augen blinzelten verschlafen ins Morgenlicht.

»Wir sollten unsere Sachen fertig gepackt haben, damit wir jederzeit aufbrechen können«, sagte er, während er seine Polderlandkarte zusammenrollte und vorsichtig in seinem Kohleneimer verstaute.

»Hast recht«, murmelte Milou niedergeschlagen, dann

wandte sie ihre Aufmerksamkeit wieder der Polderwächterin zu, die sich – sehr merkwürdig – immer in Sichtweite der Mühle herumdrückte.

Mads durchsuchte die Küche nach nützlichen Dingen, die sie einpacken konnten. »Ich hab nachgedacht: Vielleicht sollten wir uns in Richtung Süden durchschlagen, nach Frankreich oder Spanien. Dort ist es wenigstens wärmer.«

»Hm-mmh.«

Edda hatte ihr Gespräch mit einer Gruppe Frauen unterbrochen, die sich bereits ein paar Tage zuvor am Mühlentor die Beine in den Bauch gestanden hatten. Jetzt steckten sie wieder die Köpfe zusammen und warfen verstohlene Blicke zu ihnen herüber. Augenbrauen schnellten in die Höhe. Seufzend ließ Milou die Gardine herunter.

»Du grübelst über unseren Aufbruch nach, oder?«, fragte Mads.

»Ja. Du verstehst sicher, dass es mir schwerfällt, mein Zuhause so einfach zu verlassen, oder?«, flüsterte sie. »Du hast doch auch immer nach Antworten gesucht, genau wie ich. Du willst deine Familie doch auch finden, stimmt's?«

Mads seufzte. »Mir war es nie wichtig herauszufinden, wer meine Eltern sind. Mir ging's darum herauszufinden, wer *ich* bin. Aber das ist natürlich schwierig, wenn man nie jemandem begegnet, der einem auch nur im Entferntesten ähnlich sieht.«

»Ich weiß, wer du bist. Du bist Mads Poppenmaker und wirst sicher mal der großartigste Kartograf, den die Welt je gesehen hat. Was spielt es da für eine Rolle, dass du ein bisschen anders aussiehst als die Leute um dich herum?«

»Eine große«, sagte Mads. »Denn an der Frage, aus welchem Teil der Welt ich komme, hängen ja tausend weitere Fragen.«

Milou schluckte, dann nickte sie.

»Wir könnten aber auch nach Osten in Richtung Bayern ziehen«, wechselte Mads das Thema. »Dort gibt es riesige alte Wälder, in denen wir uns verstecken könnten.«

»Ich glaube, es spielt keine große Rolle, *wohin* wir gehen«, meinte Milou bedrück.

Denn wenn sie die Mühle tatsächlich verlassen mussten, hieße das, dass alles, was sie bisher unternommen hatten, umsonst gewesen war.

Während sie Kartoffeleintopf frühstückten, diskutierten die anderen, wann und wohin sie aufbrechen und wie sie es mit dem Essen und dem Übernachten halten könnten. Milou nickte und machte ab und an »Hmm-hmm«, aber eigentlich hörte sie nicht zu. Ihre Ohren kribbelten wie verrückt und in ihrem Kopf wirbelten lauter verzweifelte Gedanken. Nachdem sie abgewaschen hatten, schlich sie sich leise nach oben.

Wenn sie die Mühle schon verlassen mussten, wollte sie wenigstens bis zum letzten Moment nach Spuren ihrer Familie suchen.

Den ganzen Nachmittag stellte sie die oberen Stockwerke auf den Kopf. Sie war felsenfest davon überzeugt, dass ihre Eltern oder ihre Schwester ihr einen Fingerzeig auf ihren jetzigen Aufenthaltsort hinterlassen hatten. Aber das einzige Ergebnis ihrer stundenlangen Suche waren unzählige Spinnweben in den Haaren, Holzsplitter in gleich drei Fingern und wachsende Zweifel.

Und wenn die drei nun gar nicht gefunden werden wollten? Vielleicht hatte Gassbeek ja recht gehabt. Vielleicht hatten ihre Eltern wirklich keine Lust auf sie?

Am Abend war Milou so unzufrieden und unruhig, dass sie zitterte – trotz des prasselnden Kaminfeuers und der warmen Decken. Ihre Ohren kitzelten wie verrückt.

Die anderen hockten sich um den Kamin, doch Milou kauerte sich erneut an den Küchentisch und spähte durch die Gardine. Die Polderwächterin spitzelte immer noch draußen herum, unbeeindruckt von der aufziehenden Dunkelheit und der zunehmenden Kälte. Wenn sie nicht die Straße auf und ab lief und mit den Nachbarn plauderte, trieb sie sich in ihrem Garten herum oder kümmerte sich um ihre Hühner und ihr Schwein. Immer in Sichtweite, immer mit einem neugierigen Seitenblick auf die Mühle.

»Hier.« Mads trat an den Tisch und drückte ihr den »Karneval der Albträume« von Liesel Poppenmaker in die Hand. »Wir können nur leichtes Gepäck mitnehmen, aber das Heft solltest du einstecken.«

Milou klappte das Büchlein auf und fuhr mit dem Finger über die Bleistiftzeichnung des Nachtbaums. Ihre Ohren kribbelten. »Danke.«

Mads hob den zweiten Gardinenzipfel an und linste ebenfalls nach draußen.

»Sobald wir weg sind, brauchst du dir um sie keine Gedanken mehr zu machen«, sagte er. Auch er wirkte jetzt besorgt. »Aber … was mach ich nur mit meinem Halstuch? Das hat sie immer noch. Und ohne das Tuch kann ich nicht gehen, unmöglich.«

»Wenn sie es morgen nicht zurückbringt, hole ich es dir«, versprach Milou. »Und wenn ich ihre Tür eintreten muss.«

Mads grinste. »Das wäre so was von unauffällig.«

Schweigend beobachteten sie, wie Edda Arno einen Korb mit Eiern reichte und ihm zum Abschied winkte. Dann überquerte sie die kleine Kanalbrücke, wobei sie die Mühle nicht eine Sekunde aus den Augen ließ. Mitten auf ihrem gepflegten Steinweg blieb sie plötzlich stehen, wandte sich um und steuerte auf den großen Eibenbaum zu.

Neugierig drückte Milou ihr Gesicht gegen die Scheibe.

Die Polderwächterin stand vor dem Baum und presste eine Handfläche gegen den Stamm. Dabei schien sie ein bisschen in sich zusammenzusacken. Nach einer Weile ließ sie ihre Hand wieder sinken und lief, ohne sich noch einmal nach der Mühle umzudrehen, zurück zu ihrem Haus. Noch lange, nachdem die Tür hinter ihr ins Schloss gefallen war, saß Milou da und starrte verwirrt zum Nachbargrundstück hinüber.

»Hm«, machte Mads.

»Was?«

»Es ist mir bislang noch nicht aufgefallen, aber dieser Baum hier drinnen …«, er deutete auf Liesels Heft, »ähnelt verdammt dem Baum dort draußen.« Er tippte gegen die Fensterscheibe.

Ein Schauder lief Milou von den Ohren hinunter über den Rücken.

Mads hatte recht! Der Eibenbaum *war* der Nachtbaum.

Milou wartete, bis alle Lichter in Eddas Haus erloschen waren. Dann glitt sie durch die Haustür nach draußen und rannte zu der Eibe. Ihre kleine Laterne zündete sie erst im Schutz der grünen Zweige an.

Je näher ihr ausgestreckter Arm dem Stamm kam, desto intensiver wurde das Kribbeln in ihren Ohren. Und als sie die Rinde schließlich berührte, genau wie Edda es getan hatte, bekam sie sofort am ganzen Körper Gänsehaut.

Dieser Baum musste ein ganzes Jahrhundert voller Geheimnisse bergen. Und wer weiß? Vielleicht barg er ja auch ein Geheimnis, das für sie – nur für sie – bestimmt war?

Inzwischen war sie jedenfalls hundertprozentig sicher, dass sich Lotta mit den geografischen Koordinaten nicht geirrt hatte. Ihre Eltern hatten *gewollt*, dass sie diesen Baum findet, das sagten ihr ihre kribbelnden Ohren.

Sie hielt die Laterne hoch und beleuchtete die knorrige Rinde, bevor sie den Stamm langsam umrundete und ihre Finger über das Holz gleiten ließ. Sie war noch nicht halb herum, als sie den ersten Hinweis entdeckte: Krallenspuren!

Sie waren nicht leicht zu erkennen, denn an manchen Stellen war Moos darüber gewachsen. Also mussten sie schon älter sein. Trotzdem war Milou sicher, dass es die gleichen Spuren waren wie auf ihrem Sarg-Korb und in Eddas Uhrenwerkstatt. Sie überprüfte die Größe mit ihrer gespreizten Hand. Ja, es waren die gleichen!

Sie warf einen Schulterblick zu dem dunklen, stillen Haus der Polderwächterin. Ihr Herz raste. Nein, kein Zweifel: Edda war in irgendeiner Weise in die Sache verstrickt! Aber was auch immer sie mit dem Verschwinden der Poppenmakers zu tun hatte, Milou würde es herausfinden!

Sie hängte die Laterne an einen Zweig und begann zu klettern, schwang ihr Bein über den nächsten Ast und zog sich hoch. Im Schein der Laterne zeichneten sich weitere Kratzspuren in der Rinde ab.

Es waren Namen! Mindestens zehn. Einige waren moosbedeckt, andere – wie Sanne und Arno – schienen erst kürzlich in den Stamm geritzt worden zu sein. Milou entzifferte einen nach dem anderen. Als sie zum nächsthöheren Ast gelangte, las sie einen Namen, der ihr ein Kribbeln über den Rücken jagte.

Edda

Milou unterdrückte einen Aufschrei und kletterte weiter. Immer neue Namen fand sie, doch keiner von ihnen sagte ihr etwas.

Obwohl sie die Eibe noch nicht mal zur Hälfte erklommen hatte, wusste sie jetzt, warum sich die Polderbewohner so gerne hier oben hinhockten. Von nirgendwo anders hatte man einen so weiten Blick – außer vielleicht vom Rundumbalkon der Windmühle.

Völlig außer Atem und mit schmerzenden Armen erreichte Milou schließlich den Baumwipfel. Sie befand sich in so schwindelerregender Höhe, dass sie sich eine Weile einfach nur an ihren Ast klammerte, die Augen geschlossen, und hoffte, der Boden unter ihr würde aufhören, sich zu drehen. Als sie die Augen wieder öffnete, entdeckte sie zwei Namen, die sie kannte:

Thibault und Liesel

Sie hatte das Gefühl, als würden Tausende winziger, eiskalter Körnchen gegen ihre Haut prasseln.

»Thibault«, flüsterte sie und der fremdländische Name klang komisch aus ihrem Mund. Es war derselbe Name, der vorne in Liesels Buch stand. Milous Magen rumorte, als hätte sie etwas zu Heißes oder zu Saures gegessen. Eigentlich hätte *ihr* Name hier oben stehen sollen, nicht Thibaults! *Sie* hätte hier oben mit ihrer Schwester sitzen, sich Geschichten erzählen und in die Ferne blicken sollen. Oder zu den Sternen hinauf. Doch stattdessen hatte dieser Junge, dieser Thibault, Liesel begleitet.

Vorsichtig schob sich Milou noch ein Stück höher. Sie brauchte die Laterne jetzt nicht mehr. Das Mondlicht hier oben war hell genug, um zu erkennen, dass dort noch etwas in die Rinde geritzt war, direkt neben einem kleinen Astloch.

Mit zitternden Fingern fuhr sie die eingekerbten Linien nach:

Br m und An ese

Milou kratzte das Moos weg, aber das brachte nichts. Die Einritzungen waren einfach zu alt. Aber immerhin einen Namen konnte sie entziffern, da war sie sich sicher: Bram. Und der Name daneben musste der ihrer Mutter sein. Der Hagelsturm auf ihre Ohren nahm zu.

Plötzlich fiel ihr Blick auf das Astloch. Es schien, als sei dort irgendetwas hineingestopft worden, ein rotes Bündel, etwa halb so groß wie ihre Faust.

Sie zog es heraus und betrachtete es prüfend. Es war ein

sorgfältig gefaltetes Taschentuch. Als sie es vorsichtig betastete, spürte sie, dass irgendetwas Kleines, Hartes darin eingewickelt war. Sie drehte es behutsam um und hob einen Zipfel an. Ihr Magen schlug Purzelbäume. In einer Ecke, eingestickt mit weißem Faden, stand ein Name:

A. Poppenmaker

Endlich ein Hinweis auf ihre Mutter! Wenigstens der Anfangsbuchstabe ihres Vornamens.

Sie faltete das Taschentuch weiter auseinander, bis ihr zwei kleine goldene Ringe entgegenblitzten. Hochzeitsringe.

Milou hielt einen von ihnen gegen das Mondlicht. In derselben zarten Schrift wie auf ihrer Taschenuhr stand dort eingraviert:

Unter den Sternen habe ich dich gefunden.

Das Kribbeln in ihren Ohren war kaum noch auszuhalten. Milou blickte in den sternenübersäten Himmel. Der noch nicht ganz volle Mond überzog die Landschaft mit einem milchig silbrigen Schimmer.

Ihre Eltern waren auf diesen Baum geklettert, um den nächtlichen Himmel zu bestaunen. Und jetzt saß sie genau auf demselben Ast, zwölf Jahre später. Aus dieser Höhe konnte sie direkt durch die Löcher im Dach der Theaterscheune blicken. Die Marionette hing, angestrahlt vom Mondlicht, auf der Bühne, so als wolle sie gleich einen Sternentanz beginnen.

Milou hätte fast laut aufgeschrien. Die Lösung war so offensichtlich! Nicht *sie* musste ihre Eltern finden – ihre Eltern mussten *sie* finden.

Sie hatten ihre Tochter verloren, aber Milou hatte es trotzdem nach Hause geschafft – und jetzt hatte sie alles, was sie brauchte, um ihnen mitzuteilen, dass sie endlich hier war.

Und vielleicht, ganz vielleicht, würden sie auf diese Weise ja sogar genug Geld verdienen, um sich die grässliche Frau Speelman ein für alle Mal vom Hals zu schaffen.

23

Obwohl sie das Scheunentor seit ihrem letzten Besuch zum Lüften offen gelassen hatten, roch es drinnen immer noch modrig. Staubpartikel tanzten in den Säulen aus Mondlicht, die durch das löcherige Dach hereinfielen und unzählige Spinnweben und Dreckränder beleuchteten. Die Ballerinamarionette war von einer Frostschicht bedeckt, ihre Fäden waren eisüberzogen und glichen Stalaktiten. Milou bat ihre Freunde, in der ersten Reihe Platz zu nehmen, und erklärte ihnen ihren Geldbeschaffungsplan – der zugleich hoffentlich auch ein Eltern-Rückbring-Plan war.

»Eine Marionettenaufführung?«, fragte Mads ungläubig? »Hier drinnen?«

»Ja!«, strahlte Milou. »Das liegt doch auf der Hand, oder?«

»Hm, nicht wirklich …«

»Eine große, feierliche Wiedereröffnung des Theaters wird sich bis nach Amsterdam herumsprechen. Dadurch schlagen wir gleich zwei Fliegen mit einer Klappe: Wir werden im Handumdrehen die benötigten fünfzig Gulden verdienen und meinen Eltern wird zu Ohren kommen, dass ich wieder zu Hause bin, und sie werden schnellstens zurückkehren.«

Mozart, der hellwach auf Monas Schulter hockte, stieß ein lautes *Skrieeeetsch* aus.

»Es wird ein Riesenstück Arbeit sein, diesen Ort wieder so herzurichten, wie er mal war«, gab Lotta zu bedenken. »Und es wird eine Menge Geld kosten.«

»Im Gegenteil«, widersprach Milou, die immer begeisterter von ihrer Idee war. »Wir müssen gar nicht viel machen: Dieser Ort sieht herrlich verwunschen und schaurig aus.«

Gisbert schüttelte den Kopf. »Die Leute werden bei diesem Theater eine gewisse Qualität erwarten. Und momentan sieht die Bühne eher nach Gruseltheater aus.«

»Aber genau das meine ich doch, Gisbert Poppenmaker!«, grinste Milou. »Nutz deine großen Ohren doch mal, um richtig zuzuhören. Das Geheimnis, das sich um das Verschwinden der Poppenmakers rankt, hat jahrelang den Klatsch und Tratsch angeheizt. Jeder hier in der Umgebung, außer natürlich Edda, hat Angst, das Mühlengrundstück auch nur zu betreten.«

»Also, bis jetzt hast du uns noch nicht überzeugt«, stellte Mads fest.

Aber Milou überhörte seinen Einwurf. »Mads, du könntest ein paar Monster auf die Wand dort drüben malen«, überlegte sie laut. »Außerdem könnten wir die Stuhlpolster noch ein bisschen mehr zerreißen und Schmutz auf den Teppich schmieren. Oh, und wir könnten Nachtaufführungen geben, wenn es richtig schön dunkel und kalt ist.«

Ihre Freunde wirkten immer noch skeptisch.

»Meine Gutenachtgeschichten haben euch doch gezeigt, wie großartig es sein kann, sich zu gruseln. Ihr konntet gar nicht genug davon bekommen. Ich sag euch: Menschen lieben Nervenkitzel und Gänsehaut! Und bei unserer Aufführung bekommen sie einen Schrecken nach dem anderen eingejagt – und zahlen auch noch dafür.«

Lottas hochgezogene Augenbrauen rutschten langsam wieder an ihren Platz. Mona nickte. Sogar Mozart ließ ein zustimmendes *Schuhuuhuuuuuuuu* hören. Gisberts Gesicht verzog sich zu einem ebenso breiten wie schiefen Grinsen.

»Du bist wirklich ein Genie, Milou Poppenmaker«, sagte er.

Milou grinste zurück. »Ich weiß.«

»Trotzdem werden wir Geld für die Umgestaltung brauchen«, sagte Lotta, aber ihre Miene war nicht mehr ganz so skeptisch wie zuvor. Eher nachdenklich. »Wir müssten noch mehr Marionetten basteln. Du kannst natürlich nur eine Puppe gleichzeitig spielen, deshalb könnte ich für die anderen eine Mechanik bauen. Und irgendeine Beleuchtung bräuchten wir auch für den Raum. Außerdem wäre es ganz gut, wenn wie ein paar Sprechrohre installieren würden, um deine Stimme zu verstärken. Ein bisschen Material dafür haben wir bereits. Den Rest könnte ich vielleicht von Edda ausborgen, damit es nicht zu teuer wird. Sie hat bestimmt nichts dagegen, sie mir zu leihen, wenn ich ihr Angebot annehme und hin und wieder in der Werkstatt aushelfe.«

Milou wollte schon protestieren, doch sie riss sich zusammen und nickte Lotta kurz zu. Wenn sie ihre Idee umsetzen wollten, würden sie mehr Geld benötigen, als sie mit dem Puppenverkauf verdienen konnten.

»Wir sollten jeden Gulden, den wir verdienen, für unsere

Flucht sparen, anstatt das Geld in einen Plan zu stecken, dessen Erfolg mehr als zweifelhaft ist«, brummte Mads.

»Auch wenn mein Plan nicht funktioniert, werden wir alles Nötige für die Flucht haben, das verspreche ich euch«, sagte Milou. »Bitte, Mads, gib der Idee eine Chance. Wir haben nicht nur die Möglichkeit, das Kinderbüro ein für alle Mal loszuwerden, wir können auch endlich zeigen, was in uns steckt.«

»Aber es sind nur noch *neun* Tage, bis diese Speelman wieder hier auftaucht, Milou.«

»Dann starten wir unsere Aufführung eben in acht Tagen. So haben wir noch einen Tag Puffer, falls es nicht so läuft, wie wir's uns vorstellen. Ich gebe zu, das ist knapp – aber nicht unmöglich.«

Mads starrte sie eine Weile an, schließlich nickte er. »Also gut.«

Milou wäre ihm am liebsten um den Hals gefallen, aber hundertprozentig überzeugt sah er immer noch nicht aus. Also verkniff sie sich die Umarmung und lächelte ihn nur dankbar an.

»Und was für ein Programm spielen wir?«, fragte Lotta. *Die Prinzessin und der Werwolf?*«

»Nicht schlecht. Aber eigentlich …«, Milou senkte ihre Stimme zu einem heiseren Knurren, »… habe ich an einen viel gruseligeren Titel gedacht.«

Sie kletterte auf die Bühne und drehte eine Pirouette, dass ihr Mantel flatterte.

»Herzlich Willkommen, meine Damen und Herren, zum Theater des Schreckens«, krächzte sie. »Machen Sie sich auf jede Menge Spuk gefasst. Sie werden auf ihrem Stuhl erstarren, vor Angst schlottern, von Grusel überwältigt werden …«

Sie machte eine dramatische Pause und fügte in ihrer besten Werwolfstimme hinzu: »Willkommen beim Karneval … der Albträume!«

Der Februar begann mit klirrender Kälte, die die Polderbewohner in ihren Häusern festhielt. Der Nebel hing dicht und tief und löste sich den ganzen Tag nicht auf. Milou hoffte, dass es bis zur Marionettenaufführung in acht Tagen so düster und verhangen bleiben würde.

Lotta brach schon früh am Morgen mit ihrer Werkzeugkiste und einem erwartungsvollen Lächeln zu Edda Finkelstein auf, nachdem sie hoch und heilig versprochen hatte, keine Fragen zu stellen und zu beantworten. Die anderen begaben sich in die Theaterscheune, um mit ihren den Vorbereitungen zu beginnen. Am Nachmittag hatten sie bereits einen neuen Vorhang aufgehängt, einen riesigen Nachtbaum auf die Bühnenrückseite gemalt – und verdammt knurrende Mägen.

Abends, während Mona und Gisbert aus den restlichen Markteinkäufen eine Mahlzeit kochten, hockte Milou am Tisch, Liesels Heft vor sich. Sie hatte eine der leeren Seiten aufgeschlagen, um die Geschichte zu Ende zu schreiben. Doch sosehr sie sich den Kopf auch zermarterte – ihr kam einfach keine Idee, wie Theodoras Abenteuer ausgehen könnte. Sobald sie sich auszumalen versuchte, was Theodora hinter dem schweren Eisentor erwarten könnte, schweiften ihre Gedanken zu ihrer Familie.

Ob sie zu der Aufführung kommen würden?

Zwei Tage später hatten sie eine Theodora- und eine Henrik-Marionette, zerstochene Finger vom Nähen – und ein Fünkchen Hoffnung, dass es tatsächlich etwas werden könnte mit ihrer Gruselaufführung. Nur einen Haken gab es noch: Milou war immer noch kein gutes Ende für die Geschichte eingefallen.

»Wenn das so weitergeht, sind meine Hände heute Abend tot«, stöhnte Mads und legte das Plakat, das er eben geschrieben hatte, zum Trocknen neben einen Stapel bereits fertiger Plakate. »Außerdem brauchen wir schon wieder neue Tinte …«

»Lotta kommt bestimmt bald zurück«, sagte Milou. »Dann gibt sie dir Geld für Tinte.«

Mona stellte ein Tablett mit dampfenden Teigwaffeln vor ihnen ab. Sofort legte Gisbert seine Näharbeit beiseite, bediente sich und mampfte drauflos. Mona zog einen Streifen Dörrfleisch aus ihrer Schürze, hielt ihn hoch und stieß einen leisen Pfiff aus. Vom Schrank hörte man ein Flügelrascheln, dann schoss Mozart herab und schnappte ihr das Fleisch aus den Fingern.

»Er macht Fortschritte beim Fliegen«, stellte Gisbert fest, die Mundwinkel sirupverschmiert.

Mona blickte ihn an – ihr strahlendes Lächeln hätte die erdabgewandte Seite des Mondes erhellen können. Milou hatte Mona schon morgens, beim Backen, leise vor sich hin summen hören. Dieses Marionettenprojekt schien viele kleine Wunder zu bewirken: Unter anderem machte es sie glücklich!

Die Küchentür ging auf und zusammen mit einem Windstoß stolperte Lotta herein, die Nase rot vor Kälte. »Kommt rüber in die Scheune!«, rief sie aufgeregt, während sie sich den Schnee von den Holzschuhen trampelte. »Jetzt sofort.«

»Zu kalt«, murrte Mads und zog fröstelnd die Schultern hoch.

»Los, kommt schon!« Lotta stürmte zum Küchentisch und schnappte sich zwei Waffeln. »Ihr müsst euch unbedingt anschauen, was Edda und ich gebaut haben. Das ist jede eingefrorene Nase wert. Na los!«

»Edda?«, fragte Milou misstrauisch. »Was hat Edda in der Theaterscheune zu suchen?«

»Jetzt schaut doch erst mal!«, drängte Lotta.

In der Scheune war es kein Grad wärmer als draußen. Edda Finkelstein stand neben der Bühne, eine merkwürde Metallkiste in der Hand. Milou sträubten sich die Haare bei ihrem Anblick. Ihr Unbehagen gegenüber der Uhrmacherin wollte einfach nicht verschwinden. Im Gegenteil: Seit ihnen das Kinderbüro im Nacken saß, hatte es sich noch verstärkt.

»Ah, ihr kommt gerade rechtzeitig!« Edda war hinter ihrem dicken Schal kaum zu verstehen. »Schaut mal her.«

Sie drückte auf einen Knopf oben auf der Metallkiste. Ein dumpfes Brummen ertönte, dann ein Knacken. Edda grinste, und plötzlich leuchteten Hunderte kleine Glühlämpchen über der Bühne auf wie funkelnde Sterne.

Milou klappte die Kinnlade herunter. Mit offenem Mund stand sie da und staunte. »Ist das etwa …?«

»Elektrizität?«, fragte Lotta. »Absolut. Und noch etwas, haltet euch fest: Edda findet, wir sollten die Aufführung mit einem Feuerwerk eröffnen. Stellt euch das mal vor!«

»Auf dem Markt in der Stadt gibt's einen Stand für Feuerwerkskörper.« Edda stellte die Metallkiste auf der Bühne ab.

»Aber jetzt muss ich nach Hause, Herrn Catticus füttern. Vielen Dank für deine Hilfe heute Morgen, Lotta.«

»Wir danken *Ihnen* für Ihre Hilfe!« Lotta strahlte Edda an.

»Gern geschehen.« Eddas Blick wanderte zu Milou. »Bitte grüßt Bram von mir, ja? Ich hoffe, das Wetter verschlechtert seinen Zustand nicht?«

Wieder spürte Milou dieses Unbehagen. Aber sie ließ sich nichts anmerken und nickte.

»Oh, Mads, fast hätte ich's vergessen.« Edda griff in ihre Umhängetasche. »Hier ist dein Halstuch. Ich habe die Kohleflecken größtenteils rausbekommen, aber ein paar graue Stellen sind geblieben, tut mir leid.«

Sie hielt Mads ein säuberlich gefaltetes Gebilde aus leuchtend rot-orange-gelber Seide hin. Ohne das Muster, das ein bisschen an wuselnde Maden erinnerte, hätte Milou das Halstuch niemals wiedererkannt. Selbst Mads starrte es ungläubig an.

»Das ist javanische Batik, glaube ich.« Edda faltete das Tuch auseinander und wickelte es ihm vorsichtig um den Hals. »Bin mir aber nicht hundertprozentig sicher. Falls du jemanden kennst, der diese Weltregion bereist hat, könntest du ihn nach Details fragen.«

»Dankeschön«, sagte Mads mit bewegter Stimme und rieb sich eine Träne weg. »Vielen, vielen Dank.«

Mona ging zu ihm und legte ihm einen Arm um die Schulter. Edda lächelte freundlich, dann sammelte sie ihr Werkzeug zusammen und wandte sich zum Gehen. Lotta trat zu ihr und bestürmte sie mit Fragen zur chemischen Zusammensetzung von Feuerwerken. Milou folgte den beiden bis zur Scheunentür.

»Warum blickst du schon wieder so finster drein?«, fragte Lotta, als Edda schließlich gegangen war. »Du willst doch wohl nicht wieder von vorne anfangen, oder?«

»Irgendetwas stimmt nicht mit ihr«, beharrte Milou. »Ich kann mir nicht helfen, aber ich habe das Gefühl, dass diese Frau uns noch zum Verhängnis wird.«

Lotta hob Edda-gleich eine Augenbraue. »Das verraten dir die magischen Gefahrensensoren in deinen Ohren?«

Milou zuckte zusammen. »Nein, das verrät mir meine Logik. Nichts an ihr passt zusammen.«

Lotta schwieg einen Moment. Milou vermied es, ihre Freundin anzuschauen. Sie hatte Angst, Genugtuung in ihren Augen zu sehen. Doch als sie sie schließlich doch anblickte, wirkte Lotta nur nachdenklich.

»Ich glaube, Edda war früher mal verheiratet«, sagte sie schließlich. »Ich habe ein Paar Männerstiefel an der Hintertür entdeckt. Stiefel, die für Edda viel zu groß sind.«

»Vielleicht ist er gestorben?«

Lotta zuckte die Achseln. »Vielleicht. Manchmal schimmert eine Traurigkeit bei ihr durch. Die Art Traurigkeit, die man verspürt, schätze ich, wenn man einen geliebten Menschen vermisst.« Sie sah Milou an. »Im Ernst, ich glaube nicht, dass sie uns schaden will, selbst wenn sie die Wahrheit über uns herausgefunden haben sollte. Sie ist ganz anders als Gassbeek. Sie ist ein guter Mensch. Ich kann's nicht begründen, ich *weiß* es einfach. Tief in mir drinnen weiß ich es.«

»Das klingt ziemlich unwissenschaftlich für deine Verhältnisse.«

Lotta grinste. »Vielleicht habe ich ja einen magischen Gute-Menschen-Riecher?«

»Trotzdem, das überzeugt mich noch nicht.«

»Und überzeugt dich das hier?« Lotta schnappte sich Milous Hand und ließ ein kleines Säckchen hineinfallen. Es war mit einer Kordel verschnürt und mit Münzen gefüllt. Sehr vielen Münzen.

»Was ist das?«

»Ein kleiner Vorschuss von Edda. Damit du eine Werbeanzeige in eine landesweite Zeitung setzen kannst.«

»Eine Werbeanzeige?«

»Dein Vater hält sich ja wahrscheinlich nicht in Amsterdam auf, oder? Wenn du willst, dass er von der Aufführung erfährt, muss die Nachricht eine größere Reichweite haben. Es kostet zwei Gulden, eine solche Nachricht eine Woche lang in der Zeitung stehen zu haben. Edda hat mir das Geld dafür vorgestreckt.«

Milou spürte, wie ihr Tränen in den Augenwinkeln brannten. »Zwei Gulden … und die willst du nicht für die Adoptionsgebühren zurücklegen?«

Lotta schüttelte den Kopf. »Nicht, wenn ich dir damit helfen kann.«

»Danke«, flüsterte Milou.

»Morgen dann also«, sagte Lotta strahlend.

»Morgen was?«

»Morgen radeln wir nach Amsterdam und verkünden ganz groß, dass das Poppenmaker-Theater für einen einzigen Abend noch einmal öffnet.«

Milous Theorien-Buch

Unter den Sternen werden sie mich finden

Hier ist die Werbeanzeige, die ich in die Zeitung setzen werde. In den unterstrichenen Wörtern habe ich sogar eine Botschaft versteckt. Meine Familie wird klug genug sein, um sie zu verstehen.

BRAM POPPENMAKER

präsentiert

KARNEVAL DER ALBTRÄUME

HERR POPPENMAKER

freut sich, Sie im

THEATER DES SCHRECKENS

begrüßen zu dürfen.

»Der Karneval der Albträume« wird eure Herzen höher schlagen und eure Hände zittern lassen! Die köstliche Schauergeschichte, geschrieben von Brams Tochter selbst, hat es in sich. Wohliges Gruseln ist garantiert! Die Geschichte wird mit lebensgroßen Marionetten aufgeführt, unterstützt durch moderne mechanische Vorrichtungen, Lautverstärkung und elektrisches Licht! Gänsehautgarantie, sonst Geld zurück.

Diesen Samstag bei Einbruch der Dämmerung.

Puppenmühle, Nr Amstelveen

Eintritt: 50 ct pro Person

24

Bei Tagesanbruch quetschten sie sich alle fünf auf Bram Poppenmakers Lastenfahrrad und machten sich auf den Weg nach Amsterdam. Milou hockte hinten in der Ladekiste und umklammerte den Beutel mit den Plakaten. Alle naselang peitschte ihr der Wind Monas Haare ins Gesicht. Hinter ihr strampelte sich Gisbert keuchend ab. In der Luft lag eine winzige Ahnung von Frühling, und Milou verspürte eine nie gekannte Hoffnung. Heute würde sie die geheime Botschaft an ihre Eltern senden. Dann würden sie endlich erfahren, dass ihre Tochter nach Hause gekommen war.

»Schaut mal, das Eis auf den Kanälen taut!«, rief Lotta von vorne.

Milou schob sich Monas rote Lockenmähne aus dem Gesicht und blinzelte über den Rand der Ladekiste. Tatsächlich, das Eis sah ziemlich fleckig und unregelmäßig aus. An den Uferböschungen ragten erste Grashalme aus dem Schnee und der ewige Nebel schimmerte wie gesponnenes Gold.

»Nicht mehr lange, und die Tulpen blühen«, bemerkte Lotta. »Dann ist das hier bestimmt ein toller Ort zum Malen, oder, Mads?«

Mads hockte an Milous Knie gequetscht in der Kiste, starrte schweigend auf sein Halstuch und fuhr mit den Fingern das Madenmuster nach.

»Sobald wir vor Rotman und dem Kinderbüro sicher sind, können wir ja mal nach Leuten suchen, die etwas über Java wissen …«, sagte Milou sanft.

Mads blickte sie gedankenverloren an. »Ich wüsste nicht, warum ich das nicht heute schon machen sollte.«

»Aber ich weiß es: Weil wir eine wichtige Mission haben. Tut mir leid, Mads, aber Java muss warten.«

Mads warf ihr einen undefinierbaren Blick zu und wandte sich dann ab. Milou verspürte plötzlich Mitleid mit ihm. Sie konnte sich sehr gut vorstellen, was seine gequälte Miene bedeutete: Er sehnte sich nach Antworten. Ihn zermürbte die Ungewissheit seiner Herkunft genauso wie sie selbst. Und wenn die Zeit gekommen war, würde sie auch alles daransetzen, damit er seine Antworten fand – aber nicht jetzt. Jetzt mussten sie sich auf ihre Mission konzentrieren. Es ging um so viel, sie durften sich jetzt nicht ablenken lassen.

Das schärfte sie sich ein über's andere Mal ein, während Gisbert in die Pedale trat und Mads sich immer weiter hinter seinem Halstuch und in sich selbst verkroch.

Eine knappe Stunde später stellten sie das Fahrrad am Stadtrand ab und kletterten steifbeinig aus der Kiste. Lotta hatte sie alle mit einem Beutel voller Plakate, einem Hammer und einem Säckchen mit Nägeln ausgestattet. Dazu hatte sie ihnen eine kurze Einführung ins Hämmern gegeben, bei der Milou sich alle zehn Finger plattgehauen hatte. Aber sie spürte den Schmerz kaum, sie war viel zu aufgeregt und ungeduldig.

»Milou und ich übernehmen den Innenstadtbereich«, sagte Lotta. »Gisbert, du gehst in den Prinzengraben. Mads und Mona, ihr versorgt den Kaisergraben. Ein Plakat alle zehn Meter. Meidet das Gebiet um das Waisenhaus und zieht euch sicherheitshalber eure Schals über die Nasen. Wir treffen uns um vier beim Uhrenturm am Schafsplatz. Auf dem Rückweg halten wir dann kurz bei der Zeitung und geben die Anzeige auf.«

»Aber seid pünktlich«, mahnte Milou und tastete zur Sicherheit nach dem Münzbeutel in ihrer Tasche. »Die Zeitung schließt um fünf.«

Mads sah sie immer noch nicht an, nickte aber. Dann schnappte er sich Monas Hand und verschwand mit ihr in der Menge. Gisbert zog sich seine Mütze tiefer ins Gesicht, bevor er in Richtung der nächsten Brücke davontrabte. Milou und Lotta hievten sich die schweren Plakatbeutel über die Schultern und steuerten auf den belebten Marktplatz zu. Sie bogen um eine Ecke und standen in einem Gewusel aus Sonnenschirmen, Gehstöcken, Flügelhauben, Holzschuhen, Stiefeln, Mänteln, Weidenkörben und lächelnden Gesichtern. Noch nie hatte Milou so viele Menschen auf einem Haufen gesehen. Es schien, als hätte sich halb Amsterdam hier versammelt, um den ersten schneelosen Tag zu genießen.

Der Markt breitete sich vor ihnen aus, Stände säumten beide Straßenseiten. Tausend wundervolle Aromen waberten durch die Luft. Jeder Windstoß brachte einen neuen Duft mit sich:

nach Gewürzen, Rauch, Karamell, Früchten, Fisch oder Schuhcreme. Aber es wurden nicht nur Lebensmittel und Kleidung angeboten. Es gab auch einen bayerischen Besenverkäufer, einen Schirmreparierer aus London, einen Prothesenhändler, Kinder, die Schleifen, Bänder und Teppichklopfer vor sich ausgebreitet hatten, und eine fast zahnlose Frau, die sich ihr Geld als Bartschneiderin verdiente. In der Mitte des Trubels ragte eine gewaltige Drehorgel auf, die mit tanzenden Holzschwänen verziert war. Daneben stand ein breit lächelnder Mann, der dem Instrument eine schwungvolle Melodie entlockte und dazu rhythmisch eine Blechdose mit Münzen schüttelte.

»Ist das laut hier! Und voll!«, brüllte Lotta, der das Lachen inzwischen vergangen war. Hektisch wich sie einer Schar tanzender Kinder aus.

Milou war so mit Staunen beschäftigt, dass sie gar nicht zum Antworten kam. Ihre Augen klebten an einem glockenförmigen Zelt, das zwischen einen Holzschuhstand und eine Pferdestraßenbahnhaltestelle gequetscht war. Der Eingang des Zeltes war verschlossen. Milou versuchte, das handgemalte Schild zu entziffern, das an der Seite befestigt war.

Spiritistin aus Böhmen –
spiritistische Sitzungen und Wahrsagerei

Ein Schauder lief ihr über den Rücken. Magisch zog es sie zu dem Zelt. Doch auf halbem Weg spürte sie, wie sich sechs Finger um ihren Unterarm schlossen und sie zurückzogen.

»Wer bitte schön ist so verrückt und kauft Kaninchenfüße?«

Kopfschüttelnd nickte Lotta in Richtung eines Hausierers im Pelzmantel. Dann reichte sie Milou den Hammer und ein paar Nägel, entrollte ein Plakat und hielt es auf Kopfhöhe an den Holzpfahl eines Wegweisers. »Aberglaube kann echt grausam sein.«

»Ich wette, Gassbeek hätten Kaninchenfüße gefallen«, sagte Milou, während sie den Hammer schwang. »Sie hätte sich wahrscheinlich Ohrringe draus gebastelt. Autsch!«

Lotta fing den Hammer auf, den Milou fallen ließ, und verdrehte die Augen. »Wie kann man nur so zielsicher danebenhauen?«

»Aua!«, jammerte Milou und lutschte an ihrem Daumen, während Lotta den ersten Nagel mit einem kurzen *Tack-Tack-Tack* im Holzpfahl versenkte. Noch ein *Tack-Tack-Tack* und das Plakat war mit einem zweiten Nagel gesichert. Zufrieden trat Lotta zurück und betrachtete ihr Werk. »Bleiben noch neunundneunzig Plakate.«

Sie gingen zehn lange Schritte weiter und Lotta befestigte ein weiteres Plakat an einem Holzgerüst. Dann noch eins oberhalb einer Werbung für Spitzendeckchen. Milous Blick wanderte immer wieder zurück zu dem Zelt der Wahrsagerin. Sie fragte sich, wer sich wohl darin verbarg. Ein lautes Klingeln ließ sie zusammenfahren. Eine Pferdestraßenbahn rumpelte über den Markt. Als Milou aus dem Weg stolperte, schnaubte das kastanienbraune Zugpferd sie an. Milou drehte sich um und sah, dass Lotta das Fuhrwerk mit einem listigen Grinsen musterte. Dann packte sie Milou beim Arm und sie liefen der Pferdebahn bis zur nächsten Haltestelle hinterher.

»Ich befestige einfach ein Plakat hinten am Waggon«, flüsterte Lotta. »Dann kommt unsere Werbung in ganz Amsterdam herum. Halt die Augen offen, ja?«

Als ein paar Fahrgäste ausstiegen, verschwand Lotta um das Heck des Waggons. Milou verschränkte die Arme und tat möglichst unauffällig. Sie versuchte, ihren Blick auf nichts Konkretes zu richten, ganz beiläufig mal hierhin, mal dorthin zu schauen – aber sie merkte, wie sie immer wieder, ohne es zu wollen, zu dem merkwürdigen Zelt hinüberstarrte.

Und dann ging sie, ohne sich dessen richtig bewusst zu sein, dorthin zurück und befühlte den Stoff. Kurz darauf öffnete sich der Zeltvorhang und ein Mädchen trat heraus.

Es trug einen langen grünen Mantel mit hochgezogener Kapuze, unter der üppige blonde Haare hervorquollen. Ihre Lippen waren blutrot und ihre Augen katzenartig geschminkt. Milous Blick heftete sich auf einen weißen, runden Gegenstand, der an einer Kette um den Hals des Mädchens hing. Es war, wie Milou entsetzt feststellte, kein normales Amulett oder Medaillon – sondern ein menschlicher Augapfel.

»Igitt!« Angewidert wich sie zurück.

Die Augen des Mädchens schossen zu ihr herüber. Dann legten sich ihre langen, beringten Finger um den Augapfel und die blutroten Lippen verzogen sich zu einem Grinsen.

»Der ist aus Porzellan.« Sie sprach mit starkem Akzent. Sie hielt den Augapfel in die Höhe, damit Milou ihn betrachten konnte, und tippte mit ihren langen Fingernägeln dagegen. »Hörst du? Das ist ein künstliches Auge. Eine Prothese. Sie ist fast dreihundert Jahre alt und gehörte einem Jungen, der sein

Augenlicht in einem Schwertkampf mit seiner Schwester verloren hatte.«

»Oh.« Mehr brachte Milou nicht heraus. Dann runzelte sie skeptisch die Stirn. »Wie kannst du das denn so genau wissen?«

Das Grinsen des Mädchens wurde breiter. »Sein Geist hat es mir verraten.«

Milou fühlte ein leichtes Zwicken in ihrem rechten Ohrläppchen, aber nur kurz, dann war es wieder vorbei. Das Mädchen linste über Milous Schulter. Den Augapfel hielt sie sich dabei vor ihr rechtes Auge. Milou wandte sich um und folgte dem Blick des Mädchens, aber hinter ihr stand niemand. Das Einzige, was sie wahrnahm, war das regelmäßige *Tack-tack-tack* von Lottas Hammer. Als sie sich wieder umdrehte, starrte das Mädchen sie durchdringend an. Milou fragte sich, wie alt sie war. Bestimmt älter als sie und Lotta, aber nicht viel.

»Lass mich dir die Zukunft vorhersagen«, bot das Mädchen an und zog bereits den Zeltvorhang auf. Dann senkte sie die Stimme. »Ich kann dir Antworten auf deine drängendsten Fragen geben.«

Milou wollte etwas erwidern, aber ihr Ohr kribbelte schon wieder. Als sie aufblickte, sah sie, dass das Mädchen erneut über ihre Schulter spähte. Und wieder stand dort niemand.

»Nein danke.« Milou tastete nach dem Münzbeutel in ihrer Tasche. »Alles, was ich über meine Zukunft wissen muss, weiß ich schon.«

»Und was ist mit deiner Vergangenheit …?«

Das Mädchen verstummte und blickte erneut über Milous

Schulter. Als sich Milou diesmal umdrehte, stand Lotta hinter ihr, den Hammer in der Hand, die Stirn gerunzelt.

»Wir müssen weiter«, drängte sie, nahm Milou bei der Hand und zog sie mit sich fort.

»Kribbeln deine Ohren manch–?«, rief das Mädchen Milou hinterher, aber Lotta zerrte jetzt so heftig an ihr, dass Milou den Rest nicht verstehen konnte.

»Halt dich von solchen Verrückten fern!«, schimpfte Lotta.

»Sie hat angeboten, mir die Zukunft vorherzusagen.«

»Nicht dein Ernst, oder?«, stöhnte Lotta. Sie waren vor einem Holzpfahl stehen geblieben. »Handlesen ist ein solcher Blödsinn! Es gibt nicht den geringsten wissenschaftlichen Beweis dafür, dass die Zukunft vorhergesagt werden kann. Gib um Himmels willen kein Geld für solchen Quatsch aus!«

»Sie wollte mir gar nicht aus der Hand lesen, sondern den Augapfel eines toten Jungen benutzen, glaube ich.«

Lotta hielt mitten im Hammerschlag inne und warf Milou einen angeekelten Blick zu.

»Ach, egal«, sagte Milou, die sich nicht streiten wollte. »Komm, lass uns beeilen. Wir dürfen auf keinen Fall zu spät zu der Zeitung kommen. Und du hast natürlich recht: Aberglaube hilft uns nicht weiter.«

»Gut, dann bin ich ja beruhigt«, sagte Lotta. »Und jetzt lass uns schnell noch diese Feuerwerkskörper besorgen, bevor wir die anderen treffen.«

Milou warf einen verstohlenen Blick über die Schulter. Der Zeltvorhang war wieder geschlossen, das Mädchen nirgends mehr zu sehen.

Gisbert erwartete sie bereits, als Milou und Lotta um kurz vor vier zum Treffpunkt kamen. Umringt von Tauben saß er auf einer Bank.

»Ich habe einen Getreidesack umgeschmissen«, sagte er und zuckte verlegen die Schultern. »Aber ich konnte das meiste zurück in den Sack schaufeln, deshalb hab ich keinen Ärger bekommen.«

Milou verbiss sich ein Grinsen. Dann sammelte sie ein paar Körner von seiner Mütze und hielt sie einer Taube hin. Lotta kramte ein zerdrücktes Brötchen aus ihrer Tasche. Mit der Turmuhr im Blick aßen sie und verscheuchten die allergefräßigsten Tauben. Um viertel nach vier waren Mads und Mona immer noch nicht da.

»Warum brauchen die so lange?« Das Vorrücken des großen Zeigers machte Milou ganz verrückt, sie war mit ihrer Geduld fast am Ende.

»Wahrscheinlich haben sie einfach die Zeit vergessen«, vermutete Lotta. »Sie tauchen bestimmt gleich auf.«

Fünf weitere quälend langsame Minuten vergingen.

»So, ich warte nicht länger!« Milou stand auf und klopfte sich die Krümel vom Mantel. »Ihr könnt gerne hierbleiben. Und Mads ausrichten, dass ich sauer bin. Er weiß genau, wie wichtig diese Anzeige für uns ist.«

»Er verspätet sich bestimmt nicht absichtlich«, sagte Gisbert.

»Er ist böse auf mich. Vielleicht ist das seine Art der Rache.«

»Nein, irgendetwas stimmt da nicht.« Gisbert schüttelte den Kopf und blickte besorgt über den Platz.

Milou wollte gerade widersprechen, als sie aus dem Augenwinkel eine rennende Gestalt am anderen Ende des Platzes sah. Eine bestickte Seidenmütze hüpfte durch die Menge und dann tauchte Mona vor ihnen auf – keuchend, tränenüberströmt, panisch. Gisbert stürzte sofort zu ihr, Milou und Lotta folgten.

»Was ist los?«, drängte Lotta.

»Wo ist Mads?«, fragte Gisbert.

Aber Mona brachte vor lauter Keuchen und Schlucken kein Wort heraus. Lotta nahm ihre zusammengekrampften Fäuste in die Hände und rieb sie. »Tief durchatmen.«

Mona schüttelte den Kopf und deutete hinter sich.

»Hat er sich verlaufen?«, fragte Milou.

Mona stöhnte und schüttelte erneut den Kopf.

»Ist er verletzt?«, fragte Gisbert. »Ist ihm etwas zugestoßen?«

Doch Mona kniff nur die Augen zu und holte ein paarmal tief Luft.

»Was ist passiert?«, fragte Lotta noch einmal. »Wo ist Mads?«

Immer mehr Tränen quollen Mona aus den Augen, und Milou wischte sie mit zitternden Fingern weg. Schließlich stieß sie mit bebender Stimme den Hauch eines Wortes hervor, nur ein einziges:

»Rotman.«

25

Die Turmuhr schlug dröhnend zur Viertelstunde, aber Monas heisere Stimme dröhnte mindestens ebenso laut in Milous Ohren. Allerdings dauerte es ein paar Sekunden, bis die Bedeutung dessen, was Mona gesagt hatte, zu ihr durchdrang.

»Hat Rotman ihn sich geschnappt?«, fragte Gisbert schließlich.

Mona öffnete den Mund, doch dann biss sie sich auf die Lippe und schüttelte den Kopf. Noch mehr Tränen flossen.

»Aber du hast Rotman erkannt?«, fragte Lotta.

Mona nickte.

»Ist Mads zu ihm hin?«

Wieder nickte Mona.

»Und wohin sind sie dann gegangen? Das musst du doch gesehen haben!«

Mona machte eine vage Handbewegung in Richtung der Menschenmenge, dann eine Geste für verzweifeltes Suchen und schließlich ließ sie resigniert die Schultern hängen.

»Du hast also keine Ahnung, wo sie hingegangen sind?«

»Nein.«

Ihre Stimme war nicht mehr als ein Hauchen. Milou war

sich nicht mal sicher, ob sie wirklich geantwortet hatte. Mona ließ sich auf die Bank fallen und vergrub ihr Gesicht in den Händen.

Gisbert rieb sich nachdenklich die Stirn. »Ich drehe eine Runde und schaue, ob ich jemanden finde, der Rotman kennt und weiß, wo er sich aufhält.«

Bevor irgendjemand widersprechen konnte, war er aufgestanden und in der Menge verschwunden. Milous Finger umklammerten den Münzbeutel in ihrer Tasche. Sie und Lotta hatten sich rechts und links von Mona auf die Bank gequetscht. Niedergeschlagen schmiegten sie sich aneinander, keine sagte ein Wort, die wildesten Szenarien jagten ihnen durch die Köpfe. Was hatte sich Mads dabei gedacht?

Plötzlich stand Gisbert wieder vor ihnen, mit grimmigem Gesicht. »Niemand kennt Rotman«, japste er. »Auch nicht sein Schiff. Ich habe in jedem Geschäft rund um den Platz gefragt. Uns bleibt nichts anderes übrig, als die Molen und Anleger abzuklappern.«

»Der Hafen ist über fünfundzwanzig Kilometer lang«, gab Lotta zu bedenken. »Ungefähr sechs Quadratkilometer Wasserstraßen und zwanzig Quadratkilometer Hafenanlagen. An den elf Hauptmolen liegen garantiert Hunderte von Schiffen.«

Als Lotta die verblüfften Blicke der anderen auf sich spürte, fügte sie hinzu: »Mads und ich haben eine ganze Woche gebraucht, um das auszurechnen.«

»Das heißt, wir bräuchten Stunden für die Suche«, schloss Milou. Sie spürte, wie sich ein dicker Sorgenknoten in ihrem Magen bildete.

Das war alles ihre Schuld! Sie hätte wissen müssen, dass Eddas Java-Bemerkung Mads zu Nachforschungen anspornen würde. Zwölf Jahre lang hatte er auf einen Hinweis, eine Spur, auf *irgendetwas* gehofft. Und dann hatte er endlich, endlich einen Hinweis erhalten – und sie, Milou, war gekommen und hatte ihm gesagt, er müsse sich noch ein bisschen gedulden.

»Aber so viel Zeit haben wir nicht«, sagte Gisbert. »Jeden Moment kann alles Mögliche mit Mads passieren.«

»Am besten teilen wir uns auf«, schlug Lotta vor. »Dann decken wir ein breiteres Gelände ab.«

»Nein, bloß nicht wieder aufteilen!«, protestierte Gisbert. »Wären wir vorhin zusammengeblieben, hätten wir ihn bestimmt davon abhalten können wegzulaufen.«

Mona verkrampfte sich und Milou legte einen Arm um sie. »Das ist nicht deine Schuld, Mona. Was hättest du alleine tun können?«

Die Turmuhr schlug zur halben Stunde. Milou stand auf und zog den Münzbeutel aus ihrer Tasche. »Lasst uns gehen. Wir haben genug Zeit verschwendet.«

»Milou!«, rief Lotta empört. »Du hast doch wohl nicht ernsthaft vor, jetzt noch zu der Zeitung zu gehen, oder?«

»Quatsch, wir benutzen das Geld, um Mads zurückzubekommen. Mir fällt eigentlich nur *eine* Person ein, die wissen könnte, wo er sich gerade befindet.«

Der Marktplatz war fast menschenleer, als sie dort ankamen, die Hälfte der Stände war bereits abgebaut. Eine dicke Dunstschicht hing über der Stadt. Milou jagte so schnell über das

Kopfsteinpflaster, dass die anderen kaum hinterherkamen. Die kalte Luft brannte ihr in der Lunge. Erst als sie Seitenstiche bekam, verlangsamte sie ihr Tempo. Erleichtert stellte sie fest, dass das glockenförmige Zelt noch an seinem Platz stand. Sie drängte sich an einer Gruppe Radfahrer und ein paar Leiterwagen vorbei, dann stand sie endlich vor dem Eingang. Der Vorhang war geschlossen, aber unter der Plane drang ein Lichtschimmer hindurch.

»Milou!«, rief Lotta hinter ihr. Sie klang wütend.

»Hast du eine bessere Idee?«

Lotta schwieg, aber ihre Miene sprach Bände. Mona beäugte das Zelt ängstlich. Von Gisberts Gesicht war unter der Hutkrempe nur ein schmaler, zusammengekniffener Mund zu sehen.

»Mir gefällt das nicht!«, sagte Lotta.

»Ich kann gerne alleine reingehen«, erwiderte Milou. »Es dauert bestimmt nicht lange.«

»Nein«, widersprach Gisbert, »ich begleite dich.«

Ein Rascheln war zu hören, dann öffnete sich der Zeltvorhang. Das Mädchen stand freundlich lächelnd da, die katzenartigen Augen funkelten im Licht einer Laterne. »Ah, da bist du ja!«, sagte sie. »Ich hatte schon nicht mehr geglaubt, dass du noch kommst.«

Milou lief ein Schauder über den Rücken. In der Ferne schlug die Turmuhr zur vollen Stunde. Es war fünf. Milou versuchte, die Enttäuschung hinunterzuschlucken, die ihr wie ein dicker Klumpen im Hals saß. Nein, alles, was jetzt zählte, war Mads!

»Seid ihr alle zum Handlesen da?«, fragte das Mädchen. »Viermal in die Zukunft blicken – das könnte etwas knapp werden in einer Stunde. Wollt ihr nicht vielleicht lieber –?«

»Nein«, unterbrach Milou sie. »Unsere Zukunft interessiert uns gerade nicht.« Leider klang ihre Stimme nicht fest und entschieden, sondern zittrig und brüchig. »Wir haben jemanden verloren. Kannst du Leute wiederfinden?«

Das Lächeln des Mädchens verblasste. »Lebt die Person oder ist sie tot?«

»Sie lebt«, sagte Gisbert. »Unser Freund ist erst vor einer Stunde verschwunden. Nicht weit von hier.«

»Ich zahle auch dafür«, fügte Milou hinzu und hielt den Münzbeutel hoch. »Bitte. Es eilt.«

»Ich bin aber besser darin, Tote zu finden als Lebende.«

Gisbert schnaubte verärgert. »Kannst du uns jetzt sagen, wo er ist oder nicht?«

Das Mädchen schwieg einen Moment, dann nickte es. »Ja, wahrscheinlich, ich versuch's.«

»Gut.« Milou griff nach ihrer Hand, legte den Münzbeutel hinein und drängte sich an dem Mädchen vorbei ins Zelt.

Der Innenraum war gerade groß genug für einen Tisch und drei Stühle. Vom Zeltgestänge baumelten Tierschädel. Kerzen flackerten und in kleinen Schälchen verbrannten irgendwelche Duftöle. Der Rauch stieg Milou zu Kopf. Sie ließ sich auf einen der Stühle fallen und zog ihre Handschuhe aus. Gisbert tat es ihr nach. Er setzte seinen Hut ab und blickte sich staunend um. Milou zappelte nervös mit den Beinen. Wie viele Minuten waren seit Mads' Verschwinden vergangen? War er längst irgendwo eingesperrt? Hockte er mutterseelenallein in einem kalten, dunklen Raum? Hatte er Angst? War er verletzt?

Das Mädchen setzte sich ihnen gegenüber und legte den Münzbeutel auf den Tisch. »Ist alles nur Deko«, erklärte sie Gisbert, der sich immer noch mit offenem Mund umsah. »Ich habe die Erfahrung gemacht, dass mir die Leute mit all diesem Schnickschnack eher glauben.«

Milou sog scharf die Luft ein. »Das ist also alles nur Theater?«

»Ich glaube, du weißt genau, dass es nicht nur Theater ist. Sonst wärst du nicht hier.«

»Ich weiß gar nichts über all das hier«, schnappte Milou zurück.

Das Mädchen warf einen Blick über Milous Schulter, genau wie bei ihrer ersten Begegnung. Dann neigte es den Kopf.

Milou blickte sie finster an. Ihre Ohren kribbelten, aber diesmal blickte sie sich nicht um. Sie wusste, dass hinter ihr nichts Besonderes zu sehen war. Und dass auch niemand dort stand. Langsam kamen ihr Zweifel. Hatte sie ihr Geld einer Scharlatanin gegeben? Verschwendete sie hier wertvolle Zeit? Zeit, die Mads nicht hatte? Milou wusste nicht mehr, was sie glauben sollte. Wäre sie unter anderen Umständen hier, hätte sie dem Mädchen wahrscheinlich Löcher in den Bauch gefragt, über Geister und Wahrsagerei … und die Augäpfel des verstorbenen Jungen. Sie hätte das Zelt bewundert und sich neugierig über all die Requisiten gebeugt. Aber in diesem Moment war sie nicht die Bohne neugierig. Sie hatte Angst und war verzweifelt. Weil Rotman Mads in seiner Gewalt hatte und die einzige Hoffnung, ihn zu finden, an diesem merkwürdigen Mädchen hing. Während die beiden sich gegenseitig niederstarrten, schien die Luft um sie herum ein paar Grad abzukühlen.

»Wie heißt du?«, fragte Gisbert nervös. »Wir haben uns noch gar nicht vorgestellt.«

Das Mädchen setzte die Kapuze ab und schüttelte die langen silbrig blonden Haare. »Mein Name ist Emiliana.«

Gisberts Nase wurde knallrot. »Ich bin G–Gisbert Poppenmaker. Das hier ist meine … äh … das hier ist Milou.«

»Die Puppenspieler. Ja, ich habe die Plakate gesehen, die ihr aufgehängt habt. Die Leute standen ganz aufgeregt davor. Wenn ich Amsterdam morgen nicht verlassen müsste, wäre ich gerne zu eurer Aufführung gekommen. Das klingt echt spannend.«

»Tut mir leid, aber wir haben es gerade etwas eilig«, sagte Milou schroff. »Wie funktioniert das hier? Wie können wir herausbekommen, wo Mads ist?«

»Habt ihr irgendetwas dabei, was ihm gehört?«, fragte Emiliana. »So was ist immer hilfreich.«

Milou wühlte in ihrer Manteltasche nach dem Theorien-Buch und blätterte zu einer Seite mit einer Kohlezeichnung von Mads. Zwei Menschen, die mit einem Werwolf kämpften, waren darauf zu sehen.

»Das hat er für mich gemalt«, sagte Milou. »Hilft dir das weiter?«

Emiliana nahm Milou das Buch aus der Hand. Mit hochgezogenen Augenbrauen betrachtete sie die Zeichnung und las die *Werwolf*-Theorie, die Milou darunter gekritzelt hatte. »Wir werden sehen«, sagte sie schließlich. Dann nestelte sie die Kette mit dem Augapfel aus ihrem Dekolleté und hielt ihn sich vor ihr linkes Auge.

Gisbert stieß einen entsetzten Schrei aus. Milou hielt ihm eine Hand vor den Mund und schüttelte den Kopf. Emiliana begann wieder zu sprechen, aber diesmal in einer Sprache, die Milou nicht kannte, obendrein schnell und abgehackt. Dann schwieg sie einen Moment, bevor sie erneut ansetzte. Es wirkte fast so, als würde sie mit jemandem kommunizieren. Mit jemand *Unsichtbarem.*

Die Härchen auf Milous Unterarmen sträubten sich. Sie warf einen verstohlenen Blick in die Runde, aber außer ihnen dreien war niemand im Zelt. Gisbert schien nervös zu werden, aufgeregt knetete er seinen Hut in den Händen.

»Kannst du nicht mal eine Sekunde stillsitzen?«, zischte ihm Milou zu. »Du steckst mich an mit deiner Nervosität.«

»*Sie* brabbelt wirres Zeug mit dieser Gruselstimme und *ich* mache dich nervös?«, fragte Gisbert fassungslos.

»Pst!«

Ein paar Minuten beobachteten sie Emiliana schweigend. Ein Luftzug pfiff durch die Ritzen im Zeltstoff, brachte die Schädel zum Rasseln und blies eine Kerze aus. Der Rauch stieg kräuselnd auf.

»Er befindet sich auf einem Schiff«, sagte Emiliana schließlich. »Einem großen.« Sie schielte hinter dem Augapfel hervor. »Einem alten, übel zugerichteten. Bitte entschuldigt, aber das Bild, das ich sehe, ist ziemlich verschwommen. Es ist der achte … nein … der neunte Liegeplatz.«

»In welchem Hafenbereich?«

Emiliana murmelte etwas Unverständliches in dieser anderen Sprache, dann lächelte sie. »In der Nähe stehen Lokomotiven. Viele Lokomotiven. Und Güterzüge.«

»Also im östlichen.«

Milou zuckte vor Schreck zusammen. Diese letzte Bemerkung war weder von Emiliana noch von Gisbert gekommen, sondern von Lotta. Sie und Mona standen im Zelteingang.

»Der Osthafen liegt nur einen Steinwurf vom Amsterdamer Hauptbahnhof entfernt«, erklärte Lotta. »Es ist wirklich nicht weit. Lasst uns gehen. Jetzt!«

Milou schnappte sich ihr Theorien-Buch vom Tisch und stopfte es zurück in ihre Brusttasche. Das vertraute Gewicht des Büchleins fühlte sich beruhigend an. »Danke, Emiliana«, sagte sie. »Vielen Dank!«

Sie und Gisbert standen auf, Mona und Lotta warteten draußen. Emiliana nahm den Münzbeutel vom Tisch und folgte ihnen zum Ausgang. Als Gisbert durch den Vorhang ging, packte sie Milou beim Arm.

»Ein Schatten folgt dir, Milou«, flüsterte sie. Ihre katzenartigen Augen blickten ernst.

»Was für ein Schatten?«

»Ein toter.«

Milou stockte der Atem, ihr Herzschlag dröhnte ihr in den Ohren. Sie versuchte, sich aus Emilianas Griff zu winden, aber die hielt sie fest.

»Ich hoffe, du findest alles, wonach du suchst, Milou. Nicht nur deinen Bruder.«

Endlich ließ Emiliana sie los und Milou stellte fest, dass sie den Geldbeutel nicht mehr in Händen hielt. Wahrscheinlich hatte sie ihn in den Falten ihres merkwürdigen grünen Mantels verschwinden lassen. Egal, wenn sie Mads tatsächlich dort finden würden, wo Emilia ihn vermutete – auch wenn das bedeutete, dass die Nachricht an ihre Eltern warten musste –, dann war es das Geld wert!

Milou eilte den anderen hinterher in die Abenddämmerung. Sie versuchte, nicht an tote Dinge zu denken. Nicht daran, was in den vielen Schatten ringsum alles lauern könnte. Erst als sie schon halb die Straße hinuntergelaufen waren, fiel ihr plötzlich auf, dass Emiliana Mads ihren *Bruder* genannt hatte.

Bei dem Gedanken daran, was Rotman ihm womöglich gerade antat, krampfte sich ihr Herz zusammen. Sie fand die Ungewissheit über Mads' Schicksal schlimmer als alles, was sie bei Gassbeek hatte erleiden müssen. Ja, sie fand sie genauso schlimm wie die Ungewissheit über das Schicksal ihrer Familie.

Fühlte sich so die Liebe zu einem Bruder an? Zu Geschwistern? Vielleicht, sie wusste es nicht. Das Einzige, was Milou wusste, war, dass sie die ganze Welt in Brand stecken würde, wenn sie Mads dadurch wiederbekäme.

Ihre Angst um ihn mischte sich mit einem neuen Gefühl: einer messerscharfen, weißglühenden Wut. Wut auf Rotman, der ihr jemand so Wertvolles wie Mads einfach weggenommen hatte. Und Wut auf sich selbst, dass sie es hatte geschehen lassen.

26

Als sie den Osthafen erreichten, ging die Sonne bereits unter. Rauch stieg aus riesigen Schornsteinen auf und löste die feine Linie zwischen dem rötlich gefärbten Himmel und dem weiten Nordseekanal auf. Milous Augen sprangen hektisch hin und her, sie wusste überhaupt nicht, wo sie zuerst hingucken sollte. Männer in Wollmänteln und flachen Kappen schleppten schwere Säcke über Planken und Stege. Pferde und Esel zogen Karren mit hoch aufgestapelten Kisten. Frachtstücke wurden von dampfbetriebenen Kränen auf Schiffsdecks gehievt. Hunde bellten, Schiffshupen tuteten und die Luft roch nach Qualm, verbranntem Öl und geräuchertem Fisch.

»Heiliger Gouda!«, schnaufte Lotta. In ihren weit aufgerissenen Augen spiegelte sich der rotglühende Sonnenuntergang. »Das dort drüben sind Schaufelraddampfer. Edda hat mir zwar gesagt, dass sie groß sind, aber … *so* riesig … unglaublich!«

»Das kleinere Schiff dort …« Milou zeigte mit ihrem Handschuhfinger auf einen Bereich des Hafenbeckens, der schon völlig im Dunklen lag. »Das mit den vielen Segeln und dem schiefen Mast.« Sie zählte die Position des Schiffes mit den Fingern ab. »Es ist der neunte Liegeplatz!«

Verglichen mit den Nachbarschiffen war Rotmans *De Zeehond* ein Zwerg. Und abgesehen von den Kanalkähnen war es das einzige Schiff, das nicht aus Stahl, sondern aus Holz bestand. Es ähnelte, fand Milou, einem Piratenschiff, das man vom Meeresgrund geborgen hatte.

»Ein Klipper, glaube ich.« Lotta spähte mit zusammengekniffenen Augen zu dem Schiff hinüber. »Sieht aus, als wäre es mindestens hundert Jahre alt und durch tausend Stürme gesegelt. Also, wenn Rotman ein reicher Zuckerhändler ist, dann bin ich der Kaiser von China. Das Hexenmädchen hatte recht!«

»*Milou* hatte recht«, bemerkte Gisbert finster. »Rotman hat uns nach Strich und Faden belogen.« Er knetete seine Finger. »Kommt, das Schiff sieht unbewacht aus. Lasst es uns hinter uns bringen.«

Er trat aus ihrem Versteck im Schatten einer Lagerhalle, aber Milou packte ihn beim Arm. »Vorsicht, nichts überstürzen.«

»Aber dort ist doch keine Menschenseele!«

Er und Mona sahen aus, als würden sie notfalls alles niedertrampeln, was ihnen auf dem Weg zu Mads in die Quere kam.

»Ich möchte Mads auch so schnell wie möglich wiederhaben«, sagte Milou. »Aber wenn wir geschnappt werden, können wir nichts mehr für ihn tun. Und es ist nun mal so, dass wir nicht unbemerkt die Kaimauer entlanglaufen können.«

Nachdenklich legte Lotta die Stirn in Falten. »Wir sollten warten, bis die Arbeiter nach Hause gegangen sind …«

»Und was, wenn Rotman Mads gerade wehtut?«, zischte Gisbert. »Er ist schon seit Stunden in seiner Gewalt. Wir müssen zu ihm!«

Milou ließ ihren Blick über das Hafenbecken schweifen. Am Ende jedes Schiffsliegeplatzes stand ein Lagerhaus, allerdings waren die Abstände zwischen den einzelnen Schuppen groß und gut beleuchtet. Als Deckung kamen höchstens ein paar vereinzelt herumstehende Kisten und Karren infrage. Sie müssten sehr schnell sein. Und sehr vorsichtig.

»Wir sind erschöpft und durchgefroren«, sagte sie. »Wenn Rotman uns entdeckt und verfolgt, kriegt er uns sofort. Nein, wir müssen uns eine List überlegen. Wir müssen längst über alle Berge sein, bevor er auch nur merkt, dass Mads weg ist.« Sie deutete auf ein baufälliges Gebäude in der Nähe von Rotmans Schiff. »Kommt, wir schleichen uns zu diesem Lagerhaus dort und sehen uns das Ganze mal aus der Nähe an.«

Mona kroch voran. Sie gingen hinter verschiedenen Lastenkarren in Deckung, hüpften über Maschendrahtzäune und zwängten sich zwischen Kistenstapeln hindurch. Hinter einem Haufen Gewürzsäcke blieben sie hocken und warteten darauf, dass ein Hafenarbeiter in der Nähe seine Rauchpause beendete. Um ihren keuchenden Atem zu dämpfen, wickelte sich Milou ihren Schal vor den Mund. Sie hatten den letzten Lagerschuppen vor dem verfallenen Gebäude gegenüber der *Zeehond* erreicht. Nach einer gefühlten Ewigkeit schnipste der Arbeiter seine Zigarettenkippe im hohen Bogen weg. Der Stummel sauste über Lottas Kopf und verglomm im Matsch.

»Los!«, flüsterte Milou, als der Typ um die Ecke verschwunden war.

Mona war sofort auf den Beinen. Mit drei eleganten Hechtrollen sauste sie hinter einer flachen Mauer entlang, sprang auf und überquerte die gefährliche Freifläche in wenigen Sätzen. Lotta war als Nächste dran. Sie entschied sich für eine andere Technik und krabbelte wie eine hektische Spinne. Milou machte es Lotta nach. Im Schatten neben dem baufälligen Lagerhaus warteten die drei Mädchen nervös auf Gisbert. Milou war sich fast sicher, dass er über einen der vielen Säcke stolpern würde, aber er schaffte es mit einem langen, entschlossenen Sprung über die Mauer und kauerte sich in die Dunkelheit neben sie.

Rotmans Lagerhaus war größer, als es aus der Ferne ausgesehen hatte. Und das Fenster war so hoch, dass nicht mal Gisbert es erreichte. Ein schwacher Lichtschein drang heraus. Und als sie auf Zehenspitzen darunter herschlichen, hörten sie gedämpfte Stimmen.

»Ich glaube, Rotman ist da drinnen.« Milou machte eine Kopfbewegung in Richtung Fenster. »Und mit ein bisschen Glück bleibt er dort auch noch eine Weile.«

Sie und Mona wollten schon weiterlaufen, aber Lotta hielt sie zurück.

»Wartet. Lasst uns mal horchen, was sie sagen.«

»Dafür haben wir keine Zeit«, flüsterte Milou.

»Lotta hat recht.« Gisbert kniete bereits neben Milou auf dem Boden und tippte sich auf die Schultern. »Komm, kletter rauf. Wir müssen wissen, was der Kerl vorhat.«

»Und warum soll ausgerechnet *ich* auf deine Schultern klettern?«

»Weil Lotta zu klein ist und Mona uns nicht erzählen kann, was sie hört. Los, jetzt mach schon!«

Zögernd setzte Milou ihre Füße auf Gisberts Schultern. Nach viel Gewackel bekam sie schließlich das Fensterbrett zu fassen. Obwohl ihr die scharfe Kante in die Finger schnitt, zog sie sich so weit hoch, dass sie in den Schuppen hineinspähen konnte. Allerdings war die Scheibe so dreckig, dass sie fast nichts sehen konnte. Doch dann entdeckte Milou eine kleine saubere Stelle und drückte ihr Auge dagegen.

Eine Ölfunzel an der Decke beleuchtete den Raum spärlich. Er war mit Kisten vollgestopft, nur in der Mitte war Platz für einen Schreibtisch und zwei Stühle. Auf dem Stuhl hinter dem Schreibtisch saß Rotman, die Stirn in Falten gelegt, einen verächtlichen, fast angeekelten Ausdruck im Gesicht, so als wäre er einem penetranten Gestank ausgesetzt. Seine Augen sahen hart und kalt aus wie schwarzes Eis. Ihm gegenüber, mit dem Rücken zu Milou, hockte sein Lehrling, Pieter.

Milou drückte ihr Ohr gegen die Scheibe.

»Hat der Junge schon ausgepackt?«, fragte Rotman.

»Nein, Sir.« Pieters Stimme war so leise, dass Milou ihn kaum verstehen konnte. »Er will seine Freunde nicht verraten.«

»Schauen wir mal, ob er morgen früh immer noch bockt. Eine kalte Nacht im Laderaum unter Dollys strengem Blick wird ihm hoffentlich klarmachen, dass ich's ernst meine.«

»Ja, Sir.«

»Und er bekommt weder zu Essen noch Wasser, ist das klar?«

»Ja, Sir.«

»Ich will diese stinkende Stadt vor Ende der Woche verlassen – mit genau der Besatzung, die mir diese Frau versprochen hat. Und ich werde sie finden, koste es, was es wolle.«

Einen Moment herrschte Schweigen, dann folgte ein weiteres leises »Ja, Sir.«

»Ich muss dieses verdammte Logbuch noch fertig ausfüllen«, schimpfte Rotman. »Bereite schon mal meine Kabine vor. Ich gehe gleich an Bord, werde mir den Jungen mal selbst vorknöpfen …«

Stuhlbeine schrappten über den Boden. Erneut presste Milou ihr Auge gegen das Guckloch und sah, wie Pieter den Schuppen verließ und Rotman sich wieder über seinen Papierkram beugte. Milou tippte mit dem Fuß auf Gisberts Schulter, und der ging in die Hocke, um sie runterzulassen.

»Er hat gesagt, dass Mads im Frachtraum ist«, flüsterte sie und wandte sich an Lotta. »Was meint er damit?«

»Unter Deck«, erklärte Lotta. »Dort, wo all die Kisten gelagert werden.«

Hastig berichtete Milou, was sie gehört hatte. In stiller Verzweiflung sahen sich die Kinder an.

»Wir dürfen jetzt keinen Fehler machen«, mahnte Lotta. »Es wird schon schwer genug sein, auf's Schiff zu gelangen. Wir können schlecht über die Zugangsbrücke spazieren, dann sieht man uns quer durchs ganze Hafenbecken. Vielleicht können wir auf der abgewandten Seite an den Anlegetauen hochklettern. Es gibt jede Menge Bullaugen im Rumpf. Einer von uns müsste dann diese Dolly vom Frachtraum weglocken.«

»Und ein anderer muss auf jeden Fall hierbleiben und Wache halten«, fügte Gisbert hinzu.

»Wir müssen ein Signal vereinbaren für den Fall, dass Rotman das Lagerhaus verlässt. Und gleichzeitig muss derjenige, der hierbleibt, ihn irgendwie ablenken, damit die anderen Zeit haben, das Schiff zu verlassen.«

Plötzlich grinste Lotta, kramte in ihrer Tasche und zog einen der Feuerwerkskörper hervor, die sie am Nachmittag gekauft hatten. »Das müsste funktionieren, oder? Ist Signal und Ablenkungsmanöver in einem.«

»Perfekt«, sagte Milou. »Okay, Gisbert und ich gehen an Bord und holen Mads. Lotta, du übernimmst das Warnen und Ablenken. Mona, du lockst Dolly weg. Einverstanden?«

Sie alle nickten und krochen dann am Lagerhaus entlang, um im Schatten Position zu beziehen.

27

Ein einziges Tau war an der hinteren Brücke der *Zeehond* festgemacht, dafür war es so dick wie Milous Arm. Gisbert umklammerte es und hangelte sich wie ein Äffchen daran entlang. Problemlos erreichte er das Deck, drehte sich zu Milou um und gab ihr ein Daumen-Hoch-Zeichen. Panisch beäugte Milou das schwarze Wasser, das nur wenige Zentimeter unter ihr schwappte. Es verströmte eine Eiseskälte. Wie gelähmt stand sie da.

Mona lächelte verständnisvoll und knuffte sie aufmunternd in die Seite. »Mads«, brachte sie mit ihrer krächzenden Stimme heraus.

Es war nur ein Wort – aber es reichte, damit sich Milou einen Ruck gab. Sie packte das Seil, schlang ihre Beine darum und begann zu klettern. Zum Glück hing sie mit dem Rücken nach unten und sah die Sterne statt des schwarzen Wassers. Und nach ein paar Metern zog Gisbert sie auch schon über die Reling an Bord. Sofort gingen sie hinter einem dicken Fass in Deckung.

Ein paar der Segel der *Zeehond* waren zusammengerollt, und ihre Masten ähnelten riesigen Kreuzen. Das Deck erinnerte Milou an einen Friedhof. Kalt, dunkel, windig, gruselig. Jeder

Schatten wirkte, als würde in ihm ein Monster lauern. Jedes geisterhafte Knarzen der Planken jagte Milou einen Schauder über den Rücken. Das Schaukeln an Deck war so heftig, dass sie das Gefühl hatte, die ganze Welt würde schwanken. In der Kabine unter dem erhöhten Achterdeck brannte Licht. Hin und wieder huschte Pieters schmale Silhouette an den Fenstern vorbei: Er richtete Rotmans Wohnstätte her. Ansonsten war keine Menschenseele zu sehen.

»Dort drüben ist eine Luke«, flüsterte Milou und deutete in Richtung Bug. »Da geht's wahrscheinlich unter Deck.«

So leise wie möglich wankten sie auf die Luke zu, doch als Milou sie vorsichtig öffnete, quietschte sie ohrenbetäubend laut in den Angeln. Zum Glück verlor sich das Geräusch im pfeifenden Wind. Milou spähte nach unten, aber es war zu dunkel, um irgendetwas zu erkennen. Kurzentschlossen setzte sie einen Fuß auf die Leiter, die abwärtsführte. Die Sprossen ächzten unter ihrem Gewicht. Hastig kletterte sie hinunter, dicht gefolgt von Gisbert, der die Luke quietschend hinter sich schloss. Jetzt war es wirklich stockdunkel.

Die Luft war stickig und roch ölig und salzig. Milou hatte das Gefühl, einen klebrigen Film auf der Haut zu haben. Das Herz hämmerte ihr in den Ohren, ihr Atem ging stockend. Sie streckte einen Arm aus, um sich an der Wand festzuhalten. Die fühlte sich schmierig an.

»Mach mal Licht!«, wisperte sie.

Gisbert riss ein Streichholz an und hielt es hoch.

Sie standen in einem langen, schmalen Raum. Eine Reihe Hängematten baumelte auf jeder Seite. In der Raummitte befand sich ein großes, waagerechtes Rad, aus dem fünf Pfosten herausragten. Es erinnerte Milou an die Zahnräder im Maschinenraum der Windmühle. Allerdings war dieses Rad hier mit keinem anderen verbunden, also wurde es wohl von Hand gedreht. Überall stapelten sich leere Kisten, gesichert durch Seile. Wischlappen und Besen, Eimer und Fässer waren in den Ecken verstaut. Milou, die bei Gassbeek gelernt hatte, was harte Arbeit war, erkannte sofort, dass dieser Raum dazu bestimmt war, sich den Rücken krumm und die Finger blutig zu schuften.

Mit einem Zischen erlosch Gisberts Streichholz und er entzündete ein neues, während Milou nach einer Kerze suchte. Plötzlich klopfte es an eines der Bullaugenfenster und Monas Gesicht erschien hinter der Scheibe. Sie hing an einem der Anlegetaue und winkte ihnen verzweifelt zu. Milou rannte zu dem Bullauge und öffnete es. Ein Schwall frischer, kalter Luft drang herein.

»Hast du Mads gesehen?«, flüsterte sie.

Mona nickte aufgeregt, streckte ihren Arm durch das Fenster und deutete auf eine Tür am Ende des Raums.

»Da ist er drin?«, fragte Milou.

Wieder nickte Mona und diesmal brachte sie sogar ein Lächeln zustande.

»Hast du auch diese Wärterin gesehen? Dolly?«

Mona schüttelte den Kopf. Ihr Lächeln wurde breiter.

»Also ist Mads alleine?«

Erneutes Nicken.

Milou wandte sich zu Gisbert um, der sie stirnrunzelnd

ansah. »Rotman hat aber gesagt, dass Dolly hier sei. Ich hab's genau gehört.«

»Ob sie gerade Pause macht?«, flüsterte er und spähte misstrauisch in die dunklen Ecken. »Oder sich schon schlafen gelegt hat? Vielleicht haben wir ja ausnahmsweise mal Glück. Los, komm.«

Milou drehte sich wieder zu Mona um. »Warte am nächsten Fenster, ja?«

Mona nickte noch einmal und verschwand.

Milou ließ das Bullaugenfenster einen Spaltbreit offen und ging auf Zehenspitzen zu Gisbert, der eine Kerze gefunden hatte und beunruhigt umherleuchtete.

»Dolly kann jeden Moment zurückkommen«, flüsterte er und griff mit seiner freien Hand nach einem Besen. »Besser, wir wappnen uns.«

Milou nickte und schnappte sich einen Wischmopp. Nicht die beeindruckendsten Waffen, aber besser als nichts. Dann tappten sie auf die Tür zu, die Mona ihnen gezeigt hatte. Milous Herz pochte so laut in ihren Ohren, dass sie das Ächzen der Holzdielen und das Schwappen der Wellen gar nicht mehr hörte.

Die Tür war zu. Milou presste ihr Ohr gegen das Holz. Neben dem Rauschen ihres Blutes meinte sie das Rasseln von Ketten zu vernehmen. Gisbert hob sicherheitshalber seinen Besenstiel, als Milou mit zitternden Fingern nach dem Knauf tastete. Knarzend öffnete sich die Tür. Ein weiterer langer Raum mit noch mehr Kisten tat sich vor ihnen auf. Bis auf ein paar schmale Streifen Mondlicht, die durch die Bullaugen hereinfielen, war es stockdunkel.

Von der gegenüberliegenden Wand starrten ihnen zwei verängstigte und sehr vertraute Augen entgegen. Mads kauerte zwischen zwei Balken. Seine Hände lagen in Ketten, in seinem Mund steckte ein Stofflappen als Knebel. Panisch blinzelte er sie an. Er gab eine Reihe undefinierbarer Laute von sich und schüttelte heftig den Kopf. Er schien nicht begeistert, sie zu sehen. Im Gegenteil: Er wirkte geradezu entsetzt.

Verwirrt betrat Milou den Raum. Der Holzboden knarzte unter ihrem Gewicht. Doch was war das? Ein tiefes Knurren – leise, fast unmerklich. Sie blieb stehen und spähte in eine Lücke zwischen den Kisten, konnte aber nichts erkennen. Auf der anderen Seite befand sich ein kleiner Bretterverschlag, in dem es ebenfalls dunkel war. Wieder gab Mads erstickte Laute von sich, dann schweifte sein Blick genau zu diesem Verschlag. Und wieder schüttelte er heftig den Kopf. Zögernd wagte sich Milou einen Schritt vor.

Erneutes Knurren. Wie angewurzelt blieb Milou stehen. Als sie diesmal zu dem Verschlag hinüberspähte und Gisbert die Kerze höher hielt, meinte sie, zwei leuchtende Augen zu sehen.

Blinzelnde Augen. Und wieder ein Knurren. Es begann wie das erste Donnergrollen eines Gewitters und wurde immer lauter, tiefer und bedrohlicher. Und dann tauchte aus der Finsternis plötzlich eine Schnauze auf, mit Lefzen, die bei jedem Knurren zwei Reihen messerscharfer Reißzähne entblößten.

Milou taumelte ein paar Schritte zurück und prallte gegen Gisbert. Die Angst schnürte ihr die Kehle zu. Jetzt trat das Monster aus der Dunkelheit und schnappte ein paarmal in die Luft. Seine Krallen kratzten über den Holzboden, die spitzen Ohren waren angelegt.

Gisbert packte Milous Schulter und riss sie nach hinten.

»Dolly«, sagte er und stellte sich schützend vor Milou.

Der Hund kam auf sie zu. Seine Pfoten waren riesig, sein sabberndes Maul sah aus, als könne er sie damit beide gleichzeitig in Stücke reißen.

Gisbert hielt den Besenstiel ausgestreckt vor sich, während er mit der anderen Hand heißes Wachs auf eine Kiste tropfte und die Kerze dort festklebte.

»Befreie ihn«, sagte er und nickte in Mads' Richtung. »Schnell.«

Dann hob er drohend seinen Besen. Milou hatte ihn noch nie so grimmig und wild entschlossen gesehen.

»Aber –«

»Jetzt!«, brüllte Gisbert – im selben Moment, in dem Dolly losstürmte.

Entsetzt beobachtete Milou, wie sich das Hundemaul um den Besenstiel schloss und Gisbert rückwärts zu Boden ging.

»Schnell!«, stöhnte er, während er verzweifelt versuchte, den Besen mit jedem Zuschnappen des Hundemauls zu drehen. »Lange kann ich das Biest nicht mehr hinhalten.«

Milou strauchelte durch den Raum, ging neben Mads in die Hocke und riss ihm den Stofflappen aus dem Mund.

»Seid ihr verrückt, direkt in die Höhle des Löwen zu kommen?« Mads' Stimme überschlug sich fast. »Wieso seid ihr hier? Es ist zu gefährlich!«

Milou griff nach dem Seil, mit dem seine Hände gefesselt waren. Ihre eigenen zitterten unkontrollierbar.

»Warum hätten wir nicht kommen sollen?« Sie zog an dem Knoten, aber ihre Finger rutschten ab, ohne dass er sich auch nur ein bisschen gelockert hätte. Milou knurrte frustriert. »Warum machen meine Finger nicht, was ich will?«

Die Geräusche hinter ihr – rasendes Knurren und zunehmend erschöpftes Stöhnen – ließen ihr fast das Blut gefrieren. Sie wagte nicht, sich umzublicken. Wenigstens hatte sie noch keinen Schmerzensschrei gehört.

»Tief durchatmen, Milou«, sagte Mads sanft. »Komm, versuch's noch mal, du schaffst das.«

Sie schüttelte ihre zitternden Hände und probierte es erneut, und endlich bewegte sich das Seil und der Knoten löste sich. Mads befreite seine Hände und lächelte sie dankbar an. Als Milou gerade nach dem Seil um Mads' Hüfte fassen wollte, jaulte Gisbert hinter ihnen laut auf. Milou rappelte sich hoch, bewaffnete sich wieder mit dem Mopp und schoss quer durch den Raum auf ihn zu. Dolly hatte Gisberts Besenstiel in der Mitte durchgebissen und nagte an einem Ende, während Gisbert sich mit wackeligen Beinen aufrichtete. Er presste seine Hand auf eine Wunde am Oberschenkel.

»Gisbert!« Milou bremste abrupt ab. Dolly stand im Weg. »Alles in Ordnung mit dir?«

»Bleib, wo du bist!«, schrie Gisbert panisch. »Ja, alles in Ordnung. Ist nur ein Kratzer.«

»Nein, ist es nicht!« Milou schlug den Wischmopp gegen die Wand, um die Aufmerksamkeit des Hundes auf sich zu lenken. Sofort schoss Dollys bulliger Kopf zu ihr herum. Und als die Hündin Sekundenbruchteile später auf sie zujagte, zitterten ihre hochgezogenen Lefzen vor Raserei und ihre Krallen klackerten über den Boden. Die Zähne sahen aus wie Reißnägel.

»Hey! Lass sie in Ruhe!«, brüllte Gisbert die Hündin an und klopfte wie verrückt mit dem zersplitterten Besengriff auf den Boden – trotz seiner Beinverletzung.

Doch Dolly beachtete ihn gar nicht, sie war viel zu beschäftigt, nach Milous Bauch zu schnappen.

»Hey!«, schrie Gisbert wieder.

Diesmal schnellte Dolly zu ihm herum, ihr Knurren wurde lauter. Und dann bellte sie, laut genug, um die Toten eines ganzen Friedhofs zu wecken. Auf jeden Fall laut genug, um oben an Deck gehört zu werden. Starr vor Schreck beobachtete Milou, wie Dolly zum Sprung ansetzte. Gisbert wankte einen Schritt nach vorn, aber sein verletztes Bein knickte unter ihm weg. Wehrlos stürzte er zu Boden – und sofort sprang Dolly auf ihn zu. Wie vom Donner gerührt schaute Milou zu, unfähig, sich zu bewegen. Ein Schrei bildete sich in ihrer Kehle, drang aber nicht nach draußen.

Gisbert wand sich auf dem Boden und trat mit seinem gesunden Bein um sich. Dolly flog über ihn hinweg, geradewegs durch die Türöffnung … und landete mit einem dumpfen Aufprall in dem Verschlag, aus dem sie gekommen war. Gisbert bewegte sich schneller, als Milou es jemals bei ihm gesehen hatte. Flink wie ein Krebs krabbelte er zu der Brettertür und knallte sie zu. Darauf hörten sie ein gedämpftes Knurren und dann ein lautes Rumsen, als sich der Köter mit Wucht gegen die Tür warf. Auf wütendes Gebell folgte weiteres Rumsen. Aber die Tür blieb zu.

Milou rannte zu Gisbert und half ihm, eine Kiste vor die Tür zu schieben. Er grinste sie schief an.

»Na, das war ja kn–«

Doch er verstummte, als draußen ein merkwürdiges Pfeifen ertönte. Gestützt auf Milou, hinkte Gisbert zum nächsten Bullauge. Der Himmel sah aus, als wäre eine ganze Farbpalette in der Luft explodiert.

Lottas Warnfeuerwerk.

»Milou! Gisbert! Achtung!«, rief Mads, der immer noch hilflos an seinem Seil zerrte. Mit einem Ausdruck blanker Panik starrte er zum anderen Ende des Raumes. Milou folgte seinem Blick. Eine Gestalt trat aus der Dunkelheit in den Lichtkreis der Kerze, einen gewaltigen Holzhammer über dem Kopf schwingend.

»Was treibt ihr denn hier?«, brüllte Pieter und seine Augen schossen zwischen ihnen dreien hin und her.

Gisbert wappnete sich, wollte sich einen Ladehaken als Waffe greifen, doch er fiel wieder hin und umklammerte mit schmerzverzerrtem Gesicht sein Bein. Milou stellte sich schützend vor ihn und schnappte sich eine Besenstielhälfte.

»Wonach sieht's denn aus?«, schnauzte sie und fuchtelte mit der gesplitterten Spitze in Pieters Richtung. »Wir holen Mads hier raus!«

Pieter runzelte die Stirn und senkte langsam seinen Holzhammer. »Wo ist …?«

Wie aufs Stichwort warf sich Dolly gegen die Tür des Bretterverschlags, nur wenige Zentimeter von Pieter entfernt. Der erschrak so dermaßen, dass er quer durch den Raum taumelte.

»Ist sie dort drinnen?«, kreischte er, plötzlich leichenblass. »Wie habt ihr –?«

Milou bemerkte, dass seine Hände zitterten. Er kam ihr jünger vor als beim letzten Mal. Und er wirkte panisch angesichts der Strafe, die ihn erwartete, falls er sie entwischen ließ. Sie senkte ihre Waffe.

»Hilf uns«, bat sie mit sanfter Stimme. »Du musst dem Kerl nicht gehorchen.«

Pieter schüttelte den Kopf.

»Bitte«, drängte Milou. »Wir verdienen das hier genauso wenig wie du.«

Pieters Nasenflügel bebten.

»Bitte, hilf uns.«

»Der bringt mich um!«

»Dann fliehst du eben mit uns.«

Erneutes Kopfschütteln. »Ich kann nicht. Ihr wisst nicht, wie er ist, ihr kennt ihn nicht. Er würde mich finden. Überall. Und euch ebenso.«

Wieder war von draußen ein Pfeifen zu hören, dann ein Krachen und dann flackerte buntes Licht herein. Lotta hatte einen weiteren Feuerwerkskörper gezündet. Was nur eines bedeuten konnte: Rotman war an Bord gekommen. Milou war klar, dass sie nicht warten konnte, bis Pieter vielleicht seine Meinung änderte. Sie brauchten eine neue Taktik. Eine, die schneller funktionierte. In drei Sätzen stand sie vor der Tür der Vorratskammer. »Ich lasse Dolly jetzt raus. Ihr gefällt's dort drinnen nicht«, verkündete sie.

Pieter wurde blass. »Oh Gott … nein!«

»Dann gib uns den Schlüssel, damit wir Mads befreien können!«, drängte Gisbert. Er hatte sich wieder aufgerichtet, konnte sich aber kaum auf den Beinen halten. Schweiß glitzerte auf seiner Stirn. »Du kannst gerne mit uns kommen. Zusammen schaffen wir's, ganz bestimmt.«

Pieter zuckte ein paarmal unschlüssig mit den Achseln, dann ließ er den Holzhammer fallen. Milous Herz machte einen Sprung vor Erleichterung. Behutsam ging sie auf Mads zu, aber als ihr linkes Ohr schmerzhaft zu kribbeln begann, blieb sie stehen. Und dann wich sie langsam zurück, während Pieter sie entsetzt anstarrte. Aus dem Vorraum war das unmissverständliche Knarzen von Holzplanken zu hören. Der Geruch nach Öl und Rauch wehte zur Tür herein … und dann erschienen die Spitzen zweier Robbenfellstiefel auf der Schwelle.

»Ja, was haben wir denn da für eine nette Überraschung?«

Rotman trat aus dem Halbdunkel, die Augen grausig kalt, das Gesicht versteinert – eine Pistole mit Perlmuttgriff auf Milous Brust gerichtet.

29

Fassungslos starrte Milou auf die Pistole, sie wagte kaum zu atmen. Ihr Ohr kribbelte nicht mehr nur, es stand in Flammen.

»Hallo meine Lieben«, begrüßte Rotman sie mit honigsüßer Stimme, während er die Pistole mit dem Daumen entsicherte. »Ihr könnt euch gar nicht vorstellen, wie ich mich freue, euch zu sehen! Ich habe mir solche Sorgen gemacht.«

Milou schwieg. Aus dem Augenwinkel sah sie, wie Monas verängstigtes Gesicht hinter dem Bullauge auftauchte und Gisbert sich zu Boden fallen ließ. Pieter wimmerte still vor sich hin, eng an die Tür des Bretterverschlags gedrückt, hinter der Dolly sich wie eine Wahnsinnige aufführte.

»Pieter, du überraschst mich!«, fuhr Rotman fort. »Du hast doch gesehen, was diese Gören der armen alten Waisenhausleiterin angetan haben! Glaubst du wirklich, dass sie sich um irgendjemand anderen scheren als um sich selbst?«

Milou blickte nach unten. Ihr Schatten ballte sich um ihre Füße, schwärzer und dichter, als Schatten normalerweise waren. Instinktiv trat sie einen Schritt zurück. Der altersschwache Holzboden ächzte.

»Du! Rührst! Dich! Nicht! Mädchen!«

Milou erstarrte. Das grausame Grinsen des Zuckerhändlers wich einem drohenden Ausdruck. Sein Schnauzbart zuckte. Dolly bellte und schmiss sich gegen die Tür. Rotmans Augenbrauen schnellten nach oben.

»Ts, ts, ts, erstaunlich, die Jugend von heute! Pieter, eigentlich sollte ich dich zu Dolly sperren, um dich daran zu erinnern, wer hier dein Boss ist.«

»Bitte ... nein! Es tut mir so leid! Ich ... ich wollte nicht ...!«

Rotman humpelte vorwärts und rammte seinem Lehrling den Ellbogen ins Gesicht, sodass dieser nach hinten taumelte. Blut schoss ihm aus der Nase und spritzte auf Milous Wange. Er sackte neben ihr zu Boden und rollte sich wimmernd zusammen.

»Wir hätten diesen verdammten Hafen schon vor Wochen verlassen sollen!«, schimpfte Rotman. »Wir müssten eigentlich längst auf dem Indischen Ozean sein. Habt ihr auch nur die geringste Vorstellung, wie viel Geld ihr mich kostet?! Ganz zu schweigen von den Arztrechnungen für meinen Fuß! Miese Brut!«

»Das ist nicht unser Problem«, zischte Milou.

Rotman grinste höhnisch. »Oh, das ist absolut euer Problem, Kindchen.« Er humpelte weiter auf sie zu. »Und ihr werdet mir bis auf den letzten Cent zurückzahlen, was ihr mir schuldet.«

»Unser Vater wartet hier ganz in der Nähe«, sagte Milou. »Wenn wir nicht gleich zurück sind, kommt er uns holen. Und ich sage Ihnen: Er ist kein Mann, mit dem man sich freiwillig anlegt.«

»Euer Vater?«, Rotmans Grinsen schwächelte einen Moment, doch dann schüttelte er den Kopf. »Vergiss es, Mädchen! In wenigen Minuten haben wir abgelegt.«

»Aber Sie haben gar nicht die nötigen Papiere, um uns mitzunehmen.«

»Kein Problem, notfalls schmuggele ich euch in diesen Kisten hier aus dem Hafen.«

»Hey, Käsegesicht!«, kreischte eine schrille Stimme hinter dem Bullauge.

Lotta hatte sich halb durch das winzige Fenster gezwängt, eine Röhre in der Hand, aus deren Ende Funken flogen. Reflexhaft schwenkte Rotman seine Pistole in ihre Richtung, aber Lotta war schneller und schmiss ihm den Feuerwerkskörper direkt vor seine Robbenfellstiefel. Eine Sekunde später explodierte der ganze Raum in einem bunten Funkenregen.

Milou warf sich zu Boden und legte schützend den Arm über Pieter, während die Rakete von allem, was sie berührte, abprallte und zischend hin und her sauste. Dabei warf sie die Kerze um und zog eine wilde Spur aus Funken hinter sich her. Der Rauch kräuselte sich immer dichter und füllte schließlich den ganzen Frachtraum. Als Milou ihn hektisch wegwedelte, sah sie, dass an verschiedenen Stellen Feuer ausgebrochen war. Rotman lag hustend in der offenen Tür, Flammen leckten an seinen Stiefeln.

Als Milou sich vom Boden hochdrückte, stieß ihre Hand gegen etwas Kaltes, Metallenes. Die Pistole mit dem Perlmuttgriff! Einen Moment lang durchbohrten sie und der Zuckerhändler sich mit Blicken. Dann rappelte er sich hastig hoch, die Hand vor den Mund gepresst, und knallte die Tür hinter sich zu. Sie waren gefangen, zusammen mit dem Rauch und dem Feuer.

»Milou! Schnell!«, schrie Lotta, die zusammen mit Mona versuchte, Gisbert durch das kleine Fenster zu ziehen.

Milou rüttelte Pieter an der Schulter und drehte ihn auf den Rücken. Er hatte aufgehört zu winseln, sah aber immer noch vollkommen verstört aus. »Du wirst meinen Freundinnen helfen, Gisbert sicher hier raus und an Land zu bringen«, sagte sie, zerrte Pieter hoch und schob ihn zum Bullauge. »Wir helfen dir im Gegenzug, von Rotman wegzukommen, versprochen.«

Er nickte wie betäubt.

»Aber ohne euch gehen wir nicht«, rief Gisbert über die Schulter, bevor ihn ein Hustenanfall schüttelte.

»Sobald ich Mads befreit habe, kommen wir nach.« Milou wartete Gisberts Reaktion nicht ab, sondern rannte bereits zu Mads, der immer noch verzweifelt an dem Knoten hinter sich herumfummelte. Rauch kroch ihr in Nase und Hals.

»Halt durch, ich komme!«

Sie hörte ein Knarzen hinter sich, dann ein lautes Krachen: Ein hölzerner Stützbalken war heruntergekommen und blockierte den Weg zu dem Bullauge, durch das die anderen gerade ins Freie geklettert waren. Milou fluchte, aber erstaunlicherweise zitterten ihre Hände kein bisschen, als sie das Seil entknotete. Kaum war Mads frei, warf er sich Milou um den Hals und drückte ihr die letzte Luft aus der Lunge. Doch sie schob ihn sanft weg. Für Umarmungen war jetzt keine Zeit.

Wieder polterte es, dann drang ein lautes Heulen aus dem Bretterverschlag. Dolly.

»Warte kurz«, sagte Milou. »Und binde dir dein Halstuch vor den Mund.«

Sie umrundete eine brennende Kiste und öffnete die Tür des Frachtraums. Dann schob sie den kaputten Besen vorsichtig durch die Flammen vor dem Bretterverschlag, verkeilte ihn schräg unter der Türklinke und trat schließlich den Besenstiel weg. Die Tür sprang auf und eine große schwarze Silhouette schoss heraus. Dolly bellte kurz die Flammen an, dann schnellte sie herum und floh aus dem Frachtraum. Milou eilte zu Mads zurück, der sie ungläubig anstarrte.

»Wir konnten sie doch schlecht dort drinnen verbrennen lassen, oder?«, sagte Milou. »Das hätte Mona uns nie verziehen, auch wenn der Köter versucht hat, Gisbert zu fressen. So, und jetzt lass uns endlich abhauen.«

Sie drückte ein zweites Bullauge auf und sog die frische Luft ein. Mist! Sie befanden sich auf der landabgewandten Seite des Schiffes. Und durch den Rauch konnte sie nicht mal erkennen, wie weit der Kai entfernt war. Sie sah nur eine endlose Fläche Wasser vor sich.

»Egal, komm!« Sie zwängte sich bereits durch das Fenster und zog Mads hinter sich her.

Entsetzt klammerten sie sich an den Rand des Bullauges, unter sich das eisige, schwarze Wasser.

»Hier kommen wir nicht weg«, keuchte Mads.

Milou spürte, wie sie abrutschte, Millimeter für Millimeter. Lange konnte sie sich nicht mehr halten, das war ihr klar. Panisch ließ sie ihren Blick schweifen. Vom Kai her hörten sie Geschrei und Gebell. Der Wind fachte das Feuer an, die Flammen hatten bereits das Deck erreicht und näherten sich mit beängstigendem Tempo den zusammengerollten Segeln. Dicker schwarzer Rauch umgab das Schiff.

»Es gibt zwei Möglichkeiten«, krächzte Milou. »Entweder rauf – oder runter.«

»Wir können weder schwimmen, noch sind wir feuerfest.«

»Und wenn wir versuchen, seitwärts wegzukommen?«

Eine der Querstangen am Mast ächzte, knickte um und donnerte herunter. Zischend und dampfend krachte sie in die Fluten. Ein Schwall eisigen Wassers klatschte Mads und Milou gegen die Beine. Verzweifelt klammerten sie sich an das schaukelnde, brennende Schiff.

»Milou, es tut mir so leid!«, stammelte Mads nach einer Weile. Er sah völlig entmutigt aus.

»Mads Poppenmaker, ich müsste dich genauso um Verzeihung bitten, aber dafür ist jetzt nicht der richtige Moment. Jetzt ist der richtige Moment, um *nicht* zu sterben.«

Mads nickte und Milou blickte sich weiter nach einer Fluchtroute um. Plötzlich sah sie wieder Lotta vor sich, wie sie sich mithilfe des Windenseils aus der »Kleinen Tulpe« rettete. Wenn Mads und sie überleben wollten, mussten sie es genauso machen. Zum Glück gab es jede Menge Taue, die am Schiffsrumpf herabbaumelten. Milou zog das nächstbeste zu sich heran.

»Hier«, sagte sie. »Halt dich daran fest. Wir schwingen uns bis zum nächsten Fenster. Vielleicht schaffen wir es auf diese Weise bis zur anderen Rumpfseite und können dann über die Zugangsbrücke in Sicherheit klettern.«

Sie stemmte ihre Füße gegen den Rumpf, schwang seitwärts und knallte ziemlich unsanft gegen das benachbarte Bullauge. Zum Glück konnte sie ihre Schuhspitze hinter dem vorstehenden Rahmen verkeilen und sich daran festklammern. Mads machte es ihr nach, und Milou schnappte sich seinen Stiefel, bevor er zurückschwingen konnte.

Ein weiteres brennendes Holzteil rauschte an ihnen vorbei. Das Feuer prasselte jetzt so laut, dass Milou die Rufe der Hafenarbeiter kaum noch hörte. Und dann drang plötzlich lautes Gebimmel an ihr Ohr. Ein Löschkarren näherte sich.

»Noch sieben Fenster.« Mads krampfte sich ein Lächeln ab.

Sie schafften es noch bis zum nächsten und auch zum übernächsten Bullauge, doch es fiel ihnen zunehmend schwer, sich festzuklammern. Milous Hände brannten, ihre Knöchel und Schienbeine waren wahrscheinlich von blauen Flecken übersät. Zweimal wäre sie beinahe ins Wasser gestürzt. Sie mussten pausieren und ihre verkrampften Finger ausruhen. *Hoffentlich sind die anderen in Sicherheit*, dachte Milou. Ihre Augen tränten und sie wurde von Hustenreiz geschüttelt. Neben ihr hatte Mads genauso zu kämpfen. Wenn sie sich nicht beeilten, würden sie ersticken!

Milou hangelte nach dem nächsten Seil, aber es löste sich von der Reling und klatschte ins Wasser. Ihre Ohren begannen schmerzhaft zu kribbeln.

»Achtung, da oben!«, schrie Mads.

Milou blinzelte am Rumpf empor. Eine große, vom Feuer beschienene Gestalt beugte sich über die Reling und sah mit eisigem Blick zu ihnen hinunter. Rotman. Trotz des Tuchs, das er sich über Mund und Nase gezogen hatte, erkannte Milou ihn sofort.

Als sich ihre Blicke kreuzten, setzte ihr Herz für ein paar Schläge aus: Rotman hielt einen Sandsack über die Reling, genau auf Milous Höhe. Und dann ließ er ihn mit einem sadistischen Grinsen fallen.

Milou hätte den Sack mitten ins Gesicht bekommen, hätte nicht irgendetwas sie zur Seite geschubst. In letzter Sekunde bekam sie ein Tau zu fassen, an dem sie zwar ein Stück abrutschte, sich aber halten konnte. Als sie sich verwirrt umdrehte, sah sie voller Entsetzen, wie der Sandsack Mads an der Schläfe traf. Seine Finger lösten sich vom Bullauge und er klatschte ins eisige Wasser. Hilflos ruderte er mit Armen und Beinen, Augen und Mund vor Schreck weit aufgerissen. Für ein paar Sekunden schien das Wasser eine Art Mulde um ihn herum zu bilden, dann schlugen die Wellen über seinem Kopf zusammen – und verschluckten ihn.

Er war so rasend schnell untergegangen, dass Milou Mühe hatte zu begreifen, was da gerade passiert war: Mads hatte sie aus dem Weg gestoßen und dafür in Kauf genommen, selbst von dem Sack getroffen zu werden.

Rauch umhüllte sie, ihr wurde schwindelig. Sie blickte nach oben, doch Rotman war verschwunden. Dann sah sie erneut nach unten – Mads war nicht wiederaufgetaucht. Blasen zeigten die Stelle an, wo er untergegangen war. Und sein Halstuch, das auf der Oberfläche schaukelte …

Verdammt, Mads konnte doch nicht schwimmen! Aber sie selbst konnte es auch nicht.

Plötzlich kniff ihr etwas ins Ohr und ein Schatten legte sich um ihre Hand. Als sie sich gerade bereitmachen wollte zu springen, hörte sie eine flehende Stimme – oder war es ein Windstoß?

NEIN!

Die Stimme war so leise und so unwirklich, dass sie sie wahrscheinlich nie vernommen hätte, wenn sie nicht direkt in ihr kribbelndes Ohr gesprochen hätte.

Der Schatten rund um ihre Hand wuchs.

»Es geht nicht anders, ich muss!«, keuchte sie.

Und dann ließen ihre Finger das Tau los. Einen Herzschlag später tauchten ihre Fußspitzen ins Wasser und gleich darauf schlossen sich die Fluten über ihrem Kopf. Sie wurde in die schwarze Tiefe gesogen.

30

Im ersten Moment spürte Milou die Kälte überhaupt nicht. Erst ein paar Sekunden später hatte sie das Gefühl, als würde ihr Körper von Kopf bis Fuß zusammengedrückt. Wie in einem Schraubstock. Sie ruderte mit den Armen und trat wie wild um sich, aber das ließ sie nur noch schneller sinken. Es war so stockfinster, dass sie buchstäblich nichts sah. Sie hätte nicht einmal sagen können, wo oben und unten war. Luftblasen blubberten in ihren Ohren. Strampelnd schickte sie Stoßgebete an die Oberfläche, aber das eisige Wasser hatte sie fest im Griff. Als sie sich schon fast damit abgefunden hatte, zu ertrinken, hauchte ihr wieder diese unwirkliche Stimme ins Ohr: *NEIN!*

Plötzlich spürte sie eine klammernde Hand an ihrem Bein. Fast hätte sie laut aufgeschrien. Mads! Er zog sie zu sich heran und sie hielten sich aneinander fest. Noch im Sprung hatte sie tief Luft geholt, und jetzt brannte ihre Lunge, weil sie endlich ausatmen wollte. Mit letzter Kraft machte sie ein paar Beinbewegungen. Und sofort war da wieder diese Stimme, leise, aber eindringlich.

STOPP.

Eine Luftblase löste sich aus ihrem Mund und rollte kitzelnd über ihre Wange.

STOPP.

Milou hörte auf zu treten.

GUT.

Neben ihr strampelte Mads in wilder Panik. Sie drückte seine Hand, bis er sich etwas beruhigt hatte. Ihre Lunge brannte jetzt wie Feuer. Eine weitere Luftblase entschlüpfte ihrem Mund und bahnte sich einen Weg über die Wange zu ihrem Ohr. Moment! Hieß das, dass sie nicht senkrecht im Wasser strampelte, mit dem Kopf nach oben, sondern waagerecht? Mit ein paar kraftlosen Armbewegungen änderte sie ihre Position, bis die nächsten Blasen an Nase und Stirn emporstiegen – Richtung Oberfläche.

JA!

Jetzt begann Milou, schnelle, kurze Stöße mit ihren Beinen zu machen. In ihrem Kopf drehte sich alles, der Druck in ihrer Lunge war kaum noch auszuhalten. Aber sie trat weiter. Kleine kontrollierte Beinbewegungen. Und langsam, quälend langsam, stiegen sie und Mads auf.

Als sie endlich die Oberfläche durchbrachen, fühlte sich die Winterluft fast wohlig warm an. Gierig sogen sie sie ein. Milou blickte Mads prüfend an. Er sah genauso elend aus, wie sie sich fühlte. Seine Haare klebten an den Wangen, er hatte Mühe, die Augen offen zu halten.

Sie hielten sich an den Händen und trieben auf dem Rücken. Das schwelende Wrack der *Zeehond* ragte neben ihnen auf, die entsetzten Schreie der Hafenarbeiter hallten über's Wasser. Doch irgendwie konnte Milou nur unscharf sehen, ihre Augenlider waren so verdammt schwer. Dafür ließ das Brennen in ihrer Brust nach, aber das hatte vielleicht damit zu tun, dass sie langsam das Bewusstsein verlor? Jedenfalls nahm sie nur noch verschwommen wahr, dass sich Mads' Griff um ihr Handgelenk löste. Und dass ihr die Wellen ins Gesicht schwappten, bekam sie auch nicht mehr richtig mit.

Sie war schon wieder am Untergehen.

NEIN!

Wasser spritzte ihr in die Nase, dann in die Augen. Doch diesmal hatte sie keine Kraft mehr, dagegen anzukämpfen. Alles, woran sie denken konnte, war, dass ihre Familie sie nun nicht mehr finden würde. Denn natürlich würden sie nie auf die Idee kommen, auf dem Grund des Nordseekanals nach ihr zu suchen. Vielleicht würde sie ja irgendwann ans Ufer treiben, aber dann würde trotzdem niemand wissen, wer sie war.

NEIN!

Sie würde als namenloses Waisenkind sterben.

MILOU!

Mads' Hand war jetzt komplett verschwunden. Sie war alleine, als die Fluten sie verschluckten.

MILOU!

Es war eigentlich schön warm. Herrlich sogar. Milous Augen waren nur noch einen kleinen Spaltbreit geöffnet, aber irgendwie kam ihr das Wasser plötzlich heller und klarer vor.

MILOU!

Dort unten, auf dem Grund des Kanals, sah sie ein Tor. Noch war es außer Reichweite, aber es kam näher. Genauso ein Tor wie in Liesels Geschichte. Und Milou sank direkt darauf zu.

NEIN!

Merkwürdig, jetzt wurde das Wasser wieder dunkler und Sekunden später sah sie nichts mehr.

MILOU!

Plötzlich zerrte jemand heftig an ihrem Arm, als wollte er ihn auskugeln. Das Wasser über ihrem Gesicht verschwand und sie atmete plötzlich wieder Luft ein. Ihr Blickfeld bestand nur aus verschwommenen Pünktchen, trotzdem konnte sie den Umriss eines runden Kopfes mit leicht schiefen Ohren erkennen.

Ihr Rücken kam mit etwas Hartem in Berührung und dann schoss eine Wasserfontäne aus ihrem Mund. Komisch, das Wasser verbrannte ihr die Kehle. Als Nächstes hörte sie lautes Husten. Es klang, als würde die Lunge gleich mit durch den Hals rutschen. Erst nach ein paar Sekunden merkte sie, dass es *ihr* Husten war.

»Milou?« Die Stimme klang vertraut und zugleich fremd, krächzend und ganz leise.

»Milou?« Diese Stimme war leichter zu erkennen. Sie war süß und weich.

»Milou?« Die letzte Stimme hörte sich nach Zuhause an.

Und dann vermischten sich alle drei Stimmen, als sie immer wieder ihren Namen riefen. Sie verschmolzen so sehr, dass Milou nicht mehr hätte sagen können, wo die eine anfing und die andere aufhörte. Das Einzige, was sie wusste, war, dass alle drei Stimmen zusammen wie ein Wiegenlied klangen. Prompt fielen ihr die Augen zu und sie sank in einen unruhigen Schlaf.

Als sie schließlich aufwachte, schaukelte und schwankte die Welt um sie herum. Das Erste, was sie sah, als sie die Augen aufschlug, war der klare Nachthimmel über ihr: eine gestochen scharfe Mondsichel und eine Riesenmenge funkelnder Sterne. Am Rande ihres Blickfeldes nahm sie außerdem die bewegten Umrisse von Bäumen wahr. Sie blinzelte und die Bäume verschwanden, wie schwebende Geister.

Ihr Herz stockte. Ihr Körper fühlte sich kalt und schwer an. Hatte sie Theodoras Albtraum betreten?

Da schob sich ein blasses Gesicht vor ihre Augen, mit krauser Stirn, zerzaustem blondem Haar und schiefen Ohren.

»Milou?«, fragte Gisbert und seine Stirnfalten verschwanden, als er erleichtert zu ihr herunterlächelte. »Oh, Gott sei Dank, du bist wach!«

Milou stöhnte. Ein Schauder lief ihr über den Rücken, ihre Schultern verkrampften. Sie war immer noch eisig und nass. Zwar lag Lottas Wollmantel ausgebreitet über ihr und schützte sie vor dem Wind, aber die Kälte in ihren Knochen konnte er nicht vertreiben. Mit Gisberts Hilfe setzte sie sich auf. Sie hockten in einem Tretboot. Lotta und Mona knieten vor einer in das Boot eingelassenen Radachse und drehten sie, wodurch sie zwei Schaufelräder zu beiden Seiten des Rumpfes antrieben. Diese wiederum ließen das Boot in gleichmäßigem Tempo durch den Kanal gleiten. Im Bug lag ein zusammengekauerter Mads, eingewickelt in Gisberts Samtjacke, und schlief. Sein Atem ging stoßweise. Neben ihm lag ausgebreitet sein klatschnasses Halstuch.

»Was …?«

»Pieter hat uns zu einem Rettungsboot geführt«, sagte Gisbert leise. »Ich dachte schon, ihr wärt beide tot.«

Milou blinzelte. »Und wo ist Pieter jetzt?«

»Wir haben ihn an einem Kanal stadtauswärts rausgelassen«, erklärte Lotta. »Er ist auf einen Lastkahn Richtung Süden geklettert. Er sagte, dass seine Familie in Rotterdam lebt.«

»Und wo sind wir?«, fragte Milou mit schwacher Stimme.

»Sieh dich um«, lächelte Gisbert.

Verblüfft rieb sich Milou die Augen. Sie fuhren an Eddas Haus vorbei! Ein Stück weiter vorn war ihre Windmühle. Sie waren fast zu Hause.

Ihr Blick huschte zurück zu Mads. Das Mondlicht, das sich im Wasser spiegelte, malte ein geriffeltes Muster auf sein Gesicht.

Sie hatten es tatsächlich nach Hause geschafft! Alle fünf.

31

Milou verbrachte den ganzen nächsten Tag in ihrem Küchenschrankbett und bekam heißen Kräutersud von Mona eingeflößt. Nach einer Weile klang ihr Husten tatsächlich etwas ab, auch wenn ihr die Brust nach wie vor wehtat. Im Wohnzimmerschrankbett lag Mads. Seit ihrer Rückkehr war er nur ein paarmal kurz aufgewacht. Dann hatte er ihren Namen gemurmelt, bevor er wieder in seine Fieberträume versunken war und das Drama an Bord der *Zeehond* noch einmal durchlebte.

Milou ging es nicht anders. Sobald sie wegdämmerte, träumte sie von Rauch, Dunkelheit und der undurchdringlichen Tiefe des Meeres. Und jedes Mal tauchte am Ende dieses grässliche Eisentor auf. Aber das Schlimmste: Sosehr sie auch strampelte und ruderte, sie gelangte nie an die Wasseroberfläche. Es war ein Meer der Albträume. Und deshalb versuchte Milou alles, um wachzubleiben. Zum Beispiel, indem sie auf die leeren Seiten von Liesels unvollendeter Geschichte starrte. Verdammt, wenn ihr nicht bald ein Ende einfiel und sie nicht schleunigst mit den Proben begannen, würde ihr ganzer schöner Plan wie ein Kartenhaus zusammenfallen. Die Aufführung war schon in zwei Tagen!

Knarzend öffnete sich die Küchentür und Lotta und Mona kamen herein, beide mit einer dampfenden Tasse in der Hand. Milou konnte das widerliche Kräutergebräu schon vom Bett aus riechen.

»Riecht wie alte Socken mit Käse«, stöhnte sie und wich so weit wie möglich vor Monas Tasse zurück.

»Trink«, krächzte Mona mit ihrer Reibeisenstimme, die trotzdem jedes Mal wie Musik in Milous Ohren klang.

Mona streckte ihre Hand aus, hielt Milou die Nase zu und führte die Tasse an ihre Lippen. Milou öffnete den Mund, um zu protestieren, was Mona nutzte, um die warme Flüssigkeit hineinzugießen.

»Urgh!«, würgte Milou. »Riecht nicht nur wie alte Socken mit Käse, *schmeckt* auch so.«

Mona grinste, nahm sich Lottas Tasse und verließ den Raum, um Mads mit ihrem Gebräu zu beglücken.

Lotta sah ernst und auch ein bisschen feierlich aus. »Zumindest habt ihr beide den Albtraum überlebt.«

»Ja, ich würde sagen: Emiliana hat das Geld, das ich ihr gegeben habe, wirklich verdient …«

Lotta runzelte die Stirn. »Aber du hast ihr das Geld doch gar nicht gegeben.«

»Doch, hab ich. Und ich bereue es nicht.«

Lotta schüttelte den Kopf. »Nein, hast du nicht. Ich habe den Beutel mit den Münzen doch in deiner Tasche gefunden. Gisbert hat damit heute die Werbung für die Aufführung in die Zeitung gesetzt.«

Milou öffnete den Mund – und schloss ihn wieder. Emiliana

musste ihr das Geld in die Tasche zurückgesteckt haben, als sie diese merkwürdige Warnung vor Schatten und Geistern ausgesprochen hatte.

Aus dem Wohnzimmer war lautes Prusten zu hören.

»Boah, ist das ekelhaft!«, keuchte Mads.

Milou kletterte aus dem Bett und humpelte an Lottas Arm zu Mads hinüber. Der Boden wackelte nicht mehr ganz so unter ihren Füßen wie am Vortag, aber ein bisschen schwindelig fühlte sie sich noch immer.

»Ich hab genug von dem Zeug getrunken«, maulte Mads und krabbelte ebenfalls aus dem Bett. Doch kaum hatte er sich aufgerichtet, klappte er schon wieder zusammen.

Lotta und Mona zogen ihn hoch und diesmal fiel er nicht um, denn er schlang seine Arme geradewegs um Milous Hals und drückte sie fest an sich.

»Bäh«, sagte sie und zog sich eine Strähne seiner Haare aus dem Mund. »Für einen Fast-Ertrunkenen bist du ganz schön stark.«

»Milou«, seufzte er und umarmte sie noch fester. »Es tut mir so leid! Ich hätte uns alle fast umgebracht.«

Milou drückte ihn. »Und ich habe dir das Gefühl gegeben, als wäre die Suche nach deinen Eltern weniger wichtig als die nach meinen. Das tut *mir* leid. Ihr vier habt mir so sehr geholfen. Ich hätte euch genauso unterstützen sollen. Ihr habt das gleiche Recht, Fragen nach eurer Herkunft zu stellen.«

»Ich weiß, aber es war total unvernünftig und egoistisch von mir, direkt zu Rotman zu rennen. Ich wünschte, ich hätte mir vorher zumindest einen Plan zurechtgelegt.«

»Warum bist du *überhaupt* zu ihm gegangen?«, fragte Lotta.

Mads lehnte sich gegen das Bett und verzog das Gesicht. »Weil er der einzige Mensch ist, den ich kenne, der so weit gereist ist. Ich wollte mich einfach nur vergewissern, ob an Eddas Theorie etwas dran sein könnte. Ob mein Halstuch tatsächlich aus Java stammen könnte. Ich wollte so tun, als würde ich mit ihm fahren, ihn ganz nebenbei nach dem Tuch ausfragen und dann schnell abhauen.«

»Ich glaube, ich hätte das Gleiche gemacht«, gab Milou zu. »Oder etwas ähnlich Verrücktes.«

»Ich war einfach verzweifelt.« Mads nahm sein Tuch vom Kopfkissen, wickelte es sich um den Hals und beäugte es. »Und leider habe ich immer noch keinen blassen Schimmer, wo ich mit der Suche beginnen soll.«

Milous Herz krampfte sich zusammen vor Mitgefühl. »Sobald wir Speelman vom Hals haben, setzen wir uns hin und überlegen uns einen Plan. Gemeinsam. Und wenn wir an jede Tür in Amsterdam klopfen müssen – wir werden es tun. Bis wir jemanden finden, der uns etwas über dein Tuch erzählen kann. Versprochen.«

»Gemeinsam«, wiederholte Mads lächelnd … und leicht schwankend.

Lotta sah ihn streng an. »Du gehörst ins Bett.«

»Bitte, nur noch ganz kurz. Dann lege ich mich brav wieder hin, Ehrenwort.«

Er warf einen nervösen Blick auf die hölzernen Wände des Schrankbetts und Milou wusste, woran sie ihn erinnerten: an den Frachtraum des Schiffes.

»Warum gehen wir nicht kurz etwas frische Luft schnappen?«, schlug sie vor.

Lotta und Mona guckten zweifelnd. Dann seufzte Lotta.

»Wenn ihr zwei wild entschlossen seid, jeden medizinischen Rat in den Wind zu schlagen, dann könnt ihr genauso gut mitkommen und euch ansehen, was wir gemacht haben, während ihr geschlafen habt.

Das grelle Sonnenlicht blendete Milou und Mads, als sie, gestützt von Lotta, durch die Haustür traten. Langsam humpelten sie über den Kiespfad zur Scheune. Das laute Quietschen der Theatertür jagte ihnen einen erwartungsvollen Schauder über den Rücken. Lotta grinste.

»Ich hab das Schmieröl aus den Türangeln gekratzt«, erklärte sie. »Das macht es gleich ein bisschen atmosphärischer.«

Milou stand auf der Türschwelle und bekam den Mund nicht mehr zu vor Staunen. Gisbert, Lotta und Mona hatten den gesamten Innenraum dekoriert. Von den Dachsparren hingen Geister aus dünner weißer Gaze an Drähten. Raschelnd schwebten sie vor der Nachthimmelkulisse. Die Bühne selbst war hinter zwei nagelneuen Vorhängen aus schwarzem Amsterdamer Samt verborgen. *Karneval der Albträume* war in elegantem Schriftzug quer darüber gestickt. Mona hockte auf dem Dach einer hölzernen Bude am anderen Ende der Scheune und schrieb mit leuchtend roter Farbe *Warme Waffeln* auf ein Schild.

Aber was Milou am meisten faszinierte, war der riesige skelettartige Nachtbaum, der auf der linken Bühnenseite aufragte.

Seine schwarzen Wurzeln krochen über den Boden, seine knotigen Äste wickelten sich um die Bühne und rahmten die Szenerie schaurig ein. Gisbert hockte auf halber Höhe in den Zweigen und hängte irgendwelche Klauen und Knochen auf. Seine Haare standen in alle Richtungen ab. An seinem rechten Ohr hingen Reste eines staubigen Spinnennetzes.

»Wie gefällt's dir, Papa?«, fragte Lotta Marionettenpapa, der auf einem Stuhl in der hinteren Reihe saß und ihnen bei der Arbeit zusah. »Großartig, oder?«

»Es ist wunderschön!«, rief Mads.

Milou sagte gar nichts. Es hatte ihr die Sprache verschlagen.

»Kommt, setzt euch in die erste Reihe«, forderte Lotta sie auf. »Das Beste kommt erst noch.«

Sie folgten ihr nach vorne und nahmen, immer noch völlig sprachlos, vor der Bühne Platz. Gisbert und Mona hockten sich neben sie, Lotta verschwand hinter dem Vorhang.

»Ihr werdet begeistert sein …«, sagte Gisbert, doch eine dröhnende Stimme übertönte ihn. Milou fuhr vor Schreck von ihrem Stuhl hoch.

»WILLKOMMEN, BÖSE GEISTER UND GHULE!«

War das etwa …? Tatsächlich, das war Lottas Stimme, die da durch den Raum hallte?! Blechern und unfassbar laut! Der Vorhang öffnete sich und Milou starrte geradewegs auf die monströsen Fangzähne einer riesigen Spinnenmarionette. Ihre Beine zuckten, ihre Greifarme schnappten. Und dann kletterte sie mit einem rasselnden Geräusch von der Bühne und krabbelte geradewegs über Milous Kopf, die sich kreischend duckte. Aufgehängt an einem Draht, der Milou bislang nicht aufgefallen war, trippelte die Spinne weiter über die Stuhlreihen, bis zum anderen Ende der Scheune. Dort machte sie kehrt und lief zurück zur Bühne, wo sie hinter dem Vorhang verschwand.

Einen Moment später tauchte Lotta am Bühnenrand auf, über beide Ohren grinsend.

Milou und Mads tauschten einen ehrfürchtigen Blick.

»Das ist einfach perfekt!«, rief Milou, der vom vielen Lächeln schon die Wangen wehtaten. »Absolut perfekt!«

»Ich hab sogar eine Drehorgel gefunden.« Lotta zog einen kleinen Vorhang an der Seite der Bühne zurück. »Die stand hinter all dem Gerümpel in der hintersten Scheunenecke.«

Die Orgel hatte die Größe eines Handkarrens. Unterschiedlich lange Blechpfeifen ragten aus dem Deckel. In einem Fach neben den Elfenbeintasten klemmte ein Stapel Ziehharmonikapapier, dessen eines Ende aus einem briefkastenartigen Schlitz herausschaute. Lotta drehte eine Kurbel an der Seite und eine leiernde Melodie erfüllte den Raum. Als sie aufhörte zu drehen, hörte auch die Musik auf.

»Hast du die Geschichte zu Ende geschrieben?«, fragte Gisbert.

Milous Lächeln verschwand. Sie hatte sich den ganzen gestrigen Tag den Kopf zerbrochen, aber immer wieder hatte ihr der Unterwasseralbtraum dazwischengefunkt. Sobald sie eingeschlafen war, waren die schrecklichen Bilder zurückgekommen und jedes Mal hatte sich Milou gefühlt, als würde sie untergehen. Wie sollte man sich auf ein Geschichtenende konzentrieren, wenn man Angst hatte einzuschlafen und nie wieder aufzuwachen?

»Nun ja … ich …«, stotterte sie. Sie wollte ihre Freunde nicht enttäuschen, ihnen die gute Laune nicht verderben, nach all der Mühe, die sie sich gegeben hatten. »Ich …«

»Hier sieht's jedenfalls genau so aus, wie ich mir Theodoras Albtraum vorstelle«, sagte Mads und fügte etwas leiser hinzu: »Und ein bisschen auch wie in *meinen* Albträumen.«

Milou drehte sich zu ihm. Er hatte recht! Genau wie Mads und sie selbst war Theodora offenbar in schreckliche Albträume abgedriftet, sobald ihr die Augen zugefallen waren. Ob auch sie sich vor dem Einschlafen gefürchtet hatte? Ob auch sie Angst gehabt hatte, nicht wieder aufzuwachen? Bedeuteten ihre Albträume vielleicht, dass sie Panik hatte zu ster–?

»Milou …?«, fragte Gisbert.

Milou betrachtete die Gespenster und Spinnweben. Und wie in Lottas Welt der Mechanik und der Zahnräder, griff plötzlich eines ins andere und die Lösung für das Problem ruckelte wie von selbst an ihren Platz.

»Milou …?«, wiederholte Gisbert.

»Ja.« Ihr Herz flatterte wie die Flügel einer Fledermaus. »Ja, ich weiß, wie die Geschichte endet.«

Ihre Freunde lächelten sie an.

»Perfekt, dann sind die Poppenmakers also startklar.« Lotta strahlte. »Der Karneval der Albträume kann beginnen.«

Milou lächelte. »Ja, und unser eigener Albtraum wird enden.«

32

Zwei Tage später war es so weit: Der Abend der Aufführung war gekommen. Von den Kanälen stieg dichter Nebel auf und waberte über die Felder. Der Vollmond hing wie ein riesiger Opal am sternenübersäten Himmel, der eine geisterhafte violette Färbung angenommen hatte. Milou war auf einen der Windmühlenflügel geklettert und atmete in tiefen Zügen die Nachtluft ein. Aber es half nichts, die Nervosität blieb, ihr Puls raste. Von ihrem Ausguck verfolgte sie atemlos die Prozession aus schaukelnden Laternen, die sich der Mühle näherte. Das Gewieher von Pferden und das Rumpeln von Kutschenrädern mischten sich mit Stimmengewirr. Die Menschenmenge vor dem eisernen Tor wuchs.

Ihr Publikum wartete.

Welche der vielen flackernden Laternen dort unten wohl ihren Eltern gehörte? Der Gedanke an die Begegnung mit ihnen ließ Milous Hände so sehr zittern, dass sie fast abgerutscht wäre. Sie schenkte dem Mond ein letztes nervöses Lächeln, dann kletterte sie runter, um ihre Freunde am Eingang zu unterstützen. Sie trugen alle fünf die gleichen blauen, mit silbernen Tupfen verzierten Mäntel, sie versteckten sich alle unter ihren großen Kapuzen – und hatten alle den gleichen Gesichtsausdruck: eine Mischung aus Vorfreude und Panik.

»Los geht's«, sagte Milou. »Lasst uns das Tor öffnen.«

Lotta nickte, die Augen weit aufgerissen vor Ungeduld, und dann schritten sie feierlich zum Tor auf der Brücke. Als sie dort ankamen, ging ein Raunen durch die Menge. Unterstützt von vielen helfenden Händen schoben sie den schweren Eisenriegel beiseite. Es knirschte, quietschte und schrappte, dann öffnete sich das Tor und die Menge schwappte herein – ein Meer aus neugierigen Gesichtern mit rotgefrorenen Nasen.

»Milou«, flüsterte Lotta. »Wir treffen uns in spätestens fünf Minuten drinnen im Theater, in Ordnung?«

Milou nickte, ohne richtig mitzubekommen, was Lotta sagte. Lotta und Mona verschwanden und überließen den Jungs und Milou den Verkauf der Eintrittskarten. Das erste Ehepaar trat lächelnd auf Milou zu. Elegant gekleidet, mit strahlenden, wachen Augen. Der Mann trug einen sauber gestutzten Schnurrbart unter seiner langen Nase und die Frau hatte ihre dunklen Locken raffiniert hochgesteckt. Aber sie waren viel zu jung, um ihre Eltern sein zu können.

»Fünfzig Cent pro Person, bitte«, sagte Milou ungeduldig. Sie musste sich beherrschen, ihnen die Silbermünze nicht aus der Hand zu reißen. Sie gab ihnen zwei Karten und rang sich ein Lächeln ab. »Folgen Sie dem Lampionpfad zu dem Baum dort drüben.« Sie deutete auf die Eibe, die über und über mit kleinen Windlichtern geschmückt war. »Das Theater wird in Kürze öffnen. Solange können Sie sich gerne noch warme Waffeln kaufen.«

»Danke …«

Aber Milou hatte die beiden bereits weitergeschoben, sie wollte unbedingt sehen, wer nach ihnen in der Schlange stand. Sie warf einen raschen Blick auf Gisberts Kartenkäufer, aber die sahen ihr kein bisschen ähnlich – ebenso wenig wie die Kleinfamilie, die bei Mads ihre Karten kaufte.

Die Menschenmenge schob sich langsam durchs Tor, Milous Kartenstapel wurde immer dünner, der Beutel mit dem Geld immer schwerer. Die Leute waren so zahlreich erschienen, wie sie es sich in ihren kühnsten Träumen nicht vorgestellt hatten. Junge Familien, alte Ehepaare, Damen mit Seidenhauben, Männer mit hohen Zylinderhüten und Kinder mit einem nervösen Lächeln im Gesicht. Milous Lächeln dagegen wurde mit jeder Person schmaler, die kein mitternachtsschwarzes Haar und keine fast schwarzen Augen hatte. Ihre Ohren kribbelten, aber sie achtete nicht darauf. Irgendwo in dem Gewusel würde ihr Familie sein. Ganz sicher. Sie würde sie finden.

»Du solltest jetzt lieber gehen und Lotta helfen«, flüsterte Gisbert nach ein paar Minuten. »Mads und ich schaffen das hier schon.«

»Nur noch eine Minute«, bat Milou.

Als Nächstes trat eine große Gestalt in einem hellgrünen Mantel vor, das Gesicht unter einer riesigen Kapuze verborgen.

»Fünfzig Cent, bitte«, sagte Milou und hielt die Hand auf.

Mehrere lange Sekunden passierte gar nichts. Milou hatte das Gefühl, als würde ihr Gegenüber sie anstarren, aber sicher war sie sich nicht, weil das Gesicht vollkommen im Schatten der Kapuze lag. Dann zog die Gestalt einen silberglänzenden

Gulden aus dem grünen Mantel und ließ ihn in Milous ausgestreckte Hand fallen.

»Folgen Sie den Lampions bis zu dem Baum dort«, sagte sie, während sie in ihrem Beutel nach Wechselgeld kramte. »Das Theater öffnet in …«

Sie blickte auf, doch Grünmantel war bereits in der Menge verschwunden. Dafür tauchte Lotta auf – mit bitterbösem Blick.

»Ich warte seit zwölf Minuten!«, zischte sie. »Wir hinken völlig hinter dem Zeitplan her. Mona hat schon fast keine Waffeln mehr, den Leuten ist kalt und sie werden ungeduldig.«

Milou ließ ihren Blick über die Warteschlange schweifen, die noch immer bis auf die Straße hinausreichte. Lotta zog sie am Ärmel.

»Ich halte nach ihnen Ausschau«, flüsterte Gisbert. »Versprochen.«

Milou seufzte und nickte schließlich. Dann folgte sie Lotta den überfüllten Kiesweg entlang zur Scheune, die von außen riesig, schwarz und leer wirkte.

Es war zu dunkel, um auf die Entfernung einzelne Gesichter zu erkennen, außerdem zerrte Lotta sie so hektisch hinter sich her, dass sie gar keine Zeit hatte, sich umzublicken. Sie schlichen zu der Seitentür, die Lotta extra eingebaut hatte. An der Wand daneben befand sich ein Mundstück aus Blech – eines von Eddas Sprechrohren.

Lotta platzierte Milou direkt davor.

»In vier Minuten müssen die Leute auf ihren Plätzen sitzen«, mahnte sie. »Das alles wird nur funktionieren, wenn wir uns ab jetzt an den Zeitplan halten.« Sie tippte eindringlich auf Milous Taschenuhr. »Also, in *genau* vier Minuten. Halt dich bereit.« Und schon verschwand sie um die hintere Scheunenecke.

Milou stand fröstelnd in der Kälte und versuchte, ihre Panik zu unterdrücken. Ihre Eltern würden doch kommen? Das würden sie doch?

Sie schaute auf die Uhr. Eine Minute war bereits um. Sie würde die ganze Aufführung ruinieren, wenn sie sich jetzt nicht zusammenriss. Dann würden sämtliche Gäste ihr Geld zurückverlangen und alle Arbeit wäre umsonst gewesen. Sie würden die Mühle verlassen müssen.

Milou räusperte sich und drückte die Lippen auf das Mundstück. Gisbert würde ihre Eltern erkennen, oder? Doch, ja, das würde er! Schließlich gab sie sich einen Ruck, senkte ihre Stimme zu einem unheilvollen Knurren und begrüßte das Publikum.

»MEINE DAMEN UND HERREN!«

Die Worte schallten blechern und knisternd durch den Garten. Aus dem Augenwinkel sah sie, wie die Leute suchend ihre Köpfe drehten.

»HALLO KINDERRRRR!«

Die Gespräche verstummten, es war mucksmäuschenstill.

»ES IST MIR EINE FREUDE, SIE ZU DEM GRÖSSTEN, SCHAURIGSTEN SPEKTAKEL DES JAHRHUNDERTS ZU BEGRÜSSEN.«

Milou hörte ein kleines Kind weinen.

»WILLKOMMEN, IHR UNMENSCHEN, ZUM THEATER DES SCHRECKENS!«

In dem Moment öffnete sich das Scheunentor mit einem

ohrenbetäubenden Quietschen der Türangeln. Milou beobachtete, wie Leute ihre Ohren zuhielten und sich aneinanderklammerten. Sie spürte den Nervenkitzel und die Vorfreude in jeder Faser ihres Körpers.

»TRETEN SIE EIN ... WENN SIE SICH TRAUEN!«

Niemand rührte sich. Milou wusste genau, was die Leute sahen, denn sie hatten es sich bis ins letzte Detail so ausgedacht: eine riesige klaffende Toröffnung, die ins Nichts führte – in tiefe, unergründliche Finsternis.

Plötzlich drangen laute misstönende Drehorgelklänge aus dem Inneren der Scheune. Mads hatte seine Position bezogen. Milou warf einen prüfenden Blick auf die Uhr. Ihr blieb noch eine Minute, um selbst an ihren Platz zu huschen. Vielleicht sogar ein bisschen länger, denn die Menge starrte immer noch reglos und wie gebannt auf das offene Tor.

»TICK-TACK. IHR VERDERBEN ERWARTET SIE!«

Irgendwo kicherte jemand. Und dann noch einer. Und immer mehr.

Milou wollte gerade wieder das Wort ergreifen, als die Menschenmenge in den Saal drängte. Grinsend zählte sie in ihrem Kopf die Sekunden herunter, dann schlüpfte sie durch den Seiteneingang und stand direkt in dem kleinen Raum hinter der Bühne. Der Vorhang war geschlossen, es war stockduster. Sie tastete sich zu der Leiter, die auf die Puppenspielerplattform hinaufführte.

Noch dreißig Sekunden.

Sie hörte, wie die Seitentür geöffnet und wieder geschlossen wurde, dann kletterte Gisbert auf dic Plattform und legte sich neben sie. Bäuchlings schoben sie sich vorwärts, bis sie die Spielkreuze der Marionetten zu fassen bekamen.

»Noch zehn Sekunden«, wisperte Gisbert.

Durch das kleine Gitter vor ihren Gesichtern zeichneten sich schemenhaft die aufgereihten Stühle und die vielen dunklen Gestalten ab, die darauf Platz nahmen.

»Und? Hast du sie gesehen?« Milous Stimme klang flehend.

Sie konnte Gisberts Gesicht nicht erkennen, aber sie hörte ihn leise seufzen und das Herz rutschte ihr in die Hose.

»Nein …«

Plötzlich drang ein zischender Heulton durch die Löcher im Scheunendach und im nächsten Augenblick war alles voller Farben, Licht und Lärm. Lottas Feuerwerk explodierte am Himmel, zeichnete grellbunte Linien in die Nacht. Das Publikum starrte mit offenen Mündern nach oben, die Gesichter glühten rot, gelb, blau, grün. Milou drückte sich gegen das Gitter und musterte die Zuschauer, einen nach dem anderen. Sie erkannte Edda, die direkt neben dem Eingang saß. Und sie sah diese merkwürde Gestalt im grünen Mantel. Sie hatte die Kapuze immer noch auf dem Kopf und die Hände mit den weißen Handschuhen ordentlich im Schoß gefaltet.

Aber sie erspähte niemanden mit nachtschwarzem Haar und fast schwarzen Augen. Nirgends.

Ein dicker Kloß bildete sich in ihrem Hals.

Als das Feuerwerk in einem lauten, furiosen Finale endete, brach begeisterter Jubel aus – bis Mads' schräge, misstönende Drehorgelmusik wieder einsetzte. Sie jagte einem Schauder über den Rücken – in etwa so, als würde man mit den Fingernägeln über eine Schreibtafel kratzen. Milou verspürte eine leichte Übelkeit, allerdings aus einem anderen Grund. Warum zum Teufel waren ihre Eltern nicht da?

Lottas mechanische Gespenstermarionetten schwebten von der Decke und ließen Stofffetzen über die Gesichter der ebenso erschrockenen wie faszinierten Zuschauer gleiten. Sie umkreisten den Saal und hielten dann urplötzlich inne. Milou spürte, wie sich unter ihr ratternd die Zahnräder in Bewegung setzten. Kurz darauf ruckelte der Vorhang mit einem kreischenden Geräusch auf und verschiedene elektrische Lampen beleuchteten eine lebensgroße Mädchenmarionette. Sie hielt einen rostigen Käfig in Händen, in dessen Mitte ein blutiges Herz baumelte.

Mads spielte einen besonders schrillen, hallenden Ton – das Startzeichen für Milou. Der Applaus verebbte. Alle starrten wie gebannt auf die Bühne, warteten darauf, dass die Vorführung endlich begann. Durch das Scheinwerferlicht sah Milou, wie Gisbert ihr aufmunternd zulächelte.

Mads spielte den Ton noch einmal und Milou führte ihre Lippen an das Sprechrohr neben sich.

Aber alles, was sie herausbrachte, war ein ersticktes Krächzen.

33

Milou kniff die Augen zu. Die Totenstille dröhnte in ihren Ohren. Panik überkam sie. Es fühlte sich an, als würde ein eisiger Hagelschauer auf sie niederprasseln. Noch nie in ihrem Leben war ihr so kalt gewesen. Und das Schlimmste: Obwohl die Situation so drängend war, brachte sie einfach *kein* Wort heraus. Nicht eines. Es ging nicht.

»Milou?«, flüsterte Gisbert.

Sie riss die Augen auf. Lottas Kopf tauchte auf der Puppenspielerplattform auf. Beide sahen sie entsetzt an.

Mittlerweile kurbelte Mads ein weiteres misstönendes Startsignal auf seiner Drehorgel.

Aber wieder folgte nur peinliches Schweigen. Milous Kehle war wie zugeschnürt. Im Publikum buhte jemand. Erneut versuchte Milou, ihren Text zu sprechen, aber sie bekam einfach kein Wort heraus.

Wo waren ihre Eltern?

Einer der Zuschauer stand auf, um den Saal zu verlassen. Gisbert fasste sie an der Schulter und schüttelte sie sanft.

»Milou, bitte«, drängte er.

Milou spürte, wie ihr eine heiße Träne über die Wange lief. Ihr Brustkorb fühlte sich so eng, so unglaublich eng an.

Wieder ertönte eine Melodie, ein Pfeifen diesmal, leicht und melodisch wie Vogelgezwitscher. Durch die Ritzen in der Holzplattform sah Milou, dass Mona auf die Bühne getreten war, eine Hand hoch erhoben.

Milou stockte der Atem. Sie musste nicht ins Publikum blicken, um zu wissen, dass alle Augen auf Mona gerichtet waren. Auf Mona, die noch vor ein paar Wochen lieber in eine Schlangengrube gesprungen wäre, als sich den Blicken Hunderter Fremder auszusetzen.

An Monas verkrampften Schultern sah Milou, wie unwohl sich ihre Freundin fühlte. Trotzdem stand sie da, tapfer wie eine Kriegerin. Und warum tat sie das? Um Milou Zeit zu geben, sich zu sammeln. Um ihren gemeinsamen Plan zu retten.

Jetzt pfiff Mona die ersten beiden Takte der »Kleinen Nachtmusik«.

Im Gegensatz zu ihrer unbeholfenen, krächzenden Stimme, klang ihr Pfeifen sanft und selbstsicher, als wäre sie selbst ein Singvogel. Sie pfiff die Melodie noch einmal, und als der letzte Ton verklungen war, antwortete ein *Skrieeeetsch* von den wurmzerfressenen Dachsparren der Theaterscheune.

Aus dem Zuschauerraum war ein kollektives Luftschnappen zu hören – und dann ein Flügelrascheln. Mozart kreiste von der Decke herab und peilte kreischend Monas ausgestreckte Hand an.

Er schuuuuhuuuute von der Bühne und die Menge applaudierte. Mona warf einen raschen Blick nach oben, und obwohl Milou wusste, dass ihre Freundin sie nicht sehen konnte, nickte sie ihr zu und hielt sich erneut das Sprechrohr vor den Mund.

Sie verdrängte jeden Gedanken an ihre Familie und rief sich stattdessen die Gesichter ihrer Freunde vor Augen. Die zählten auf sie. Sie durfte sie nicht hängen lassen.

»NACHT FÜR NACHT TAUCHEN DIE ALBTRÄUME AUF.«

Ihre Stimme klang trocken und kratzig, aber fest. Sie blickte Gisbert in die Augen, der ihr aufmunternd zulächelte.

»SOBALD SIE IHRE KLAUEN IN DICH GRABEN, SICH AN DEINER SEELE FESTSAUGEN UND VON DEINER ANGST KOSTEN, KANN SIE NICHTS MEHR AUFHALTEN.«

Milou drehte Theodoras Marionettenkopf so, dass sie das Publikum ansah. Mads hatte ihr ein unendlich trauriges Gesicht aufgemalt, die langen roten Haare hingen ihr schlaff über die Wangen und ihre Knie waren bis zum Kinn angezogen.

Die Drehorgel produzierte eine sanfte, plätschernde Melodie, während die Gespenster an unsichtbaren Drähten von der Decke fielen, um erneut über den Köpfen der Zuschauer zu schweben. Milou ließ Theodora bis an den Bühnenrand vortreten. Ihre Glieder bewegten sich abgehackt, aber trotzdem elegant – und absolut passend zu der traurigen Musik, die jetzt die Scheune erfüllte.

»MEIN NAME IST THEODORA WEICHHERZ. HEUTE NACHT WERDEN MICH ERNEUT MEINE ALBTRÄUME HEIMSUCHEN.«

Das war der Moment, in dem der Hintergrundvorhang fiel und die Rückwand mit den knorrigen, verdrehten Ästen des aufgemalten Nachtbaums sichtbar wurde.

»THEODORA WEICHHERZ«, raunte der Nachtbaum mit Milous Stimme. »ES IST AN DER ZEIT!«

»LASS MICH IN RUHE, HENDRIK LANGZAHN!«

Gisberts Werwolfmarionette betrat die Bühne, holte aus und schnappte sich Theodora.

»ARROOOOOOOOOOOOOOOOOO!«, heulte Milou ins Sprechrohr.

Luftschnappen und unterdrückte Schreie im Publikum.

Doch Milou und Gisbert spielten ungerührt weiter, führten ihre Marionetten immer tiefer in das Reich der Albträume. Milou brauchte gar nicht mehr in den Zuschauerraum zu blicken, sie hörte die Reaktionen. Doch als schließlich das grässliche Tor auf die Bühne knallte, konnte Milou nicht anders. Sie beugte sich vor und spähte in den Saal: überall weit aufgerissene Augen und Münder. Lächelnd ließ sie das Marionettenkreuz in ihren Händen tanzen.

»DU MUSST DURCH DAS TOR GEHEN!«

Mads' Musik setzte wieder ein, lebhafter diesmal, wenn auch immer noch unharmonisch. Als ob jemand auf den Tasten eines Klaviers herumhüpfen würde. Weitere Marionetten betraten die Bühne und versammelten sich hinter dem eisernen Tor. Es waren monströse Gestalten, von Lotta mit der gleichen Mechanik ausgestattet wie die Gespenster. Sie riefen Theodoras Namen, immer wieder, und Milou tat so, als würde ihre Marionette gegen ihren Willen zu dem Tor gezogen. Theodora war nur noch einen Schritt davon entfernt, als sich der Vorhang plötzlich schwungvoll schloss und alle Lichter gleichzeitig erloschen. Die Zuschauer saßen in völliger Dunkelheit da. Doch bevor sie reagieren konnten, ratterte der Vorhang quietschend wieder auf. Eine einzelne Glühlampe beleuchtete jetzt die Bühne.

Der Moment war gekommen, in dem Milou Liesels Geschichte zu Ende spielen und Theodora Weichherz sterben lassen musste.

Denn das war es, wofür der Albtraum stand, das war Milou irgendwann klargeworden: Theodoras Angst vor dem Tod. Deshalb hatte auch sie selbst nach der Katastrophe auf Rotmans Schiff Albträume gehabt. Deshalb hatte sie immer wieder geträumt, neben dem brennenden Wrack zu ertrinken. Doch Milou war nicht durch dieses grausige Tor getreten – anders als Theodora. Theodora hatte das Reich der Toten betreten. Das musste jedoch nicht zwangsläufig bedeuten, dass sie hatte leiden müssen. Milou wusste, dass es nur ein einziges Mittel gegen Albträume gab.

Theodora saß wieder auf ihrem Bett, den Kopf in den Händen vergraben, die Schultern bebend vor Schluchzen. Schließlich richtete sie sich langsam auf und trat an die Bühnenkante.

»ICH KANN MICH NICHT LÄNGER GEGEN DEN TANZ DER TOTEN WEHREN.« Milou machte eine lange dramatische Pause, um die Spannung zu steigern. »WENN ICH DAS NÄCHSTE MAL EINSCHLAFE, WERDEN MICH DIE ALBTRÄUME ZU SICH HOLEN. UND DANN WERDE ICH ZU EINEM VON IHNEN: EIN SCHATTEN, DER AN DIE SCHATTEN GEFESSELT IST. ICH WERDE VERLOREN SEIN ... BIS IN ALLE EWIGKEIT.«

Bis auf das eine oder andere Stuhlknarzen war kein Laut zu hören. Milou ordnete rasch die Marionettenfäden neu. Dann klopfte sie rhythmisch auf das Mundstück des Sprechrohrs: *Wumm-wumm-wumm.*

Theodoras Herzschlag wurde langsamer.

Wumm – wumm – wumm.

Und langsamer.

Wumm – wumm – wumm.

Und noch langsamer.

Wumm – wumm – wumm.

»ICH STERBE«, flüsterte Theodora. »UND ICH HABE ANGST DAVOR.«

In der ersten Sitzreihe schnieften ein paar und in der Saalmitte weinte sogar jemand. Milou hörte, wie irgendwo unter ihr eine Kurbel betätigt wurde, dann schloss sich der Vorhang erneut. Als er sich kurz darauf wieder öffnete, standen Theodora und Hendrik direkt vor dem Tor.

Die Monster tanzten zu der jammernden Orgelmusik und zogen grotesk verzerrte Schatten hinter sich her. Sie sahen schaurig aus mit ihren blutroten Augen und ihren abscheulichen Mäulern, aus denen lange Fangzähne ragten. Aber das Schlimmste war fast die Musik: Sie ging durch Mark und Bein. Jede einzelne Note hörte sich an wie die kreischenden Bremsen einer Dampflok. Doch plötzlich verstummte der Krach.

»ES IST AN DER ZEIT«, sagte Hendrik Langzahn und streckte Theodora seine Stoffhand entgegen. »SEI UNBESORGT. ES GIBT KEINEN GRUND, ANGST ZU HABEN.«

»SEI UNBESORGT?«, kreischte Theodora. »DIE MONSTER WOLLEN MICH AUFFRESSEN! SIE WERDEN MIR DAS FLEISCH VON DEN KNOCHEN REISSEN! SIE WERDEN MEINE AUGÄPFEL AUSSCHLÜRFEN. SIE –«

»MONSTER? WAS FÜR MONSTER?«, fragte Hendrik und blickte sich suchend um.

Ein unangenehm schriller Moll-Akkord unterstrich seine Worte.

»DIE MONSTER DORT«, antwortete Theodora und nickte in Richtung Tor.

»WELCHE MONSTER?«, wiederholte Henrik verwirrt.

Milou lächelte Gisbert an und zog sich ein Stück vom Sprechrohr zurück. »Jetzt geht's gleich los«, flüsterte sie ihm zu.

»Achtung, hinter dir!«, rief prompt ein Zuschauer.

Milous Grinsen wurde breiter und sie nickte Gisbert zu. Es lief genauso ab, wie sie es sich bei den Proben vorgestellt hatten.

Gisbert drehte Hendrik Langzahns Kopf, sodass er wieder dem Publikum zugewandt war.

»WAS HAST DU GESAGT?«, fragte Hendrik und legte seinen Stoffkopf schief.

Im Zuschauerraum kicherte jemand.

»Die Monster sind hinter dir!«, rief ein Mädchen.

»Hinter dem Tor!«, brüllte ein anderer.

Immer mehr Rufe ertönten und immer mehr Leute brachen in Gelächter aus. Gleichzeitig wurde die Musik lauter. Plötzlich sprang Hendrik Langzahn mit einem großen Satz zum Bühnenrand und zeigte seine Zähne. Sofort verstummten alle, auch die Musik.

»MONSTER, SAGT IHR?« Er drehte sich um und trat erneut vor das Tor, das wie von Geisterhand aufschwang. Die Monster dahinter hörten auf zu tanzen. »IHR GLAUBT, HIER SEIEN MONSTER?«

»ALSO, ICH SEHE DORT AUCH MONSTER!«, rief Theodora.

»UND ICH WERDE MICH GANZ BESTIMMT NICHT AN SIE VERFÜTTERN LASSEN!«

»VERFÜTTERN?«, fragte Hendrik. »AN MONSTER?« Er schüttelte den Kopf. »DAS SIND KEINE MONSTER, THEODORA.«

»NATÜRLICH!«

»KOMM MIT, ICH BEWEISE ES DIR!«

Er streckte ihr eine Hand entgegen, aber Theodora ergriff sie nicht, sondern drückte nur ihren Herzkäfig fester an sich.

»NEIN!«, kreischte sie und im Zuschauerraum kreischten einige mit, während Theodora Weichherz einen wackligen Schritt in Richtung Tor tat. Ihre Bewegungen wirkten mechanisch und abgehackt.

»Nein!«, rief jemand, doch da war Theodora bereits durch das Tor getreten und die Schattenmonster stürzten sich auf sie.

Wieder erloschen sämtliche Lampen und die Orgel verstummte. Die Schatten waren jetzt so tief und schwarz, dass alles Blinzeln und Vorbeugen auf den Stühlen nichts half – auf der Bühne war nichts, wirklich nichts zu erkennen.

Plötzlich ertönte ein lautes *Skrieeeetsch* vom hinteren Ende der Scheune. Milou sah, wie die Zuschauer auf ihren Sitzen herumfuhren. Mona stand auf einer großen Kiste, die roten Locken quollen unter ihrer Kapuze hervor. Mozart hockte auf ihrem ausgestreckten Arm.

Der Uhu drehte seinen Kopf um hundertachtzig Grad nach rechts und nach links und ließ seinen scharfen Blick schweifen. Daraufhin stieß Milou einen Pfiff aus, genauso, wie Mona es ihr beigebracht hatte. Mozart schlug ein paarmal hektisch mit den Flügeln, dann hob er ab, eine lange Schnur im Schnabel.

Das untere Ende der Schnur brannte. Funken sprühten in alle Richtungen, als der Vogel auf die Bühne zuglitt und die Schnur losließ. Sie schwebte fast wie eine Feder herunter, und als sie auf den Bühnenbrettern aufkam, stob ein wilder Funkenregen hoch. Als würden Tausende winzig kleiner Öllämpchen die Bühne erhellen. Und die war leer! Die Monster waren verschwunden. Mozart hockte sich neben Milou auf die Plattform und kaute zufrieden auf dem Fleischstückchen herum, das sie ihm gegeben hatte.

»WO SIND SIE HIN?«, fragte Theodora Weichherz und vollführte eine wackelige Pirouette.

»Pst«, machte Hendrik und drehte den Kopf in alle Richtungen. Er sah jetzt wieder wie ein ganz normaler Junge aus. »HORCH MAL.«

Auf der einen Bühnenseite war ein Knarren zu hören, dann begann erneut Musik zu spielen, leicht und flatterhaft diesmal.

»ABER … WAS IST MIT DEN ALBTRÄUMEN?«

Hendrik schüttelte den Kopf. »HIER GIBT ES KEINE ALBTRÄUME.«

Mehr Funken blinkten auf, wie kleine Sterne rieselten sie von der Decke herab.

»TRÄUME ICH DENN?«, fragte Theodora.

»JA«, antwortete Hendrik. Er fing eines der Sternchen auf und reichte es Theodora. »DU TRÄUMST EINEN TRAUM, DER NIEMALS ENDEN WIRD. DU WIRST NIE WIEDER ANGST HABEN. UND AUCH KEINE SCHMERZEN MEHR. ES IST EIN TRAUM, IN DEM DU FÜR IMMER GLÜCKLICH BIST UND FRIEDEN HAST.«

Theodora nahm ihm den kleinen Stern aus der Hand und

drückte ihn an ihre Brust – wie zuvor den Herzkäfig. Dann fiel der Vorhang.

Schweigen legte sich wie eine schwere Decke über den Zuschauerraum.

Nervös spähte Milou durch das kleine Gitter nach den Reaktionen der Leute. Eine Frau in der dritten Reihe war den Tränen nahe, ihre Augen glänzten feucht. Auch Edda hatte nasse Streifen auf der Wange. Die Gestalt mit der Kapuze und dem grünen Mantel hielt die behandschuhten Finger verkrampft auf dem Schoß. Ein Mann in einem hellblauen Frack stand auf, setzte seinen Hut ab und begann zu applaudieren. Ein anderer machte es ihm nach. Und noch einer. Und als schließlich das gesamte Publikum klatschend und jubelnd auf den Beinen war, spürte Milou, wie sich der Kloß in ihrem Hals langsam auflöste.

Dass sich die Kapuzengestalt erhob und leise aus der Scheune schlich, bekam sie überhaupt nicht mit.

34

Die Poppenmaker-Kinder beobachteten durch einen Spalt des geschlossenen Vorhangs, wie sich die Zuschauer langsam ihren Weg aus dem Theater bahnten. Einige klatschten immer noch, andere tupften sich mit Taschentüchern die Wangen und die Augenwinkel.

»Sind das nicht die Fortuyns dort drüben? Die, die den kleinen Jan adoptiert haben?«, flüsterte Mads plötzlich. »Und da ist auch der Arzt, der Gisberts gebrochenen Arm letztes Jahr behandelt hat.«

»Aber wo ist Edda?«, fragte Lotta. »Ich würde sie gerne fragen, wie es ihr gefallen hat.«

Auch Milou ließ ihren Blick über die Menge schweifen, immer noch verzweifelt auf der Suche nach einem Trio mit mitternachtsschwarzen Haaren und fast ebenso schwarzen Augen. Doch leider erspähte sie niemanden, auf den die Beschreibung auch nur ansatzweise zutraf. Die Begeisterung, die sie während des Puppenspielens verspürt hatte, war verflogen. Stattdessen breitete sich eine tiefe Verzweiflung in ihr aus. Sie hielt nach dem Grünmantel Ausschau, den sie vor der Aufführung gesehen hatte, aber er schien ebenfalls schon gegangen zu sein. Es gab niemanden im Zuschauerraum, der sich betont

Zeit ließ mit seinem Aufbruch. Niemanden, der sich einen Weg zur Bühne bahnte, um nach ihr zu suchen. Wo zum Teufel steckte ihre Familie?

»Alles in Ordnung mit dir?«, flüsterte Gisbert.

Doch Milou brachte kein Wort heraus. Sie konnte nicht mal den Kopf schütteln. Sie atmete ein paarmal tief durch, dann schloss sie die Augen. Alles war verloren. Es war ein herber Rückschlag. Wenn ihre Eltern und ihre Schwester nicht hier waren, dann hatten sie offenbar die Werbung für die Aufführung nicht gesehen. Milou blieb nichts anderes übrig, als bis zur nächsten Aufführung zu warten. Und dann würde sie Werbeanzeigen bis nach Frankreich, Belgien und Deutschland schicken.

»Milou?«, wiederholte Gisbert.

»Mir geht es gut«, murmelte sie versunken. »Eines Tages werden sie kommen. Bis dahin muss ich eben warten.«

Plötzlich klimperte es hinter ihr und Milou drehte sich um. Lotta saß auf der Bühne, die Finger in einem Korb voller Münzen vergraben.

»Wie viel haben wir eingenommen?«, fragte Mads.

Die anderen scharten sich um Lotta, aber Milou konnte sich einfach nicht von dem Spalt im Vorhang losreißen. Vielleicht entdeckte sie ihre Familie ja doch noch, wenn sie nur genauer schaute.

Lotta griff sich eine Handvoll Münzen. »Es wird eine Weile dauern, das alles zu zählen …« Sie ließ das Geld durch ihre Finger gleiten und in den Korb prasseln. »Aber es sieht so aus, als wäre es mehr als doppelt so viel, wie wir brauchen.«

Milou lächelte. Für einen Moment verdrängte das Gefühl tiefer Befriedigung die Gedanken an ihre Familie. »Wir haben's geschafft«, sagte sie atemlos. »Wir sind fr–«

Das Rattern der Vorhangschiene unterbrach sie, ein heftiges Ohrenkribbeln ließ sie erstarren. Fast im selben Moment wurde ihr der Vorhang entrissen und jemand packte sie bei den Haaren. Sie wurde vorwärtsgeschubst und ihr Hals gleichzeitig nach hinten gezerrt. Als sie aufblickte, hatte sie eine große Nase und einen buschigen Schnauzbart vor sich. Ihr gefror das Blut.

Rotman!

Am Rand ihres Blickfeldes nahm sie etwas metallisch Glänzendes wahr und im nächsten Moment drückte ein kalter, spitzer Gegenstand gegen ihren Hals. Blitzschnell richtete sich Gisbert zu seiner vollen Größe auf, aber zu weiterer Bewegung war sein schlaksiger Körper nicht fähig. Lotta rappelte sich strauchelnd hoch und klammerte sich an Mona und Mads. Milous Kopfhaut brannte, sosehr zog Rotman an ihren Haaren. Ihr Hals fühlte sich an, als würde er abbrechen, wenn Rotman ihn auch nur einen Millimeter weiter nach hinten bog.

»Nette Vorführung«, knurrte der Zuckerhändler und schielte zum Geldkorb hinüber. »Ich habe unterschätzt, wie viel Geld ich mit euch verdienen kann. Das wird schon mal einen kleinen Teil des Schadens decken, den ihr an meinem Schiff verursacht habt.«

»Lauft!«, rief Milou ihren Freunden zu, während sie versuchte, sich aus Rotmans Griff zu winden. Wenn sie den Kerl nur ein paar Sekunden hinhalten könnte, hätten die anderen vielleicht eine Chance zu entkommen. »Jetzt macht schon!«

Aber die vier rührten sich nicht.

»Na los, schnell!«

Gisbert schüttelte den Kopf. »Nein«, sagte er mit fester Stimme.

Mads hustete. Er war weiß wie ein Bettlaken. Aber auch er schüttelte den Kopf. »Wir lassen dich doch nicht mit dem Kerl alleine.«

»Ach, wie süß!«, brummte Rotman. »Und das trifft sich gut. Ich hab nämlich tolle Pläne für euch alle fünf.«

Gisbert trat einen Schritt auf Rotman zu, die Fäuste geballt.

»Hoppla, junger Mann. Du wirst doch wohl keinen Unsinn machen?« Rotman drückte die Messerspitze fester gegen Milous Hals. »Besonders, weil ich eine so nette Überraschung für euch habe. Gleich wird nämlich jemand vorbeikommen, extra für euch. Hach, ich kann's gar nicht erwarten.«

Milous erster Gedanke war Dolly. Die scharfen Reißzähne und Gisberts immer noch nicht ganz verheilte Wunde blitzten vor ihrem inneren Auge auf.

Hatte Rotman etwa vor, sie Dolly zum Fraß vorzuwerfen?

»Sie müsste jeden Moment hier sein«, fuhr Rotman fort. »Also, benehmt euch, ihr alle, sonst könnte es passieren, dass die kleine Milou die längste Zeit ihres Lebens mit einem Kopf auf den Schultern herumgerannt ist.«

Klick-klack.

Milou stockte das Herz.

Klick-klack-klick-klack.

»Das kann nicht sein«, murmelte Lotta, den Blick starr auf den Vorhang geheftet.

Rotman grinste händereibend. »Und was glaubt ihr, wie *sie* sich erst auf das Wiedersehen freut?«

Klick-klack-klick-klack.

Milou rief sich die leeren, starrenden Augen in Erinnerung.

»Nein!«, krächzte Mads.

Klick-klack-klick-klack.

Milou hätte dieses Geräusch unter Tausenden wiedererkannt. Sie kannte es genauso gut, wie sie die schreckstarren Gesichter der vier Kinder vor sich kannte. Aber sie weigerte sich immer noch, es zu glauben.

Klick.

Klack.

Klick.

Milou überlegte gerade, ob Rotman vielleicht einfach nur ein grausames Spielchen mit ihnen spielte, als der Vorhang aufgerissen wurde. Eine große, rundliche Gestalt ragte am Bühnenrand auf, das Gesicht im Schatten verborgen. Die fünf Kinder starrten sie fassungslos an.

Klack.

Klick.

Die dunkle Silhouette trat zwei Schritte vor, hinein in den Lichtkegel der kleinen Bühnenlampe. Als Milou das raubvogelartige Gesicht und die böse funkelnden Augen sah, bekam sie weiche Knie und sackte gegen Rotman.

Gassbeek war von den Toten auferstanden.

35

Die Hausmutter sah blass und ungesund aus, aber ihre Miene war so brutal wie eh und je. Ihre Brust hob und senkte sich heftig, als sie die Waisenkinder eines nach dem anderen musterte. Jede einzelne Pore ihres Körpers verströmte blanke Wut. Milou spürte, wie sich ein Kloß in ihrem Hals bildete. Was sie da vor sich sah, konnte einfach nicht wahr sein. Aber offenbar war es das.

Gassbeek lebte. Und sie selbst würde gleich tot sein, da war sich Milou sicher. Tot umgefallen vor Entsetzen.

»Hallo, Kinder.«

Gisbert schüttelte den Kopf. »Sie sind doch tot.«

Die Hausmutter schnalzte mit der Zunge. »Das hättet ihr etwas gründlicher überprüfen sollen. Wie ihr seht, bin ich nicht toter als ihr.«

»Was … was war denn los mit Ihnen?«, fragte Lotta.

»Akuter Krampfanfall infolge von Todesangst. So haben es die Ärzte in der Heilanstalt genannt, in der ich zwei Wochen verbringen musste: in einem schiefen, klumpigen Bett, unfähig mich zu rühren und zu sprechen. Ich konnte nichts weiter tun als die grauen Wände anzustarren. Und mir vorzustellen, wie gerne ich jedem einzelnen von euch die Haut vom Leib reißen würde.«

Milou verlor langsam das Gefühl in ihren Beinen. Ihre Freunde starrten Gassbeek immer noch schweigend an.

»So, ich denke, jetzt haben wir genug über unsere freudige Zusammenkunft geredet. Ist sie schon da?«, wandte sich Rotman an Gassbeek.

Sie? Wer sollte denn jetzt noch dazukommen?

Gassbeek nickte. »Sie behalten die, die Sie geschnappt haben, fest im Griff, ja? Ich nehme diese hier.« Sie streckte die Hand aus und packte Lotta an einem ihrer Zöpfe. »Die anderen drei können das Geld tragen.«

Als sie ihre Finger in Lottas Hals grub, schrie diese vor Schmerz auf. Mona stieß ein tiefes, kehliges Knurren aus. Gassbeek hielt inne, legte den Kopf schief und lachte boshaft. Daraufhin stürzte sich Mona auf die Hausmutter, packte ihren Arm und zerrte sie von Lotta weg. Vom Bühnendach aus ließ Mozart einen wütenden Schrei los.

Gassbeek gaffte zu dem Uhu hinauf und dann wieder hinunter zu Mona.

»Die Gören sind nicht besonders helle, oder?«, grunzte Rotman und drückte Milou die Messerklinge unters Kinn. »Also, wenn ihr jetzt nicht spurt, wird diese junge Dame hier ihr Blut lassen. Nehm ich eben nur euch vier mit an Bord. Natürlich müsst ihr dann umso härter ranklotzen, um die fehlende Arbeitskraft eurer Freundin auszugleichen.«

Mona senkte den Blick, ließ Gassbeek los und trat ein paar Schritte zurück.

»So, und jetzt lasst uns die Sache rasch zu Ende bringen!« Rotman zerrte Milou bereits zu den Stufen, die von der Bühne hinabführten.

Sie stolperte hinter ihm her, ihre Füße berührten kaum den Boden. Was meinte er mit »zu Ende bringen?«? Wollte er sie töten? Wie hatte er sie überhaupt gefunden?

Draußen war es schneidend kalt. Als sie zur Windmühle zurückgingen, waren die Zuschauer bereits alle weg. Nur ein kleiner Zug wackelnder Laternen war noch in der Ferne zu erkennen.

Als sie um die Ecke bogen, hielt eine Kutsche vor der Eingangstür und Rose Speelman kletterte heraus. Sie hatte die Stirn ungeduldig in Falten gelegt und hielt – Wie konnte es anders sein? – das dicke Lederbuch aus der »Kleinen Tulpe« im Arm. Aber es war nicht Rose Speelman, die Milous Blut zum Kochen brachte, sondern die Person, die vor der Tür stand – mit verschränkten Armen und ihrer Polderwächterinnenuniform.

Edda Finkelstein hatte sie verraten.

»Guten Abend!«, grüßte Rotman gut gelaunt, während er blitzschnell Milous Haare losließ und das Messer von ihrem Hals nahm. Dann legte er Speelman seine schwere Hand auf die Schulter: »Tut mir leid, dass ich Sie habe warten lassen. Ich musste noch meine kleinen Lieblinge einsammeln.«

»Ich weiß immer noch nicht, warum Sie mich herbestellt haben«, sagte Speelman. »Und es ist mir auch ein Rätsel, warum die Angelegenheit nicht bis morgen warten kann.«

»Lassen Sie uns das doch bitte drinnen klären«, krähte Gassbeek. »Die Kinder können uns eine schöne Tasse heißer Milch zubereiten, während wir die Sache besprechen.«

»Meinem Vater geht es immer noch nicht so gut«, sagte Milou hastig. »Es wird ihn aufregen, wenn wir ihn stören.«

Speelman stellte das dicke Buch auf ihrer Hüfte ab.

»Ich finde auch, dass es ganz schön spät ist«, sagte Edda zu Milous Überraschung.

»Blödsinn!«, ging Gassbeek dazwischen und bahnte sich mit den Ellbogen einen Weg zur Tür. »Herr Poppenmaker stört sich nicht im Geringsten an unserem Besuch.«

Bevor Milou noch irgendetwas einwenden konnte, drückte Gassbeek die Tür mit der Schulter auf, alle drängten hinein und Edda, als Schlusslicht, schloss die Tür.

»Eigentlich klopft man ja vorher an, Frau Gassbeek«, kommentierte Speelman spitz.

Gassbeek, die schon in der Küche stand, wirbelte herum, ein zufriedenes Grinsen im Gesicht.

»Frau Speelman, ich habe mich längst mit Herrn Poppenmaker verständigt.« Sie nickte in die Ecke, wo Marionettenpapa saß. »Er hat nicht das Geringste gegen unseren Besuch, stimmt's Herr Poppenmaker?«

»Stopp! Hören Sie bitte auf!«, rief Milou, doch Gassbeek klickerte und klackerte schon auf Marionettenpapa zu.

»Womit soll ich aufhören, Milou?« Gassbeek spielte die Ahnungslose.

Milou presste die Lippen zusammen und beschränkte sich auf einen vernichtenden Blick. Was zum Teufel passierte hier? Bis vor wenigen Minuten waren sie noch frei und unabhängig gewesen. Und jetzt war Gassbeek dabei, ihnen alles zu nehmen. Alles zu zerstören. So, wie sie es schon immer getan hatte. Plötzlich merkte Milou, dass sie keine Kraft mehr hatte, dagegen anzukämpfen. Und sie spürte, dass es ihren Freunden genauso ging. Sie ließen alle resigniert die Schultern hängen.

Ihre Flucht, Mads Befreiung von Rotmans Schiff, ihre Aufführung – es war alles umsonst gewesen. Milou hatte richtig gelegen mit ihrem Verdacht gegen Edda Finkelstein. Und als wäre das nicht alles schon schlimm genug, gab es nach wie vor keine Spur von ihren Eltern.

»Was ist hier los, Frau Gassbeek?« Speelman blickte verwirrt zwischen der Hausmutter und Milou hin und her.

»Lassen Sie es mich Ihnen zeigen.« Gassbeek klopfte Marionettenpapa auf die Schulter. »Diese fünf kleinen, ach so unschuldigen Waisenkinder haben Sie ganz schön an der Nase herumgeführt. Höchste Zeit, dass ihr Betrug ans Licht kommt.«

Mit diesen Worten und einem triumphierenden Grinsen in Milous Richtung riss sie Marionettenpapa den Stoffkopf von seinem strohgefüllten Körper.

36

Speelmans Aufschrei hallte von den Wänden wider. Sie ließ das dicke Buch fallen und schlug sich entsetzt die Hände vor den Mund. Milou sank auf einen Stuhl am Tisch – zu geschockt, um zu schreien. Und als die Hausmutter Speelman schließlich erklärte, wie die Kinder sie für tot gehalten und liegen gelassen, wie sie sie bestohlen und ihre Unterlagen gefälscht hatten, war Milou nur noch mit einem Ohr dabei. Sie beobachtete Edda. Edda, die sich nicht im Mindesten darüber zu wundern schien, Herrn Poppenmaker als Marionette vor sich zu sehen. Tatsächlich war ihr Gesicht vollkommen ausdruckslos – wenn man mal von einer winzigen Anhebung der einen Augenbraue absah.

»Warum haben Sie das getan?« Milou starrte Edda an. »Warum haben Sie alles kaputtgemacht?«

Jetzt hoben sich beide Augenbrauen. »Was …? Wie …? Gar nichts hab ich …«

»Sie haben es von Anfang an gewusst, oder? Weil Sie an unserem ersten Abend am Fenster gelauscht haben, stimmt's?«

Edda nickte. »Das stimmt, ich wusste es, aber …«

Gassbeeks Stimme schraubte sich in die Höhe. »Was für elende Betrüger!«

»Ich glaub's einfach nicht!« Speelman hielt Marionettenpapas Kopf in den Händen und betrachtete ihn stirnrunzelnd. »Wie können fünf kleine Waisenkinder so etwas aushecken?«

»Diese fünf haben schon immer Ärger gemacht, nichts als Ärger!«, kreischte Gassbeek. »Glauben Sie mir, ich durfte mich jahrelang mit ihnen herumschlagen, ihr ganzes erbärmliches Leben lang. Da können Sie sich vorstellen, dass ich hellhörig geworden bin, als die Ärzte in der Heilanstalt über diese Aufführung gesprochen haben. Bram Poppenmaker, dass ich nicht lache! Derselbe Name, der auf deiner albernen kleinen Katzenmarionette stand, Milou. Tja, wie ihr seht, hat der Name sogar das Zeug, Leute von den Toten auferstehen zu lassen.«

Milou schluckte und warf Edda einen zerknirschten, entschuldigenden Blick zu. Die wiederum umklammerte ihr goldenes Medaillon und starrte Gassbeek wütend an.

»Ich weiß … jetzt nur nicht, was ich in dieser Angelegenheit tun soll«, haspelte Speelman. »Ich muss ja auch die rechtlichen Aspekte berücksichti–«

»Da gibt's nichts zu berücksichtigen«, fiel ihr Gassbeek ins Wort. »Diese Kinder haben gelogen und betrogen. Sie gehören immer noch mir und müssen unverzüglich in die ›Kleine Tulpe‹ zurückgebracht werden. Herr Rotman hat eingewilligt, sie zu adoptieren, und *er* hat bereits gezahlt.«

»Wir sind kein *Eigentum*, das man einfach so verkaufen kann!«, rief Milou. »Und wir werden *nicht* mit Ihnen zurückgehen, auf keinen Fall!«

»Mädchen, jetzt halt doch mal den Mund und lass die Erwachsenen reden«, knurrte Gassbeek und machte eine wedelnde

Handbewegung. »So, und jetzt fahren Herr Rotman und ich mit den kleinen Kriminellen zurück nach Amsterdam. Sie müssen sich nicht weiter mit ihnen abgeben, Frau Speelman. Ich werde dafür sorgen, dass sie angemessen bestraft werden.«

»Wir haben genug Geld, um selbst für unsere Adoption zu zahlen.« Milou nickte in Richtung des Körbchens zu Rotmans Füßen. »Nehmen Sie's und lassen Sie uns in Ruhe. Wir haben es nicht nötig, von Herrn Rotman adoptiert zu werden, wir sind mit der Situation, so wie sie jetzt ist, sehr zufrieden.«

»Das ist *mein* Geld«, schnappte Gassbeek. »Sie haben es mir gestohlen.«

»Nein!«, krächzte Mona.

Gassbeek warf ihr einen drohenden Blick zu. Das wird ein Nachspiel haben, sagte dieser Blick. Doch das schien Mona nicht zu beeindrucken. Verblüfft beobachtete Milou, wie ihre schüchterne, zurückhaltende Freundin dem Blick trotzig und ohne zu blinzeln standhielt.

»Das können Sie nicht tun!«, schrie Gisbert. »Wir haben uns das Geld selbst verdient!«

»Lügner!«, blaffte Gassbeek. »Das ist mein Geld und ich werde es jetzt sofort wieder an mich nehmen!«

»Sie hat ein Geschäft mit Rotman abgewickelt«, schaltete sich Lotta ein. »Sie wollte uns verkaufen und das Geld für sich selbst behalten. Und Rotman ist nichts weiter als ein Schwindler. Er will uns für sich schuften lassen, bis wir tot umfallen. Wir mussten Mads von seinem Schiff befreien. Er war unter Deck gefesselt.«

»Das wird ja immer schöner!« Rotman gab sich belustigt. »Ihr habt ja wirklich eine blühende Fantasie. Dolly und ich können es gar nicht erwarten, dass ihr zu unserer Familie an Bord stoßt und mit uns um die Welt segelt.«

»Sie haben versucht, uns umzubringen!«, brüllte Mads. »Und es ist Ihnen ja auch fast gelungen …«

Rotman schien sich prächtig zu amüsieren, seine Augen funkelten nur so. Gassbeeks Lächeln war wie immer: viele Zähne, keine Seele.

»Die Hausmutter ist nicht nur eine gemeine Hexe«, fuhr Lotta fort, »sie zweigt auch Geld ab, das eigentlich für uns Waisenkinder gedacht ist –«

Gassbeek packte Lotta am Zopf. »Du miese Lügnerin!«

»Frau Gassbeek«, sagte Speelman. »Das Kinderbüro duldet keine Handgreiflichkeiten gegenüber Kindern!«

»Blödsinn«, keifte Gassbeek. »Ich selbst musste mir massenhaft Handgreiflichkeiten gefallen lassen, als ich ein Waisenk–« Sie verstummte kopfschüttelnd und ließ Lottas Zopf los. »Na schön, aber du gibst jetzt endlich Ruhe, sonst muss ich am Ende doch noch böse werden.«

»Was Lotta sagt, stimmt«, pflichtete Milou bei. »Ich habe gehört, wie Gassbeek und Rotman ein Geschäft ausgehandelt haben. Er hat sogar gelacht, als er sagte, er könnte unsere Leichen auf hoher See entsorgen. Und diese Dolly, von der spricht, als wäre sie unsere zukünftige Mutter, ist in Wirklichkeit ein bissiger Köter.«

»Pass auf deine Worte auf, Mädchen!«, rief Speelman. »Beleidigungen dulde ich nicht!«

»Aber es stimmt doch!«, brüllte Milou zurück. »Dolly ist ein *Hund* und keine Frau!«

Rose Speelman knetete sich nachdenklich die Nase. Milous Blick wanderte zu Edda, deren Gesichtsausdruck deutlich härter geworden war.

»Das ist absolut lächerlich!«, zeterte Gassbeek. »Diese Kinder lügen wie gedruckt. Ein billiger Versuch, sich aus den Problemen herauszuwinden, die sie sich selbst eingebrockt haben.«

»Das stimmt nicht!«

»Genug jetzt!« Speelman knallte ihre Faust so energisch auf den Tisch, dass alle Anwesenden zusammenzuckten. »Ihr fünf habt mit eurer Dokumentenfälscherei nicht nur gegen das Gesetz verstoßen, ihr seid auch unerlaubt in Privatbesitz eingedrungen. Ich werde mir keine weiteren Geschichten mehr von euch anhören.«

Gassbeek grinste triumphierend, während Milou die Fäuste ballte. Mozart, der auf Monas Schulter hockte, stieß einen schrillen Pfiff aus.

»Das Spielchen ist zu Ende«, fuhr Speelman fort, hob den dicken Lederschinken vom Boden auf und knallte ihn geräuschvoll auf den Tisch. »Diese Dokumente hier müssen in Ordnung gebracht werden. Ihr fünf braucht einen rechtmäßigen Betreuer, und die Kosten dafür müssen sofort bezahlt werden, ansonsten landet ihr auf direktem Weg wieder im Waisenhaus.«

»Sie könnten die Kinder erst mal in meiner Obhut lassen und den Schadensfall später regeln«, schlug Edda vor.

Alle Köpfe fuhren zu ihr herum.

»Kommt überhaupt nicht infrage«, zischte Speelman. »Die Sache wird *sofort* geregelt, hier und jetzt.«

»Aber –«, begann Milou.

»Nein!«, schnitt ihr Speelman das Wort ab. Sie hatte knallrote Wangen. »Gesetz ist Gesetz, und ich werde nicht dulden, dass es noch länger gebrochen wird.« Sie schlug das dicke Lederbuch auf. »Von diesem Tag an werdet ihr von Herrn Rotman betreut. Das ist mein letztes Wort.«

37

Die Tränen, die Milou die ganze Zeit zurückgehalten hatte, liefen ihr jetzt haltlos über die Wangen. Gisbert ließ sich auf den Stuhl neben ihr plumpsen und drückte ihre Hand. Edda umarmte Lotta und Mona, während Mads das dicke Lederbuch anstarrte, als könnte er es durch pure Willenskraft verschwinden lassen.

Sie hatten so hart für ihre Freiheit gekämpft. Und jetzt hatten sie alles verloren.

»Beeilt euch und sucht eure Sachen zusammen, ihr Lieben«, flötete Rotman. »Dolly hätte so gerne, dass ihr heute Nacht noch kommt, und es ist schon schrecklich spät.«

Widerstrebend stand Milou auf. Dabei fiel ihr Blick auf die zusammengesackte Marionette mit dem abgerissenen Kopf.

»Ich brauche eine Schreibfeder«, sagte Speelman und klopfte suchend ihre Manteltaschen ab. »Und ein Tintenfass.«

»Warten Sie!«, rief Mads. »Ich kann beweisen, dass die beiden lügen.«

Er starrte immer noch auf das Lederbuch. Dann tauschte er einen schnellen Blick mit Milou.

»Gassbeek hat die Adoption durch die Fortuyns nicht dokumentiert, du erinnerst dich? Als wir unsere eigene Adoptionsurkunde geschrieben haben, stand nichts über die Fortuyns drin.«

Milou runzelte die Stirn und überlegte. Langsam, ganz langsam kam die Erinnerung hoch.

»Genau *das* ist ihre Masche«, fuhr Mads etwas lauter fort. »Sie hat die Unterlagen von all den Adoptionen entfernt, bei denen sie die Gebühren für sich selbst behalten hat.«

Es war plötzlich so still in der Küche, dass man eine Wimper hätte fallen hören können.

»Meine Buchführung ist einwandfrei! Und das ist sie immer gewesen«, empörte sich Gassbeek. »Jedes einzelne Waisenkind ist ordentlich abgerechnet. Für solche lächerlichen Behauptungen gibt es keinerlei Beweise.«

»Es gibt *immer* Beweise«, widersprach Edda mit kalter Stimme. »Man muss nur genau genug …«

»… hingucken«, beendete Lotta ihren Satz. »Frau Speelman, dürfte ich kurz einen Blick in das Buch werfen?«

»Nein!«, kreischte Gassbeek. »Darfst du nicht!«

Zwischen Lotta und der Hausmutter schienen sich unsichtbare Blitze zu entladen. Milou spürte es förmlich knistern. Sie standen beide da, die Schultern gestrafft, das Buch geöffnet vor sich auf dem Tisch, und starrten einander in Grund und Boden.

Gassbeek holte scharf Luft. »Wage es bloß nicht –!«

In dem Moment sprang Lotta zum Tisch, doch Gassbeek war schneller. Die Hausmutter schnappte sich das dicke Buch und drückte es an ihre Brust.

»Geben Sie das her!«, brüllte Lotta und langte nach dem Buch.

Mit ihrer freien Hand versetzte Gassbeek Lotta eine Ohrfeige. Die Wange wurde sofort knallrot, aber das hielt Lotta nicht davon ab, sich erneut auf die Hausmutter zu stürzen. Eine Sekunde später lagen sie beide auf dem Boden. Milou war so verblüfft, dass sie einfach nur dastand. Aus den Augenwinkeln sah sie, wie Rotman an Mozarts Kleiderständer lehnte und das Spektakel grinsend verfolgte.

Gisbert stolperte auf die beiden Kämpferinnen zu, doch er blieb erschrocken stehen, als Edda einen wütenden Schrei ausstieß. Die Uhrmacherin hatte sich einen Besenstiel geschnappt und steuerte zielstrebig auf das Getümmel zu. Ein präziser Tritt und Gassbeek lag platt wie eine Flunder auf dem Rücken. Ein schneller Stoß mit dem Besenstiel und sie ließ das dicke Buch los. Milou klappte die Kinnlade herunter vor Staunen.

Von da an war das Duell entschieden: Edda hielt die Hausmutter mit dem Besenstiel in Schach. Je röter sich deren Gesicht färbte, desto wirrer wurde das Zeug, das sie brabbelte. Mit ihren zwölf Fingern schnappte sich Lotta, noch auf dem Boden liegend, das Buch und presste es an sich.

»Ich werde den Beweis finden!«, schrie sie, außer sich vor Wut und mit blutiger Lippe. »Und Sie werden mich nicht daran hindern, ihn ans Licht zu bringen, Sie alte Krähe!«

»Das ist ja absurd!«, schrie Speelman. »In meinem ganzen Leben ist mir ein solch unmögliches Verhalten noch nicht untergekommen!«

»Sage ich doch: Das sind Drecksgören!«, ereiferte sich Gassbeek.

»Ich spreche von *Ihrem* Verhalten, Frau Gassbeek!«, erwiderte Speelman. »Sie sollten doch nun wirklich wissen, dass das Schlagen von Kindern gegen die Regeln verstößt.«

»Sie hat mich doch auch geschlagen!«, motzte Gassbeek und deutete auf die sechs blutigen Kratzer auf ihrer Wange, die Lottas Fingernägel hinterlassen hatten.

»Aber Sie haben sie zuerst geschlagen! Und es steht in meiner Macht, Sie dafür festzunehmen!« Edda war so wütend, dass Milou ihre Stimme fast nicht wiedererkannt hätte. Dann wandte sie sich energisch an Speelman: »Und Sie setzen sich jetzt endlich und hören sich an, was Lotta zu sagen hat!«

Speelman wollte protestieren, doch Edda schnitt ihr das Wort ab.

»Entweder lassen Sie die Kinder augenblicklich ihre Version erzählen oder ich werde Beschwerde über Sie einreichen. Ich habe gute Kontakte zu wichtigen Leuten.«

Seufzend sank Speelman auf einen Stuhl und machte eine wedelnde Handbewegung in Lottas Richtung. »In Ordnung, du hast zwei Minuten.«

Rotmans Grinsen wirkte mittlerweile etwas angespannt. Mona, die neben ihm stand, drückte einen verschreckten Mozart an sich.

»Mads, zeig mir, was du geschrieben hast«, bat Lotta.

»Es geht um Jan, den kleinen Jungen, den die Fortuyns adoptiert haben«, erklärte Mads. »Als Milou und ich unsere eigene Adoptionsurkunde geschrieben haben, ist uns aufgefallen, dass seine Adoption nirgendwo auftaucht.«

»Blödsinn!«, kreischte Gassbeek. »Was für ein Jan überhaupt? Es gab keinen kleinen Jungen namens Jan. Die Gören wollen nur vertuschen, dass sie versucht haben, mich umzubringen.«

»Bitte fahr fort«, sagte Speelman zu Lotta und brachte Gassbeek durch eine Geste zum Schweigen.

Lotta starrte die Hausmutter an und Milou konnte fast hören, wie das Räderwerk in ihrem Gehirn arbeitete.

»Es gab *sehr wohl* einen kleinen Jungen namens Jan. Er war sogar heute bei unserer Aufführung.« Lottas Augen verengten sich zu schmalen Schlitzen. Dann lächelte sie. »Er ist im Oktober in der ›Kleinen Tulpe‹ angekommen, stimmt's? Das heißt, es muss ein Protokoll in der Rubrik ›Ausgesetzte Babys‹ geben.«

Sie blätterte durch die Seiten, hielt inne, blätterte weiter und runzelte die Stirn.

»Es kann kein Protokoll geben, weil es diesen Jan nicht gibt.« Auf Gassbeeks Lippen hatte sich ein kaltes, hartes Lächeln geschlichen. »Und nun lassen Sie mich bitte los.«

»Das ergibt keinen Sinn«, sagte Lotta und fuhr mit ihrem Finger von oben nach unten die Buchmitte entlang. »Autsch!«, rief sie und zog den Finger hastig zurück.

Ihre Fingerkuppe blutete.

»Sie hat die Seite rausgeschnitten!«, keuchte Mads.

Speelman beugte sich über das Buch und beäugte die Seite, dann warf sie Gassbeek einen vernichtenden Blick zu. »Tatsächlich! Sie haben eine Seite entfernt!«

»Und wenn Sie ganz genau hinsehen«, fügte Lotta hinzu, die Nase fast im Buch vergraben, »dann können Sie erkennen, dass Jans Name hier durchgedrückt ist. Da!«

Gassbeek wurde blass und wand sich wieder in Eddas Griff, doch die hielt sie fest. Rotman lehnte neben Mona an der Spüle und tippte sich nachdenklich ans Kinn.

»Und ich wette, es gibt noch mehr.« Lotta befeuchtete ihren Finger und blätterte weiter. »Hier! Hier fehlt wieder eine Seite. Und hier auch!«

»Die stellen mir eine Falle! Die wollen mir die Schuld in die Schuhe schieben!«, schrie Gassbeek.

»Ich frage mich, wie lange sie dieses Spielchen wohl schon treibt.« Mads nahm Lotta das Buch ab. »Ich wette, sie …«

Er hielt inne und blickte mit weit aufgerissenen Augen auf die Seite, die zufällig gerade aufgeschlagen war.

»Was ist?«, fragte Milou.

Mads blickte die Hausmutter an. »Ein Protokoll über ein ausgesetztes Baby«, sagte er leise. »Eine gewisse *Elinora*, abgestellt am 20. Juni 1838 in einem Schuhkarton auf der untersten Treppenstufe des Waisenhauses. Nie adoptiert.«

Die Hausmutter schrie und stampfte so wutentbrannt auf, dass ihre spitzen Stiefel auf dem Küchenfußboden klackerten.

»Das Geld habe ich mir mehr als verdient!«, brüllte sie. »Ich habe mein *ganzes* Leben in diesem Drecksloch verbracht.«

»Frau Gassbeek«, sagte Speelman streng. »Ein Betrug dieser Größenordnung kann mit einer Gefängnisstrafe geahndet werden. Sie hätten sämtliche Adoptionsgebühren unverzüglich an das Kinderbüro abliefern müssen, damit wir das Geld unter allen Waisenhäusern hätten verteilen können.«

Gassbeek öffnete den Mund, schloss ihn aber gleich wieder.

»Ich muss sagen, ich bin geschockt über das scheinheilige

doppelte Spiel von Frau Gassbeek«, meldete sich Rotman plötzlich zu Wort. »Frau Speelman, ich denke, ich sollte diese fünf Waisenkinder jetzt schnellstmöglich mitnehmen. Ich muss noch ein Schiff reparieren.«

»Doppeltes Spiel?«, kreischte Gassbeek. »Das sagt der Richtige!«

Rotmans Lächeln wurde breiter und sein Schnauzbart zuckte doppelt so schnell wie sonst. »Ich habe keine Ahnung, wovon Sie sprechen –«

»Frau Gassbeek«, unterbrach ihn Speelman ungerührt, »ich muss den Vorfall unverzüglich der Polizei melden.«

»Das können Sie nicht tun!«, keuchte Gassbeek. »Am Ende lande ich noch im Gefängnis. Bitte, das geht nicht!«

»So, kommt, Kinder«, flötete Rotman. »Lasst uns aufbrechen, damit ihr es euch in eurem neuen Zuhause gemütlich machen könnt. Mein Schiff ist sehr viel komfortabler als diese klapprige Windmühle. Ihr werdet es lieben, da bin ich mir sicher!«

Milou funkelte ihn an. Mona und Gisbert wichen sicherheitshalber einen Schritt zurück. Mads runzelte empört die Stirn und Lotta schnaubte. Gassbeek versuchte verzweifelt, sich aus Eddas Griff zu winden.

»Ich schlage einen Handel vor«, winselte Gassbeek. Sie wirkte plötzlich genauso verschreckt wie all die Waisenkinder, die sie jahrelang geknechtet hatte. »Ich habe Informationen über einen sehr viel größeren, sehr viel übleren Handel mit Waisenkindern …«

»Jetzt kommt endlich«, drängte Rotman und packte Mona unsanft am Arm.

»Die gesamten Handelsgeschäfte dieses Herrn werden auf dem Rücken hilfloser Waisenkinder ausgetragen!«, platzte Gassbeek heraus. »Er hat mir gedroht. Ich hatte keine andere Wahl –«

»Wie man sieht, hat sich Frau Gassbeek immer noch nicht ganz von ihrem Sturz erholt. In ihrem Kopf scheint einiges durcheinanderzugehen«, knurrte Rotman und zog Mona an sich, die sich sofort heftig wehrte. »Vielleicht sollte sie doch besser noch mal in diese Heilansta–«

»Lassen Sie Mona los!«, brüllte Milou.

»Das werde ich nicht!«, zischte Rotman und mit einem metallischen Blitzen kam plötzlich sein Messer wieder zum Vorschein. Diesmal war die Klinge auf Monas Hals gerichtet, direkt auf ihre wild pochende Hauptschlagader.

Sofort stürzte sich Mozart mit schrillem Kreischen und ausgefahrenen Krallen auf den Zuckerhändler, doch der schlug den Uhu brutal beiseite. Unter lautem Federgeraschel flog Mozart auf den Schrank. Milou, die den Anblick der wehrlosen Mona in Rotmans Schraubstockgriff nicht länger ertrug, schnappte sich einen Kerzenleuchter von der Arbeitsplatte.

»Herr Rotman! Was machen Sie da?«, kreischte Speelman und starrte entsetzt auf das Messer.

»Ich nehme mir nur, was mir ohnehin gehört.« Rotmans Schnauzbart zitterte. »Diese fünf Waisenkinder hier. Genau wie Frau Gassbeek es mir zugesichert hat.« Mit seiner freien Hand griff er nach dem Korb voller Münzen. »Und auch das Geld, das mir die Gören schulden, nachdem sie mein Schiff in Brand gesteckt haben.«

Gisbert, Mads und Lotta standen plötzlich neben Milou. Edda musste all ihre Kräfte mobilisieren, um die strampelnde, fuchtelnde Gassbeek festzuhalten, die sie kurzerhand mit einem Geschirrtuch geknebelt hatte.

»Lassen Sie Mona los!«, forderte Edda. »Die Kinder werden Sie nirgendwohin begleiten.«

Rotman kicherte. »Und wer genau sollte das verhindern?«

Niemand antwortete. Niemand wagte, etwas zu sagen. Die Messerspitze war zu dicht an Monas Halsader. Eine Drehung des Messers, und Mona wäre tot.

»Na?«, dröhnte Rotman. »Wer von euch jämmerlichen Gestalten wird mich aufhalten?«

»Ich«, antwortete eine tiefe Stimme.

Sie kam vom anderen Ende des Raumes, aus der Nähe der Treppe. Verblüfft fuhren alle herum und blinzelten in den Schatten unter der Treppe, wo Marionettenpapas kopfloser Körper quer über dem Schaukelstuhl hing. Genau dort, wo Gassbeek ihn zurückgelassen hatte. Langsam hob sich sein rechter Arm und umklammerte die Stuhllehne. Der linke folgte. Stück für Stück zog er sich hoch, mit dem Rücken zu ihnen. Dann drehte er sich wie in Zeitlupe um.

»Lassen Sie das Kind augenblicklich los«, sagte er mit einer Stimme, die klang, als würde sie Knochen zerreiben können.

38

Ein dumpfer Aufprall ließ Milou herumfahren: Rose Speelman war auf ihrem Stuhl ohnmächtig geworden und mit dem Kopf auf den Tisch geknallt.

»*Ich* werde Sie aufhalten! Wenn Sie ihr Messer jetzt wegstecken, lasse ich Sie am Leben.« Was da aus Marionettenpapa herauskam, war weniger eine Stimme als ein schauriges, unheilvolles Grummeln. Milou meinte fast zu hören, wie sich die Härchen auf den Armen aller Anwesenden aufrichteten.

Aus dem Augenwinkel sah sie zwei weiße Handschuhe oberhalb der Treppenhaustür. Hatten ihr nicht genau solche weißen Handschuhe das Eintrittsgeld für die Aufführung gereicht?

Wem gehörten sie?

Sie warf einen verstohlenen Blick in die Runde.

Rotman gaffte immer noch fassungslos die Marionette an. »Wie ...? Was ...?«

»Haben Sie nicht von den Gerüchten gehört?« Milou hatte ihre Stimme zu einem drohenden Flüstern gesenkt. »Die Mühle ist verwunschen. Es ist eine Geistermühle. Haben Sie das Schild am Tor nicht gelesen?«

Rotman blinzelte ungläubig, während sich Gassbeek entsetzt an Edda festklammerte, deren eine Augenbraue bis zur Mitte der Stirn hochgehüpft war. Den Kopf immer noch auf der Tischplatte, murmelte Speelman unverständliches Zeug, als sie langsam wieder zu sich kam.

»Sie haben meine Warnung gehört«, grunzte Marionettenpapa und machte eine Würgegeste in Rotmans Richtung. »Wenn Sie nicht augenblicklich tun, was ich sage, werde ich Ihnen Ihr Gehirn aus dem Schädel quetschen.«

Milou sah Rotmans Hand zittern. Sie hätte laut losgelacht, wäre die Messerklinge nicht immer noch direkt auf Monas Hals gerichtet.

»Und ich schneide ihr die Kehle durch, bevor auch nur einer hier im Raum blinzeln kann«, sagte Rotman, aber seine Stimme zitterte genauso wie seine Hand und sein Schnauzbart.

Milou ließ die Messerspitze nicht eine Sekunde aus den Augen und jubilierte innerlich, als sie sich nach einer Weile unmerklich senkte. Sie tauschte einen kurzen Blick mit ihren Freunden und signalisierte ihnen mit einer Augenbewegung, dass sie sich bereitmachen sollten, um Mona aus Rotmans Händen zu befreien.

»Wer … wer sind Sie?«, flüsterte Rotman in Richtung der Marionette.

»Ihr größter Albtraum.«

Die Klinge sank noch ein Stück weiter und Milou verspürte ein leichtes, aufmunterndes Kribbeln im Ohr.

Sie formte mit den Lippen ein lautloses »Jetzt« und im selben Moment holte Gisbert mit dem Bein aus. Er traf Rotman in die Kniekehle, woraufhin dieser nach vorne kippte. Mona nutzte seine Verblüffung und wirbelte blitzschnell herum. Als bestünde sie aus Wasser, entglitt sie seinem Griff, warf sich zu Boden und rollte sich unter ihm weg. Lotta rannte auf Rotman zu und schleuderte ihm den Inhalt eines Milchbechers ins Gesicht, während Milou fast gleichzeitig den Kerzenleuchter auf die Hand mit dem Messer knallte. Das Messer flog krachend zu Boden.

Sie kickte es unter den Tisch, während Rotman noch taumelte und sich die Augen rieb. Als sein Blick ihren traf, brüllte er los – blind vor Wut – und machte einen Satz auf sie zu. Aber er kam nicht weit, denn Mads war auf den Tisch hinter ihm gesprungen und knallte ihm mit voller Wucht den dicken Lederschinken auf den Kopf.

Rotman sackte in sich zusammen und blieb reglos auf dem Bauch liegen.

»Hab ich … hab ich ihn umgebracht?«, kreischte Mads entsetzt.

Wie zur Antwort kam ein unterdrücktes Stöhnen vom Boden.

Edda drückte Gassbeek auf einen Stuhl. Die Hausmutter brummelte etwas hinter ihrem Knebel, blieb aber sitzen, als die Uhrmacherin ein paar Marionettenfäden vom Tisch nahm und Rotman die Hände auf dem Rücken fesselte.

»Nein, du hast ihn nicht umgebracht«, sagte Edda. »Aber sobald er aufwacht, wird er wünschen, er wäre tot. Denn ich werde dafür sorgen, dass er in der finstersten Zelle von ganz Amsterdam eingelocht wird – zusammen mit einer extragroßen Meute Ratten und Flöhe.«

Speelman setzte sich auf und blinzelte hektisch. »Was ist

hier los?«, fragte sie, und als sie Rotman am Boden sah, hielt sie sich keuchend die Hand vor den Mund. »Wie …? Was …?

Gassbeek quetschte ein paar erstickte Töne hinter ihrem Geschirrhandtuch hervor. Sie sah gequält aus – fast so, als würde sie sich geschlagen geben.

Milous Blick wanderte zu Marionettenpapa, der wieder zusammengesackt in seinem Schaukelstuhl hing. Die Fingerspitzen zweier weißer Handschuhe erschienen im Türrahmen der Treppenhaustür und drückten sie auf. Und dann trat die Gestalt mit dem grünen Mantel in den Raum, das Gesicht immer noch unkenntlich … bis die weißen Handschuhe an die Kapuze griffen und sie mit einem Ruck herunterzogen.

Milou stockte das Herz. Vor ihnen stand ein Mann, den sie noch nie im Leben gesehen hatte, den sie aber trotzdem sofort erkannte. Er sah aus … wie der Mann auf Liesels Zeichnung.

Er hatte ein kartoffelförmiges Gesicht und eins seiner Augen war einen Tick größer als das andere. Zwei pflaumengroße Ohren standen von seinem Kopf ab. Und seine Haare …

Seine Haare waren orange wie der Himmel bei Sonnenuntergang. Milou brachte kein Wort heraus. Ihr Mund war so trocken wie Graberde, ihr Brustkorb fühlte sich ein paar Nummern zu eng an.

»Bram Poppenmaker?«, keuchte Gisbert.

Eine gefühlte Ewigkeit schwieg der Mann. Er stand einfach da und starrte Milou an, während seine eine Wange verärgert zuckte.

Als er schließlich antwortete, tat er das mit beunruhigend tiefer Stimme: »Allerdings.«

39

Milou merkte erst, dass sie auf ihrer Lippe herumkaute, als sie Blut auf ihrer Zunge schmeckte. Sie stand ihrem Vater gegenüber! Er hatte ihre Botschaft tatsächlich verstanden und war zurückgekommen.

Sie trat einen Schritt auf ihn zu und wollte die Arme um ihn schlingen, aber ein heftiges Prickeln in ihrem Ohr hielt sie davon ab.

Er schien sich kein bisschen zu freuen, sie zu sehen. Warum nicht? Er müsste doch eigentlich völlig aus dem Häuschen sein. Stattdessen starrte er sie finster an. Was war da los?

»Entschuldigen Sie.« Speelman schob die Kinder beiseite und steuerte auf Bram zu. »Herr Poppenmaker. Im Namen des Kinderbüros entschuldige ich mich dafür, dass diese Waisenkinder in Ihr Haus eingedrungen sind, Ihre Identität gestohlen, aus Stoffresten einen Doppelgänger von Ihnen angefertigt und ein Riesenchaos angerichtet haben. Sobald ich weiß, wo wir die fünf unterbringen, werde ich dafür sorgen, dass sie angemessen bestraft werden.«

Bram Poppenmaker kühlte seinen Blick noch um ein paar weitere Grade herunter und schleuderte ihn dann der Vertreterin des Kinderbüros zu. Sie war sofort still.

»Ich möchte von den Kindern selbst erfahren, was es mit diesem Chaos auf sich hat«, sagte er. »Ich möchte wissen, was sie sich dabei gedacht haben, meinen Namen zu benutzen – und den meiner Tochter –, um mich zurück in die Mühle zu locken.«

Milou fiel auf, dass seine Stimme ein ganz kleines bisschen zitterte. Außerdem lag neben dem Zorn auch ein Fünkchen Traurigkeit in seinem Blick, das sah sie genau, obwohl er es zu verbergen suchte.

»Bram«, schaltete sich Edda ein. »Vielleicht sollten wir uns alle erst mal setzen und dann in Ruhe sprechen.«

»Ist dieser ganze Spuk Ihr Werk, Frau Finkelstein?« Poppenmakers Stimme klang schneidend. »Zumindest scheinen Sie eingeweiht zu sein. Hm, warum überrascht mich das nicht?«

»Das alles hatte nichts mit Edda zu tun«, sagte Milou schnell. »Es war allein meine Idee.«

Bram durchbohrte sie mit seinem Blick. »Und wer genau bist du?«

»Mein Name ist Milou Po–« Sie verstummte und versuchte vergeblich, den Kloß in ihrem Hals hinunterzuschlucken. Ein Kribbeln lief ihr den Rücken hinunter. »Ich bin Milou Poppenmaker«, sagte sie schließlich und klang selbstbewusster, als sie sich fühlte. »Genau die bin ich.«

Bram legte seinen Kopf schief. »Aha.«

Das war er! Der Moment, auf den sie so lange gewartet und gehofft hatte. Die Antworten, nach denen sie sich so gesehnt hatte, die sie so sehr brauchte, waren nur noch ein paar Herzschläge entfernt. Und trotzdem machte Bram Poppenmaker keine Anstalten, auf sie zuzukommen.

»Milou«, wiederholte sie langsam und machte eine Pause, wartete auf ein Zeichen des Wiedererkennens. »Ich bin's, *Milou.*«

»Und was hast du in meiner Windmühle zu suchen, Milou Poppenmaker?«

Milou zuckte zusammen, als wäre ein Peitschenhieb durch die Luft geknallt. Warum tat er so, als würde er sie nicht kennen?

»Das ist eine längere Geschichte ...«

»Na ja, du scheinst ja kein Problem mit dem Erzählen längerer Geschichten zu haben ...« Er schob Marionettenpapa beiseite, hockte sich in den Schaukelstuhl, schlug die Beine übereinander und verschränkte die Arme. »Also, dann schieß los!«

»Ich bin in der ›Kleinen Tulpe‹ aufgewachsen, einem Waisenhaus in Amsterdam«, begann sie. »Man hatte mich auf dem Dach des Hauses ausgesetzt ...«

Sein Blick ruhte kalt und ungerührt auf ihr. Falls ihm doch gerade einfiel, wer sie war, dann verbarg er seine Überraschung sehr gut. Ein Hauch Zweifel schlich sich in ihre Gedanken, aber da ihre Ohren sanft kribbelten, fuhr sie fort.

»Das war vor zwölf Jahren ...«

Immer noch keine Antwort.

»In dem Korb, in dem man mich ausgesetzt hatte, lag eine Marionette, die du gebaut hast.«

Eine winzige, kaum sichtbare Falte legte sich auf seine Stirn, aber er reagierte immer noch nicht. Kein Wort darüber, ob er derjenige war, der sie auf dem Dach abgestellt hatte.

Langsam wurde es Milou zu bunt. Das Kribbeln in ihren Ohren veränderte sich, bekam etwas Warnendes. Aber sie ignorierte es.

»Irgendwann bin ich dann aufgebrochen und den Hinweisen gefolgt, die du mir hinterlassen hast. Sie haben mich direkt bis zu dem großen Baum in deinem Garten geführt.«

Er blinzelte. Mehr nicht.

»Dort habe ich deinen Namen und auch den meiner Mutter entdeckt, eingeritzt in den obersten Ast. Und ich habe das Taschentuch mit den Ringen gefunden. Warum tust du also so, als würdest du mich nicht kennen? Du weißt sehr gut, wer ich bin, denn du hast mich ausgesetzt und nie mehr daran gedacht, mich zurückzuholen!«

Erst als Bram zusammenzuckte, merkte Milou, dass sie laut geworden war.

»Zwölf lange Jahre habe ich auf dich gewartet«. Sie sprach jetzt wieder leiser, aber nicht weniger verbittert. »Jeden einzelnen Morgen habe ich aus dem Fenster geschaut und mich gefragt, ob du mich abholen kommst. Und nachdem das nie passierte, habe ich irgendwann gedacht, dass du vielleicht willst, dass *ich dich* finde. Ich habe von dir geträumt. Ich habe jedes kleine Detail, jeden noch so winzigen Hinweis notiert, von dem ich hoffte, dass er mich vielleicht auf deine Spur bringt. Tja, und jetzt bin ich hier …«

Ihre Stimme versagte. Tränen brannten sich eine Spur über ihre Wangen.

»Du hattest noch eine andere Tochter«, flüsterte sie schließlich. »Hast du Liesel mehr geliebt? Hast du mich deshalb weggegeben?« Ein anderer Grund fiel ihr einfach nicht ein.

Milou war verstört. So unendlich viele Male hatte sie sich das Wiedersehen mit ihren Eltern ausgemalt, aber nie so, wie es nun ablief. All ihr Warten, Hoffen und Wünschen – und jetzt hatte er nur einen kalten, abschätzenden Blick für sie übrig und tat so, als würde er sie nicht kennen?

»Kannst du dir auch nur ansatzweise vorstellen, wie es war, in diesem Waisenhaus aufzuwachsen?«, fuhr sie wütend fort, als er beharrlich weiter schwieg. »Die Hausmutter war grausam. Sie hat uns schuften lassen, bis unsere Hände taub waren. Unser Schlafsaal war eisig kalt und wir mussten uns Betten teilen, die schon für eine Person zu schmal waren. Aber das scheint dich alles nicht zu interessieren …«

Wieder blinzelte Bram Poppenmaker. Und schließlich öffnete er sogar den Mund, um zu antworten, aber Milou kam ihm zuvor.

»Tu wenigstens nicht so, als würdest du mich nicht kennen. Alles, was ich will … was ich schon immer gewollt habe … sind Antworten.«

»Milou …«, seufzte Bram und sah zum ersten Mal ein bisschen traurig aus. »Ich bin nicht dein Vater.«

Jetzt blinzelte Milou.

»Du lügst! Du bist … du *musst* mein Vater sein … mein Babydeckenkleid«, murmelte sie. »Es ist aus Samt, genau wie dein Mantel. Du hast meinen Namen reingestickt. Ich weiß, dass du das warst. Und … und dann ist da noch meine Marionette. Die hast du gebaut. Ich muss deine Tochter sein!«

Sie blickte ihn forschend an, suchte sein Gesicht nach den kleinsten Spuren von Unehrlichkeit ab – aber sie fand nichts. Sein Blick war jetzt weicher und irgendwie gefühlvoller, was Milou noch mehr quälte. Offenbar bemitleidete er sie.

»Aber …« Der Kloß in ihrem Hals hinderte sie am Weitersprechen. Sie musterte ihn stumm. Wenn sie blinzelte, was sie jetzt tat, dann hatte sie den Eindruck, dass ihre Nasenspitzen vielleicht, ganz vielleicht ähnlich rund waren. Allerdings war seine Nase deutlich länger. Und seine Augen waren nicht annähernd schwarz, sondern hellblau. Und dann das rote Haar …

Sie sahen sich kein bisschen ähnlich, so was von überhaupt nicht.

»Ich bin nicht dein Vater, Milou«, wiederholte er mit sanfter Stimme. »Es tut mir sehr leid, aber das ist die Wahrheit. Meine Frau, Annaliese, starb viele Jahre, bevor du geboren wurdest. Als Liesel nur wenig jünger war als du jetzt.«

Seine Worte hallten in ihrem Kopf wider. Sie fühlte sich, als sei sie in ein dunkles Brunnenloch gefallen.

Und obwohl ihr Kopf immer noch darauf beharrte, dass das alles eine grausame Lüge sein musste, dass es gar nicht anders sein konnte, fühlte ihr Herz, dass er die Wahrheit sagte. Das erkannte sie an seinen Augen. Nein, er log nicht.

Bram Poppenmaker war nicht ihr Vater.

»Ich hatte nur eine Tochter«, sagte er leise. »Und ich habe sie sehr geliebt. Ich hätte sie niemals weggegeben. Liesel hat mir alles bedeutet.«

Milou hörte auf zu zittern, ihre Ohren wurden eiskalt. »Du *hattest* nur eine Tochter? Sie *hat* dir alles bedeutet …?

Brams Gesicht fiel in sich zusammen. »Ja, Liesel ist tot.«

40

Milous Herz zerbrach nicht einfach nur, es zerschmetterte. Ihre Ohren kribbelten nicht mehr, es kam nicht das kleinste Signal von dort, absolute Funkstille. Ein Schmerzensschrei erfüllte den Raum. Milou drehte sich um und sah, dass Edda auf den Stuhl neben Gassbeek gesackt war, das Gesicht vollkommen weiß, die Augen fest zugekniffen.

»Liesel … ist …?« Der Polderwächterin drohte die Stimme zu versagen. »Sie ist *tot*?«

»Ja.« Brams Miene versteinerte wieder. »Und Ihr Cousin trägt die Schuld daran.«

Edda riss die Augen auf und Milou las darin ebenso viel Schmerz wie Wut. »Er hat sie geliebt!«

»Er hat sie umgebracht!«

Bleiernes Schweigen machte sich breit. Augenbrauen zogen sich zusammen oder schossen entsetzt in die Höhe. Es schien, als hätten die Anwesenden bei Brams Worten tief eingeatmet und würden nun gemeinsam die Luft anhalten.

»Nein!«, sagte die Polderwächterin nach einer Weile entschieden. »Er hätte ihr *niemals* Leid angetan. Wie ist sie gestorben?«

»An Tuberkulose«, seufzte Bram. »Derselben Krankheit, die schon ihre Mutter dahingerafft hat.«

Edda kräuselte die Stirn. »Und wieso beschuldigen Sie dann meinen Cous–?«

»Sie sollte strenge Bettruhe halten. Aber eines Abends kam ich spät aus Amsterdam zurück und sah Ihren gewissenlosen Cousin aus der Mühle eilen. Obwohl ich ihm verboten hatte, meine Tochter zu besuchen. Ich fand Liesel zusammengesackt auf der Türschwelle, bleich wie ein Gespenst und zitternd wie eine verängstigte Maus. Sie hatte Fieber bekommen … und ihr Zustand besserte sich auch nicht mehr, egal, was ich versuchte.« Er starrte auf seine weißen Handschuhe. »Eine Woche später starb sie in meinen Armen, am Tag vor ihrem neunzehnten Geburtstag.«

Milou war wie betäubt vor Schmerz. Es war völlig unwichtig, dass Liesel nicht ihre Schwester war. Sie liebte sie trotzdem. Und hatte das Gefühl, sie richtig gut zu kennen – so lange und intensiv hatte sie sich mit ihr und ihrer Geschichte beschäftigt … und so viele Gemeinsamkeiten entdeckt.

»Sie ist … wirklich gestorben?« Edda schien es immer noch nicht glauben zu können. »Dann ist sie also schon zwölf Jahre tot – und Sie haben nie daran gedacht, mich darüber zu informieren? Haben mich einfach im Glauben gelassen, Liesel hätte mich … verlassen?«

Edda begann haltlos zu weinen, die Tränen liefen ihr nur so über die Wangen, ihre Schultern bebten.

Spätestens in diesem Moment merkte Milou, wie sehr sie sich in der Polderwächterin getäuscht hatte. Edda hatte Liesel nicht gehasst. Sie hatte sie geliebt. Ihr gequälter Gesichtsausdruck sprach Bände.

Bram schwieg weiter und starrte schmerzerfüllt vor sich hin.

»Sie waren mit Liesel befreundet?«, fragte Milou Edda. »Sind Sie deshalb hier herumgeschlichen? Wollten Sie herausfinden, was mit ihr passiert ist?«

Edda nickte. »Sie war die beste Freundin, die ich je hatte. Tatsächlich sogar meine einzige. Als meine Familie damals von Straßburg hierherzog, war sie die Einzige, die uns nicht anstarrte, als würden wir hier nicht hergehören. Ihr war es egal, dass wir anders waren. Aber eines Tages war sie auf einmal weg. Ich war verletzt und wütend, dass sie so ganz ohne Erklärung verschwunden war – als hätte ich ihr nichts bedeutet. Sie hat nicht einmal eine Postkarte geschrieben. Als die Monate und Jahre vergingen, ohne dass irgendetwas passierte, habe ich das Eisentor vorne irgendwann verriegelt. Von dem Moment an habe ich mich geweigert, die Mühle auch nur anzusehen – bis ihr plötzlich aufgetaucht seid. Da ist alles wieder hochgekommen. Und jetzt muss ich erfahren, dass …«

Wieder senkte sich bleiernes Schweigen über den Raum. Milous Herz spielte verrückt.

»Liesel hatte einen stärkeren Willen als Sie und ich zusammen«, sagte Edda schließlich und starrte Bram an. »Wenn sie ihr Krankenbett verlassen hat, dann, weil sie es *wollte*. Der Verlust Ihrer Tochter muss Ihnen das Herz gebrochen haben, das verstehe ich, aber es hilft auch nicht weiter, jemand anderen für ihren Tod verantwortlich zu machen. Jemanden, der ihr überhaupt nichts Böses wollte, sondern sie im Gegenteil geliebt hat. Und mich dann auch noch gleich mit zu beschuldigen.«

»Theodora Weichherz«, sagte Lotta nachdenklich. »Hat Liesel über sich selbst geschrieben? Wusste sie, dass sie sterben würde?«

Bram nickte. »Euer Ende der Geschichte hätte ihr gefallen«, sagte er wehmütig. »Ach ja, und sie liebte das Marionettentheater. Oh, wie sie es geliebt hat! Eure Aufführung hätte sie hellauf begeistert.«

»Ja.« Edda lächelte zaghaft. »Das hätte sie.«

Neue Tränen flossen ihr über die Wangen, doch schließlich riss sie sich zusammen und stand auf.

»Na los, kommen Sie!« Sie zog Gassbeek von ihrem Stuhl und bedachte den ohnmächtigen Rotman mit einem verächtlichen Blick. Über die aufwühlenden Neuigkeiten hatte Milou die beiden fast vergessen.

»Am besten verstauen wir diese zwei Kriminellen in Ihrer Kutsche«, wandte sich Edda an die Kinderbürodame. »Das Gefängnis liegt auf dem Weg zurück in die Stadt. Es macht Ihnen doch nichts aus, die beiden dort abzuliefern?« Bevor Speelman protestieren konnte, wandte sie sich an Lotta, Mona, Gisbert und Mads. »Wir lassen Bram und Milou ein paar Minuten in Ruhe sprechen, ja?« Ihre Miene war plötzlich ganz weich.

Während Gassbeek wütend hinter ihrem Geschirrtuch protestierte, lag Rotman einfach nur da, vollkommen reglos. Alle vier Kinder mussten anpacken, um ihn hochzuhieven und hinauszuschleppen. Speelman schüttelte den Kopf, dann warf sie

Milou einen mitfühlenden Blick zu und folgte den anderen nach draußen.

Ein Windstoß knallte die Küchentür zu und Bram und Milou waren alleine.

Milou holte sich einen Stuhl heran und setzte sich Bram gegenüber. Da sie nicht wusste, wie sie das Gespräch beginnen sollte, zog sie die Knie ans Kinn und umklammerte sie. Ihre Ohren kribbelten, ganz leicht nur, aber ununterbrochen.

Das fühlte sich alles so falsch an, so völlig falsch! Es konnte doch nicht alles umsonst gewesen sein! Alles, was sie unternommen hatten. Und vor allem: Wenn Bram nicht ihr Vater war, wer war es dann?

Wer hatte ihr die Taschenuhr dagelassen? Und die Marionette? Und die Koordinaten? Und warum hatten die sie ausgerechnet hierhergeführt?

»Liesel ...«, begann Bram, dann holte er tief Luft und stieß sie seufzend wieder aus. »Weißt du, ich habe ihren Namen seit damals nicht mehr ausgesprochen ...«

Eine heiße Träne lief Milou in den Mundwinkel. Sie weinte wegen Brams trauriger Geschichte und weil ihr alles, woran sie je geglaubt hatte, plötzlich entrissen worden war. Sogar die Schwester, nach der sie sich gesehnt hatte, seitdem sie in der Mühle war.

Bram hob einen von Marionettenpapas schlaffen Armen und lächelte. »Diese ganze raffinierte Trickserei hätte sich auch Liesel ausdenken können. Du hast viel Fantasie, das muss ich dir lassen. Es war ihr letzter Wunsch, dass ich das Theater mit ihren Geschichten fülle, damit sie durch diese Geschichten weiterlebt.«

»Sie haben ihr versprochen, mit den Marionettenaufführungen weiterzumachen?« Milou starrte den Puppenspieler fassungslos an. »Aber warum sind Sie denn dann weggegangen?«

»Weil ich es nicht mehr ausgehalten habe. Es hat mir das Herz zerrissen«, antwortete Bram. »Hier … hier gibt es einfach zu viele Erinnerungen an sie. Und an ihre Mutter. Jeder noch so kleine Gegenstand in dieser Mühle ist mit den beiden verbunden. Also bin ich irgendwann aufgebrochen, mit nichts als den Kleidern, die ich am Leib trug, und ein paar Kartons mit Arbeitsdokumenten. Und jetzt, wo ich hier sitze, bricht es mir sofort wieder das Herz.«

Das Kribbeln in Milous Ohren wurde intensiver. Irgendetwas musste ihr entgangen sein. Irgendetwas, was das Ganze hier plausibel machte. Ein Gedanke versuchte, sich einen Weg in ihr Gehirn zu bahnen, aber sie konnte ihn nicht festhalten. Sie war zu müde. Und so unglaublich verwirrt.

Bram Poppenmaker betrachtete das Porträt, das Liesel von ihm gemalt hatte. Er war so gedankenverloren, dass er Milous Anwesenheit völlig vergessen zu haben schien.

Sie zog die Taschenuhr unter ihrem Kragen hervor und hielt sie ihm unter die Nase. »Und die hier erkennen Sie wirklich nicht wieder?«

Bram schüttelte den Kopf. »Tut mir leid, nein.«

Milou eilte zur Hintertür und holte ihren Sargkorb. »Und den?«

Erneutes Kopfschütteln. Wieder kribbelten Milous Ohren.

Sie stellte den Korb auf den Boden und packte ihn aus, erst die Kleidung, dann die Katzenmarionette. Dann faltete sie das

Taschentuch auseinander und hielt ihm die Ringe hin. »Was ist mit denen hier?«

Jetzt sprang Bram auf, wie ausgewechselt. Aber es waren gar nicht die Ringe, die er anstarrte, sondern ihre Marionette.

Vorsichtig hob er sie hoch. »Das ist Liesels. Woher …? Wie …?«

In diesem Moment wurde die Tür aufgestoßen und die Kinderbüromitarbeiterin kam herein. Sie wirkte äußerst zufrieden mit sich.

»Milou, es wird Zeit, wir müssen los«, sagte sie.

Hinter Speelman traten Lotta, Mona, Gisbert und Mads in die Küche, alle vier gleichermaßen bedrückt.

»Einen Moment noch!«, sagte Milou.

Bram drehte die Marionette in den Händen. Eine Woge der Trauer schien ihn zu überrollen.

»Nein, ich habe lange genug gewartet, ich muss euch jetzt wirklich zurückbringen.« Speelman machte auf dem Absatz kehrt und stolperte direkt in Edda hinein, die gerade durch die Tür trat.

Entsetzt, als stünde sie vor einem Geist, starrte die Polderwächterin auf Milous Sargkorb.

»Dieser Sarg …«

»Keine Sorge«, sagte Milou. »Da liegt keine Leiche drin. Das ist nur –«

»*Ich* habe ihn gebaut!«, brach es plötzlich aus Edda heraus.

Mit wild pochendem Herzen blickte Milou zwischen dem Korb und Edda hin und her. Sie verspürte plötzlich wieder einen Funken Hoffnung.

Edda schüttelte den Kopf. »Ich habe ihn für meine frühere Katze, Madame Meowkins, gebaut. Dieser Verschluss … das Weidengeflecht … und hier! Man sieht sogar noch die Kratzspuren von seinem nervigen Hund … ich weiß noch, dass ich Angst hatte, der Köter würde das Ding völlig zerkauen. Wie um alles in der Welt bist du da rangekomm–?«

»Meine Eltern haben mich darin ausgesetzt«, sagte Milou, die vor Aufregung kaum Luft bekam. »Laut Gassbeek war ich ungefähr eine Woche alt.«

Tiefes Schweigen machte sich breit.

Bram ließ sich zurück in den Schaukelstuhl sinken, die Katzenmarionette fest umklammert. Mit undurchdringlichem Blick sah er Edda und Milou an. Ein Schauder kroch Milou den Rücken hoch und endete in einem heftigen Kribbeln ihrer Ohren. Als sie sprechen wollte, bekam sie kein Wort heraus.

»Das war im Dezember 1880«, ergänzte Mads. »Auf dem Dach des Waisenhauses. Bei Vollmond.«

»Es muss in derselben Nacht gewesen sein, als Liesel gestorben ist«, fügte Gisbert hinzu. »Milou sagte, dass Sie beobachtet wurden, wie Sie die Mühle in einer Vollmondnacht im Dezember 1880 verließen.«

Bram wurde blass. Edda stieß einen merkwürdigen Krächzlaut aus und ihre Augen weiteten sich, als sie sich zu Milou umdrehte. »Aber …«

»Da ist noch mehr«, schaltete sich Lotta ein, griff in Milous Ärmel und zog das Theorien-Buch hervor. »Milous Babydecke: Ein Samtkleid, das so aussieht, als stamme es geradewegs aus Poppenmakers Werkstatt. Dann die Katzenmarionette, die *mit Sicherheit* aus der Werkstatt stammt – und Liesel gehört hat. Außerdem die Taschenuhr, in die Koordinaten eingraviert sind, die zu dem großen Eibenbaum neben der Windmühle führen. Und schließlich zwei Eheringe, eingewickelt in ein Taschentuch, in das der Name A. Poppenmaker eingestickt ist …«

Lotta redete weiter, doch Milous Ohren kribbelten so heftig, dass sie die Stimme ihrer Freundin nur noch gedämpft wahrnahm. Plötzlich sah sie, wie Eddas Verwirrung fassungslosem Entsetzen wich und Brams Gesichtsfarbe von blass zu kalkweiß wechselte.

»Das kann nicht sein!«, flüsterte Edda und ihre Hand krampfte sich um ihr goldenes Medaillon.

Die Uhrmacherin griff nach Milous Taschenuhr. »Das ist tatsächlich seine.« Mit tränenfeuchten Augen sah sie Milou an. »Du lieber Himmel, glauben Sie …?«

Sie und der Marionettenbauer wechselten einen schnellen Blick.

»Nein, das kann nicht sein«, keuchte Bram. »Das hätte ich gewusst!«

Milou sah Lotta an, die offenbar angestrengt nachdachte. Monas und Mads' Blicke wanderten nervös zwischen Milou und Edda hin und her. Gisbert kam langsam auf sie zu, wobei er Edda nicht eine Sekunde aus den Augen ließ.

Weder Bram noch Edda rührten sich oder sagten etwas. Sie waren beide zu sehr damit beschäftigt, Milou anzustarren.

Nach einer Weile ließ Edda die Taschenuhr los und tastete sanft Milous Gesicht ab, bog es mal in die eine, mal in die andere Richtung, betrachtete jedes noch so kleine Detail. Das Kribbeln in Milous Ohren breitete sich über ihren Rücken aus.

»Wieso habe ich nichts gemerkt?«

Gisbert trat noch näher. »Was gemerkt?«

Wieder schüttelte Edda den Kopf. Sie starrte Milou forschend in die Augen. Die wagte kaum zu atmen. Schließlich ließen Eddas zittrige Finger ihr Kinn los und die Uhrmacherin trat ein paar Schritte zurück.

»Dass du aussiehst wie er.«

Um Milou herum schien plötzlich alles ins Rutschen zu geraten. Zum Glück packte Gisbert sie am Ellbogen und hielt sie fest.

»Aber du hast *ihre* Nase«, fuhr Edda fort.

Milou spürte, wie ihr heiße Tränen über die Wangen rannen. Noch immer kam ihr kein Wort über die Lippen.

»Wessen Nase?«, fragte Mads stattdessen.

»Liesels«, flüsterte Lotta. »Sie hieß eigentlich Anneliese, wie ihre Mutter. Deshalb war ein ›A‹ in ihr Taschentuch eingestickt, stimmt's?«

»Ja.« Brams Stimme klang jetzt viel weicher. Langsam richtete er sich auf, dann griff er ebenfalls nach Milous Kinn und betrachtete prüfend ihr Gesicht. »Du liebe Güte, Finkelstein, Sie haben recht: Sie ist unverkennbar Liesels Toch– Aber … aber wie hat sie es geschafft, das vor mir zu verheimlichen?«

»Vielleicht, indem sie ihren wachsenden Bauch unter weiten Kleidern und Schürzen verborgen hat?«, meinte Gisbert.

Zu Bram schienen die Worte gar nicht durchzudringen, doch Milou war wie elektrisiert.

»Aber spätestens, als sie das Baby bekommen hat, hätten Sie doch etwas merken müssen.« Edda warf dem Marionettenbauer einen fragenden Blick zu.

Bram ließ Milous Kinn los und schloss die Augen. »Nein, habe ich nicht.«

»Vielleicht wurde Milou nicht in der Mühle geboren, sondern irgendwo im näheren Umkreis …«, sagte Lotta.

»Im Theater!«, rief Mads. »Das würde den Deckenhaufen erklären, den wir auf der Bühne gefunden haben. Und auch, warum Liesel nachts die Mühle verlassen hat, obwohl sie so krank war.«

Ihre Freunde redeten immer lauter und aufgeregter durcheinander, aber Milou selbst fühlte sich innerlich wie zugeschnürt. Sie wollte auch etwas beitragen, brachte aber nicht mal ein Nicken zustande. Auch Edda und Bram schien es die Sprache verschlagen zu haben.

»Und was die Eheringe betrifft …«, überlegte Lotta. »Vielleicht planten sie, nach deiner Geburt zu heiraten? Nur dass Liesel leider schon zu krank war. Oh je, es muss ihm das Herz gebrochen haben, als er erfahren hat, dass Liesel –«

»Wer ist denn nur *er*?« Milous Stimme war kaum zu hören, trotzdem war es sofort totenstill im Raum.

Edda wischte sich eine Träne von der Wange und straffte die Schultern. Als sie schließlich antwortete, bebte ihre Stimme: »Vor zwölf Jahren ist mein Cousin bei mir eingezogen. Er und Liesel, sie waren … Nun ja, sie standen sich sehr nahe, obwohl … oh, Milou, ich hätte nie gedacht, dass sie … und dann ist er plötzlich Hals über Kopf und ohne jede Erklärung verschwunden, direkt nachdem Liesel nicht mehr da war. Ich hatte angenommen, dass er … also dein *Vater* … aufgebrochen war, um ihr zu folgen – wohin auch immer.«

Vater.

Das Wort bohrte sich wie ein Pfeil durch Milous Herz. Es zerriss sie erst und setzte sie gleich darauf wieder zusammen, machte sie ganz, mehr als sie es je gewesen war, allerdings mit einem dumpfen Schmerz.

»Die Leute hier in der Gegend …«, Edda wischte sich eine Träne weg, »… hielten nicht viel von einem ungepflegten jungen Mann mit wildem Blick und einem Hund, der alles fraß, was ihm vor's Maul kam. Sie kannten den gutherzigen, etwas schüchternen Menschen nicht, den ich kannte. Nur Liesel kannte ihn. Denn sie war die Einzige, die wirklich genau hinschaute. So wie sie es schon bei mir getan hatte.«

Milous Hals war schon wieder wie zugeschnürt. Die Tränen hatten ihr Kinn erreicht, ihr ganzes Gesicht war nass. Das

Kribbeln in ihren Ohren fühlte sich jetzt fast wie ein Streicheln an.

»Hier«, sagte Edda und griff wieder nach ihrem Medaillon. »Ich trage ihn hier.«

Mit zitternden Fingern streifte sie sich die Kette über den Kopf. Milou nahm sie ihr ab und betrachtete das Medaillon. Ihre Hände bebten so sehr, dass sie Angst hatte, es fallen zu lassen. Von der Seite näherte sich eine Hand mit sechs Fingern und half ihr, den kleinen Verschluss zu öffnen. Doch als sich ihre Freunde näher drängten, um einen Blick darauf zu werfen, schloss sich Milous Hand um den Anhänger. Eine Weile blickte sie die anderen hilflos an, dann holte sie tief Luft und öffnete das Medaillon.

Darin befand sich das Fotogramm eines jungen Mannes mit mitternachtsschwarzen Haaren, fast schwarzen Augen und einem draufgängerischen Grinsen. Zu seinen Füßen lag ein riesiger grauer Hund, dessen Pfoten so groß wie Frühstücksteller waren. Unten war in säuberlicher Handschrift ein Name in das Fotogramm geritzt:

Thibault.

Milous starrte das Foto ihres Vaters an.

Die Krallenspuren.

Die Taschenuhr.

Ihre eigenen lebhaften Gesichtszüge.

Das alles stammte von ihm.

Milou griff nach der Uhr:

Unter den Sternen
habe ich dich gefunden.
52.284040, 4.784040
Unter dem Mond
habe ich dich verloren.

Ihre Eltern hatten sich verliebt, als sie zusammen auf dem Eibenbaum saßen, um sich den Sternenhimmel anzuschauen. Dann war ihre Mutter gestorben. In einer Vollmondnacht.

Die Gravur war nicht für Milou bestimmt gewesen, sondern für Liesel.

»Ich weiß nicht, warum er dich ausgesetzt hat«, sagte Edda. »Wie er das über sich gebracht hat. Ich weiß nur, dass er immer genau das getan hat, was er als richtig empfand.«

Milou klappte das Amulett zu und gab es Edda zurück. Sie hatte sich Antworten gewünscht – und die hatte sie nun.

Ihre Mutter war tot.

Ihr Vater war verschwunden.

Sie fühlte sich dumpf und leer.

»Tut mir leid, dass ich störe«, sagte Speelman, ohne im Mindesten so auszusehen, als ob es ihr leidtäte. »Aber ich muss die Kinder jetzt wirklich in die ›Kleine Tulpe‹ zurückbringen.« Sie lächelte Bram breit an, wobei sie ihre ganze Zahnreihe entblößte, und nickte in Milous Richtung. »Ich schätze, diese hier möchten Sie behalten?«

Bram blinzelte.

»Hervorragend!« Speelman legte ihm das dicke Buch auf den Schoß und reichte ihm eine Schreibfeder. »Dann bräuchte ich nur hier eine Unterschrift, das wär's dann auch schon, vielen Dank! So, und wir übrigen fahren jetzt los!«

»Nein«, sagte Milou. »Sie können sie nicht einfach so mitnehmen!«

»Gesetz ist Gesetz, mein liebes Kind.« Speelman klemmte sich das dicke Buch unter den Arm.

Milou sah Bram flehend an. »Kannst du sie nicht …?«

Ihr Großvater seufzte. »Milou, bis vor wenigen Augenblicken war ich ein kinderloser Witwer. Jetzt habe ich plötzlich eine Überraschungsenkeltochter, für die ich sorgen muss. Ich kann unmöglich vier weitere Kinder –«

»Nun«, strahlte Speelman. »Dann wäre das also auch geklärt. Kinder, sammelt bitte eure Sachen zusammen und sagt ›Auf Wiedersehen‹. Und zwar schnell.«

Doch Milou verstellte ihr den Weg. Ihre Gedanken überschlugen sich. »Bitte, tun Sie das nicht.«

»Moment, stopp«, ließ sich plötzlich Edda vernehmen und alle blickten sie erwartungsvoll an. Sie hatte ihren Arm schützend um Lotta gelegt, was Speelman mit einem Stirnrunzeln registrierte.

»Diese Kinder sind ganz wunderbar in der Lage, für sich selbst zu sorgen«, sagte Edda. »Das haben sie bewiesen, seit sie hier sind. Sie besitzen eine wirklich erstaunliche Hartnäckigkeit und Willenskraft. Es muss doch eine andere Lösung für sie geben!«

Die Kinderbüromitarbeiterin seufzte. »Erstens muss ich darauf bestehen, dass jeder Minderjährige, der kein leibliches Elternteil hat, einen gesetzlichen Vormund bekommt. Zweitens beeindruckt Hartnäckigkeit das Kinderbüro nicht annähernd so sehr wie ordentlich geführte Akten. Und drittens haben die Kinder kein Dach über dem Kopf. Sie müssen ja irgendwo leben.«

»Sie können natürlich hier leben«, sagte Bram sachlich. »Edda, hätten Sie immer noch Interesse daran, die Mühle zu kaufen?«

Edda wirkte einen Moment überrumpelt, doch dann nickte sie. »Ja, schon, aber –«

»Sehr schön«, antwortete Bram. »Ich würde die fuchsförmige Uhr als Anzahlung nehmen, falls Sie sie noch haben?«

Eddas eine Augenbraue schnellte in die Höhe. »Die habe ich noch, aber –«

»Liesel hat diese Uhr geliebt.« Ein kleines Lächeln zeigte sich auf Brams Lippen. »Außerdem wird die Mühle verfallen und am Ende in den Kanal kippen, wenn sie weiter unbewohnt bleibt. Die Kinder können sie gut nutzen, daran habe ich keinen Zweifel. Liesel hätte das gefallen.«

»Die Kinder brauchen einen Vormund.« Speelman klang, als stünde sie kurz vor einem Nervenzusammenbruch. »Die Akten –«

»Wenn es Ihnen nur um den blöden Papierkram geht«, sagte Edda, »dann können Sie gerne mich als Vormund eintragen.«

Milou hörte, wie ihre Freunde überrascht nach Luft schnappten. Lotta klammerte sich an Edda, die anderen starrten die Uhrmacherin erwartungsvoll an.

»Es wäre mir sogar eine Ehre, ihr Vormund zu sein«, fuhr Edda fort. »Natürlich nur, wenn sie mich als ihren Vormund *wollen*.«

Statt einer Antwort schlangen sich vier Paar Arme um die Polderwächterin.

Speelman schnalzte mit der Zunge. »Oh, umso besser, dann wäre die Angelegenheit also auch geklärt. Wenn ich ehrlich bin, kann ich auch keine weiteren Überraschungen mehr vertragen. Ich werde Sie jetzt also bitten, unverzüglich die Gebühren zu zahlen, und mich dann auf den Weg machen. Schließlich muss ich ja noch unsere zwei Betrüger im Gefängnis abliefern, bevor ich endlich in mein Bett darf.«

Lotta zählte fünfzig Gulden ab, ließ sie in einen Zwiebelbeutel aus Sackleinen fallen und reichte ihn Speelman, während Edda die nötigen Unterschriften leistete. Mit einem letzten kopfschüttelnden Blick auf Marionettenpapa und die Kinder verschwand die Kinderbürofrau endgültig in der kalten Nacht.

Bram stand auf und fuhr sich mit der Hand durchs Haar. »Komm, Milou, lass uns auch nach Hause fahren.«

»Aber … das hier ist doch unser Zuhause!«, sagte sie. »Warum willst du es verkaufen? Warum sollen wir hier weg? Und wo sollen wir hin?«

»Ich besitze ein Hausboot in Antwerpen. Dort habe ich die letzten zwölf Jahre verbracht. Ich kann hier nicht leben. Die Erinnerungen sind zu schmerzhaft. Es tut mir leid, aber wir brechen gleich auf.«

Das darauffolgende Schweigen war lauter als ein Wintersturm.

Milou konnte die unterschiedlichsten Gefühle in den Gesichtern ihrer Freunde ablesen. Mona wirkte verwirrt, Lotta geschockt und Mads schüttelte ungläubig den Kopf. Doch Gisberts Miene war am schwersten zu ertragen: Er sah aus, als hätte ihm die Nachricht das Herz gebrochen.

»Verabschiedet euch schon mal«, forderte Bram sie auf. »Ich suche noch rasch ein paar Sachen zusammen.«

Milou trat verlegen von einem Bein aufs andere. Die Niedergeschlagenheit ihrer Freunde machte sie hilflos. Sie hatte keine Ahnung, wie sie sich von ihnen verabschieden sollte. Und Lotta, Mona, Mads und Gisbert schienen es auch nicht zu wissen.

Einen Moment später tauchte Bram wieder auf. »Fertig?«

Er nickte Edda höflich zu, dann nahm er seine Enkelin bei der Hand, klemmte sich ihren Sarg-Korb unter den Arm und zog sie mit sich zur Tür. Milous Füße bewegten sich zwar, aber ihr Blick blieb starr auf ihre vier geschockten Freunde gerichtet. Gisbert versuchte, ein aufmunterndes Lächeln zustande zu bringen, doch seine Mundwinkel zitterten so dermaßen, dass es nicht sehr überzeugend wirkte.

Aber so war das nun mal mit Waisenkindern. Sie fanden neue Eltern und zogen mit ihnen davon. Warum sollte das bei ihr, Milou, anders sein?

Und so trat sie über die Schwelle der Mühle nach draußen und ließ vier Menschen zurück, deren Gesichter sie besser kannte als ihr eigenes.

43

Mechanisch schlurfte Milou zu Brams Kutsche, die hinter dem Eingangstor parkte. Ihr Großvater hievte ihren Sarg-Korb auf die Rückbank. Mit zitternden Fingern öffnete Milou den Deckel und legte ihre Katzenmarionette hinein.

Oben auf ihren Kleidungsstücken lagen, genau wie immer, ihre Schätze: die rote, mit einer smaragdgrünen Schleife zusammengebundene Haarlocke, das Kohleporträt von ihr, das Plakat des »Cirque de Lumière« und natürlich ihr Theorien-Buch. Die Fahrt nach Antwerpen würde lange dauern. Sie würde reichlich Zeit haben, die leeren Seiten mit neuen Theorien über den Verbleib ihres Vaters zu füllen. Milou schlug das Buch auf. In der »Kleinen Tulpe« war es ihr immer ein Troststpender gewesen, aber jetzt hatte es plötzlich nichts Aufmunterndes mehr an sich.

Als sie zur ersten Seite blätterte, blieben ihre Augen an einer Zeile hängen.

Meine Familie hätte mich niemals
ohne guten Grund verlassen.

Auch Gisbert hatte sich geweigert, sie zu verlassen – obwohl er dafür seinen Traum hatte aufgeben müssen. Und Lotta, Mona und Mads waren ihr von der »Kleinen Tulpe« bis zur Puppenmühle gefolgt und hatten dort mit ihr zusammen versucht, das Geld für die Adoptionsgebühren aufzutreiben – trotz aller Risiken. Sie hatten sie aus dem eiskalten Hafenbecken gezogen und nach Hause gebracht. Und als Rotman sie auf der Bühne am Haarschopf gepackt hatte, waren sie alle vier bei ihr geblieben. Niemand von ihnen war geflohen. Und jetzt war ausgerechnet *sie* es, die ihre Freunde verließ.

»So, dann steig mal ein.« Bram klopfte auf die vordere Sitzbank. »Wir haben eine lange Reise vor uns.«

»Warte«, sagte sie und rieb sich die Ohren. Sie hoffte auf ein Kribbeln oder irgendein Zeichen, das ihr sagte, was zu tun war. Sie rieb und rieb, aber ihr siebter Sinn blieb stumm.

Bram blickte sie verwirrt an. »Ist was mit deinen Ohren?«

Milou seufzte. Da kamen ihr plötzlich Emilianas Worte in den Sinn.

Ein Schatten folgt dir … ein toter.

War damit vielleicht ihre Mutter gemeint? Und wenn ja, warum half Liesel ihr dann nicht? Jetzt, wo sie so nötig einen Rat gebraucht hätte. Doch Milou kannte die Antwort bereits. Dies war eine Entscheidung, die nur sie selbst treffen konnte.

Wieder sah sie Bram an, der darauf wartete, dass sie etwas sagte.

»Wir könnten doch auch hierbleiben«, schlug Milou vor. »Wir könnten das Theater aufleben lassen, so wie Liesel es sich gewünscht hat.«

»Milou …«

»Du hast dich zwölf Jahre von diesem Ort ferngehalten. Du hast sie vollkommen vergessen.«

Bram schloss kurz die Augen. »Vergessen ist leichter als Erinnern. Weniger schmerzhaft.«

»Aber *ich* gehöre hierher«, sagte Milou. »Ich habe Liesel leider nicht kennengelernt, aber ich möchte ihr Andenken trotzdem wahren und die Erinnerung an sie fortleben lassen. Und ich gehöre zu *ihnen.*« Sie drehte sich um und deutete auf die vier Gesichter, die hinter der Küchenfensterscheibe klebten. »Ich gehöre zu ihnen, seit ich denken kann.«

Bram nickte mit grimmiger Miene und seufzte. »Dann solltest du hierbleiben.«

»Und *du?*«

Milou konnte die Antwort an den tiefen Falten auf seiner Stirn ablesen. Sie spürte, dass ihr Anblick ihn an den Verlust seiner Tochter erinnerte – und an den jungen Mann, von dem er meinte, er hätte Liesels Tod zu verantworten. Sie ahnte, dass es ihm das Herz brechen würde, wieder in der Puppenmühle zu wohnen, und dass er nur weiterleben konnte, wenn er seine Erinnerungen verbannte.

Ganz offensichtlich war Bram Poppenmaker noch nicht so weit, sich der Vergangenheit zu stellen. Vielleicht würde er es nie sein.

Milou zog ihren Sarg-Korb von der Rückbank.

»Auf Wiedersehen, *Opa.*«

Bram strich ihr mit seinem weißen Handschuh über die Wange.

»Auf Wiedersehen, kleine Milou. Bis bald.«

Sie nickte kurz, dann wandte sie sich schnell in Richtung Mühle um.

Ihre Freunde kamen bereits nach draußen gestürmt, ungläubig und erwartungsvoll.

Mads schüttelte den Kopf. »Willst du wirklich …?«

Lotta blinzelte. »Willst du nicht …?«

Gisbert wollte etwas sagen, brachte jedoch nur einen Hickser zustande.

Milou stellte ihren Sarg-Korb ab. »Ich konnte nicht. Das hier ist mein Zuhause. Und ihr seid meine …«

Weiter kam sie nicht, denn ihre vier Freunde fielen ihr um den Hals, alle gleichzeitig.

»… Familie«, beendete Mona irgendwo in Milous Haarschopf den Satz.

Nach einer Weile befreite sich Milou aus dem Kuschelhaufen und lächelte ihre Freunde an. Sie wusste, dass sie die richtige Entscheidung getroffen hatte: Sie hatte keinen Knoten und nicht das kleinste Grummeln mehr im Bauch.

»Genau, meine Familie.«

Ein rascher Blick über die Schulter zeigte ihr, dass Bram noch nicht losgefahren war, sondern sie vom Kutschbock aus ansah. Er bedachte sie mit einem kurzen Lächeln und einem noch kürzeren Nicken, dann schnalzte er seinem Pferd zu. Mit lautem Gerumpel und Hufgeklapper setzte sich die Kutsche in Bewegung.

Kurz darauf war Bram Poppenmaker weg.

So wie Milous ganzes bisheriges Leben lang.

44

Milou saß auf dem untersten Ast der Eibe und blickte der Kutsche nach. Ihre Freunde hockten neben ihr. Ihre rotgefrorenen Nasenspitzen leuchteten im Schein der vielen kleinen Windlichter, die immer noch brannten. Als die Kutsche schließlich mit der Finsternis verschmolz, atmete Milou tief und zitternd aus. Sie drückte ihre Katzenmarionette an die Brust, genau an der Stelle, wo sie die Taschenuhr trug, und konnte plötzlich wieder den geheimnisvollen Herzschlag der Puppe hören – er pochte im Gleichklang mit ihrem.

»Und was jetzt?«, flüsterte sie und blickte fragend zu den Sternen hinauf.

Doch es waren nicht die Sterne, die antworteten, sondern Gisbert: »Wir gehen schlafen.«

Mona gähnte laut.

»Ich werde die Mühle im Frühling wieder zum Laufen bringen«, verkündete Lotta. »Ich habe Edda noch nicht gefragt, aber ich kann mir gut vorstellen, dass wir auf diese Weise Elektrizität für das Theater produzieren könnten.«

Gisbert schien kurz noch einmal munter zu werden. »Ich habe mir Gedanken über das Marionettenbauen gemacht.

Brams Konstruktionen sind toll, aber ich habe ein paar neue Ideen.«

»Wir sollten auch Monas Pfeif- und Flöteinlagen ausbauen«, fuhr Lotta fort. »Stellt euch doch mal vor: Wir erzählen spannende Geschichten, haben wunderschöne Marionetten, eine tolle Lichtinstallation … und eine eigene Vogelsängerin.«

Mona kicherte. Ihre Augen funkelten im Licht der Lämpchen.

»Mads und ich werden uns als Allererstes einem wichtigen Halstuch-Identifikations-Projekt widmen«, sagte Milou mit ernster Stimme. »Und das könnte eine Weile dauern, denn wir werden an sehr viele Türen in Amsterdam klopfen müssen.«

»Zum Glück habe ich bereits einen Stadtplan gezeichnet«, bemerkte Mads, der dicht am Stamm kauerte. »Darauf können wir jedes Haus, bei dem wir waren, markieren.«

Milou konnte sein Gesicht nicht sehen, aber sie hörte, dass er beim Sprechen lächelte.

»Dieser Ort hier ist ein absoluter Traum!«, stellte Lotta fest und baumelte mit den Beinen. »Ich möchte hier *nie mehr* weg. Es gibt so viel zu tun. So viele tolle Möglichkeiten.«

»Im Augenblick möchte ich nur eines.« Gisbert klang wieder schläfrig. »Mich auf's Ohr legen und schlafen. Mindestens eine Woche lang.«

Hinter ihnen knarrte eine Tür und Edda trat aus ihrem Haus. Über den gepflasterten Weg kam sie auf sie zu.

»Ich schätze, du willst uns jetzt ins Bett schicken, oder?« Lotta sprang bereits von ihrem Ast. »Ist ja auch echt spät.«

»Ähm, ja, das wäre sicher vernünftig. Doch zuerst würde ich

kurz mit Milou sprechen, darf ich?«, fragte die Uhrmacherin vorsichtig.

Mads und Mona hüpften ebenfalls vom Baum, während Gisbert abrutschte und auf einem Bein landete. Lotta hielt ihn fest, bevor er umkippen konnte. Mona führte ihre Finger an die Lippen und stieß einen scharfen Pfiff aus. Sekunden später segelte Mozart aus dem Baumwipfel herab und landete sanft auf ihrer Schulter. Die vier Kinder und der Uhu überquerten die Brücke und verschwanden in der Mühle. Bald waren sie nur noch als Silhouetten hinter der Küchengardine zu sehen: ein Puppentheater mit vor Müdigkeit stolpernden Marionetten.

Edda hievte sich auf den untersten Ast und rutschte vorsichtig neben Milou. »Ich hab mich immer schwergetan, hier raufzukommen«, keuchte sie, als sie endlich saß. Mit einem Gesicht, als stünde sie am Rande eines Abgrunds, blickte sie nach unten. »Zum Glück haben mich Liesel und Thibault wegen meiner Höhenangst nie aufgezogen. Sie haben sich sogar freiwillig zu mir hier nach unten gehockt, aber sobald ich ins Bett gegangen bin, sind sie in die Krone geklettert. Zu den Sternen.«

»Ich weiß«, sagte Milou lächelnd. »Ich habe ihre Namen dort oben entdeckt.«

Einen Moment lang herrschte verlegenes Schweigen. Der Wind pfiff durch die Zweige.

»Du hast uns an unserem ersten Abend durchs Fenster beobachtet, oder?«, fragte Milou schließlich.

Edda lächelte. »Ja, habe ich. Ich weiß nicht, was ich dort erwartet habe – auf jeden Fall keine fünf Kinder, die sich zur

Tarnung eine Vatermarionette bauen.« Sie stieß einen tiefen Seufzer aus. »Es tut mir leid, wenn ich euch einen Schrecken eingejagt habe.« Sie schwieg eine Weile, ihre Miene war undurchdringlich. »Du magst mich nicht, stimmt's?«

»Ich *mochte* dich nicht«, gab Milou zu und verzog das Gesicht. »Aber das lag vor allem daran, dass ich dachte, du wärst insgeheim eine Werwölfin.«

Eddas Augenbraue wölbte sich nach oben wie ein straff gespannter Indianerbogen. Dann prustete sie los.

»Klingt verrückt, ich weiß«, murmelte Milou.

»Oh, Milou!« Edda hatte Mühe, wieder ernst zu werden. »Du bist großartig! So großartig verrückt! Ihr alle fünf seid großartig! Unglaublich, was ihr in den letzten zwei Wochen alles erreicht habt. Mit welcher Hartnäckigkeit. Und welchem Einfallsreichtum.« Sie schenkte Milou ein warmes Lächeln. »Die Welt braucht mehr von euren Verrücktheiten. Bitte bewahrt sie euch!«

Jetzt musste auch Milou lächeln, doch dann biss sie sich nachdenklich auf die Lippe.

Vielleicht hatte Edda recht. Sie hatten so viel erreicht, und zwar gemeinsam. Und trotzdem machte sie sich immer noch Vorwürfe, dass sie ihre Freunde mit ihrer wilden Fantasie und ihren albernen Theorien unnötig in Gefahr gebracht hatte.

»Dass du eine Werwölfin bist, war noch eine meiner harmloseren Ideen.« Milou zog ihr Theorien-Buch aus dem Ärmel und reichte es der Uhrmacherin. Edda überflog die ersten Seiten und musste lächeln. Dann schloss sie das Heft, gab es Milou zurück und griff in ihre eigene Jackentasche.

»Deshalb wollte ich mit dir reden.« Sie hielt eine Karte in der Hand. »Wie gesagt, ich habe Thibault in den vergangenen zwölf Jahren weder gesehen noch gesprochen. Und von einer Werwolfjagd oder einer heimlichen Tätigkeit als Spion habe ich auch nichts gehört. Trotzdem scheint in meinem Cousin ein wilder Abenteurer zu stecken. Da seid ihr euch offenbar sehr ähnlich.«

Sie reichte Milou die Karte.

»Was ist das?«

»Ein Fotogramm, das er mir vor ein paar Jahren geschickt hat. Natürlich ohne Absenderadresse. Seine Art, mir mitzuteilen, dass er mich nicht vergessen hat, schätze ich.«

Milou streifte ein Windlicht von einem Zweig und beleuchtete die Karte. Ihr stockte der Atem, als sie erkannte, was sie da in Händen hielt. Fassungslos blinzelte sie, doch das Bild blieb dasselbe: ein Heißluftballon, der noch nicht in der Luft, aber doch startklar war. Unter dem schwarzen Ballon hing keine Gondel, sondern ein einfacher geflochtener Korb. Sie blinzelte noch einmal und erkannte, dass das Fotogramm in einer verschneiten Landschaft aufgenommen worden war. Im Inneren des Korbes standen zwei Gestalten. Eine hatte wirre mitternachtsschwarze Haare und eine dicke Brille über den Augen. Die andere war ein riesiger Wolfshund.

Milou drehte das Foto um. Auf die Rückseite war nur eine einzige Zeile gekritzelt.

Du solltest den Nachthimmel mal von hier oben sehen!

Edda bedeutete ihr, das Bild wieder umzudrehen, und tippte in eine Ecke des Fotos. Dort standen, in krakeliger Handschrift, zwei Wörter und vier Zahlen.

Svalbard, Polarkreis, 1890

Milous Kopfhaut fing wie verrückt an zu kribbeln und ihr Gesicht verzog sich zu einem Lächeln. »Ich frage mich, ob er sich mit einem Eisbären angefreundet hat.«

»Ich frage mich eher, ob dieser idiotische Wolfshund nicht einen verspeist hat. Würde mich nicht wundern.«

Milou gab sich einen Ruck. »Glaubst du, dass er mal nach Java gereist ist?«

Edda zuckte die Achseln. »Keine Ahnung. Das musst du Thibault irgendwann selbst fragen. Und ich glaube, du hast noch jede Menge weiterer Fragen.«

»Allerdings«, sagte Milou erschöpft und steckte das Foto in ihr Theorien-Buch. »Jede Menge wichtiger Fragen. Aber erst mal möchte ich Sachen machen, die man als Familie so macht. Zum Beispiel mir von Gisbert Fahrradfahren beibringen lassen. Oder Mona bei der Dressur von Mozart zuschauen. Oder Lotta beim Stromproduzieren helfen. Oder Mads … nun ja, Mads braucht meine Hilfe am nötigsten, und ich muss wirklich alles tun, um ihn zu unterstützen.«

»Und Bram?«

»Wenn mein Großvater mich sehen will, weiß er, wo er mich findet. Aber eigentlich sollte mich vielleicht erst mal mein Vater finden. Na ja, die beiden müssen selbst entscheiden, ob sie sich an die Vergangenheit erinnern oder sie lieber verdrängen wollen. Ich jedenfalls möchte mich aus vollem Herzen an meine Mutter erinnern – bis zu dem Tag, an dem ich selbst sterbe. Und dabei kannst du mir helfen.«

»Bestimmt kann ich das.« Edda lächelte. »Ich habe unzählige Geschichten über sie auf Lager.«

Milou sprang von ihrem Ast und streckte einen Arm aus, um Edda hinunterzuhelfen. Die Uhrmacherin landete ebenso stolpernd auf dem Boden wie Gisbert und musste sich am Stamm abstützen, um nicht zu fallen.

»Autsch!« Mit der Zungenspitze fuhr sie über ihren Finger. »Ein Splitter«. Prüfend sah sie sich den Stamm an und stutzte.

Milou folgte ihrem Blick. Fein säuberlich waren fünf Namen in die Rinde geritzt, genau an der Stelle, wo Mads noch bis vor ein paar Minuten gesessen hatte.

Mona
Gisbert
Lotta
Mads
Milou

Sie hatte das Gefühl, als würde ein ganzer Schmetterlingsschwarm in ihrem Bauch herumflattern. Alle Gedanken an Eisbären und wilde Abenteuer waren wie weggeblasen. Eine warme, wohlige Zufriedenheit erfüllte sie.

Sie war zu Hause, das spürte sie ganz deutlich. Es mochte nicht ganz perfekt sein und es war mit Sicherheit ziemlich ungewöhnlich, aber das war egal: Es war ihres! Weil es das ihrer Freunde war.

»Na komm.« Edda drückte ihre Hand. »Um diese Zeit schläfst du doch normalerweise längst.«

Sie gingen zurück zur Mühle, doch nach ein paar Metern blieb die Uhrmacherin nachdenklich stehen. Sie wirkte fast ratlos – zum ersten Mal, seit Milou sie kannte.

»Ähm, was …? Ich meine … wie?« Sie schüttelte verwirrt den Kopf. »Muss ich euch allen nicht erst mal eine warme Milch machen? Und euch dann eine Gutenachtgeschichte vorlesen? Macht … macht man das nicht so?«

»Ja«, grinste Milou. »Genauso macht man das.«

Epilog

In einer klaren, nach Beifuß duftenden Nacht flog ein Uhu mit scharfem Blick Kontrollrunden durch sein Revier. Seine zwei verschieden geformten Flügel durchschnitten den sternenübersäten Himmel, glitten über Felder und Kanäle. Der Frühling hatte sich langsam und wie auf Zehenspitzen genähert. Er hauchte bunte Farben in die trostlose Landschaft, lockte erste Tulpensprösslinge aus der Erde und wehte sanfte Wiegenlieder in das Nest der drei flauschigen, frisch geschlüpften Uhuküken auf der Spitze der Eibe.

Der Polder erwachte aus einem langen, kalten, dunklen Schlaf und bereitete sich auf neues Leben und neue Wunder vor.

Selbst die Mondsichel wirkte auf einmal heller und wärmer. Sie beleuchtete zwei sehr fremde und sehr ungleiche Schuhabdruckpaare in dem aufgeweichten Boden, so auffällig, dass der Uhu sie schon von Weitem erspähte.

Die größeren, schmaleren Abdrücke führten in schnurgerader Linie die Straße entlang. Die anderen Abdrücke waren kleiner und ziemlich rund. Sie scherten mal rechts, mal links aus, kreuzten alle Naselang die schnurgerade Linie, säumten ein Stück den Kanal oder schlängelten sich zu einem Torpfosten und wieder zurück.

Die Doppelspur endete am Fuß der grünen Eibe. Der gebogene Schnabel des Uhus öffnete sich zu einem wütenden Kreischen und er schoss zu seinem Nest hinab, um klarzustellen, wem der Baum gehörte. Mit seinen großen runden Augen spähte er hinunter, um zu sehen, wer so unverschämt in sein Zuhause eingedrungen war. Als er sah, dass im Schatten des Stamms ein Mann lauerte, stieß er einen schrillen Warnruf aus.

Der Mann jedoch schenkte dem Uhu nicht die geringste Beachtung. Reglos und steif stand er unter den Zweigen und beobachtete die Windmühle, aus der kein Laut drang.

Hätte sich der Uhu mit menschlicher Mode ausgekannt, dann wäre ihm aufgefallen, dass der Mann eine lange Jacke im Pariser Stil trug und einen Zylinder, der zweifellos aus London stammte. Seine Handschuhe waren aus peruanischer Wolle und seine Stiefel aus bayerischem Leder gefertigt. Um den Hals trug er ein fein gemustertes Batikseidentuch und in der Hand ein zerknicktes Plakat.

Hätte der Uhu lesen können, wäre ihm aufgefallen, dass der Mann die vier unterstrichenen Wörter auf diesem Plakat mit leuchtend roter Tinte markiert hatte.

Eure

Tochter ist

zurück.

Ohne die empörten runden Augen hoch über sich zu bemerken, griff sich der Mann an den Kopf und setzte seinen Zylinder ab. Die Haare, die zum Vorschein kamen, waren mitternachtsschwarz, und fast genauso schwarz waren seine Augen. In all den Jahren, in denen er um die Welt gereist war, hatte er nicht ein einziges Mal daran gedacht, an diesen Ort zurückzukehren. Es würde ihm nur wehtun, hatte er geglaubt.

Seine Schultern bebten, als er die sechs Silhouetten hinter der Küchengardine beobachtete. Es sah aus wie eine Marionettenaufführung über Familienglück und Behaglichkeit – dampfende Tassen, Gelächter und Köpfe, die zusammengesteckt wurden. So ganz anders als alles, was er erwartet hatte.

Von der Rückseite des Baumes kam ein kratzendes Geräusch, dann tauchte ein riesiger grauer Wolfshund aus dem Schatten auf und stellte sich neben ihn. Aus seinem Maul ragte der steinerne Wasserspeier, den er gerade vom vorderen Torpfosten abgebissen hatte und an dem er jetzt genüsslich nagte. Der Mann stand völlig reglos da, grübelnd und gleichzeitig wie verzaubert von dem, was er sah.

Als ob er spürte, was in seinem Herrchen vorging, ließ der Wolfshund den Wasserspeier fallen und stieß ein langes und gefühlvolles Heulen aus, die Schnauze zur gelben Mondsichel gehoben. Das Heulen schnitt durch die stille Nacht, erschreckte die Uhufamilie hoch oben in den Zweigen und entlockte dem Mann eine einzelne Träne. Sie lief ihm über die Wange und tropfte ihm vom Kinn auf die Stiefel.

Während das Heulen noch eine ganze Weile über die flache, weite Landschaft hallte, erschien ein kleines, herzzerreißend vertrautes Gesicht am Küchenfenster. Augen, die den seinen so sehr ähnelten, spähten in die Dunkelheit. Als sich das Mädchen die Ohren rieb, trat der Mann zögernd aus dem Schatten auf sie zu und gab dem erneut heulenden Hund ein Zeichen, ihm zu folgen.

»Komm, Andromeda«, sagte er und seine Stimme klang rau wie ein arktischer Sturm. »Höchste Zeit, dass wir uns endlich erinnern.«